阅读之前 没有真相

午夜文库

刀锋上的救赎

指纹 著

NEWSTAR PRESS
新星出版社

郑重声明：

本书所涉一切机构人员、办公流程、案件、事件均系虚构，如有雷同，纯属巧合，请勿对号入座。

目录

1	刀锋上的救赎
3	第一章　庶子
59	第二章　伪证
110	第三章　橱鬼
165	第四章　蜘蛛
222	第五章　左右
275	第六章　死神
331	第七章　合作
394	第八章　狂奔
453	尾声
457	放逐
472	后记

刀锋上的救赎

第一章　庶子

1

蓟门桥下的早市，很有四九城的传统气息：城门楼子、树林、小月河、挑子、地摊儿、吆喝，一样不缺。只不过城门楼子是翻修过的，树林里多了些五颜六色的废弃物，小月河的味道变得有些刺鼻，挑子和地摊儿上的货不再是豆汁儿和布头儿，带着唱腔的吆喝变成了夹杂着各色口音的讨价还价……二十一世纪在不知不觉中降临，古都越发朦胧起来，这个我生活了三十多载的城市显得既熟悉又陌生。

甭管生熟，胃袋蠕动的抗议声真切得很。我团着手缩着肩，挤到一辆三轮车前："来套煎饼，不要薄脆，多加个鸡蛋。"

"你要么和大家一样饿着肚子把活儿干完，要么就给所有人都买上一套。"领导鼻音浓重的训诫顺着耳麦敲打着我的脑袋，"二组就位了没有？还有不到十分钟，麻利儿的！曹伐，你傻了吧唧戳那儿看升旗啊？走走逛逛，河沿儿防区巡查完没有……"

"二组就位。"

"四组就位。"

"九组已经分队，我和张祺正沿东侧河岸由南向北移动，一切正常。"

"七号地下通道口发现可疑人员，分队跟进。"

"站在山坡南侧可以看到二号指挥车，赶紧挪走。"

"一组报告,二号地下通道无异常,与二组在三号地下通道缓冲带的位置重合,请指挥车安排。"

"北侧中段有商贩和顾客发生口角,四组派人过去盯着点儿。"

"二号指挥车别往前挪,倒回去三十米。"

"四组报告,那个卖豆角的跟老太太吵得挺厉害,还搡了老太太一把……哎哎哎,她儿子上去还手了!小周你们赶紧过去劝架!"

"白局,外围设卡的蓟门桥派出所接到指挥中心布警,说布控地点有打架的,问是否立即出警……"

"先别管报警的,要是有人投诉,让督察来找我……"

我蹲在河沿儿,边读手机报边狼吞虎咽地啃着煎饼,滚烫的蛋饼和着劣质辣酱,令我在进食的过程中获得了一种受虐般的快感。与之相比,耳麦里的鸡飞狗跳还真不算什么。再说,次次如此,也早就习惯了。今天的手机报依旧精彩:有人逼着大明星娶她,否则自己老爸就去自杀,问题是这明星压根儿就不认识她,声援团体则呼吁应当立法保障粉丝们的权益——这个我支持。刘嘉玲、关之琳或杨采妮,口水流了这么些年,难道说终于有机会合理合法地得偿所愿?唯一奇怪的是,这女的为什么自己不去以死明志,关她老子什么事?嫁不了大明星,推动下咱国家的法治建设也不错嘛。

头版之后:有家长因为孩子上课迟到,所以纠结人众暴打老师——我眨眨眼确认自己没看错——老师要求迟到学生写检查简直是封建主义复辟;一个男孩要钱去网吧未遂,所以捅了自己姥姥若干刀,父母揭秘其实被害人生前就是吝啬鬼;婚恋交友节目几乎成了色利交易的拍卖场,网友盛赞性格奔放的女同胞可以直言不讳……我庆幸自己生活在如此美好的时代，人人都可以在伦理道德的废墟里为所欲为。

吃完东西，我刚掏出烟，同时下意识地看了看表，来自指挥车的一个严肃女声令通信系统立时安静下来："注意，'提款机'进入布控范围，所有探组开始行动！重复一遍，'提款机'进入布控范围，所有探组开始行动！"

随后传来白局低沉的嗓音："都拿牙签把眼皮给我支棱住，把人盯死了。行动队注意保持距离。"

我不慌不忙点上烟，起身揉了揉略感发麻的双腿，顺着台阶离开河沿儿，再次钻进熙熙攘攘的人群，投身到千禧年以来北京城规模最大的一次围捕行动中。

这次行动，缘自三天前发生的一起绑架案，"肉票"是二十八岁的已婚女子蔡莹。她丈夫董继是个不务正业的"虫痴"，案发时正在山东宁阳收蛐蛐，对妻子被绑票显得无动于衷。要不是他父亲——蔡莹的公公，京城一位知名度极高的地产富豪——亲自打电话勒令儿子即刻返家的话，董继还抱着一堆瓶瓶罐罐乐不思蜀呢。

案发当日，蔡莹傍晚六点多外出散步。据陪同的保姆金姨回忆，她走到小区西门外，因为要去马路对面的小卖部买四节遥控器用的电池，前后不到两分钟的工夫，回来人就不见了。"起初我还以为太太是自己回家了，要么就是遇见邻居一起遛弯儿去了，所以我干脆回家等，结果等了快俩小时都没动静。找吧，可上哪儿找去啊！我这正发愁怎么办呢，老爷的电话就过来了……"

绑匪直接打电话给唯一有能力支付赎金的人——蔡莹的公公。电话内容简单直白："你儿媳妇在我手上。大后天，就是十七号早上七点，蓟门桥下，叫你儿子用编织袋拎三百万现金来。让他拿着你的电话，我会通知他具体交钱地点。交钱后放人，否则撕票！不许报警，否则撕票！"

董老头不愧是老江湖，从金姨处证实了儿媳失踪的事实后，当机立断吩咐金姨："给少爷打电话，让他马上回来。不要报警。"

只不过，他的决策并没有奏效。

第一件事，金姨照办了。董继那边听了电话没什么反应，从乱哄哄的背景推断，估计是正跟"撬子手"验货议价呢，最后只说了句："我下星期回去。让老爷子报警啊！平时交那么多税养警察干吗使的？政府呢？政府干吗吃的？"第二件事，金姨没照办。倒不是因为她听信了董继的说辞，而是这个自幼来京讨生活的老太太，凭着自己有限的处世阅历，在关键时刻选择了相信人民警察。

不过上述种种，绑架也好，富豪也罢，都不是这个案子成为市局督办要案的重点。

今天早上，令海淀分局刑侦支队近两百名警员到场布控，刑侦主管副局长现场坐镇指挥的最主要原因是——蔡莹是一个怀胎九月有余、临盆在即的孕妇。

这个有可能一尸两命的双重绑架案一发，转眼之间，与案子有关的、无关的、命令式的、暗示式的、帮忙的、碍事的……各方"有关人士"纷纷站了出来，乱哄哄地你方唱罢我登场，热闹大发了。

董老头的状态几乎抓狂。"小蔡去超儿过，那可是个男孩！

四代单传，那可是我们老董家的香火啊！你们不要来搞事！我交钱赎人！只要人能回来，你们爱怎么办就怎么办；人要是出了事，你们负多大责都赔不起我的宝贝孙子！"

海淀妇幼保健医院的副主任医师许大夫证实："蔡莹怀的确实是男胎。孕妇本人健康状况良好，胎儿发育也很正常，预产期就在这周末。我不知道绑架她的人是否掌握顺产技术。就算行，场地、设备、温度、卫生条件……都是问题。婴儿刚降生的时候自身免疫力非常低下，生得下来也不见得活得下来。"

分局刑侦支队的态度是："事已至此，我们必须依法办案。不过您放心，我们会把人质的安全放在首位。也希望您能配合我们的工作，叫董继迅速回京；如果可能的话，准备一下赎金……"

技术队次日上午报告："依据从交管局调取的录像，蔡莹失踪后十分钟内，小区西门外马路南北两侧共有七十一辆机动车经过。通过各分院局的配合，我们当晚把嫌疑范围缩小到一辆车牌号为京ＥＹ5786的白色捷达车。该车系西三环外某汽车租赁公司所有。车子是当天刚被租走的，租车人叫石瞻，男，一九七二年出生，青海人。调查了解得知，其在二〇〇一年初自北京某武警部队退伍，转业后曾做过一段时间司机，后辞职为各清欠讨债公司充当盯梢的眼线。父母和姐姐都在老家，在京无亲属。案发后拨打石瞻的手机，已关机，其租赁的临时住所也已人去楼空。向董家的保姆询问得知，石瞻在案发前几年曾多次来找过蔡莹，蔡莹解释说是自己的老乡来找自己借钱。对蔡莹的背景调查则显示，石瞻是蔡莹结婚前的男友，两人在石瞻入伍后分手。也有传闻说是蔡莹为贪图董家的荣华富贵踹了原本的男友，待证实。鉴于蔡莹认得绑匪，所以绑匪即便拿到赎金，撕票的可能性也极大……"

次日下午，分局知春路派出所巡查民警报告："中午一时许，涉案的白色捷达车被发现停靠在海淀区知春路大运村路口西南侧。车内无人，钥匙没拔。后座上发现有掉落的黑色头发，不长，油性明显，发根处有头皮残屑，已送分局法医鉴定中心进行DNA比对……"

市局刑侦技术队提供了技术支持："根据我队犯罪心理学顾问袁适博士分析，嫌疑人石瞻系有组织能力的犯罪人。且鉴于绑架案件的特性，该犯应有至少一个同案。石瞻为前武警受训人员，应具备一定的反侦查能力，可能持有武器，有用以关押人质的固定隐秘场所，考虑被害人怀孕的情况，该场所应在知春路附近，或在知春路到蓟门桥之间。石瞻虽然使用租赁车辆作案，但不排除自有机动车，以其经历推断，可能是越野车型，颜色偏深、偏暗——与其习惯穿着的色调相近……"

区政法委书记打来电话："董总可是咱们区的模范企业家。他不但有力地带动了非商业用房市场的繁荣，协助抑制了房价，同时妥善、缓和地处理了几个拆迁老大难地段的遗留问题。对于这种标杆式的纳税公民，我们应当尽全力保障他和他家人的生命与财产安全，否则，国家与政府的公信力何在！限时破案，务必保证人质母子的安全！"

市局刑侦总队在电话会议上强调："这个案子的重要性就不用再提了……平心而论，拯救这对母子不光是警察的职责问题，也关系到和谐社会的舆论导向——安全！首都的安全！如果说我们连一对母子都保护不了，首都的安全从何谈起？这案子要是办砸了，公安部不问责我们也要问责，我们不问责被害人家属也要问责，被害人家属不问责舆论也会问责……到时候你们自己都没脸再穿这身皮！"

2

董继惶恐不安地拎着个编织袋进入了大家的视野：此人长得精瘦、白净，头发二八向右偏分，小肚子不协调地凸出，把他身体的整体曲线勾勒成了葫芦状。我冷眼斜睨着这位唇红齿白、"小腹便便"的公子哥儿，有种看到蝈蝈直立行走的诧异。

"'提款机'电话响了。"跟进保护的行动队正在即时汇报董继的一举一动。

"赵队，你怎么不在六号通道那边啊？别擅离岗位啊！"这是一有机会就想给我穿小鞋的副队曹伐。

"他接电话了，请指挥中心定位信号。"这好像是老崔的声音，他应该正在东侧的制高点监视。

"赵队，您……往回收点儿吧。"这是我那组怕受牵连的兄弟。

"已经在搜索了……"二号指挥车里的姜澜报告。

一号指挥车里的白局下令："把电话的监听线路加到频段里。"

老白的旨意在第一时间就得到了执行，但监听的质量很不好，我怀疑小姜是不是直接把监听频道的喇叭放到了麦克风上。

"那、那你在哪儿，我怎么给你——"

"按我说的路线走，别东张西望！继续向前……你们报警了？"

"没、没有啊……"

沉默。

"喂？我、我是说没报——"

"等等，停！往右……那他妈是左！对，看见南边那个馄饨摊儿了吗？就是有两张桌子的，有一张坐着人，另外一张空着，现在刚坐——"

"哦,看见了。"

又是片刻沉默。

"喂?喂?"

"走过去找个位子坐下……"

"定位完成!主叫方的电话信号来源就在蓟门桥下,他就在这里!"小姜的声音冷不丁地插了进来。拜托啊大姐,既然罪犯在电话里能准确地说出是"馄饨摊儿",而不是笼统的"早点摊儿",那么他肯定就在早市的人群里。

他就在我们身边。

"行动队密切注意,看到打电话的人都要跟进。罪犯离'提款机'的位置可能很贴……赵馨诚你他妈给我滚回六号通道去!"

整个刑侦支队,我也就买老白的账。既然领导发话了,我只得臊眉搭眼儿地往指定位置回撤——反正我带队负责把守的六号通道东口正对着董继落座的馄饨摊儿,踮踮脚还能望得到。

"喂?喂?我是把钱放这儿吗?喂?"

"喂?"

"喂?我已经坐下了。喂?"

电话里,石瞻那边沉默了。

我突然有种不祥的预感。

"发现目标!"

行动队的反应稍微慢了点儿,我往六号通道走的时候就已经注意到了:董继右后约十五米处,卖鱼虫的一个摊位周围拢着好几个人,其中一个身穿墨绿色外套的男青年,似乎是在挑鱼虫,右手却一直拿着手机在讲话。他的年龄、体貌特征与石瞻基本一致——能找到的用以比对的照片是他参军入伍之前的证件照,但人像太过年轻,只能进行大致的甄别。

而且,他现在也只是举着手机,没说话。

"保持距离,别掐他。"老白迅速对行动队进行布置,"分队盯死,'提款机'那边人不用太多,重点咬正主儿。行动队都给我贴过去,其他人别丢位置。"

"绿外套"的嘴又动了。同时,监听的通话也在继续——

"把包往桌子下面推推。拉开拉锁,敞开口。吃早饭了没?没吃可以叫碗馄饨吃。你们有钱人吃得惯吗?挺便宜的。身上没带钱就从袋子里抽一张,算我请你。"

"呃……啊?我……"

电话那头没有声音。

"喂?是要我买一碗……"

"放下袋子滚蛋,我拿到钱就放人!"

"绿外套"把手机收进兜里,开始专心致志地采购鱼虫。

董继无措地对着手机愣了一会儿,起身一溜儿小跑朝马路方向奔去。

老白随即沉声道:"行动队放弃'提款机',看好'保险箱'。外围拦下'提款机'。"

到目前为止,一切进展勉强算顺利。支队事先筹备了多套预案。按照我们的推断以及市局顾问袁博士的指点,绑匪不会单独行动,来现场取赎金的可能是石瞻,也可能是他的同案。等来到现场的绑匪取走赎金,行动队就会启动跟踪预案,确定人质囚禁地点后,特警将配合突击救援并实施抓捕。

总觉得有些不对劲儿。

石瞻是武警出身,又给清欠公司当过盯梢的密探,他会这么简单地暴露自己？电话信号的定位是不会错的，电话的内容也说明他就在现场……难道他真的相信董家没有报警？不对，这里面有蹊跷……我忽略了什么？我之所以会觉得"不对"，一定是有什么摆在我面前却又没能引起我注意的细节……

"有人靠近'保险箱'！"

"目标买了几袋东西，正朝西侧马路方向移动。"

"确认二号目标：女性，短发，偏矮瘦，四十岁上下，上身穿土黄色运动衣，背上有耐克的商标，很明显。她坐在'提款机'刚才的位子上，正低头看桌子下面的'保险箱'。"

"她在观察周围，行动队注意保持距离。"

同案吗？如果另有人来取赎金，那他何必冒险亲自来现场？

"一号目标进入五号地下通道，看守人员注意隐蔽身份。放他过去。"

"二号目标提着'保险箱'离开了！她没吃东西，直接取钱走了！观察哨报位！观察哨报位！"

"启动跟踪预案。二号指挥车随'保险箱'那边，马上通报可能的路线，让外围车辆待命。把守东、北侧一到四号通道的人，在各自缓冲带集结，向目标行动路线靠拢。"

不对！肯定有问题！可，问题出在哪儿？

"头儿！别撤控！不对……六组赵馨诚报告，有情况！别撤控！"话到一半我就说不下去了，这有什么"情况"，我自己还没搞明白呢。

彬，你要是在这里就好了。

"什么情况？"老白的询问尾随而至。

"有、有问题，头儿，这事儿不对……"

你总说：你能看到的，其实我都能看到。可我觉得我什么

12

都没看到啊！或者，我的确看到了，但我不知道自己看到的是什么……

"哪儿不对？别光说废话！还发现其他嫌疑人了？说话啊！"

冷静，冷静……我都能看到什么？

"头儿……"我试着像彬那样放慢语速，争取思考的时间。我看到最后两名行动队的民警消失在二号目标离开的方向，我看到早市上摩肩接踵的人流，我看到一地鸡毛的垃圾废物，我看到东方的云彩泛起了金黄色，我看到同组的弟兄正望着我，我看到一个穿小红棉袄的大娘推着三轮车从我面前走过，我看到她的车里放着一袋袋采购品：青椒、西红柿、土豆、蒜苗、大葱、苹果……没有豆角。

我自言自语地脱口而出："没有豆角……"

"你说什么？"不光是老白，估计所有戴着耳麦的弟兄都觉得莫名其妙，而我却豁然开朗——

彬，我确实，也看到了。

"没有豆角，因为争执；因为争执，所以打架；因为打架，所以报警；因为报警，所以按规定接警后五分钟内必须到现场；因为布控，所以没有出警到现场；因为没有出警，所以——"报警、电话、馄饨、绿外套、黄色运动衣，一切关联都变得清晰起来，"头儿，我们已经暴露了。"

老白沉默片刻，果断下令："所有人归位，马上封锁布控现场！通知市局，要求协调西城分局增派支援进行外围保护……点子贴靠，掐死两个目标！赵儿，怎么回事？"

他的选择不仅出自对我的信任，更多的则是因为事关重大——宁信其有，不信其无；宁错杀，毋放过。

"石瞻索要赎金的时候言简意赅，在现场反倒废话连篇，而且时断时续,前言不搭后语,他是在配合一号目标打电话的样子。董继接到的电话不是一号目标打来的,这出儿演的是双簧。之前,他冒充老太太的儿子打卖豆角的商贩,制造事端,为的就是有人报警——没准儿就是他自己报的。按规定,派出所民警应该在五分钟内到达现场,但我们投鼠忌器,没让派出所出警,恰恰暴露了现场已被监控的事实。"我压低声音,警戒着四周,"所以,石瞻在和董继通电话前就已经怀疑现场有埋伏了。他耍了个手腕,一号目标多半跟案子没什么关系。"

"那二号目标呢?"

"也够呛。石瞻让董继把装钱的袋子敞着口放在那儿,谁看见那么座金山不得扛着走啊?他只要跟踪那个财迷就成了。如果确认没被跟踪,他可以找个僻静之处下手,把钱夺回来。现在他一定发现有不少人在尾随那两个'目标',所以说,我们的布控,已经完全暴露了。"

通信线路里骤然静了下来。

白局算得上临危不乱,随即开始有条不紊地调配人马:"制高点和把守地下通道、过街天桥、河道口的人不动,等待支援;小月河沿线的所有流动哨和行动队会合,按镇暴预案分割早市人群;外围的派出所民警向内包围压缩,控制所有非路段出逃线路……大家坚持住!治安处、巡查支队和西城分局的增援已经在路上了。从现在起,蓟门桥下许进不许出,把这个早市里的所有人都给我拿下!挨个儿排查!"

随即,通信线路变得比早市还吵:

"二号目标拿下,'保险箱'完好。"

"一号目标拿下。"

"四号通道有市民通过,已拦截,是否要表明身份?"

"行动队什么时候到？"

"派出所车辆在桥东南侧遇上堵塞，民警已弃车赶赴南北单向路段沿线……"

"行动队还没来。人群有骚动迹象，请求立刻分队隔离人群！"

"回撤，构筑缓冲带。"

"三号通道拦截流量很大，请求增援！"

"白局，是否可以表明身份？"

"二号指挥车就位。所有布控人员，表明身份。"

"我是白寅尚，务必把守住所有出口，必要时可采取强制措施！"

"通话太混乱，行动队请求分频线路……指挥车？指挥车！"

封锁现场的效果立竿见影，一个字——乱。

在我们组负责把守的六号通道，许多被拦截的市民已经和便衣民警理论起来了，更有一些无照商贩闷头推车往外冲，或是兜起地摊上的东西往回跑。

这位大娘是被石瞻利用的人吗？不一定，也许只是一个没有买豆角的市民……那石瞻会在哪儿？

行动队和流动哨分割人群的效果很有限。白局一向喜欢人海战术，他要是早知道会有现在这个局面，铁定把整个分局的人马全动员过来。

石瞻打电话的时候一直在近距离监视董继，或许他占据了左近某个制高点？不会，那简直就是玻璃板上的苍蝇——太扎眼了。

通信线路里传来令人振奋的消息："治安处的人马到了！"

南边突然爆发了冲突，不知道是什么情况。二组的人在通信线路里急呼增援，行动队的人听罢赶忙向那边跑。原本被行动队隔离的人群失去了控制，拥向各通道出口，又被及时赶到的治安支队堵了回来。

他找到了安全的观察点，可什么地方安全？到处都是我们的人，根本不可能有安全的观察点。

巡查支队的增援也到了。

夹杂着谩骂与哭叫声，人流潮水般地由南向北扑来，看来行动队没能控制住。

我试图跑去河边避开人浪，结果半道就被卷了进去。一位穿对襟的大爷被挤倒，手里拎的一袋鸡蛋顷刻间被踩成了遍地黄白。我粗暴地用肩肘拱出一条路，护在老人身侧……

他到底是怎么做到的？彬，你说说，他怎么可能做得到？

老爷子没多沉，可想抱着他挤出人群不是件轻松的事。我在翻滚的人肉森林里左右碰壁，头昏眼花。一个穿着白色绒衣的小伙子从我面前走过，别在领口的曲别针显得分外闪亮——这是所有参与布控人员的识别标志。

你总说我爱钻牛角尖，脑子死。难道是我思考的方向错了？

"兄弟，搭把手！"我大声招呼着自己人。他回过头，目光明显在我的领口和耳麦上停留了一下，然后拨开面前的人，从我手里接过老人。"别在这里面窝着，咱们快往边上靠！"

他顺利打了电话，地点就在蓟门桥下，董继的身畔——而且是在无数双训练有素的眼睛的注视下。

一阵"搏杀"之后，我们终于冲了出来。他小心翼翼地把老大爷放在路边，贴在老人耳边问："您哪儿受伤了吗？"我才发现自己的左手手背在流血，小拇指肿得快跟大拇指一般粗细了。

我把松动的耳麦往回塞了塞："兄弟，他怎么样？"

"老爷子说胸口疼。"那哥们儿看了看周围，"你的手没事吧？不知道是不是心脏出了问题，得再去找俩弟兄，把大爷送出去。"

既然不可能找到安全的观察点，那除非……

周围吵，通信频段里更吵。我冲指挥中心说了几句，没听到回应。"我在这儿看着，你去叫人。"我指了下六号通道的方向。那兄弟点点头，拍了我一下，起身刚要走，我撵了一句："辛苦了兄弟，曲别针哪儿找的？"

——除非，他找到了一个安全的身份。

紧接着，我就把甩棍抡了过去。

事后，有很多人，包括老白在内，都问过我：你怎么知道他就是石瞻？

我天马行空地做出过许多不同版本的解释。比如要想突出作为区分标志的曲别针，不可能穿靠色的白上衣啦；比如那小子印堂发暗，面带煞相啦；再比如他的耳机一看就是手机用的，不是咱支队的器材啦，等等。

其实，我那一瞬间靠的，是极不靠谱的直觉。

就好比我在预审那会儿提嫌疑人，对我撒谎的没一个能蒙混过关。我说不上来他们的表情、动作、眼神有什么奇怪的地方，但我就是知道，他们在撒谎。

事实也证明了我的判断，或运气，无一例外。

对此，我的新婚伴侣，同时也是原来预审处的同事——潘雪晶大小姐的看法是："他就这莽撞脾气，再仗着点儿白局和韩教授的关照，拳头比脑子动得快。万一错打了自己人，可怎么交代啊！"

和我一起素有刑侦支队"双诚会"之称的死党、法医队的何靖诚说得更是直截了当："这厮其实是思维大条，估计觉得不对劲儿就动手了。那乌烟瘴气的场面，怎么可能容他多想？"

彬的评论则接近调侃："是或不是，反正一棍子抡过去，立见分晓。"

毕竟心里没底，我第一下出手是悠着劲儿的。即便如此，那孙子也被铁棍打得一路踉跄。他捂着肩膀猛一回头，双目凶光毕露。

多谢，这下咱哥俩都落个明白。

石瞻没拔腿就跑，反倒一脚踹了回来。动手？退役武警了不起啊！搭上手你就知道老子是谁了。"警察！"我左手一抄他踢过来的腿，一棍子砸在他膝盖上。这家伙生猛得很，哼都没哼一声，腾空而起，另一只脚踹在我胸口，我为卸力撒手撤了半步，他倒地的同时一个翻身就起来了，像只瘸腿的兔子一样回头往人丛里蹿。

再浑的罪犯都一样，碰上警察，不得已比画两下，找着机会就只会使三十六计最后一招——后脑勺直接贱卖给我了。

不能打死他，人质母子的下落还得指望这小子。我没敢朝他脑袋招呼，冲胳膊打了过去。跑！打折你四肢我看你拿什么跑！

石瞻背后长眼一般，重心下沉、前倾，就势一记高鞭腿撩在我右肩窝外。用棍脱手而去，可我也抄住了他的左腿，一推一拽去了他的平衡，上肩就是个背胯，像扔袋水泥一样把他扔了回来。他落地前用另外一条腿锁了我脖子，我没摆脱得了，被他的体重带倒在地。

拖住他，刚才呼叫的增援应该马上就到了！

同时倒地，先起身者为王，但我压根儿就没想起来，我要做的就是阻止他起来。这孙子动作飞快,对我拳肘交加。我抬起两手护住脑袋,一条腿顺着腹股沟别住了他,另一只脚狂蹬他被敲成半残的膝盖。石瞻很快明白了我的意图,去掰我锁住他的腿。我腾出手挥了记摆拳,饶着不好发力,这拳也把他左耳打得翻了起来。这浑蛋,知道我深蹲负重的成绩能吓死你。

"赵队!"

"在那儿!"

第一拨增援的弟兄们赶到了。

血顺着耳根子流了满脸,石瞻的面孔越发狰狞起来。他如困兽般发出了疯狂的嗥叫,趁我未及收拳,一肘压住我脖子。颈动脉猝然被攻击令我滞停了片刻——只片刻的工夫,他就把我一脚蹬开。

我右手撑地翻身刚站起来,一组的小宋就口鼻喷血倒在我怀里,我拨拉开他,又看到张祺捂着小肚子倒在我面前。顷刻间,石瞻面前只剩下了正在虚张声势的曹伐。曹伐突然从腰里拔出手枪……

见鬼!谁批准他带枪的?五四式手枪穿透力太强,这里不能射击!

"闪开!"我大吼着冲上去,插到两人中间。石瞻明显对我有所忌惮,转身就跑。我抬腿要追,却见他一俯身从地上抄起样东西——准确地说,是一个人——砸了过来。

是那个捂着胸口的老大爷。

我抢前一把接住老人,却也实实在在迎上了石瞻踹出的一腿,向后倒在曹伐身上。再起身,石瞻已不知去向。

把大爷抱到一旁放下,我回身叼住曹伐的腕子夺下枪,随手奉送的一拳几乎直接送了他去见周公:"赵馨诚报告!目标脱逃,方向东南。有民警和群众受伤，增援死他妈哪儿去啦！"

"三号制高点报告，目标跳入小月河。"

"二号制高点报告，发现目标。"

"河道二组报告，发现目标潜入水里……"

"这里是指挥车，小月河是断流，严把河道沿线所有登陆口和排污口，让他游个痛快！"老白的自信不无道理，河道沿线早已做了严密布控，电影电视里万年有效的"水遁法"，在这里完全行不通。

"河道三组报告，目标探头换气，又潜下去了。"

"河道四组报告，目标露头，潜下去了，这小子气儿够长的。"

没想到，这是石瞻最后一次出现在布控视野中。

此次行动共出动警力四百二十五人，现场最终围下一千五百九十二人，其中有商贩两百九十一人；群众受伤七人，民警受伤十五人；审查后发现有盗窃案底的三人，抢劫案底的一人，寻衅滋事案底的九人，曾因嫖娼接受劳动教养的两人，因盗窃被列为网上抓逃的一人，有不当得利企图的一人，非法经营者若干……参与绑架案者——零。

在西城分局的协助下，上述排查在中午之前就完成了。同时，进行现场勘查的刑侦技术队找到了石瞻人间蒸发的原因——一个隐秘的、低于水位线的、在所有规划图以及预案之外的排污口。市局派来的"水鬼"顺着这个排污口发现了石瞻出逃的足迹，也找到了那家违反市政规划与环保规定私开排废通道的酒店。

老白去市局汇报前甩下句气话："他妈的，给我砸了那家店！"

领导回来之前，我一直被关在"小黑屋"里，原因很简单：石瞻是从我手里跑掉的，再就是，我擅离岗位、不听调度、殴打同事等可以拿到书面上呈的罪状。

下午，白局归队，所有正副支队长和正副队长都被叫去开会。我挂着东部地区队队长的衔儿，自然也被"押"到了会议室。曹伐不愧是老刑警，别看脑袋用纱布裹得像粽子一样，还坚持带伤出席会议。

"四百多个没围下一个，什么情况！"老白一手拿着烟，另一手拎着把等比例手枪形状的打火机，他用"枪"一指，"曹伐！你这脑袋跟个木乃伊似的，还不回宿舍歇着，有什么要汇报的？"

曹伐刻意没朝我这边看，嘴里呜呜地听起来像只受了委屈的狗："没……我……咱们……我是说，咱们现在应该多找目击证人，从石瞻逃走的路线下手……"

"你脑袋怎么搞的？"老白明知故问，打断了他。

"呃……呃……是……赵……"曹伐一时间摸不准老白发难的意图，嘴里更不利索了。

老白又用"枪"点点我："你小子打人？为什么？"

"因为他持枪进现场，而且在人群稠密的地方拔枪。"我耸了下肩，"坊间流传估计还有我借机公报私仇，等等。"

领导的手机突然响了，他拿到耳边，"喂"了两句，表情一看就是碰到了电话推销的："我一个月就挣几千块，拿什么买你的海景房啊？"

他没好气地挂上电话，瞪着曹伐："枪？谁批准你可以带枪的？枪库有记录吗？"

曹伐既不敢和老白对视，又不知道该看哪儿，只能耷拉着眼："有。"

"那就是咱们某个正副支队长批的了？既然枪库有记录，我也就懒得再问了。等这案子结了，签字让他领枪的那个，把检查和申调报告一起给我交过来。"老白回手扣动"扳机"点着烟，"至于你曹伐嘛……"

白局搂"枪"轻描淡写地就毙了个处级干部，一屋子人连大气都不敢出——包括我在内。大家很担心他会像施瓦辛格一样，架出转轮火神炮点下一根烟。

"几百弟兄出个布控你还得带枪，就那么怕死？怕死当你妈什么刑警啊！既然手里有枪，你他妈倒是开枪啊！先把石瞻给我留下！也省得我现在杀你个二罪归一。什么情况！"白局用"枪"轻轻磕打着桌面，"曹伐，你是老探员了，在支队混的年头比我这个当领导的都长。让你脱衣服滚蛋，有些不近人情。咱们队不是养不起个把警尿，可兵熊熊一个，将熊熊一窝……所以说，我看，你这个副队长也别当了。看哪个队愿意收留你，寻摸个坑蹲着。哪队缺人？"

没人吱声。不单是说现任领导贬下来的人，谁都不敢兜，再加上曹伐这家伙做人太失败，贪杯好色不说，尿奸坏又是一流。关键时刻，唯一跟他关系不错的那个副支已是自身难保，连个能替他仗义一把的同僚都没有。

"头儿。"我试探地抬了抬手，"东部队内勤歇产假去了，老六又刚病退，补给我吧。"

"你？"老白目光如电，扫了我一眼，"刚揍完人家又跑出来卖乖来了？成，我倒是没意见。你问问被害人自己愿不愿意。"

我瞥着曹伐，没说话。这老东西心里明白，自己现在连下沉到派出所的机会都没有，不跟我干就得走人。尽管纱布遮住了他的表情，但我还是能感觉到他的犹豫和尴尬。末了，他缓缓点了下头。

"那就这样。咱们一是一，二是二。赵馨诚，你小子以后手也别那么欠，整个支队就你能打是吧？能打怎么还让石瞻跑了！写个检查，下次全队会议上给曹伐道歉，把医药费给人家出了。曹伐，这儿没你事儿了，回家养两天，上班收拾好东西找小赵报到。"

轰走了曹伐，老白又掏出根烟，举"枪"指着剩下的与会人众道："石瞻跑了，人质也危了。市局下了紧急预案，现在派活儿。"

3

四九城地域广阔、人口稠密，石瞻随便找个地缝一钻，根本无迹可寻。市局发来了袁适博士做出的"画像"[①]：犯罪人系与他人共同实施犯罪；有交通工具（深色越野车型）和固定（临时）住所（在知春路至学院路沿线）；持有武器，具备反侦查能力；有一定的社会关系，包括在警方内部可能有眼线；生活比较规律，有轻度强迫症；习惯穿着服装偏深、暗色……

说起袁博士，那可是刑侦界最近炙手可热的明星人物。据说二十七岁就取得了克莱登大学犯罪心理学博士学位的他，曾赴匡

[①] 全称"犯罪心理画像"或"犯罪剖绘"，即"Criminal Profiling"或"Profiling of Criminal Mind"，指通过在犯罪现场对犯罪人的犯罪行为进行分析，推断犯罪人的心理特点，继而勾勒出一些生理特征、性格特点与家庭环境等，从而缩小侦查人员排查犯罪嫌疑人的范围，协助案件的侦破。

迪科——美国联邦调查局行为科学调查研究部门受训,并参与了多起连环杀人案件的侦破,被誉为犯罪心理学界的华人天才。今年年初,青年才俊袁博士毅然放弃了国外的优厚待遇,回到祖国的首都,投身于市公安系统刑侦辅助技术的建立与完善工作中,现任市局刑侦技术队犯罪心理学顾问、市物证鉴定中心专家组委员、国家司法技术研究所主任、最高人民法院刑事审判物证研讨会理事等职。

在刑侦工作中启动犯罪剖绘这门前沿技术作为辅助手段,海淀分局可谓首创。原来分局的犯罪心理学顾问一直由彬的父亲——中国人民大学犯罪心理学教授韩松阁担任。韩教授学识渊博,著作等身,且为人谦虚低调,作风稳健扎实,在全局上下口碑颇佳。后来韩教授被怀柔检察院聘去做副检察长,分局犯罪剖绘的技术支持也就只能指望市局技术队了。

当然,在支队内部,包括韩教授的老战友白局都知道:韩教授在任期间提供的技术支持,多少得益于他背后的智囊团——彬和他的"指纹·犯罪研究工作室"。拥有一个爱好犯罪剖绘的儿子,是韩教授倍感欣慰的资本。这个研究犯罪剖绘的"草台班子"组成很复杂:公、检、法、司、律、监以及社会闲散人员,我、雪晶、老何亦是骨干成员。虽说韩教授离任后,工作室只是作为一个单纯的民间爱好者团体存在,但也发展得越来越具规模、网站、杂志专栏、主题咖啡屋,一样不缺。彬却在这个当口突然带回个莫名其妙的"小"女朋友,同时卸去负责人一职,把整个工作室交给我和老何打理。

韩教授走了,彬也不在了,"继位"的袁博士可半点儿不落人后。他一上来就替市局解决了数个要案,而且手法神乎其技,了解经过的人无不赞叹:"科班出身的,就是不一样!"

经由袁博士剖绘得以侦破的案件，我是亲身感受过的。那次，袁博士把嫌疑人圈定为某地区的"男性，二十至三十岁，身材瘦小，系从事体力劳动的来京务工人员，未婚，单独居住，无犯罪史，可能穿深蓝色牛仔裤和不系带的三接头皮鞋"。我们按这个标准在那一带进行了为期近一周的排查，最后通过线报，在一个拆迁工地将抢劫犯刘某抓获。刘某不仅基本符合袁博士做出的特征剖绘，更神奇的是，他被捕时就穿着深蓝色牛仔裤和棕色的三接头皮鞋！

彬得知后险些拊掌笑翻："厉害。此公技近布鲁舍尔[①]，着实厉害。"

下午启动的紧急预案基本上就是围绕着袁博士的"画像"展开的。十二个探组先后奔赴知春路至学院路沿线展开摸排。治安支队在交管局的协助下，对海淀区几乎所有主干道及大型停车场上的越野型车辆逐一核查。由于会后东部地区队的副支队长称病告假，老白命我率整个东部地区队挨家走访全区的一百零九家医院——截止到晚上九点，依然一无所获。

九点整，我在车上给老白拨了电话："头儿，这么瞎扑腾不是办法。"

电话那边嘈杂得很："怎么啦？"

"不算无照游医开的黑门诊，全区一百零九家医院，军属医院九家，社会三类甲等医院十家，再加上九十家二类和社区医

[①] 一九五七年，美国格林威治镇的精神病理学家詹姆斯·布鲁舍尔（James Brussel）博士对纽约一名炸弹袭击者进行的剖绘已经具体到"穿着双排扣西装外套"，而最终抓获的犯罪嫌疑人乔治·迈德斯基（George Mestesky）在脱去睡衣后果然换上了双排扣西装。该案后来成为实案剖绘最广为传颂的神奇范例。

院，就东部队这俩半人根本查不过来。而且医院的设备更多是对即将分娩的被害人有用，如果石瞻对蔡莹的死活无所谓，只为处理自己身上那点儿伤，连医院都不用去，找个药店买点儿东西就能搞定。可您知道咱辖区里有多少药房吗？"

"行了、行了，少他妈废话！"电话那边的声音突然清楚了许多，"你小子想说什么？"

"咱们的着手点有问题。石瞻有军警背景，对刑侦系统的运作模式多少有些了解，他不可能在这个风紧的关头露面。咱们应该顺着他的出逃路线摸，也就是他从排污通道上岸的地方开始……"我说着说着，突然发觉对面没声了，起初还以为是电话断了，直到老白叹了口气。

"通常情况下，人质遭绑架后，如果绑匪有撕票可能，人质的存活时间能有多久？"

我明白领导的苦衷。"理论上来讲，两到四天，也就是，最多过了今晚……"

"大的死了，小的也就没了。"

老白能杀曹伐一个二罪归一，一样有人能杀老白个二罪归一。

"现在实施的方案是市局的指示，技术角度上，没什么不妥。"

只是时间不等人……想来，老白也不愿把宝全押在市局的紧急预案上。

"赵儿，你从派出所实习的时候就跟着我，后来在刑侦、预审、治安兜了一大圈，算是什么警种都干过。知道我来刑侦以后为什么要调你过来吗？"

——知道，因为我是您最信任的手下。

"头儿，有什么吩咐，您说我做。"

市局的命令不可违,想要按支队自己的步调查案,老白需要有确凿的依据。

"把东部队的指挥交给张祺,找到石瞻的行踪。别搞个人英雄主义,随时向我汇报。线索一经查实,我就可以抽调人手过去。"转瞬间,老白恢复了一贯的强硬口吻,"我不管你找谁帮忙,动用什么资源,惹多大麻烦,把石瞻给我铐回来!"

"得令!"

蓟门桥东南,梧梁酒店门口,老何已经在等我了。

一见面老何就问:"你没叫彬?"

我晃了下手机:"打过,关机。"彬携女友出游南方半月有余,音信皆无。

我把手机连上耳机:"小姜,听见了吗?"

"信号很好!"都在连轴转,可姜澜的声音听起来活泼如常,年轻真好,"赵队,您到梧梁酒店了?"

"对。你在总台吧?分频一条线路到老何的手机上。"我示意老何也装上耳机。

"喂!非行动状态架设分频线路是违规的,领导要问的话你可得罩我啊。"

"行动是白局直接授权的,违个屁规!"我没工夫听她抱怨,"南部地区队从酒店找到的线索汇总过来了吗?"

看我气不顺,小姜赶紧步入正题:"刚拿到。酒店现在已经被封了,你们要进现场的话,我叫派出所配合你们……"

"先不用。告诉我技术队现场勘查的结果,还有南部队走访的情况。"

"技术队追踪现场足迹，发现石瞻从酒店后门进去过。酒店内的探头拍到他进了员工更衣室，两分钟后又出来了，换了身服务员的工作装……何哥你那条线静电噪声太大，先挂上，我再给你拨一次。由于头部有伤口，右腿还被你打瘸了，他从正门离开时被多名酒店员工还有保安看到。何哥，现在呢？信号清楚了吧？七点二十六分，正门监视器拍到石瞻离开。经走访，酒店对面报亭的大妈说，早上看到一名身穿酒店工作服的小伙子一瘸一拐出了门，沿马路朝蓟门桥北走去，也就是袁博士圈定的区域。"

老何摇摇头："外围迅速收缩，封锁路段，他不可能步行离开。"

"会不会是坐公共汽车呢？"小姜插进话来，"人多正好便于隐藏身份嘛。"

"就这么几种移动方式：走路，那他死定了；骑车，就他那腿，能走已经是奇迹；至于公交，人多确实方便隐藏，但也容易被注意到，而且速度太慢，不可能及时脱离封锁区域。"我冲老何摊了下手，"北起四环的学院桥，南至西直门桥，东西各到马甸桥和大钟寺桥，这么大的封锁范围，他一时半会儿怎么出去？出租车？自驾机动车？还赶上七点半这么个交通早高峰……"

"地铁呢？"老何指着南侧西直门方向，"准点发车，不受道路拥堵制约；人流量大，便于隐藏；发散点多，四通八达；最近的地铁站，就在咱们布控封锁的南边界线上……"

"你真帅——小姜！"

"已经通知交管局和北京市地铁运营有限公司，让他们调取大钟寺、西直门和积水潭地铁站入口的监控录像。后两个是西城的辖区，我无权跨区协调警力……"

"很好，我们现在就过去。请示白局，要求协调西城分局及地方派出所协助,告诉他是我说的。"我拉开车门招呼老何,"我早说你混了这么多年到头也就是个副主任法医师,还不如来队里跟我一起跑外勤,有你这水平早提副支了。"

刚到地铁运营公司,线路里突然冒出雪晶的声音:"诚,你不回家也不告诉我一声。"

我吓了一跳,问:"你、你怎么也去支队了?"

"没有,我在北院①。回家做了饭,傻等半天也没见你回来,我自己一个人无聊,就收拾了下屋子,浇了花儿,喂了乌龟,然后回预审处加班。"

"呃……我是忘了打电话,可你也没给我打啊。"

"你不是说工作时间不许给你打电话的吗?"

"赵队,打断一下,要不要我给你和潘姐单架条保密线路……"

"你架线我还指望能保密?对不起,老婆,我这边一忙给忘了。改天……哦不,就明后天,只要这边案子一有着落,我就去北院给你赔罪。我保证抱着花去接你,然后请你吃大餐……"女人家嘛,你越是当着外人,尤其是其他女人的面对她好,她就越觉得有面子。

"好啦好啦,我又没怪你。"电话里雪晶似乎有些不好意思,"我知道你们今天的布控不顺利。支队的人说你打伤了罪犯,还打了自己人,怎么回事啊?"

"没事,等我回头再跟你说,现在正忙。"

---

①原预审处,"侦审合一"后并入刑侦支队,改称"刑侦支队预审大队"。

"好吧。就你跟何哥在？韩哥回来没有？杨子还问要不要帮忙呢……"

杨延鹏？这臭不要脸的玩意儿怎么又蹦出来了？他是雪晶的初中同学，且自称是潘小姐的终身追求者。他虽是在彬的领导时期加入工作室的，但醉翁之意不在酒的龌龊之心可谓路人皆知。后来我也当面向彬抗议过，并怒称接手后立即开除他。彬只是淡淡地说："小杨有在国安局工作的背景，没准哪天，你会需要他。"

可他现在不过是个街边调查事务所的小老板而已！关键是一天到晚围着我老婆转，简直就是只挥之不去的苍蝇！

老何则劝我："彬所用之人，不宜轻废。"

他说得对。反感归反感，搓火归搓火，没有彬的默许，我还真不好动杨延鹏——这属于相对微妙的面子问题。

"用不着这孙子，你少搭理他！"虽然是在公开线路里，我还是不自觉地流露出了情绪。

雪晶在那边似乎偷笑了一声："你别一提杨子就那么不高兴，人家哪儿惹你啦？对了，听他说，市局好像给白局很大压力，如果人质被撕票，白局铁定要被撤。"

我得承认，那瘪三的消息确实灵通。这话也说到我的心烦之处："别听丫瞎说！我得去查监控录像了，先这样。老何，走吧。"

老何摘下耳机："再打情骂俏我就得申请保密线路了……"

由于必须绕开市局，想来白局是凭借和西城分局领导的私人关系进行的协调，才使我们得到了十多个民警的支援。一堆人分散各处对着屏幕练对眼儿练到凌晨三点多，终于找到了石瞻在积水潭地铁站登车的踪迹。检查沿线监控记录后，发现他没坐几站,就在阜成门下了车。

出了监控范围,线索断了。"走,去现场。"

小姜没了主意:"昨天上午九点多协查通告就发出去了,可西城警方并没有发现他。要不要我再去调阜成门立交桥周围的监控录像?"

老何路上一直在思考,提出了相反意见:"调是可以,不过用处不大。咱们知道这么干,石瞻也能想到。假设他具备反侦查能力的话,就会尽量避免出现在监视器里。上地铁是不得已而为之,但既然出了封锁范围,他就不会再轻易暴露自己。"

"不过那里离封锁地区不过几站地,他都上地铁了,何不跑远一些再下车?"查看地铁监控录像的时候,我还注意到了其他的细节,"像阜成门这种市中心的非住宅地区,不大可能是他的落脚点,而且他不清楚警方是否已经在后面追了。协查通告一经发放,全北京的警察都会挖地三尺把他翻出来。他绝不是撞大运撞进梧梁酒店私建的排污通道,这是他事先设计好的出逃路线。这是个既会计划又能应变的罪犯,他在阜成门下车,肯定有他的目的。"

"地铁监控录像里,他的耳朵一直在流血,你把他打得很惨。"老何也注意到了,"梧梁酒店的工作服加上流血不止的伤口,是很好辨认的标记。他需要清理伤口,置换服装,改变形象。"

"所以,轮到我们来碰碰运气了。"我把车直接停到阜成门立交桥的西北侧,"他需要水和衣服,也就是说,需要卫生间和服装店。那么——"我指了下矗立在面前的华联商场,"一个购物中心应该可以满足他了吧。"

老何环视了一下周围:"这倒是地铁沿线离封锁区域最近的

购物中心。可石瞻下车的点儿,这儿开门了吗?"

"刚才看录像的时候你没发现?"说话时我已经上前砸门了,"候车厅的大广告牌——十五到十七号,华联店庆,下属所有商场大酬宾,且通宵营业。这里,是他下车后唯一的选择。"

在我破门而入之前,保安终于睡眼惺忪地跑了出来。我没时间跟他废话,直接掏出证件:"开门!叫你们保卫部经理。"

运气不错。十七号早上八点前后,商场的监控录像里出现了石瞻的身影。他先去了趟一层的卫生间,然后瘸着腿跑去运动卖场疯狂购物,用百事旅游鞋、耐克套头运动帽衫和苹果牛仔裤把自己从上到下打扮一新。结账前,他先跑出去了五分钟,估计是到附近的ATM机取钱了。

老何一旦错过"子午觉"就会满脸疲惫:"小姜,听得到吗?查附近所有的ATM机,看他用的什么卡。"

"周边四台ATM机在八点到九点间一共有三十二笔交易记录,取现的二十四笔,没有任何一张卡是石瞻名下的。这个时间,我调不到ATM机的监控录像……"

我扭头朝紧张兮兮的保卫部经理打了个响指:"通知你们收银的那位大姐和财务经理,起床了。"

经核实,石瞻那天早上在商场共消费了人民币一千七百八十元——现金支付固然安全,但也逃不过网络记录的法眼。

"取现超过一千五百元的交易有十一笔。测算石瞻在录像中的步行速度以及进出的时间,可以排除其中三台ATM机的九笔交易——他去的应该是商场西侧的那台取款机。这两笔交易的信用卡户主是刘文献和郑柏,取现金额都是两千。"

"不用我教你怎么做吧？"

"两张信用卡都没有挂失记录。正在查户主的背景资料……公安部就不能换个比蜗牛快点儿的服务器吗？"

我看了眼手表："打开石瞻的个人档案进行比对。"

"已经打开了……刘文献是……郑柏是现役武警！部队番号与石瞻曾经服役的部队番号一致！"

"查询那张信用卡的所有交易记录，尤其是案发时间前后的。姓郑的在北京有住所吗？我要他的背景资料，让支队派人去走访他的家属，协调他所在部队询问他和石瞻的关系。"

"赵队，我没办法——"

"给我接白局。"

老白的声音依旧虎威昂然，听不出半点儿倦意："什么情况？"

"头儿，我快摸到他了。需要支队的增援和市局的协调。"

"讲。"

"案发那天，石瞻用过自己战友的信用卡。这人是现役武警，对他进行询问必须通过市局想办法……"

"没别的辙？"

"除非石瞻大意，在信用记录上留下痕迹。"

"那人会是同伙吗？"

"不清楚。还需要至少两个探组的增援，我感觉离他很近了。"

"找张祺，整个东部队都归你。我再让巡查支队去两辆车跟你会合。真要撞上，没枪不行。"

老何拍拍我，说："调查交易记录有结果了。十号到昨天，发生过五笔交易，都在西四环五路居桥那边的一家物美超市和一家金象药房。"

"头儿,确定范围了。"我对老何朝门口一甩头,"西四环五路居桥。让东部队、巡查支队……让所有的增援到那儿跟我会合。"

路上,小姜问我:"赵队,听说您跟何哥是那个什么犯罪剖绘工作室的负责人,对吧?领导这次派你们来,是不是信不过袁博士给出的分析啊?"

"头儿怎么想的我不知道,但这个案子本身就不适用剖绘。"

"为什么?你们刚才不是……"

"你什么时候见着我们剖绘石瞻了?"

小姜被我噎在当场。老何忙接过我的话解释道:"犯罪剖绘只是刑侦的一种辅助手段,作用很有限,且大多是用来缩小嫌疑范围、排查嫌疑人的。咱们这个案子,罪犯是谁已经很清楚了,无须排查;而且石瞻具备很强的反侦查能力,生硬地以统计学数据为基础进行归纳性剖绘,意义不大。"

"可袁博士给出的'画像'很具体啊,难道不能帮助咱们找到罪犯吗?"

"他的分析没问题,只是咱耽误不起这工夫。"我冲老何摆了下手——我们没时间,没精力,更没义务对每个冥王星来客进行犯罪剖绘的启蒙教育,"给我接增援的探组。"

各路人马的动向先后反馈到我这里。白局可谓雷厉风行,而且招式大开大合——他不但违反市局的指示,把几乎全部警力集中过来,还找来石景山分局的人帮忙——当然,我知道他和石景山分局的一把手是同期。事实上,高干出身的老白在公安圈子里的人脉深不可测，上至公安部，下到分院局，大大小小各色领导，都要卖他三分面子。

领导问我，到现场之后该如何展开搜索，我给他的建议很简单：多上尿人只是必要的基础——在这种居民成分复杂、管理混乱的边缘住宅区，我们最需要的其实是来自"特情"与"耳目"的协助。

所谓"特情"和"耳目"，其实就是常见于港台片里的"线人"的大陆官方称谓。刑事案件的线人叫作"特情"，治安案件的线人则被称作"耳目"。其中"特情"又分两种："红色特情"与"灰色特情"，分别代表奉公守法的线民和有些小奸小恶的线民。"特情"与"耳目"培养起来十分不易，但又比"卧底"来得安全有效，是警方破获案件常需的线索来源。一个出色的刑警——就说区区在下吧，手里往往掌握着数十甚至上百个"特情"人员。

很快，石景山分局刑侦支队传来消息：五路居桥西南、仲村一带平房小区的四排某发廊有人举报，一貌似石瞻的青年男子数日前携一孕妇租住了四排十二号的一座独院。

"我马上过去，头儿！"接到消息时我正在五路居桥东，"还赶得及吗？"

"仲村已经完成封锁，没法儿等你，马上就要往里冲了。"通话中，老白的情绪明显还绷得很紧，"你过去也行，路上就能听着结果了。小兔崽子，干得不错！"

领导最后的这句夸奖终于令我放松下来——但只放松了不到五分钟。

通信线路里传来突击队弟兄沮丧的声音："赵队……"

我握着方向盘的手不自觉地抽搐了一下："怎么？人质被撕

了?"

"这……你过来看就知道了……"

我一脚把油门踩到底。

四排十二号是个小院落,进深有限。唯一的房间不到十五平方米,屋内陈设简单:桌、床、简易的拉杆衣柜,还有遍地垃圾。

只不过,这一切几乎都覆盖了一层暗红色。

从警这么多年,多恐怖的现场我都见过。可我必须承认,这个红色的场景依旧给我带来了无以名状的冲击力。

真不知道老白如何还能保持镇定:"固定现场,技术队马上就到。我现在就向市局汇报情况,让技术队一有结果立刻通知我。"

我站在门口出神了片刻,问道:"老何,你估计……这得有多少血?"

"至少一升,或者更多。"老何不停地探头进去,没有看我,"蔡莹体内估计统共就四升血,或者更少。这下够呛了。"

小姜在通信线路里倒抽了口凉气:"人体失血超过百分之二十五以上就会死亡的……"

"对!所以我们现在有一屋子血,还有一个失血至少四分之一以上、不知去向的孕妇……现在谁能有点儿建设性发言,我洗耳恭听!"

老何手掌下压,示意我控制情绪:"现场没发现任何尸体,部分血迹还没有完全凝结,石瞻携……携人质离开的时间应该不久。"

"已封锁现场周围两公里以内的地区。市局的命令刚下来,要求石景山分局配合咱们呈辐射状向外围扩展搜索。"

我问道:"有人目击到他离开吗?"

"负责走访的探组还没有消息。支队已经在查五路居桥周围的监控录像了。白局刚才通知我们按正常程序工作,等候新的命令。"

"石景山分局的那个'特情'是谁?"

"啊?哪个?"

"就是提供现场所在的那个线人。不管是'特情'还是'耳目',把他的基本情况给我。"

"等等。"老何摘下耳机,问,"你打算干什么?"

"我不知道。"我关闭了通信,向外拨号,"现在人质可能死了——至少死了一个,老白的位子也悬了。总得做点儿什么……能抓到什么算什么,我得找个下手的地方。"

听筒里传来机械的女声回应,彬的电话还是关机。

我做了个深呼吸,重新打开通信线路:"问到了吗?"

"石景山支队拒绝提供,只说如果有情况需要核实就跟刘队长联系,电话是……"

"他妈的!"

其实这并不奇怪,没有刑警会随便出卖自己的线人,这与交情或义气无关,"特情"和"耳目"都是警方的巨大财富——在这个问题上,每个警察也都财迷得很。

离开院子的时候,我和进场的技术队擦肩而过:"老何,你留在这儿跟技术队一起找找线索。我找人聊聊。"

老何从技术队的人那里接过手套、鞋套:"你别乱来。有事叫我。"

"四排某发廊"——四排一共就两家发廊。

敲开胡同东侧的那家不到十平方米的无名"发廊",一个只着内衣裤的半老徐娘看了我的证件后,大咧咧往椅子上一靠:"什么事啊,小兄弟。"

我回手指了下警灯闪烁的外面:"知道出什么事了吗?"

"鬼闹!"可能是由于来不及化妆,她的脸看上去就像隔夜的包子,干、黄,而且多褶,"干吗?我可有暂住证……"

"西边那家发廊有几个人?似乎比你这里大一些。"

"四五个吧,你们去查就知道了。"她从桌上拿起个烟盒,却发现里面空空如也,遂狠狠地向门外一扔,发泄了自己的失望,"那可是个人肉场!那个老东西招了一堆小工,客人也睡自己也睡。切!不晓得哪天就跟谁睡成亲戚了……"

"打扰了。"我随手从暖气上抄起条五颜六色的"白"毛巾,掏出兜里的半包烟丢给她,"多谢!"

回到胡同里,我问了下值守的弟兄,确定目前在场的都是自己人。

"封死西侧出口,找俩人在西边那家发廊门口待着。"

我从车上取下强光手电,用毛巾包缠好右手,来到发廊门前,倒提着电筒把玻璃门敲了个四分五裂,探手从里面打开门。我闯入外屋:"警察!"

外堂看着倒还像是个理发的地儿,没人。里屋传来一阵混合着男女声的响动。我被一张椅子绊了一下,径直走向里面,跟向外跑的一个中年男人几乎撞了个满怀——这家伙身上的衣服比脑袋上的头发多不了多少,白花花的肚子像搽了雪花膏。

没等他出声,我抬手就掐在他颈动脉上,拎小鸡子一样把他拎回里屋。里屋就一张大通铺,拿手电一扫,三个裸体少女无措的面孔出现在我的视野中。

我垂下电筒:"穿衣服。"

把老板拎到门外,刚一松手,这个老东西因为极度脑缺血,站都没站住,一屁股直接坐在地上。我把他拽起来,问道:"你是'点子'?"

"大哥!大哥!我错了!我错了……"

我让门口的弟兄看住他,返回里屋。三个女孩都已经穿上衣服,打开了灯。我掏出证件,简单安抚了她们一下,指着其中一个穿红色衬衫的女孩说:"多披件衣服,到门口跟你们老板站一块儿。"

然后我又指着穿绿衣服的女孩说:"你去外屋。"

来到门口,那个老淫棍冻得直筛糠。"站好了!"我厉声呵斥他,随后扭头对"小红"说,"一会儿可能需要对你问话。依据法律规定,对你进行询问的工作应当由女警员担任;如果你未成年,则必须有监护人在场……"

在外屋,我对"小绿"也进行了五分钟同样的普法教育。

最后我来到里屋,关上门,轻声道:"我是海淀刑侦支队的赵馨诚,谢谢你提供的协助。你的上线没卖你,我自己摸过来的。事关一对母子的生死,我也是不得已才直接来找你,希望你能帮我。"

那个女孩至多十六七岁,就像彬的女友一样,苍白、纤瘦。毕竟年龄太小,在我看来,她身上某种特情人员的气质十分明显。

她了无生气地坐在床头,半晌,才犹犹豫豫吐出几个字:"谢谢你,大哥。"

"我需要问你几个问题,希望你如实回答。不单是帮我们,也是为救出人质母子……"

那个女孩突然抬起头,目光中流露出诧异的神色。

手机响了,来电显示是一串〇——通信频段。

我冲她摆了下手,接通电话:"喂?"

线路里传来小姜的声音:"赵队,石瞻正在给董家打电话!你要不要——"

我夺门而出,朝车的方向跑去:"接过来!"

监听线路接通的时候,正是精彩的部分。

"一千万?!"

"赎金翻两倍,谁让你们报警的?"

"可……这么短的时间……"

"好好想想你的孙子。"

"孙子?小蔡她生了?孩子怎么样了?"

"一千万,都要现金。分五笔,其中四百万装箱寄往两个地方,地址我会发短信给你;另外六百万用三个编织袋装好——跟上次一样。五小时后,也就是上午十点,让你儿子带着两百万到地坛西门;你亲自带两百万去东二环保利大厦大堂;最后两百万让你家保姆带着,交钱地点在北京西站的停车场。"

"等等,我需要时间凑钱——"

"你再打断我一次试试!记住:第一,十点前必须把其中四百万寄出;第二,正在监听的警察同志们,如果十点我在三个交钱地点中的任何一处看到你们在场,交易就取消。我昨天早上能认出你们,今天一样可以,别抱侥幸心理。收到钱我会把你的儿媳、孙子都还你,死活看你运气。"

"等一下！我、我不是打断你，可这么多现金，时间太紧了……"

"你可以向政府紧急举债。放心，孩子死了，公安局一样担不起责任。"

"可是……"

我看到坐在副驾上的老何也在皱眉。

"白局，我赵馨诚。请求与石瞻通话，让小姜把我手机这条线搭过去。"

老何惊异地扭过头，口型是"你丫疯了"。

领导似乎也有些难以置信。"你说什么？"

"定位信号来源还需要不到一分钟，石瞻肯定也知道。相信我，头儿，他随时会挂电话，赶紧给我接过去！"

老白没再问。"接过去！"

手机里"嘟"地响了一声，我吸口气，沉声道："真对不住啊，兄弟，膝盖怎么样了？"

董老头在电话里刚"啊"了一下就没了声，估计是被探员拉开了。

过了两秒钟，石瞻回问："是你？"

"对，是我。我也不蒙你，快没时间了。谁让你没事撑得搞这限制级场景，目前不再是董家说了算，你想谈就跟我谈，我的电话是1391175……你挂机去换部电话给我打过来。我等你十分钟，十分钟后，你只有午夜心理治疗热线可打了。"

"咔嗒"，电话被挂断了。

老白恐怕有些欲哭无泪，紧张得笑出了声："你小子是他妈嫌人质死得慢还是嫌老子死得慢啊？"

我尽量让自己显得镇定："放心吧，头儿，他会打过来的。

小姜，监听我的号码。"

彬说过，只要是没有丧失理智的罪犯，都会以实现犯罪目的为先。石瞻的目的是取得赎金，只要赎金还在我们手里，就有机会争取主动权。

老何在一旁嘀咕："石瞻这次勒索的语气不太一样。"

老白不解："有什么不一样？"

我点头："石瞻变得啰唆了。昨天的布控和在五路居调查的结果都显示，他是单独作案，那么他一下搞出五个交接赎金的途径，无非是想分散警力，混淆侦查方向。而且，这次通话他没再提过'撕票'或类似的字眼，这很反常——毕竟，对人质的处决权是他唯一的王牌。"

"那他为什么会反常呢？"

"也许因为他没想到我们这么快就摸到了他，也许是蔡莹已经死亡……如果蔡莹没有在死前产下孩子，那他几乎在瞬间就变得一无所有。"

也许，是人质母子都已不在人世，石瞻已无"票"可"撕"。

"现场没有发现尸体，我们能确定蔡莹的死亡吗？"

老何轻咳一声，答道："刚才我和技术队一起勘查了现场，有蔡莹的指纹和大量血迹。经初步估算，蔡失血将近两升，也就是失血将近一半……血液并没有喷溅的痕迹，综合现场发现的羊水以及洗涤、消毒、止血等药具来推测的话，蔡很可能并非被撕票，而是死于难产。至于新生的婴儿是死是活，仅凭目前掌握的情况无从判断。"

我想起件事，忙问道："头儿，市局那边……"

老白冷哼了一声，没有作答。

电话响了。

"喂？"

"你们来替这母子俩收尸吧！"

有那么一秒钟，我的心脏几乎跳了出来。

随后，我克制住身体的颤抖，做淡漠状地说道："成，告诉我地点。你抓紧时间跑路吧。"

漫长的几秒钟后，石瞻笑了："装得倒挺像。吓坏了吧？"

我手心攥出了汗。"石瞻，你想谈，先向我证实孩子还活着，否则我挂电话了。"

"这条线路有监听吧？"

这种事没必要跟他兜圈子。"有，怎么了？"

线路中突然传出几声孩子的哭啼。

老何在一旁低声道："小姜……"

石瞻回到线上，说："现在，说说你跟我有什么可谈的？"

"你给的时间太短，董家凑不齐这么多现金。政府要接受赎金贷款早破产了。既然死贱活贵，这样吧，六百万，只买活的那个。"

电话那边，石瞻明显愣了一下："你、你他妈真的是警察吗？"

"赎金交接地点那么分散，你自己跑不过来，我们想监控邮递跟货运易如反掌。所以说，一千万你拿不到，耍这种花枪没意思。不用交出蔡莹，对你也有好处。如果我们找不到尸体，连证实蔡莹死亡都很难。就算抓到你，只要你嘴巴够硬，蔡莹的死没准都算不到你头上呢。"

石瞻的语速开始变快："那你什么意思？"

老何拍拍我，竖了下大拇指——孩子确实活着。

"寄送什么的，我看就免了。六百万，按你说的时间、地点以及你指定的人，准时送到。三个交钱人周围半径两百米内不会有我们的人，但两百米之外就是天罗地网。其实我懒得跟你废话，不过你自己最好搞明白，你跑不掉的。"

"不许有警察在场！"

"去打午夜治疗热线吧，蠢货。"

"你不会是想拖延时间吧？"

"还有两分钟才能定位你，装他妈什么行家！就这个价，你不接受尽管撕你的票！反正死一个死两个我都掐定你了！石瞻，咱俩动过手，我看你也算是条汉子，这是刀口舔血的营生——没那么轻松。想拿钱？谋事在你，成败在天。"

石瞻好像自言自语了一句什么，继而问道："你，叫什么名字？"

"赵馨诚。记住这个名字，见了阎王也好报报谁送你上的路。"

"这事你能做主？"

"没领导的直接授权，我能跟你通电话？"

"赵馨诚！你不要食言，两百米内……"

"两百米内你见到警察就可以立即撕票！两百米！我向你保证！但你记住，只有两百米！"

"姓赵的，我信你！成交！"

电话之后是一阵不可避免的七嘴八舌，还是白局一嗓门肃清了线路："有用的就说，没用的闭嘴！"

小姜怯生生地说了一句："赵队说得没错，石瞻确实在回避撕票的问题，可音频检测证实那个婴儿的声音……"

"孩子在他手上，他会去地坛。"这会儿没时间在细节分析上多纠缠，"头儿，我替您放了口儿，您看怎么布控吧。"

"仨地儿呢，你怎么确定他就会去地坛？"

"保利大厦是个楼，他进得去出不来，就算有两百米的安全距离，四面一围，等于瓮中捉鳖；北京西站人流量大，看似是监控行动的噩梦，不过相对监视器也多，封锁简单，搞不好就成了逃亡者的噩梦；只有地坛西门地域开阔，出逃线路多，监控设备少，人流量大——假设石瞻确实是单独行动的话，他应该会选择这里。"

"开价一千万被你杀到六百万还只能拿到三分之一，亏了点儿吧？"

"昨天俩活人不过三百万，现在少了一个人，打个七折，不算赔。当然，这只是我个人意见。而且保险起见，三个交钱地点都应该严密布控。"

"刘强带北部队、小赵带东部队负责监控地坛西门；孙韬带西部队去北京西站；南部队跟我去保利大厦。各队领导负责具体的现场安排，七点前把书面布控方案交到我手上，七点半前完成集结，八点半之前进场熟悉地形。我会向市局请求各地区分院局的外围配合。人手不够的自己去治安、巡查或者预审要人，实在不行就下派出所去划拉，我不管。反正我的要求是：两百米内的任何地方都不许有人，两百米外的任何地方都不许空着！指挥中心保持线路畅通，各队有情况随时通气儿。"

"头儿，那这边？"

"让技术队派人留守……小何不也在吗？他个法医队的别掺和围捕行动。"

"白局，我缺人啊……"

"少他妈废话！不是你答应石瞻能有现在这局面？两百米？你小子先斩后奏也不用脚后跟想想，咱支队拨拉拨拉脑袋统共才多少人?"

"得了,头儿,先这么着。我还有个'点子'得问话,七点前给您交布控预案……"

"赵馨诚!"

"在。"

"大的要是没了,把小的给我带回来。"

"放心。"

九点四十五分。

我带着两名组员和老何一起,站在过街天桥上俯瞰下望,地坛公园西门内外的一草一木尽收眼底。

"这里是二号车,董继的车已接近安定门桥南,预计五分钟内抵达。"

"了解。"我掐了掐鼻梁缓解疲劳,"各组就位,听命令行事。"

老何熬不得夜,通宵未睡的他此时就像卸了妆的过气影星,盯着桥下直发愣。

我戳了他一把:"嘿,怎么了你?没事儿,领导不会说什么的。"

"估摸着蔡莹死了,老白迟早得负这个责,也轮不到他说话了。"

"打起精神来啊,大哥,就要到时间了。"

"说得好像很有把握石瞻会来一样。"

"我解释过了。而且市局那个姓袁的博士对事态进行评估后,也认为石瞻最有可能来这里取赎金。你可以不相信我,但你不会连专家的话都不信吧？"

"信，全世界都能想到，就石瞻脑残。"老何斜睨着我，"都说这里是三个地点中最便于脱逃的，可你看看下面，上百民警。就算他从董继手里接过钱，还能往哪儿跑？"

"他要是去保利大厦或北京西站才死得不要太惨呢。"

"他在和你谈判时完全丧失了主动。"

"呵呵，我的何大医官，当时那真是纯蒙，后来我才确定他不会撕票的……"

老何略带疑惑："你掖着什么不能分享的小秘密呢？"

"五路居那个'点子'提供了一些有用的信息。当然，算是大胆的猜测……"

"二号车报告，董继抵达，开始进入预定位置。"

"一会儿再说。你别下去。"我示意一名组员留下来负责老何的安全，"我赵馨诚，东部队所有人员，保持距离！保持距离！刘支，您那边怎么样了？"

"都在。"

我顺着天桥一路奔东，检查着布控人员的位置："观察哨。"

"董继的车停在预定地点以北两百米路东处，他刚下车。"

"二号车撤离，行动队跟上。"

"行动队就位，董继周围无异常。刘支，他马上就到包围圈了。"

董继已从过街天桥下穿过。

"观察哨报位，董继进入包围圈！距预定地点一百米。"

我盯着手表。

"我是刘强，行动队可以散开了。其他人跟董继呈同步移动，安全距离两百米。"

"董继抵达预定地点,行动队通知他停下来!"

九点五十八分,时间正好。

"各组注意周围情况,隔时通报,三分钟。"

我望向天桥的另一侧——不会,袭击或挟持老何没有任何意义。

"二组报告,无异常。"

"一组报告,正常。"

"支援组到位,无异常。"

十点零一分。

"三组报告,无异常。"

"九组报告,已临时封锁地坛公园出口。"

"四组报告,一切正常。"

没指望石瞻能像瑞士钟表一样准时抵达自投罗网,但我确实越来越好奇他能有什么办法进出自如。

"指挥中心,这里是一区布控组,目标没有出现。另外两个区怎么样了?"

"收到。二区未发现目标,三区还没有通报情况。"

十点零三分。

"赵馨诚请求与各布控区通话,指挥中心?"

"做不到。三区刚回复:刚才由于有列车进站,董家保姆在出站通道位置被挤倒,可能崴到了脚,但目标未出现,情况正常。"

"七组报告,一切正常。"

老何正朝我这边走来,似乎是想说什么。我示意让护卫的弟兄拦住他。老何不是外勤人员,不能让他冒险进入布控区域。

"一组报告,无异常情况。"

"这里是观察哨,董继移动了!"

"我是刘强,所有人员随董继调整位置!行动队!这小子干吗呢!"

十点零七分。

"他在报亭买了包烟,已通知他回预定地点。真他妈的……"

"观察哨报位,董继返回预定地点。"

"馨诚。"通信线路传来老何的声音,我忙扭头,看到天桥另一边的他正用民警的通信器冲我喊话,像极了牛郎织女鹊桥七月七,"我们是……"

通信线路有点儿乱,刘强在交代:"目标可能在拖延时间,寻找机会。大家不要懈怠,千万别懈怠,做好打持久战的准备。"

"发现可疑目标!方向正南,青年男性,平头,上身穿黑色夹克,下身穿绿色工装裤,黑色运动鞋,双手插兜……"

我驻足观望片刻,找到了目标,心中一凛——不是石瞻。

"四组报告,他离我很近,正盯着董继……"

没回应,刘强显然和我一样,犹疑不定。

老何的声音再度传来:"馨诚,听见了吗?"

"怎么?"

目标在注视着董继,难道是石瞻的同伙?

"嫌疑目标不是石瞻,已进入包围圈,正朝董继走过去,要掐他吗?"

"我刚才说,我们这次还是便衣布控……"

"嫌疑目标已接近董继,是否行动,请指示!"

"我是刘强,别掐他。看他是不是来取钱的。"

我突然比较在意老何到底想说什么,但一转念,已明白了一大半。

"目标明显是朝董继……他已经……他在打董……董继倒下了!他妈的!那人手里有刀!董继倒下了!"

通信线路里描述的情景,就在我的眼皮子底下发生了——还好,剩下的那部分也明白了。

刘强即刻做出反应:"收网!掐死他!"

数十名便衣民警瞬间冲到事发地点,通信线路里一片混乱。

"目标落网!

"隔离周围人群,把车开过来!"

"董继的大腿在流血,叫车!"

"装钱的袋子呢?"

"赵队,下命令啊!"

原来如此。

我快步走下天桥。"全体注意!目标出现!深绿色外套,提着编织袋,正向西侧马路方向移动。他身上可能带有布控识别标志,那不是咱们的人!行动队,全力拦截拿袋子的那个!"

随便找个小流氓来刺伤董继,然后趁乱冒充布控民警冲上去拿钱。原来适才我们的多功能法医就已察觉,石瞻是打算故技重施。

不过如此。

"发现目标,抓住他!"

"警察!站住!"

石瞻惊觉不妙,一脚高一脚低地发足狂奔,向马路跑去。

这次真成了玩沙盘游戏。"八组、十组封锁南北双向路口,支援组迎面抄他!"

两个支援组的弟兄拦住他,石瞻把编织袋砸向其中一人,再想用脚踹,另外一个弟兄已经抱住了他的腿,一个别子将他绊倒。顷刻间，相继赶到的行动队民警接二连三地扑了上去，把他死死压在地上。等我溜达过去的时候，石瞻身边已经围了不下二十多人，几个弟兄正踩着他上铐子。

"指挥中心，一区报告，目标落网。我重复，目标落网。董继受伤，正送往附近的医院。无其他伤亡。赎金完好。未发现人质。"通报完情况后，我摘下耳麦，示意左右把石瞻扶起来。

石瞻的额头可能是在地上磕破了，血顺着脸颊淌了下来。他面带冷笑瞪着我，从牙缝里一字一顿地蹦出三个字："赵，馨，诚！"

"记性不错，挺好！就跟你说嘛，记清楚我的名字……"我抬手用袖口替他擦净脸上的血，"人质呢？大的小的、死的活的我都要，说吧。"

石瞻一言不发地盯着我，笑容越来越诡异。

"你单枪匹马的，孩子放哪儿啦？刚出生的孩子可不能离了人。"我上前半步，几乎是贴在他耳边说道，"石瞻，虎毒尚不食子，你说呢？"

4

石瞻的五官似乎猛地收紧了一下，又慢慢放松了下来。

那个女孩很细心，她告诉我，石瞻跑去发廊借脸盆的时候，不但焦急，而且略带兴奋。前男友去借钱？我一早就觉得没这么简单，野狗和金丝雀混在一起，总得整出点儿肉体关系来吧。

我从他身上搜出了手机和钱包，里面有几百块现金、两张信用卡以及一些票据。"你的死活我说了不算，可别让你儿子陪葬了。"

看他还是没有开口的打算,我就逗他:"蔡莹跟你幽会得再频繁,毕竟还是董财主家的媳妇儿,说白了,这孩子是谁的还不好说。带我们找着孩子,我就保证帮你搞个亲子鉴定。万一你最后得吃枪子儿,我也让你走个踏实,如何?"

石瞻终于笑着回了我一句:"不必。"

反正人犯落网,交差有余,总不能在现场问讯。"押他回去。"我戴上耳麦,"把车都开过来,清场收队。"

"赵队,我是小姜。三区发来紧急报告……"

"怎么?"

"三区收队的时候,发现停车场里有辆墨绿色的切诺基,车牌是……反正那是在册搜查的郑柏的车。车里发现了……孩子就在车里!"

"哈哈!"我乐着追上去拍了下石瞻,"得啦!哥们儿,这回你算输了个——"

"等等!赵队,三区刚……孩子……砸开车窗抱出孩子的时候,孩子已经……已经……随队法医说,死因可能是脱水和缺氧……"

我僵在了原地。

石瞻惊疑不定地看着我问:"怎么了?"

有什么东西堵住了胸口,我恍然大悟,觉得自己真是头蠢猪。"让三区的人别撤,给我接白局。"

案情小结、协查汇报、技术鉴定报告、法医鉴定结论书、尸检报告、讯问笔录……看完整本卷宗的时候,已是第二天中午。我伸了个懒腰,跑去局长办公室。一来看看老白是否还在位,二来趁机请了半天假。

离开前，我去找了赵小姜："有进展吗？"

姜澜属于典型的"新新民警"，有着刑侦人员的热情认真劲儿，淡漂成红色的披肩发、无色透亮的唇彩和覆盆子味道的香水又炫耀着青春时尚。"石瞻的手机里干干净净，都被删没了。技术队试着恢复数据，折腾一上午，还没弄出多少东西呢，设备就挂了……"

我看到办公桌上整齐码放着几排透明的证物袋，石瞻的手机和电话卡放在其中一个袋子里，下面还压着几张纸。我拿起来浏览，大概是几个电话号码和一些短信资料："证物怎么放你这儿了？"

"技术队的屋里正摆大摊儿呢，设备坏了不得修啊？挤得我都没地方写东西。"

我把其中一个号码默念了几遍，刚要出门，又觉得不妥，便问："什么时候能修好？"

"不好说，挺糟糕的样子。估计天黑前能弄好就不错了。"

我不动声色地从证物袋里抽出电话卡，揣进兜里："我出去一下，有事打电话。"

从花店出来，我先把东西都挪到后座上，然后掏出手机，换卡，戴耳机，拨号，开车。

电话响了几声后，居然有人接了。

真是意外的收获。

我故意放粗嗓门："喂？"

没人说话。

看来装得不像，我放弃："你好，蔡小姐。"

电话那头依然沉默。

"我叫赵馨诚,就是抓到你男人的那个警察。"

还是没有回应。

"告诉你,如你所愿,孩子死了。"

沉默。

"石瞻和金姨——被你利用的人,都归案了。"

似乎能听到滞重的呼吸声,若有若无。

"石瞻对你确实是一片痴情,否则他不会甘愿去当这个声东击西的炮灰。不知道你后来通过什么手段联系上的金姨,反正她知道你并非被绑架之后,也是真的同情你,只可惜她在北京西站配合你调包,到头来害了自己……"

呼吸声越来越明显。

"不错,为情所困难成大事,即便他们对你再好,你出卖他们,我也不觉得奇怪。"

一阵沉默。

"我只是不明白,为什么你连孩子都不放过?"

问题仿佛石沉大海。

"我知道这个孩子本身也许是个错误,可他毕竟是你的亲生骨肉。你连最起码的人性都没有了吗?"

回应我的只有呼吸声。

"放心,咱们的通话没被监控。对你,根本不需要。地方协查已经发现,从保定下火车之后,你现在应该在某趟赴阳泉市的长途车上。相信我,追兵和堵截都快到了。"

"嘶嘶"的声音。喘息,还是叹气?

"我劝你下车等追兵吧。五路居平房现场取证的检测结果显示,那一屋子的血,全是你难产流下的。北京地区所有医院都没有对你的收治或输血记录。失去体内将近一半的血还能支撑到现在，你已经创造吉尼斯纪录了。我不是医生，可你自己应该明白，如果得不到及时救治，你随时可能死亡。服法，是你现在唯一活命的机会——至少，还能多活些日子。"

又没声音了。

"就这样。对你这种人，我也没什么可多说的。两百万——被你出卖的人，被你杀死的孩子，居然只值两百万……不过他们都比你强。"

真的彻底安静了。

"蔡莹，你，一文不值。"

挂电话的时候，大概还不到一点四十。当时我并不知道，事后保定市局反馈的结果是：下午二时许，刑侦大队行动队在G107国道自东向西方向约一百二十公里处，截下一辆车牌号以冀C开头的长途客车……蔡莹侧倚在座位上，怀抱着一个巨大的编织袋……该犯被发现时已死亡，死亡时间不到半小时，当场起获被调包的赎金人民币两百万元。

雪晶上身套着件掐腰灰衬衫，裤腰束着朴素的时装带，俏立的身材是个几近标准的"S"形，一头黑发在脑后束了个马尾，嘴角保持着一贯微微上翘的角度，樱桃白的皮肤衬得两眼格外大。她见到我就问："你电话怎么关机了？"眼睛却在偷瞄我手里的玫瑰花束。

我单膝点地，将鲜花敬呈爱妻。"老婆大人容禀，你相公我为兑现承诺，特告假前来迎接凤驾。恐哪个不开眼的王八蛋突然一个电话打来，召卑职归队勤王，遂关机以绝后患。请老婆大人明察啊！"

雪晶笑盈盈地从我手里接过花。"相公一路辛劳,妾身感戴难名。不必多礼,请随妾入办公室一叙。"

我一跃而起,伸手揽住雪晶。"老婆,走吧!咱们先去喝下午茶,晚饭我已经在俏江南订好位子了……"

"干什么你?在单位呢……"她嗔笑着拨开我的手,"先跟我回办公室把材料整理完吧。"

"怎么啦?我搂的是自己老婆,不可以吗?"我故意扯开嗓门嚷嚷起来,"喂,我连续上勤七十多个小时,抓了俩嫌疑人,盹儿都没打过半个。就不兴咱放松放松,享受下正常的家庭生活?你们说是也不是啊?"

周围过往的都是我原来的同事,大家起哄似的附和着我。

"说得好!"

"兄弟,我支持你!"

"我也想吃俏江南!"

"带上俺!带上俺!"

"让余局也准咱们假!"

雪晶红着脸把我拽进办公室,回手把"别关门啊"之类的调侃封锁在门外:"你个死猪头真成,侦审两边就数你滑头。听说这回破案你功劳不小呢,白局更得宠着你了吧?"

"老白这位子能不能坐下去还难说呢。"我一屁股歪倒在椅子上,"你今天不是休息吗?"

"本来是休息的,谁让我家郎君这么能干,把石瞻和金桂兰都送过来了,处里人手不够,我也是帮帮忙。没事,一会儿就完。这蔡莹也是,要说为了钱,她都钓着金龟婿了,何必呢……"

我耸耸肩。可怜之人必有可恨之处,颠倒过来,一样通用。

"刚才听四室的秦峰说,石瞻嘴特硬,到现在都不承认蔡莹是主谋。武警那边配合对郑柏进行了询问,信用卡和越野车都是他自愿借石瞻的,不过他对石瞻要做什么并不知情。"

"他不闻不问就这么大方?"

"据说'因为他是我的战友'。这帮当兵的……"

"我靠,不会这俩老爷们儿之间也有点儿什么奸情吧?"

"哎,对了,石瞻知道那孩子的死讯后,哭得跟个泪人儿似的,整个楼道都听得见。鉴定报告还没转过来,你在支队见着了吧?那孩子……真是他儿子?"

我刚换回手机卡,听到这里一愣:"这案子又不是你办,瞎操这心干吗?"

雪晶兴致勃勃地靠过来,显露出女性特有的八卦表情,拉着我胳膊继续追问:"你看过卷了?那孩子到底是谁的?董家的还是石瞻的?"

"都不是。其实……"我叹口气,面带愧疚地抬起头,"其实,这孩子是我的。老婆,我错了,我不该跟别的女人……这样吧,今晚回家咱们就去造小人……"

"死猪头!"雪晶举起一本卷狂砸我的头,"谁跟你造小人……"

电话响了,我一边笑着作势告饶一边接通手机:"喂?"

小姜略带哭腔的声音传来,她发现证物缺失,已经吓丢了半条命——这可是能脱制服的重罪啊。

我先是温言软语安慰了她几句,然后做诡秘状告诉她说:电话卡是老白授意我私下拿去人民大学物证鉴定中心做分析的,事关领导的去留,不宜多说。不相信可以去问领导本人。且五点前我必将电话卡送回。不用着急,务必替领导保密云云。

无论是我和老白的关系,还是老白和人民大学韩教授的关系，包括我和韩教授儿子的关系，都不至让小姜真跑去核实我的说辞。最后，她安下心来，严肃地向我保证一定会守口如瓶。

雪晶在一旁看我挂上电话，揶揄道："你又欺负人家小姑娘。撒谎都不打腹稿，我以后还真得多小心你个猪头……"

我惊了，她怎么知道我在胡说八道？

"我就是知道，所以说我才是你老婆。"她丝毫没有掩饰自己的得意，"一会儿赶紧把东西还回去，你有老白罩着敢胡来，可别连累人家小女孩儿……对了，把订的位子取消吧。你刚才关机那阵儿，何哥打电话给我说，晚上去'指纹'聚会。"

"指纹"是彬和朋友合伙在志新桥南开的一家咖啡屋，也是工作室的据点。

"都谁去？"

"老样子啊。"

哦，彬回来了。

第二章　伪证

1

"指纹"今日盘点，暂停营业。

像历次聚会一样，晚餐后，我、彬、老何以及彬的合伙人店老板张北彤，一起围坐在店堂最里面，靠近一张仿真壁炉的台子周围，喝咖啡，吸烟，聊天。而列位女眷——雪晶、老何的妻子箐箐、彤哥的韩裔夫人则在吧台前一字排开，玩一种叫作"花图"的韩国纸牌游戏。

彬的"小"女友韩依晨也如往常一样恬静地坐在彬身侧，理所当然地融入了整个房间的背景之中。依晨天生一副沉默寡言的面孔，说不上漂亮，也不算难看，五官小巧精致，却不易给人留下印象。今晚她穿了一袭浅灰色的蝴蝶袖呢子短外套，里面露出白色的高领针织衫，咖啡色的喇叭口裤腿下面是平跟软皮的中帮休闲靴。

依晨与彬姓氏相同，因为在户籍登记上，她的正式身份是韩教授的养女，也就是彬的妹妹，不过这兄妹俩的年龄可差出一大截。依晨来自云南片马的一个收容机构，九九年——那时我刚认识彬不久，他将年仅九岁的依晨带回北京。这个孩子自打出现就罹患自闭症，同时伴有轻度的被迫害妄想症，唯一可与之接近并进行沟通的，只有当时已近而立之年的彬。

出于上述原因，这七年多以来，彬一直把依晨带在身边。两人同食同住，几乎形影不离，彼此日渐亲昵。韩教授虽为人威严正统，却是出了名的疼儿子，对这兄妹二人有悖伦常的往来采取了选择性失明。彬从未向任何人承认过自己与妹妹的恋爱关系，朋友们也都不方便问，算是大家心照不宣的事实。

说起来，作为彬的老同学，老何曾透露，彬在上学时有过一任女友，大学时两人分手——确切地说，是那个女孩移民国外，把彬踹了。结果彬伤心不已，服药自杀，却被老何撞开宿舍门背去医院救了回来。彬毕业后离京出游数载散心，方才继往开来，重拾人生。不过此后彬一直没有再交女友，现今却与这个比自己小十几岁的妹妹日久生情，着实令人唏嘘。

彬是我学习犯罪剖绘的启蒙老师。他离开工作室后，我还是会经常把手上的案子拿出来与他交换意见，尽管，很显然，他目前对依晨的宠爱比对犯罪剖绘的兴趣要深厚许多。这大概多少有点儿心理依赖的成分，很多时候侦破工作遇到阻塞，一见着他，我就跟瞧见巴豆的生理条件反射一样——立时通畅。

聊天一开始的半小时几乎是我在唱独角戏：蔡莹案的侦破过程可谓一波三折，而且结果不尽如人意。我最后在痛斥了蔡莹的罪有应得以及市局的垃圾预案之余，情不自禁流露出对老白前途未卜的忧虑。

"市局的预案确实存在问题，但责任归属还不好说。"不知老何是不是为了安慰我，"我听小杨说，袁适博士给出的剖绘方案本应属于参考意见，结果却被某个市局的中层领导——大概是为了力挺袁博士吧——直接拿来作为预案的核心依据了。就这件事，市局好像也在内部问责。"

我一听到杨延鹏的名字就倍感不爽："这小子哪儿来的消息，靠得住吗？"

"反正到现在白局还稳坐中军。谣言虽多,却没见着市局有什么动作。话说回来,从侦破结果来看,与袁博士的分析大多吻合。"

这倒是。深色越野车型(切诺基)、临时住所(五路居平房)、同案不止一人(先后共三人涉案)、一定的社会关系(部队战友)、具备反侦查能力(两次孤身进入布控区域,且一次全身而退)、深暗色着装(被捕时穿深绿色外套)……除了圈定的搜索地域范围之外,袁博士几乎全都说中了。不得不承认,单纯以案件结果而言,袁的"画像"可以说精确度相当高。

"这么说即便问责,首当其冲去扛雷的也应该是市局给预案拍板的那主儿吧?"我瞄了眼彬。

彬的身材与我相仿,肤色略深。在我认识的爷们儿里,他算有点儿臭讲究的,总是一身蓝、黑、灰、棕的靠色搭配。他会戴不超过一万块的手表,用不超过一千块的手机,戴不超过一百块的项链,抽不超过十块的香烟……以他的收入而言,简单而不昂贵。至于BOSS经典男用香水和找不到商标却一看就知道价格不菲的围巾,只能算是某种相对隐晦的雅痞标志。

此时他正斜靠在角落的沙发里,表情认真地倾听,只是显得有些心不在焉。不过彬就是这样,如果面前只有一个交谈对象,他会目不转睛地与对方进行眼神交流,仿佛这是他在世界上唯一在乎的人;如果人数大于等于二,他的目光就会等比例分流——我敢打赌如果他去参加"老鼠会"的传销讲座,每个下线都会感激涕零地以为他在注视着自己,当然,又无法完全确定。

老何无奈地摇摇头。"难说。案子是破了,可毕竟孩子死了,咱们支队的领导够呛能完全免责。问题是撤了白局,一时半会儿的,谁能接手啊?白局带队后,咱队的结案率在全市一直位列前三,现在队里上上下下没有不服的。他的继任者,不好做。"

"我去队里还电话卡的时候,听说又发命案了,好像不止一起。长信大厦死了个女的,板井路那边还挖出个骷髅,连尸源(尸体的身份)都没搞清楚呢……依我看,现在动老白不大可能,也没人愿意接这么个烫手山芋。"

"聊什么呢?聊什么呢?"雪晶突然冒了出来。

彤哥摇了下手中的雪茄——我总觉得,这与他虎背熊腰的身材、马尾辫、络腮胡的形象,以及野战背心、厚底军靴的装束十分搭配。他遍布横肉的娃娃脸上露出微笑。"听小赵讲讲刚破的那个案子,挺有意思。"

"别听他自吹自擂……对了,被害的那个孩子到底是谁的啊?董家的还是石瞻的?下午被你瞎打岔,我都忘了这事了。"

八卦是有传染性的,老何与彤哥也都略带好奇地望着我。彬探身从茶几上拿烟,依晨把一个玻璃烟缸朝他身边挪近了一些。

尸检时进行了DNA鉴定,但老白看了鉴定报告后说与本案无关,所以现在的案卷里没有附DNA鉴定结论。而我,就是为数不多有幸看过鉴定报告的人之一。

"又没做过DNA比对,我怎么知道?这事简单,猜呗!一半一半,不是姓董的就是姓石的。"

雪晶有些失望,开始用她一直停滞在警校时期的思维结构发散罗曼蒂克:"唉……那估计是石瞻的孩子,瞧他那难过样儿就知道。"

老何没参与这次尸检,还是典型的保守稳重基调:"早知道应该申请做个DNA鉴定。现在蔡莹死了,说不清楚。"

彤哥则纯当娱乐调侃:"这姐们儿老牛了,两头兼顾,左右逢源。搞不好,她自己都不知道谁是孩子他爹。"

我越来越觉得有趣："彬，你猜猜看？"

一开始我以为他没听见我的话，但他旋即将目光投射过来："不用猜，我知道孩子的父亲是谁。"

大家都转而看他，以为他有独家内幕消息；我也盯着他，脑子里检索着自己刚才的描述是否无意中暴露了什么。

他的声音低沉下来："是我。"

几位男士默契地同时报以肃穆的表情，令雪晶在数秒内几乎震惊地信以为真，直到依晨罕见地笑出了声，她才懊恼且无奈地埋怨彬："怎么连你都这么不正经啊……"

哄笑中，裤兜里一阵酥麻，我掏出手机："哪位？"

彬微笑着朝我这边看了看，左侧嘴角收紧。

这家伙，真的知道。

"海淀分局刑侦支队主管副局长白寅尚，让那个不看号码的兔崽子赵馨诚接电话！"

"哎哟！头儿，不好意思……"

"又是靡靡之音又是尖声浪笑的，哪儿耍呢？"

"彬的店里，大家聚聚。我不是跟您请假了——"

"韩彬？他爹也在？"老白和彬的父亲一向交好。

"干爹不在。您找我？"

"少他妈装蒜，有案子你不知道？归队！"

"喳！"

老白一声令下，我打算耕耘播种革命后代的春梦算是彻底泡汤了。聚会结束后，我让雪晶自己开车回家休息。彬和依晨住在人民大学家属院，正好顺路把我捎到双榆树那边的刑侦支队。

彬打开车门，把依晨送进副驾的位置。

我问他："你怎么知道的？"

他回身望着我，路灯打在树上的阴影，遮住了表情。

"我是说，你确实知道吧？"

他绕过车头，笑了一声。

如果彬有一天告诉我是谁绑架的林白之子或刺杀肯尼迪的真凶何在，我都绝不会奇怪，我关心的只是个中因由："你看过鉴定结论？还是，案子里哪个细节……反正我是看过报告才确定的，你是怎么看出来的？"

彬扶在车门把手上，侧过头："私挪证物给蔡莹打电话，你这急脾气真难改。"

"我最痛恨出卖别人的败类。她出卖了所有爱她的人。"

"嗯哼。"

"所以我只是找个机会出出气而已。"

"所以你对大家隐瞒了部分事实，剥夺了她唯一可能博取他人理解与同情的机会。"

我觉得晚风凉飕飕地钻进脖子里。

"这么简单的案子，头儿有必要派我来吗？"我从长信大厦地下车库跑出来抽烟的时候，已是凌晨三点了。

彬被我一个电话叫起来，声音却显得很清醒："破了？"

"人已经撒出去了，正在搜捕。"

电话那边没声儿了。

"唔……吵着你睡觉了是吧，不好意思。"

"没关系。"

"那你怎么不说话啊?"

"既然是你打给我的,应该是你有话想和我说吧。"

"我做的是即席剖绘,心里不是特有底,想跟你聊聊。"

"我在听。"

"是这样,长信大厦的监控记录显示,前天晚上十一点十分,安迪赛广告设计公司的设计总监,就是一个叫池姗姗的女白领,独自在单位加班后乘电梯去地库取车。十一点十分是她离开电梯的时间,不过她没出现在地库的监视器里——被人半路拦截先奸后杀,死了。

"被害人二十九岁,一米七五的个儿,身材一流,前凸后翘,绝对是个大美女。不过,她显然……"我故意顿了顿。

彬接了句:"不属于高风险被害人。"

"对。池单身,与父母同住,十二点多还没回家,她母亲打电话给她的手机以及单位,都没人接。她爹一点多的时候就跑去长信大厦。保安陪他去地库一看,车还在;查监控,又发现她确实前往地库了。池的尸体被发现的地点是B1到B2的安全通道楼梯间,就是在监控外的那段,可以确定是第一现场。

"尸检报告我就不给你念了。简单讲就是池出了电梯后遭到挟持,凶手把她带到安全通道,撕碎了她的外衣——内衣裤却几乎完好地留在了她身上,然后采取背后体位奸杀了她。从现场血迹滴溅的方向推断,池在被侵害时,后背挨了至少三刀,伤口浅,不致命;最后一刀自左胸锁乳突肌平刺进去,割断了气管。刀口显示凶手出刀的位置都是在池身后,我个人认为可能就在强奸过程中,而且凶手是左手持械。哦,凑巧,被害人也是左撇子。喂?你还在听吗?"

"嗯。"

"阴道里找到了精液,现场还发现了可疑的毛发,清晰的血指纹什么的……总之,凶手留下了不少可供比对的痕迹。我做的即席剖绘是:凶手是男性,年龄不确定,身材高大,左撇子,认识被害人并因长期接触而对其抱有性幻想,熟悉长信大厦的楼层结构,具备反侦查意识,但缺乏犯罪经验,有可能是初次作案,性取向与功能正常,等等。

"我知道这些剖绘结论有现实意义的不多。不过综合现场情况来看,与被害人有长期接触并熟悉长信大厦的人群,大概也就是池的朋友、同事以及长信大厦的工作人员。我来之前支队一直在做排查。我翻了翻池的遗物,发现:第一,池少了一只耳环——电梯的录像显示她出电梯的时候还戴着呢,应该是被凶手拿去做纪念品了;第二,池的提包里有一张上门无水洗车的包月卡。"

"哦。"

"我立刻通知了支队。顺着这张卡摸,把捷益汽车销售服务有限公司的老总从床上拽了起来。一问,得知负责给池上门洗车的人叫杜阳,男,三十九岁,山东人,未婚,身高一米八左右,左撇子,在京住所不详。杜平日里和同事间没什么来往,工作上也没出过差错,很普通的一个人。但他昨天没去单位上班,也没请假。打过他的电话,关机了。他不但符合剖绘特征,而且莫名失踪,有重大作案嫌疑。"

"嗯。听起来很合理。"

"那……你有什么意见?"

"没有。"

"拜托啊,大哥!不会吧?你这算是什么?夸我?鼓励我?"

"我一没去现场,二没看过尸体,甚至连案卷都没见到,你指望我说什么？"

"可是——"

"可是你完整地把案件情况和剖绘、推理过程陈述了一遍，我听明白了，听不出什么毛病。"

"你的意思是说，我可以心安理得地等搜捕结果了？我做的剖绘很到位？"

"这本来就是刑侦辅助手段，对摸排嫌疑人有帮助就足够了。"

彬强调过，犯罪剖绘结论必须满足三个条件：第一，特征有摸排价值；第二，依据确凿，逻辑严谨；第三，结论不唯一。也就是说——

首先，剖绘出的结果应当是诸如性别、年龄、身高、住所、职业、文化程度、宗教信仰、性取向、家庭成员结构等方便侦查人员识别、排查的特征。像罪犯有没有"悖德型人格障碍"啊，是不是"阿斯伯格综合征患者"啊，有反社会还是反人类倾向啊之类的高深见地就免了。也是，让一百个嫌疑人站这儿，谁知道他们当中有谁小时候被男性亲属插过屁眼儿导致"被动攻击型人格特质错乱"？这种所谓的"高端"心理分析，有没有学术价值不好说，实用性近乎零。

其次，剖绘要靠"推"，不能光靠"想"，更不能靠"猜"和"蒙"。"推"就必须有依据，不能"浑推"——大、小前提都要真实完备，逻辑结构，也就是因果关联明确、合理，结论严谨、扎实。别一发现被害人挨了六刀，案发地点在六层，案发时间在六月六日，就非说罪犯有强迫症，继而断定罪犯有洁癖或是撒旦崇拜再或是六指残疾什么的，这属于无厘头跳跃性思维，低幼影视书籍作品适用。

再次，犯罪剖绘虽然涵盖了罪犯的心理特征、行为特征，甚至生理特征，但现实生活不是函数曲线，充斥着各种巧合与意外。生活不会严格依照科学路线发展，犯罪行为也不一定按牌理出牌。尸体被切成八百块不等于罪犯就是外科医学相关职业人员，或是屠夫、肉贩之流，这些人嫌疑大不代表其他嫌疑人群可以被完全排除。这要出个闪失，真正的罪犯没准儿就趁机闪啦。

我举着电话冥思苦想，生怕自己违反了哪条。彬温和地对我说："你太累了，回支队休息吧。"

"可我就怕……"

"你是工作室的负责人，又是白局的正印先锋，自信一点儿。"

"有时间你也来看看这个案子？"

"没必要。我能看到的，你都能看到。"

"等我看到，只剩下死孩子了。"

"那案子你尽力了。"

"当时我真的希望你能在。"

"我说了，你做得很好。换我，一样救不了那孩子。"

"你能的，彬……那孩子死了。"

"这世上有太多事，本就是无可奈何的。数百警力不分昼夜地奔波都无力挽回的命运，不可能指望个别人的灵光乍现去扭转。"

"我走了很多弯路，我反应太慢……你就不会……"

"不。蔡莹、石瞻、你、我……每个人都只是在按自己认为正确的方法，做自己认为正确的事情，仅此而已。你尽到本分了，馨诚。"

"我对不起那孩子。"

彬沉默了片刻："你是觉得对不起石瞻。"

我开始后悔，该一早跟他直说。

"一个男人最幸福的事情，就是无论一个女人爱不爱你，你都可以义无反顾地去爱她。所以说，这种冷暖自知的状态，石瞻大概乐在其中。"

那，最不幸的事情呢？

彬没有说。

2

"电话。"彬在场下冲我抬了下手。

我放下拳架，朝对面跟我周旋了十来个回合的新陪练王睿点点头："老王，你不赖！"

工作之余，除了和朋友们聚聚，我最大的爱好就是去分局的健身房打上几拳。自从去年后勤保障配套设施下放，健身教练、体能教练和格斗陪练一律采取社会公开招聘。前两个职位还好说，就是这格斗陪练换了一茬儿又一茬儿，能胜任者寥寥。毕竟全海淀分局，包括且不限于治安支队、巡查支队以及刑侦支队、预审大队的数千民警没事都可能来比画两招，咱分局虽谈不上卧虎藏龙，可但凡出外勤的，谁拳头上还没俩茧子啊？不说男同志，就连姜澜、雪晶那样的"慢动作格斗票友"，也有过击倒陪练的纪录。

至于我，则是众陪练最不愿见到的人之一。

我在警校就读的是公安管理系，属于文职，但时隔多年，当初那帮侦查系毕业的猛男一听到"赵馨诚"这三个字，还是会不由自主地感到身上的某处旧伤在隐隐作痛。我在校期间的战绩是二十七胜一败，包括十五次击倒性胜利，唯独在结业比赛决赛中点数落败，走过那么一次麦城。

参加工作后，动手，我没输过。

跑到场边，我咬开缠带，摘了拳套，从彬的手里接过电话："哪儿打来的？"

"支队。"

我抹把汗，把电话举到耳边，斜眼看着彬继续教依晨练习直拳、摆拳、勾拳这三个标准动作。彬从不参与任何轻度对抗，包括和我，但他两手戳得短粗变形的小拇指以及裹在衬衣里的肌肉轮廓都显得很是可疑。

"喂？谁啊？"

"我曹伐，白局叫你。抓着杜阳了。"

老白召见我，为的却不是这个案子。

"板井路施工挖出个骨头架子，知道吧？"

"知道，一块儿出土的有没有啥文物？"

"不贫两句怕拿你当哑巴啊！"老白没来由的光火吓了我一跳，"去办公室找小姜拿卷，这案子归你了。"

"啊？可长信大厦奸杀案的嫌疑人不是刚……"

"干吗？怕老子卸磨杀驴？没人抢你的功劳！板井路的遗骸身份已经确认了，死者是咱们区委的重要人物。目前这是咱们队的第一要案，市局很重视。"

我很怀疑石瞻那个案子余波未平，市局可能在考查老白的工作能力。

"这案子陈，证据缺失严重，你想想办法。需要什么资源随时跟我提，赶紧办。活案子还是死案子，三天之内给我个说法儿。"

"没问题。"

小姜把卷递给我的时候说："这个死人的尸体身份已经确认了，里面有详细情况。"

死人的尸体？我还琢磨呢：你语文学成这样小学怎么毕业的啊？

翻卷一看，我才明白：该尸系于板井路北向南施工路段绿化带掘出，完整，呈白骨化，盆骨结构显示其为女性，死亡时间已超过五年。现场发现死者遗物有左手无名指镀银戒指一枚、脖颈处水波纹金项链一条、散落的硬币若干、钥匙一串等。通过对上述遗物的辨认及周边地区失踪人口记录的交叉比对，确认死者为于二〇〇〇年七月经法院受理宣告失踪、二〇〇五年十二月宣告死亡的原海淀区妇联副主任王纤萍。支持比对结果的，还有王生前左小腿胫骨骨折的病历，与遗骸左小腿骨折愈合接缝处特征吻合。

王的脑后枕骨碎裂，初步怀疑系他杀。现场周围未发现凶器。

总之，这次可以彻底"宣告死亡"了。

地区派出所的接警报告显示，一九九九年十二月五日晚十一时许，王的丈夫郝建波报案，说王下班后离开单位，彻夜未归。鉴于失踪人的特殊身份，派出所立即出警，沿王下班回家的路线彻夜搜索，未找到王的踪迹。经调查得知，王于十二月五日晚五点半离开位于中关村大礼堂北的单位，乘公共汽车至火器营下车。按照生活惯例，郝建波五点钟骑自行车从工作单位——北京市第一中级人民法院出发，前往火器营车站接王，以期共同返回位于四季青桥东贡南大院的住所。

那是个大风天,郝六点多抵达车站,未见王,等了约半小时后,以为王直接步行往家走了,便骑车回家。沿途没见到人,回家发现王也不在。郝建波匆匆给女儿郝萌热了点儿饭,再次出门寻找妻子。

王纤萍,这位时年仅三十一岁的母亲,就这样凭空消失了。

好家伙!这陈年旧案的不说,尸体就剩了把骨头,凶器找不到,周边地区早已旧貌换新颜,连案发第一现场都确定不了,老白一定是打算玩儿死我。

"给我去找九九年前后案发地区的地图,越详细越好。"虽说没头绪,但案子还得一步步查,"曹伐,你们组去走访了解一下当年周边地区人群居住状况、交通状况、道路状况……反正什么状况我都要知道,晚上向我汇报。"

曹伐没吭声,闷头带队走了。小姜倒是咕哝了一句:"地图?哪儿找九九年的地图去……"

"规划局、区建委、交管局、施工队、包工头、居委会、回迁户的大爷大妈……我不管你联系谁,今晚之前把地图给我!对了,帮我联系当年负责调查这案子的民警。还有,我要被害人家庭成员的所有背景资料。二探组归你调配,总之——"

小姜一脸无奈:"知道了,今晚之前都得给你。"

"彬,跟家吃饭呢?"

"正在。什么事?"

"是这样——"

"蹭饭我欢迎,案子的事别找我。"

"兄弟,还是你了解我。头儿给了我一空前绝后的烂摊子,你总不能见死不救吧?"

"我既不是警察,又不拿官饷,没这个义务。再说了,甭管多烂的摊子,你警察搞不明白的,指望我一个律师去破案,开什么玩笑?"

"没说指望你来破案,你就当跟哥们儿一起遛遛弯儿。老白给了我三天时间,查不出个所以然来我是无所谓,他铁定扛雷。你就算不给我面子,好歹也得卖你白叔一个面子吧?要知道,市局现在可……哎哎,你别叹气啊……"

曙光派出所门口,彬见到我之后的第一句话就是:"你这贼厮鸟,真的是几近无赖。"

我故意贱兮兮地朝他挤眉弄眼一番:"这是案卷,韩少过目。"

彬没接。"泄露侦查阶段案卷,你这是渎职。"

"你原来又不是没看过支队的卷。"

"那是在有分局正式授权的情况下,帮我父亲做情况汇总,程序合法。"

"我靠!大哥,你就别端着了,这都火烧屁股了……"

"等烧到眉毛的时候再说吧。"

我正待继续纠缠,一位民警从门里探出头来,叫:"赵馨诚?"

"对。"

"散会了,周所有请。"

当年侦办王纤萍失踪案的,就是现任曙光派出所所长周若鸿。此人在海淀公安内部寂寂无名，架子可不小。小姜明明已经事先联系好来了解情况，人家却告诉说"正在开会，请稍候"，让我在门口足足罚站了二十分钟。

"周所，您好！我是赵馨诚，就是姜澜跟您联系过的……"

"刚才开会，对不住。来，兄弟，坐！"周若鸿爽快地指了下沙发。

居然是个女所长。

周若鸿大约四十出头，脸盘儿白白净净，眼睛超大，而且不常眨动，给人一种和外星人对视的感觉。她算为数不多穿上制服却不难看的中年女民警，微微有点儿发福的身体经硬挺的警服修饰显得英姿飒爽。

"是这样，咱板井路那案子——"

"卷你们不是调走看过了吗？那会儿我是管片儿的带班治安副所长，这案子就是我办的，连卷都是我最后订的，你有看不明白的就问。"

"那，九九年那会儿，这片儿——"

"全是工地，荒得很。王下车以后奔家走的那段也没什么像样的路——就是现在的板井路。要说能确定那骷髅架子是她的话，第一现场肯定就在附近。"

"会不会是——"

"那地方就没路，车都开不进来。不可能是有人在别地儿宰了她，再把尸体运回去埋了。我跟你说，小兄弟，王纤萍铁定是十二月五号晚上下车回家，死在了半道儿。"

"那排查范围——"

"没法儿排查。一是那会儿没想到她被害了，再说那附近来来往往的民工、郊区农民忒多了。当时要能发现尸体，没准儿还有点儿戏。"

"可王的爱人——"

"咱都明白，这人口失踪的事，家属嫌疑最大。从时间上推的话，售票员说那天晚上王大概在六点下了车，估计是见丈夫没到，加上风大，就干脆直接抄近道往家走。结果就这么寸，跟郝建波走岔了。郝说等到六点半，顺着王的路线往家走，郝萌证实她爹不到七点进的家门，给孩子热了饭出门的时候大概得有七点半了。"

"这也不能证明——"

"你想啊，那条路——就是现在的板井路，步行从火器营到贡南大院，至少得半小时，加上刮大风，四十分钟也不多。王在半路遇害，埋尸地点距离车站有二十分钟的路程。杀人、搬尸、挖坑、填土，没俩小时干不完。郝建波就算六点半追上老婆，七点也不可能收工回家。"

"他完全可以——"

"先回家再返回去挖坑埋人？不可能。那他最快也得十点多完事。我带队九点半开始就在那片儿例行巡逻了，没发现任何异常。再往后，十一点来钟，郝已经报案了。没人会傻到杀了人先报案后处理尸体吧？"

"您就这么确定——"

"放心，我没少过问案子。郝建波和郝萌都接受过多次询问，那孩子肯定没撒谎。而且，最后一次跟郝建波谈的时候，他又是担心又是难过，一大老爷们儿哭得稀里哗啦的……跟我面前抽抽搭搭的人多了，我盯着他仔细看过，不是假的。王的死是他杀，但凶手肯定不是她爱人。"

"不过刚一转年，郝就向法院主张——"

"一般来讲失踪人口的家属都会回避失踪的事实,对吧?我还真一直就盯着这案子,生怕自己落下什么。所以得知郝建波急于向法院提宣告失踪,我赶紧跑去打探情况。结果发现,这种'反常'其实是'正常',或者说,至少合理。"

我终于找到不被打断的发言机会:"为什么?"

"法院的同志告诉我,作为法官,郝建波去申请失踪公告的时候话说得很坦白,甚至可以说很无奈。他们的孩子郝萌已经十岁了,但由于患有严重的先天性心血管疾病,根本就不可能去上学。唯一的治疗途径,只有进行心脏移植手术——那时的费用是二十万左右,他们两口子只是拿死工资的公务员,没这笔钱。王纤萍的母亲已过世,父亲因为脑癌住院,跟植物人差不多,医生当时的诊断是:最多还能靠插管活上不到一年。明白了吧?"

明白个球啊!

在我身后,彬轻轻地"哦"了一声。

"小姜,什么财产代管?"出门后,我立刻打电话回支队,"王家的财产是怎么回事?我不是让你去查王纤萍的家属背景了吗?"

"王纤萍的父母有两处房产,都在朝阳区,一大一小。老人没立遗嘱,名下两个法定继承人一个是王纤萍,另一个是她哥哥王千祥——这兄妹俩好像不对付。为了防止在王纤萍的父亲去世前,王千祥私自处置两处房产,郝建波只能通过提出宣告失踪的申请来对其中一处房产进行财产保全——当然,必须是等到老头儿咽气后才能执行。同时,也能确立自己作为妻子失踪期间财产代管人的身份……这属于民事法律问题。"

我从这堆法律术语中择出有用的部分:"说白了,郝是通过某种法律手段取得本应由妻子继承的财产?"

"二〇〇〇年初郝建波向法院提出申请之后，经过半年的公告期，七月份法院正式对王纤萍宣告失踪。同年年底，王的父亲病故。她哥哥跟郝建波协商后就遗产分割达成一致：王纤萍继承小的那套房子，另一套归王千祥。郝建波代管了妻子的所有财产，直到二〇〇五年十二月他通过法院对妻子宣告死亡，王纤萍的财产发生继承，作为第一顺位的继承人只有郝和他们的孩子——也就是说，到二〇〇五年年底的时候，郝已经合法地控制了王的全部财产。"

"就是说，郝建波明显从中获益了？"

"查到这儿，我也觉得郝建波嫌疑最大。二探组完成走访汇报时说：郝和王自九五年结婚以来，感情一直很好，就算后来得知王纤萍不能生育……"

"啥？郝萌不是他们亲生的？"

彬在一旁笑了："当然不是。否则被继承人的子女先于被继承人死亡的，可以由被继承人子女的晚辈直系血亲代位继承。郝萌要是亲生的，郝建波又何必去法院张罗这堆事，把自己搞得那么可疑？"

对了，我身边有这么个现成的韩大律师在啊。

我冲他会意地点点头："他们俩感情好，真好假好？"

"应该是……真的吧？"小姜既没结婚又没男友，生活体验有限，回答得自然不是那么有底气，"他们两方的同事、亲属、朋友，甚至是街坊邻居都这么说。而且据说郝建波从谈恋爱开始，就骑车到车站接王纤萍，一直持续到她失踪的那天，有那么点儿'单车王子'的浪漫。"

"那郝萌是他们领养的？还是郝建波的私生女？"

"是从王家一个山西的远亲家过继来的，手续完备。"

"郝建波吃了王家的财产，还管王家的孩子吗？"

"这部分很关键哦！他一继承王纤萍的财产，也就是那套房子，就立刻委托中介公司给卖了。从房管局的备案来看，那房子卖了四十二万多。他随后辞职带女儿前往新西兰的奥克兰，在那里的格林朗医院为郝萌成功地移植了心脏。据说光医疗费用就将近五十万。"

全花了？我追问："为什么非跑到国外去？"

"不晓得。不过这个格林朗医院，心脏移植手术从未出现过失败或术后死亡的记录，一次都没有。要我说，他真的很在乎这个孩子。"

"我得找这个郝建波聊聊，给我他现在的住址。"

"没有。郝建波后来就留在新西兰工作了。郝萌倒是被送回国内，跟爷爷奶奶一起住，正在复读小学。你可以去找她谈谈。"

"我跟她谈什么？"

"可以问问她父亲的联系方式啊。另外，领导让我向你转达：王纤萍的正式死讯，需要有人通知她的家属。白局让你去。"

太孙子了。

"唉，建波这孩子命苦啊。"老爷子郝卫国长叹一声，"纤萍失踪那几年，有说她跟别人跑了的，也有说建波是为了图王家的财产对纤萍……可我们做父母的最清楚，那孩子他、他对王家真的是……"

自从我进门通报了王纤萍的死讯之后，郝萌一声不吭只顾流眼泪，那老两口则是长吁短叹，搞得我站也不是坐也不是，走也不是留也不是，张嘴都不知该说什么好。

郝萌一看就不是王、郝亲生的，确切地说，明显就不是个城市出生的孩子。她虽然已经十六岁了，但个头很矮，肤色黑中透红，即便坐下来罗圈腿也很明显……反正是一眼看上去就不那么讨人喜欢。相比之下，我更心仪她那双间距很宽的小眼睛——至少令这个无声落泪的场景显得不那么楚楚可怜。

我求助地望向彬。

他一直盯着郝萌。

发觉我在看他，彬扭过头，向我暗示：走吧。

我犹豫了一下，上前、转身、再回身，最后还是过去拍了拍郝萌，说："别……你母亲不会死得不明不白，我们会抓到凶手。"

出了门我就开始抱怨："老白真成……"

彬倒是淡然："总得有人去做。"

"嗯。不过我得另派人找他们问话，郝建波的联系方式都没到手呢……你怎么看？"

"先天心脏缺陷导致激素分泌失衡，那孩子有明显的发育障碍。"

我泄气地说："我们还是去抓凶手吧。"

"给你韩哥架条线。"来到昆玉河畔时，已近午夜，"留一个探组待命……彬，我刚才跟你讲的案件基本情况，你都听明白了吧？"

彬在打电话。

"喂！大哥，别担心你那小媳妇儿了。你占着线小姜也没法把通信频段架进来啊。"

他挂上电话，黑色的瞳孔在反光："打给你情敌的。"

"杨延鹏？我靠，你……"

"我让他查到就联系你，按说这事不该我来张罗。"

"你……还有什么是警察查不到的！用他查？小姜，架进来没有！"

"韩哥，您接上耳机就可以了。中间有电话进来我能看到，可以帮您转接。赵队，保险公司的查询有结果了：王纤萍生前没有购买过任何商业保险，也没有任何一份保单的受益人是郝建波。您还怀疑他？"

"越是好男人就越有问题。"我冲现场值守的民警亮了下证件，"埋尸地点九九年的时候是什么样子的？"

"荒地，大概吧……找到的地图都太笼统了，还不如派出所案卷里手绘的那份呢。"

"附近的人群成分呢？"

"主要是建筑工人，还有一些住户，东边几所大学的学生也有在这附近租房的……"

彬蹲在尸坑旁，接过现场拍摄的尸骨照片："杀人动机是什么？"

"首饰都在，不是抢劫杀人，可以排除郝为谋遗产或保险金杀妻。那就是仇杀，或是性侵害引发的谋杀。"

"赵队，尸骨可做不了性侵害检查。"

"你别插嘴！彬，你觉得像仇杀还是强奸杀人？"我跟在他后面，"没听说王纤萍有什么仇家。"

"从现有证据看，都不像。"彬拿着照片，手腕上飘来淡淡的香味，"尸骨上只能找到那么一处伤？"

"对，要是拿把刀把动脉拉开，伤口不深的话，光看骨头辨识不出来。"

"这儿可能不是第一现场。九九年的时候没板井路吧?"

"没有。"

"从遗物上能取到指纹之类的痕迹吗?"

"不可能。"

"有目击记录吗?"

"也没有。"

"那就简单了。你现在可以答复白叔——"彬起身后的结论给了我当头一棒,"这是个死案。姜警官,我不需要通信频段了,麻烦你断开,谢谢。"

我还在发呆,彬已经离开了。

一回过味儿来,我慌忙朝他的SUV跑去,拉开车门蹿进去,二话不说先把车钥匙给拔了。

这种粗鲁的举动令彬十分不悦:"你干吗?"

"搞什么!晃悠两圈甩句话就走……哥们儿,你耍我哪!"我是真有点儿急了。

他倒是不紧不慢:"什么证据都没有,抓到人也定不了罪,这案子查下去没意义。"

"那是后话。我现在要破这案子,现在就要!我答应过那孩子会抓到凶手,你不能害我言而无信!"

"我'害'你?"彬用略带责备的口吻反问道。

我知道自己在胡搅蛮缠,沉着脸生闷气。

"馨诚,这案子已经很清楚了。你我都能看出来……"他推开车门,河边湿冷的空气飘了进来,"很少会有性掠夺者在那么个大风天里作案,环境恶劣不说,也不符合诱发性犯罪的激素水平——当然,没准儿会有意外。丈夫和孩子基本上可以排除。她哥哥？你们应该正在查，但只为了套四十万的房子就去谋杀自己亲妹妹，风险成本和犯罪收益不成比例。郝建波之所以会一直接妻子下班，除了感情因素，恐怕还有安全的考虑。你们要找的，很可能是和长信大厦奸杀案类似的一个罪犯。"

一个长期尾随被害人的潜行者，刺客人格型暴力犯罪人。

"小时候我一直住人民大学，离这里不远。这一带乱是出了名的，工厂、建筑工地、老城乡接合部居民……你想我做剖绘吗？那好：罪犯是男性——这几乎是明摆着的；年龄范围不好确定，二十到五十岁都有可能；单身或离异；在这附近工作或居住，我更倾向于不是本地居民，否则周所长不会一点儿都没觉察。被害人不属于高危人群，案发时天应当黑了，但毕竟不是半夜。罪犯为什么会猝然袭击被害人？很蹊跷，或者说，有很多种可能性……被害人与她丈夫平日回家的路线会经过哪儿？某个工厂？某处工地？有谁会经常见到他们夫妇？也许有帮助，但排查范围会很夸张。这类职业人群流动性很强，时隔这么多年，还在不在北京供你排查都难说。没有现场，没有凶器，没有血迹，没有指纹，没有DNA……除了王纤萍的遗骸，你一无所有。"

我无奈地望着彬，多少期待他能有神来之笔。

"我可以不负责任地告诉你：罪犯体态矮小或瘦弱——但没有依据；可能是抑郁症患者——对排查没有帮助；性格懦弱且狭隘——这纯粹靠猜……你想要的是这些？随便找个看过两本犯罪剖绘课外读物的孩子，说得都比我精彩。"末了，他伸出手，"钥匙。"

我不情愿地交出钥匙："那你让杨延鹏去查什么？"

"只是一个不确定的方向，他会直接联系你。"彬指了下门外，示意让我下车，"哦，对了。我唯一能告诉你的好消息是——其实你自己也明白：罪犯既没有留下犯罪标记①，尸骨的伤口创面又显示被害人的死也许并不在罪犯的计划之内，所以罪犯很可能不具备持续的社会危害性。"

老何之前曾向我解释过：枕骨的创面是撞击形成的，可以排除敲、砸、拍等主动打击方式，推测罪犯可能并未携带凶器或预谋杀人。

但我相信，王纤萍的死，绝非意外。

我在昆玉河边站了半宿，只可惜天太黑，灯太暗，行人太过稀少，白白浪费了那孤寂落寞的深沉背影。等天亮观众多起来那会儿，我已经淌着口水在车里睡死了。

西部地区队找到王千祥，查明此人经营古董家具十数载，早已身家千万，且妹妹失踪时人根本不在北京。得知妹妹的死讯，王千祥只不耐烦地说了句："法院不早就宣布过了吗？"

从郝家得到了郝建波住处的联系电话，反复拨打，无人接听。经了解，郝建波在新西兰从事家电推销，经常不在家，但每个月都会为郝萌寄来学费和生活费。另外，老两口反复追问，何时可以成殓儿媳。

下午，调查出现"重大进展"。

一九九八年至二〇〇〇年，王纤萍失踪地点附近共有两处建筑工地、一家造纸厂、一家垃圾处理站。两处建筑工地的人员花名册仍在寻找中。造纸厂有工人九十二名，垃圾处理站有工人十七名，符合"男性，二十到五十岁，单身或离异"特征的有

---

① 犯罪标记，也被称作连环杀手的"谋杀签名"，是指连环杀手为满足其犯罪动机而采取的比较独特的犯罪手法，上述概念与"为实现犯罪目的而采取的犯罪手法"不能混同。

五十一人，其中正在排查八人，三人待排查，剩下四十人还在寻找中……我都不敢想象那两处工地的人员状况。花名册？找到了才是噩梦的开始呢。

临近傍晚，我致电雪晶"请假"加班，没等开口就先听她抱怨起来："诚，我今晚肯定回不去了。长信大厦那个案子，就那个杜阳，在我们室。他……他死活不撂！气死我了！小翟都想揍他……"

这下好，我倒不用请假了："不是有血指纹和DNA证据吗？零口供一样能定他。"

"DNA比对结果还没出来呢……关键是，指纹不是他的——他肯定有同案，所以廖处说必须撬开他的嘴。"

我一愣，性暴力犯罪人通常不会与他人分享"猎物"，至少像杜阳这种奸杀自己性幻想对象的罪犯，不应与他人共同作案。

"别急别急。"换换口味也不错，"我这就过去。"

杜阳长得黑瘦，有点儿罗锅，再加上低头哈腰的坐姿和缺乏睡眠导致的熊猫眼，真不像是条一米八几的汉子。

在审讯室门口，雪晶特意拉着我再三叮嘱："你别臭脾气一上来就打人，千万不能刑讯逼供……"

我态度端正地承诺："一定会遵守纪律，文明问讯。"

对付这种人，打其实没用——撂了就是死刑，谁都不傻。

我的战术是：先吃饭。

这饭可不是从看守所搞来的馒头加"白菜游泳"，也不是预审处民警食堂的"福利猪食"，而是从外面打回来的家常小炒：红烧排骨、麻婆豆腐和地三鲜。

雪晶在门口啃着我带给她的汉堡包，小声抱怨道："我怎么觉得他吃得比我还好……"

多吃、吃好才是正道。吃饱了容易犯困，那是因为胃肠蠕动加剧，连累了大脑供血不足；相反地，饥饿对降低人意志力的效果十分有限，还可能会使思维更加清醒。所以说，第一步，要从生理上缴他的械。这不，雪晶吃完东西没两分钟就开始揉眼睛了，我立刻一记爆栗过去。"你别先缴械好不好！"

第二步，吃饱了？没烟抽。吃咸了？没水喝。吃累了？不许打盹儿——要让嫌疑人处于某种难受、烦躁与不安的状态。

第三步，密闭的环境，压抑的气氛，加上紧张、疲劳、困倦……基础打得差不多了，需要有人再推他一把——赵馨诚警官堂堂登场。

我一上来先是扯了阵闲篇儿，反正杜阳始终低头不语，我就可着劲儿山南海北地一个人瞎聊，越让他摸不着路子越好。

同时，我在观察他对各类话题的反应。理论上，预审人员掌握得越多，应该说得越少，虽说问"案"是目的，但前置条件是问"人"。应当在了解嫌疑人背景情况、生活经历、性格特征的基础上，搞清楚他重视什么、在意什么、担心什么，并从中打开缺口。按说审讯最忌讳点明了发问，可我事先了解到雪晶他们几个笨蛋已经把十八日长信大厦的案子透露出来了，再加上我的时间不多，只能采取这种其实很被动的"主动发问"。

聊着聊着，我突然直截了当地问："十八号晚上你去长信大厦了吗？"

杜阳肯定是一直在等着我问这个，但仍旧显得有些惊慌。

"十八号那天你应该去给长信大厦的一个客户洗车吧？知道那客户是谁吗？"

杜阳依然沉默，只点了点头。

"车你没洗，忙活什么去了？"

我盯着他滚动的喉结，留意他全身肌肉的变化。

"杜阳，你是左撇子，对吧？据说左撇子都聪明。想来你肯定知道，撂了事儿就大发了。可你以为死扛就能无罪啦？"我随手翻阅着桌上的案卷，"山东即墨人？古来山东出好汉啊！隋唐有秦琼，北宋有武松，个顶个都是纯爷们儿，怎么偏偏出了你这么个软蛋啊？"

两腿分开，脚尖来回变换方向——他在抵触我的说法儿。

"什么叫爷们儿？凭本事吃饭！你有能耐就干出个名堂来。最不济，随你是偷是抢，捞足了票子，天底下的女人随你挑。您倒好，没本事挣钱，裤裆里还不安分……亏了咱人民警察仁义，一抓着你就安排你在这儿接受讯问。要把你扔进看守所，你丫现在连半条命都剩不下！就你这种畜生，跟过街老鼠一样，甭管是好人坏人，见一次抽一次！"

杜阳开始揉脖子，这是在通过抚摸颈动脉来缓解紧张情绪。

"我说哥们儿，你丫除了长了俩蛋以外，跟娘儿们有什么区别啊？好汉做事好汉当。你小子有种做没种扛。知道为什么女人都瞧不上你吗？不是因为你下面的家伙儿短，不是因为你那弓着的虾米背，不是因为你满口泛着臭味儿的黄牙，也不是因为你穿了一身地摊上扫来的假名牌儿……"

夹腿、缩肩、舔嘴唇——揭着短儿的效果比较直观。

"是因为你没种……"

他的呼吸逐渐急促、紊乱。

"因为你连做过的事都不敢认。我赵馨诚审过那么多人，没见过你这么废物的！别说男的，换个泼妇来都比你强！"声调降了两度,这似乎是我撒谎的习惯,"我告诉你,杜阳,你什么都不用说,我也不想听。有指纹,有DNA比对结果,有目击证人……证据很充分,定你的案没问题。本来是想给你次机会,让你丫到头来能做个磊落点儿的汉子,爷们儿一回。看来,你不配。"

说到这儿,我开始故作姿态地合卷、掐烟、收拾桌子——只不过速度放得很慢。

"哦对了,一会儿去了'号'里,多加个小心。"我突发奇想,轻描淡写地多忽悠了他一把,"知道'号'里都怎么对付你这种人吗?'学习号'会指挥'二板儿''三板儿'的人把你按住,扒了你的裤子,在你丫的'老二'上缠线,一圈接一圈地缠,紧绷绷的。然后,大家就七手八脚地开始弹你的'老二'。那玩意儿里面有个海绵体,一受刺激就充血……所以左弹弹右弹弹,就硬了、直了、立了。"我一副享受着意淫的表情,"这时候,'学习号'会亲自动手,揪着线头,使劲一拽那根线——我靠!连皮带肉……爽歪了!"

随着我那眉飞色舞地"一拽",杜阳本就不甚坚固的心理防卫机制瞬间崩溃。

"大哥,我说,我都说……我……我本没想……可是她……她一开始答应得好好的……可中间,我进去的时候,她里面干,却抱怨我短。我一着急上火,就浑干了。她那会儿没哭没闹,我以为没什么事呢……可、可……她又嫌钱少,明明事先说好的……我把身上的钱都给她了,她还是不答应……她……"

我听了前两句就预感不对劲儿,这是长信大厦那个案子吗?

杜阳终于抬起头来,脸上挂满了湿漉漉、黏糊糊的各色分泌物:"她说要去报警,我就知道她……她……大哥,我这是第一次,求你帮帮我!我真的是第一次,你一定要帮帮我啊!大哥……"

四目相对,我立时感到万分沮丧。

"你慢慢说。小翟,给他做笔录。"我垂头丧气地推开桌子,起身向外走。

雪晶正好推门进来,拉着我的胳膊压低声音道:"诚,DNA比对结果送过来了……"

"我知道。"自嘲堆积出的表情尴尬无比,"不是他。"

第三天早上,整个东部地区队都在绝望地奔波。现场还原基本上已成泡影,走访、摸排之类的徒劳举措也只是为大家保留了些许理论上的希望——当我拿到九九年案发地区两个建筑工地的花名册时,五百多个陌生的名字直接抹杀了所有自欺欺人的幻想。

这是个死案。

长信大厦奸杀案抓错了人,同时也失去了方向。而这个案子干脆连方向都没有,我都不知道晚上怎么去向老白汇报。

瓶颈时刻,杨延鹏的电话来了。

这小子知道我不待见他,电话里惜字如金:"查完了,给你送哪儿去?"

半小时后,举着厚厚一沓调查材料,我真想当街亲那个姓杨的王八蛋一口。也许是因为彬拜托的他,杨延鹏一丝不苟地查清了所有的背景情况,加上我已经掌握到的信息,一幅缜密的比对图浮现在脑海中。彬那个"不确定的方向",现在成了我,甚至是白寅尚大人唯一的救命稻草。

上车后我又不放心地问了句:"这个手机号,能确定吗?"

"信息来源可靠,能不能打得通就看你运气了。"杨延鹏显然没想到我对他的态度会这么友好,言语间颇有些无措,"新西兰和咱们有四个小时时差,现在那边已经是晚上六点多了,你要打就赶紧的,别忘了加拨区号00649。"

我拿出刚在报亭买的17910长途电话卡,一边往手机里充值一边继续问:"你查出来的这些,彬看过了吗?"

"我跟韩哥汇报了,他说直接给你就好。"

"他怎么说这个?"我拨通电话,晃晃手里的材料。

"他说,你看了自然就能明白。"

电话通了,我忙竖起食指放在唇边。

"Hello?"

"哈罗,郝建波先生吧?"

"呃,您是⋯⋯"

"北京海淀公安局刑侦支队,我姓赵。几天前,我们在板井路发现了你妻子⋯⋯就是法院在〇五年十二月宣告死亡的,你前妻王纤萍的遗体。"

"她⋯⋯怎么会⋯⋯"

"郝先生。九九年十二月五号那天,你去车站没接到你爱人。她是在从车站到家的路上被害的⋯⋯时间紧迫,别的我不多问了,我们现在知道罪犯应当是沿途的北安造纸厂某职工。这个厂子经过改制,现在叫北安福达纸业有限责任公司,员工换了无数茬儿,排查起来很困难。所以⋯⋯"

死活都是它,闯一道吧:"麻烦你告诉我,谁干的?"

电话那边,鸦雀无声。

我从沉默中分辨出,还真是瞎猫撞到死耗子了。

"我要那个罪犯的名字！给我名字！郝建波，我向你女儿保证过会把凶手缉拿归案，把名字告诉我！给你女儿一个交代，给你死去的老婆一个交代，也给你自己一个交代！我知道你看见凶手了！"

长久的沉默后，电话被挂断了。

我只觉得血往上冲，下了车走来走去，不知该如何发泄。杨延鹏在一旁看着我来回转磨，说道："我认识一些奥克兰的同行，可以试试联系他们去捏这个郝建波……当然，过程不保证合法，而且费用……"

少整这不着边际的给老子瞎添乱！我把电话打回支队："能找新西兰大使馆……奥克兰大使馆协助咱们吗？"

小姜估计是莫名其妙了一会儿："您怎么查案都查到国外去了？"

老白的回复更直接："我是让你去找杀王纤萍的凶手，不是让你把一起区内命案变成外交事务！能破最好，尽人事，听天命吧。"

打发走杨延鹏，我命令各组探员都去集中寻找北安造纸厂当年的员工。曹伐来找我汇报情况时问："我说赵队，你就那么确定是在这个范围里？"

我正火大，懒得搭理他。

拿到手的资料显示，郝建波自一九九九年底到二〇〇六年初，先后更换了三处居所：二〇〇一年搬到五道口，二〇〇四年搬到方庄，二〇〇五年搬到高碑店——全是自费租住，而且离自己的工作单位越来越远。凑巧的是，北安造纸厂在二〇〇一年初因修路搬迁至五道口，二〇〇四年改制后转至方庄，同年因经营状况不佳辞退了许多员工。

由此，我得出一个大胆的结论，也就是彬那个"不确定的方向"：郝一直在盯着凶手。

一九九九年十二月五日那天，郝很可能在追赶妻子的路上，看到了王纤萍遇害的一幕。事后，作为一个熟知民事法律关系的法官，郝在悲痛之余意识到：王纤萍的死，会连累孩子——一旦失去财产继承权，他根本无力支付郝萌的心脏移植手术费，所以，他隐瞒了妻子的死亡，暂时放过了凶手，但他一定看到了凶手的模样，至少，他知道凶手就是北安造纸厂的职工。于是他数年来频繁更换住所，一路尾随凶手。凶手应该就在二〇〇四年北安造纸厂辞退的那批人当中，并且是在二〇〇五年到高碑店地区工作的人。

电话里郝建波的反应，证实了我的推断。

现在该怎么办？

再打给郝建波，已经无人接听。就凭手上这么点儿人，在今晚之前要想完成排查，难如登天。我正考虑是不是今晚就打爆郝的电话，刚举起手机，就收到了一条内容简短的繁体中文信息：

北京洛成塑膠製品有限公司，蘇震。

名字不陌生，我在北安造纸厂的职工名单上见过。

我一指曹伐："集合东部队，跟我走！"

虽然我反复叮嘱：我们只是找苏震了解一些情况，怕他有思想负担，所以务必不要透露我们的身份，随便编个理由把他带到经理办公室就好。车间主任出门的时候还是一脸狐疑。无所谓，陆续赶来的增援已经封锁了工厂所有的出入口，我只是不想为抓个把人闹出太大动静而已。

过了不到五分钟，在门口望风的曹伐回头朝我递了个眼色，跟张祺分别闪身至门的两侧。

我示意值班经理在办公桌后坐好，转身垂首背朝着门口。

随着推门的声音响起，身后突然一阵骚动：倒地声、搏斗声、惊呼声、手铐摩擦的金属声……"警察！别动！"

天道酬勤。我看了看表，掏出电话通知领导："头儿，抓到嫌疑人，是原来北安造纸厂的职工。"

回过身，我拍拍值班经理的肩膀，同时挥手让目瞪口呆的车间主任离开。走上近前，曹伐他们把按在地上铐好的嫌疑人拽了起来："叫什么名字？"

老白可能是觉得有些不可思议："就是他干的？"

苏震四十岁开外，身材短粗，有点儿谢顶，一张脸上不是疙瘩就是坑，绝对属于月球表面——只不过现在惨白得失去了本色，看上去更像是大雪封山后的月球表面。

我盯着他发直的双目和颤抖的身躯，只一眼，便情不自禁地笑了出来。

"别给他时间在路上编瞎话。"把苏震押上警车，我叫来曹伐，"我先打个电话，你和张祺去车上把这孙子的口供拿下来。带家伙了吗？带了就扔驾驶室里，省得让人说咱们刑讯。拿上笔录纸和印油，把车门和窗户都关上，让群众看见影响不好。"

曹伐有点儿含糊："可……要是他死扛呢？"

我一边拨号一边不耐烦地骂道："要你干吗吃的？干不了滚

蛋！老白催咱们归队呢。我打完电话之前把口供拿下来，这案子我给你报头功；拿不下来，您请另谋高就，我这队不收废物！"

人在屋檐下，不得不低头。曹伐纵有千般委屈、万般无奈，也只能骂骂咧咧地摘了手表，猫腰钻进车里。老警尿都这德行，不拿鞭子抽不卖命。

"彬，跟家吃饭哪？"

"还没。这回又是什么事？"

听他那戒备的口气，我笑出了声："正好，多撑会儿。晚点儿我过去请你们小两口吃大餐。"

彬哼笑了一声："赵警官无事献殷勤，恐非奸即盗吧。"

"瞧你这刻薄劲儿……我是聊表谢意。案子破了。"

"郝建波看见了？"

"对。嫌疑人的名字就是他提供的。北安造纸厂，苏震。人刚抓到。"

"是他？"

"是。"

"认了吗？"

"分分钟的事儿。"

"真运气。恭喜了。"

我承认，是挺运气："少来这虚的！哎，我问你，你为什么让姓杨的去查那些情况？你肯定是早看出问题了。你这家伙太不仗义了！跟我还打埋伏，当时怎么不告诉我……"

"瞧瞧这谢意表得。这饭啊，还是省了吧。"

"这两码事儿，你别打岔。"身后有动静，我警觉地回头看了一眼，是警车在来回晃动。周围负责看守的一个探员贴着车窗看了看，冲我挥手示意一切正常。

"从尸坑的遗骸照片来看，尸体被掩埋的姿势是仰面朝天，双手交叉置于胸前——这是个刻意摆放过的、很安详的姿势，充分体现了对死者的尊重。"

"这个……我靠，我怎么就……"

"周所长还说过，最后一次问话的时候，郝建波号啕大哭。"

"你觉得不正常？"

"失踪人的家属通常会本能地回避失踪人可能遇害之类的想法。如果郝建波哭得那么真切，不由得令人生疑。"

"可仅凭这两点，就怀疑他知道王纤萍被杀，甚至是见到过凶手，太牵强了吧？"

"岂止牵强。我也不相信郝建波杀人，毕竟动机和时机都有问题，但他确实有充分的理由暂时掩盖爱人死亡的真相。除非王纤萍是死于意外，否则郝建波就有可能见到过凶手。"说到这里，彬还不忘打趣道，"另外，建议今后找律师对你们进行简单的民事法律基础培训。"

"哈！那我明白了。不过你以后别卖这关子，害我白搭了两天的工夫，折寿啊！"

"我告诉过你，这是不确定的方向。在没有实证的情况下拿给你，是误导侦查。你的方式是正确的，只是因为案件年代久远，证据缺失严重，所以才貌似碌碌无为。我让小杨去瞎扑腾，完全是撞大运，这种旁门左道永远无法替代正规的侦查手段。"

"甭谦虚啦，大哥，反正兄弟我是一揖谢地。晚上等着我啊！"

"馨诚，你别高兴得太早，这只是个开始。"

"我知道,后面的事我再想办法。车到山前必有路。"

"还有,你可以留意一下:理论上,这是个'不可能'的案子。"

正在这时,车门开了。我草草挂断电话,迎着曹伐走上去:"怎么样?"

曹伐没好气地撇着嘴,把几张纸甩给我:"撂了。"

我瞟了一眼车里,苏震的脸仿佛又变成了雨后的月球表面,蜷缩在后座上直喘粗气。

"是他?"

"就是丫的。"

3

不知道彬的晚饭后来是如何解决的,因为我失约了。

抓到苏震,确实只能说是"万里长征第一步"。如何找到充分的证据为他定案公诉,是我们面临的又一座喜马拉雅。

回到支队,老白在肯定了我的成绩的同时,尖锐地提出了证据问题:"仅凭口供可定不了他,现在连刑拘证都开不出来。刑事传唤的时限只有十二小时,凌晨六点前找到证据去定他,否则就得放人。"

法医队报告:除头骨创伤痕迹与嫌疑人供述吻合外,无其他证据。

东部地区队报告:经走访,未找到目击证人;北安造纸厂原职工未提供有用线索。

西部地区队报告:走访当地居民,未找到目击证人。

曙光派出所所长周若鸿报告:一九九九年郝报失踪案后,未在现场找到血迹、凶器或嫌疑人足迹，无目击记录。

曹伐和张祺从现场电话报告：苏震虽对一九九九年十二月五日晚尾随王纤萍意图不轨，两人撕打中致王倒地，后脑撞击石块死亡一事供认不讳。但由于时隔多年，且板井路一带地形环境变化较大，其已无法指认第一现场。

直到凌晨一点多，除了苏震的口供外，我们没找到任何证据。

我拨通了郝建波的电话——这是仅剩的办法了。

出乎意料地，郝接听了电话。尽管已是奥克兰时间凌晨五点多，郝的声音听上去依然很警醒。

"抓到苏震了，他也承认了，但证据不足，定不了他。"

电话那边传来一声悲切的叹息。

"我们需要你的证词，希望你能当面指认他。"

郝在那边唏嘘良久，却泄气般地小声答复道："对不起……"

我诧异了半晌，强压怒火，耐着性子做他的思想工作："郝建波，我知道你有顾虑，苏震已经撂了，他推倒王纤萍时恰好被你撞上，虽说视线不好，但他认出你就是平时接送王的丈夫，于是立刻逃离了现场……是你掩埋的尸体。

"你的行为……不好定义……但我相信你当时是迫于无奈。我可以用人格，甚至是用我的身家性命向你担保，只要你配合指认工作，我会想办法让你毫发无损地离开。

"你只需要指认，我们甚至可以把嫌疑人押到机场，你下飞机指认，扭头就可以上飞机走人……

"求求你，拜托了……"

"对不起。"

电话被挂断了。

我愣住，再拨过去，关机。

"咔嗒"一声,我把手机扔到地上,摔了个粉碎。

看看表,还有最后四小时。

开车走出一段距离,我才想起忘了从手机残骸里把电话卡拣出来,于是又掉头回去。就因为这来回一折腾,等我抵达板井路西的世纪城社区时,已是凌晨三时许。

我围着远大园、观山园、春荫园、翠叠园、时雨园、垂虹园、清波园、晴雪园等一干社区转了个遛够,终于在春荫园小区门口看到了我要找的那辆正在趴活儿的红色别克车。

就他了。

车里的人见一辆警车横在面前,先是一惊,随即看到是我,立刻开门下车,呈上一脸的讨好与不安。

"回去坐着。"我绷着脸一摆手,绕过车头,拉车门坐在了副驾上。

"哎,赵哥,您怎么来了?您瞧,您也不事先说一声,兄弟我好给您捎两条烟过来……"说着,一支"中南海"递到了我嘴边。

我没接,自己掏出烟叼在嘴里,车里一股皮革与不洗澡发酵出的馊味,实在是让人窒息。"虎子,我赵馨诚什么时候拿过你一针一线啊?少跟我这儿套磁!"

"瞧您说的,咱不是哥们儿嘛!"虎子应变得很快,抬手帮我点上烟,"赵哥,您找我,有什么吩咐?"

"带手机了吗?"

"带了。"他忙不迭地掏出个黑色的手机,一看就是老旧的山寨货,"您随便使。"

这会儿顾不上挑食，我掏出钱包："把卡卸了，我买你手机。多少钱？"

"嘿！您这可是瞧不起咱兄弟。我能要您钱吗？咱这手机破，您急着用就拿走，过两天我再给您送个新的去……"

我掏出两百块钱丢给他："多了少了都是它了，快把卡拆了！"

"好、好……"虎子看我面色不对，没敢再执拗。

"最近这边怎么样？太平吗？"

"您放心，绝没给您添麻烦。弟兄们现在也讲究阳光服务，乘客只要上了车，保证是来有铃声，走有问候，价格合理，童叟无欺。这不……"说着，他从手抠里掏出一沓纸，"乘客要发票咱都有。而且这几个小区用车、包车的都是老客户，只要是我的人，乘客提出意见，我亲自摁着人去当面道歉，车款损失包退包赔……"

"可我听说……"我在车门上摸索着窗户的升降开关，"上个月好像这片儿出了起黑车打乘客的事。"

"我知道那事。"虎子无辜的表情怎么看都不像是蹲过七年大牢的地痞，"那拨儿人不是咱四季青这边的弟兄，而是一群远郊区县跑来抢生意的农民，车破人脏，最你妈不守江湖规矩！不过，上个月被曙派的周所长带人给一锅端啦……"

"金源酒店门口老丢自行车，有你小子的份儿吧？"

"赵哥，您这话说得……咱是那人吗？拉活儿也就是个营生，咱最多违法，绝不犯罪……"他眼珠忽然骨碌碌地转了两圈，恍然大悟般谄媚地笑道，"这又是何必呢？您高抬贵手，有事吩咐就直说，包在兄弟我身上！"

我斜着眼睨了他一阵子："你那些小兄弟，有户口在这片儿的吗?"

"哦……有啊。"

"给我找俩来,二十八岁以上,没前科的,必须绝对可靠。"

"没问题,让他们干啥?"

我冷冷地把他瞪了回去。

"好、好,那……什么时候需要他们?"

"现在。"

"啊?"虎子明显有些始料不及,"可……这大半夜的……"

"一小时内把人带来,我在车上等你。"我掐灭了烟,开门下车后,又躬身低头穿过车窗,丢下一句,"你该知道我姓赵的是什么人,上道一点儿。"

拿着案卷冲进白局办公室的时候,离羁押时限还剩不到一刻钟。

"你小子哪儿找证据去了?"老白坐在办公桌后,眼皮都没抬,"咱们可不能超期羁押,没证据现在就放人。"

"取到了。"我低下头,把案卷递了上去。

不晓得能不能混过这关。

领导一边批改着手里的报表,一边漫不经心地翻阅着案卷。手机响了,领导皱着眉接通电话,听了两句,叹气道:"这都什么点儿了你们还卖房子?不需要不需要……"我心中正暗自庆幸有人打岔,不料他突然一抬眼,两道寒光穿过老花镜直抵我的面门:"两份目击证言?什么情况!隔这么久还被你挖出来了……九九年那会儿周若鸿吃屎去啦?证人哪儿来的?"

我胸膛挺得老高,装出一脸得意:"不是,我在四季青那边掌握着一批'特情',消息散出去之后有反馈……"这话倒不假,用的确实是"特情"。

老白摘下眼镜,用手搓揉着右眼,左眼目不转睛地死盯着我。最后,他看了看手表,长出了口气,合上卷:"把牢吗?"

我压低声音,坚定地答道:"把牢。证人底子干净,而且随时可以出庭。"

"我没问你这个。"在老白凝重的目光中,房间的灯光似乎暗了下来,"我是问你:苏震是凶手这事,把牢吗?"

他看破了。

"拿脑袋担保,绝错不了。"

"小月河死了个孩子,航天桥发现个拾荒的无名尸,青龙桥出现连环飞抢的团伙……事还多着呢。"老白戴上眼镜,把案卷扔了回来,"赶紧把卷送了,让预审忙活去吧。"

翌日中午,我去人民大学找彬,希望能请小两口共进午餐,以弥补爽约之过。结果由于抵达的时间已过十二点,进门就见四菜一汤,生生把请客变成了蹭吃蹭喝。

席间,彬和依晨讨论着年后去西北旅行的计划,并盛情邀请我和雪晶加入。我心烦意乱,想提案子的事又不敢提——彬太敏锐,我又摸不清他的立场,不确定是否应当有所保留。

"对了,我现在手上有个小月河的命案,你看……"我有点儿没话找话,说到半截又忙收了口——被害人是个少女,依晨就坐在旁边,说出来不大合适。

彬一反常态,停箸问道:"小月河?你们上次开布控的地方?"

"差不离儿,是知春路东侧的那条东西走向的河道。"

他的左眼皮似乎跳了一下:"命案?"

居然会连续追问,今儿个刮的是哪阵风啊?"对,被害人是……"我谨慎地选择措辞,"一个初中的女学生。"

"哦。"他用指关节揉了揉鼻翼——彬患有轻度鼻炎,偶尔需要抑制打喷嚏的症状。

我一看机不可失,忙试探地问他:"回头帮我参谋参谋?"

"嗯。"

难得痛快。没等我开口道谢把事定死,雪晶的电话打进来了:"吃饭了吗?"

"在彬这里,正吃呢。"

"你跟韩哥说苏震那个案子了没?"

"怎么了?"我心里一紧,继而发现彬有意无意地在看我。

"没怎么。吃完饭来趟北院,我找你有事。"

因为开的不是公车,所以我把车停在了北院东侧的停车场。走到大门附近的时候,我突然发现杨延鹏的破车就停在路边。绕到车头一瞧,雪晶就坐在副驾的位置上,正和那小子有说有笑。

我感觉无数血脉争先恐后地冲击着大脑。

雪晶看到我之后倒是大大方方下了车,杨的神色有些尴尬,只探出头冲我打了个招呼。

她上前把几页纸塞到我手上,用半开玩笑的语气说:"呀!奸情被你发现啦!"

我气得说不出话来,低头一看,立时定在了原地——那是苏震案卷里的两份证人证言。

雪晶轻轻地搭上我的手:"诚,你在干什么?"

在自己妻子面前撒谎的难度系数太高,我索性阴着脸反问她:"干什么?拆你老公的台?"

"看你问的是哪件事了。"她另一只手也挽上我的胳膊,"如果问杨子为什么在这儿——那是因为他今天办事路过这里,找我查个诈骗案子的案号。如果问我还给你的是什么——那是伪证。诚,这案子还没往法制处报,赶紧把证撤了,回头办个退卷。"

头越来越沉,我垂首喘了两口气,与其说是接受了现实,不如说是转移了话题:"你怎么看出来的?"

"我早就说过,因为我是你老婆啊。"雪晶似乎如释重负,笑得更放松了,"公正不公正的放一边,只是为了给嫌疑人定罪,值得这么做吗?杨子也觉得你这样太冒险……"

"唉,我也是……"我努力绽放出不好意思的微笑,"老婆,那证据清单……"

"啊?"

"证据清单上可还标着这两份证词呢,那个你没撤出来?"

"呀!我忘了!"她抓着我的手紧了紧,"我现在就去撤出来,走!"

我故意做出沮丧和埋怨的样子:"嘿,让我跟你一起进预审调卷,没搞错吧?"

雪晶一掩口:"哦对,我又忘了……避嫌避嫌……那我去拿,你等等啊。"

就这?要说她能识破我做的"证据",打死我也不信。

目送着妻子进了北院,我迅速把两份证词叠好收进裤兜,抽出甩棍，径直走向杨延鹏的车。那小子吓得脸色煞白，手忙脚乱地摇上车窗，似乎想拧钥匙开车，还没等发动机点上火，我这一棍子落下，反光镜先飞了出去。

拉了下车门，锁着呢。我抬腿照车窗就是一脚，贴了膜的玻璃裂得像蜘蛛网一样，没碎。再一脚，整块都塌了下去。杨延鹏鼠窜到副驾，开门想往外跑，我绕过车头蹬住车门别他，一棍子冲他脑袋抽了过去……

我当时真是血顶天门，这一棍子险些要了他的命。

算他反应快，也该着我犯不下这故意伤害致人死亡的重罪。"当啷"一声，甩棍被磕飞出去，排挡锁和一副眼镜掉在地上。紧接着，满头是血的杨延鹏举着右手两根扭曲角度十分夸张的手指，哀号起来。我松开顶着车门的脚，拽着头发把他扔了出来，一手掐住他喉结，脚下一个别子把他仰面兜翻在地，照着肚子就是一通猛踢。

门口值勤的武警双手端枪，惊疑不定地看着我。我回报以一个近乎狰狞的笑容。"人民警察上班干活儿的时候缚手缚脚，一脱制服都这样。没办法，压力大啊……"

老白进屋的时候怒不可遏，我还没从凳子上站起来就挨了当胸一脚——我戴着背铐，腾不出手，结果连人带椅子被踹了个底朝天。

"你个兔崽子，没王法啦！"领导似乎刚意识到雪晶在场，不方便继续揍我，于是拉开嗓门咆哮起来，"海淀分局就你能！见一个打一个，在北院门口当街动手，杂种眼里没谁了吧？你他妈想当亡命之徒是吧？分局庙小供不下你，老子也丢不起这人！

滚蛋！"

雪晶把我扶起来。心中虽然不忿，但我没还口。

预审的廖处曾经是老白的手下，在一旁赶忙扮和事佬："把小赵的铐子摘了吧，有白哥在这儿，他不敢造次……你个臭小子，过去拉你的都是自己弟兄，你倒好，整个一六亲不认，打伤我半打儿人。幸亏被打的事主是小潘的同学，居然说是自己磕伤的……啧啧，没你媳妇儿的面子兜着，你脱光了都没用，直接收监羁押啦！我说白哥，带他回去好好管教，这手好拳脚，瞎折腾可糟践了……对了，医药费一个子儿不能少……"

我一声不吭地低头服罪，雪晶可怜巴巴地一个劲儿求情，加上廖处如一坨稀泥似的和来和去，老白仿佛戴上拳套却找不到对手，气得直发怔。他气喘如牛地瞪了我足有五分钟，情绪似乎缓和了一些："去医院赔礼道歉，把所有人的医药费都出了……"

这是必须的。然后呢？通报批评？停职检查？还是……

"共事一场，我给你留个面子，明天上午把辞职报告交来，下午跟刘强办理案件交接，收拾东西走人。"

老白居然如此决绝，我和雪晶全吓傻了，哆嗦着连句话都说不出来。廖处刚要劝，白局义正词严地堵住了所有人的嘴："别以为事主不告你就没事了。一个刑警在光天化日之下目无法纪，围观的所有人都看到了！你败坏的，是所有警察的名声！你是抓过贼，立过功，觉得自己了不起了是吧？可你想过没有，破案拿人是你的本分，不是什么值得炫耀的资本！你小子撒泡尿照照自己，你的所作所为跟土匪有什么区别……"

话到末尾，他的声音突然变得越来越低。我身上冷汗涔涔，正六神无主，直到雪晶悄悄捅了我一下，我才注意到门口一个威严挺拔的身影。

来人正是中国人民大学刑法教研室主任、中国监狱学会副会长、北京市怀柔区人民检察院副检察长、全国政协委员——彬的父亲、我的干爹、白局的老大哥——韩松阁教授。

4

听完我荒腔走板的"解释"与"道歉"后，杨延鹏从病床上缓缓地坐起来："找你老婆聊个天，不至于要掉脑袋吧？你不过是借机泻火，凑巧倒霉的是我。"

我部分同意他的结论。

"你要是为了女人动手，简单，我以后离你老婆远点儿就是。"他伸手艰难地从床头柜上去够一个橘子，"要是因为我对你办的案子指指点点，冤有头，债有主，这笔账你该找韩哥和郝建波去算。"

我有点儿莫名其妙，回手拿起那个水果，在手里掂来掂去："怎么讲？"

杨延鹏缩着手，就像个被抢了零食的孩子："韩哥让我扣下了部分资料，说是怕干扰你办案……今年三月初，瑞士克里斯蒂拍卖行[①]拍出一件价值六百万欧元的古董花瓶，委托拍卖的斯多莱经纪公司在扣除佣金后，将剩下的四百多万欧元全部电汇到一个新西兰的账户上，开户人叫特瑞德·辛纳。两个月后，这个辛纳结婚了，对方是二十六岁的日裔女子。"

我看着手里的橘子："不会说是……"

[①]佳士得拍卖行（CHRISTIE'S），旧译克里斯蒂拍卖行，"佳士得"为其香港音译。

"你拿到的那个手机号,就是特瑞德·辛纳的。"

"他哪儿来的这件古董?"

"不清楚,但不难解释。"

不错,所有的一切都解释得通了。

想来,郝大概是在继承到的那套房子里发现了王家的古董,甚至不止一件。一夜暴富终于彻底改变了压抑多年的他,完成了给孩子移植心脏的夙愿后,他选择了新的环境、新的婚姻、新的生活……他放过了自己曾追踪多年的凶手,同时,永远地把自己的发妻遗忘在那个阴暗、潮湿、肮脏的土坑里。

我不声不响地剥开橘子,塞给他。

"天底下的事,不可能都是好人好报、恶人恶报的。你在侦审方面也算是人老精、马老滑。你要说苏震是凶手,应该八九不离十。但万一……我是说万一,也许百万分之一,千万分之一……万一凶手不是他,你怎么办?"

我冷哼一声:"好办,我赔他条命。"

"你赔不起。"不知道是橘子酸还是他嘴里有伤,杨延鹏吃东西的表情有些痛苦,"没有人能替代别人的感受。现在是法治社会,你不该做超出自己本分的事。"

"我的本分是抓贼。让一个杀人犯大摇大摆地走出看守所才是失职。"

"听起来还真有那么点儿疾恶如仇的味道……"他把剩下的几瓣放在床头,捂着腮帮子,含混不清地说道,"我在国安局那会儿,有个案子——涉密,就不跟你讲细节了——嫌疑人其实就是'他',我知道,错不了。虽然缺少证据,但我'努力'让'他'服法了。两年多以后,正主儿落网……那是个不折不扣的冤案。他被关押了两年,其间,母亲病故,老婆带孩子跑了。那时的我跟你一样,过于依赖经验,相信直觉,结果呢?脱衣服,赔钱,伪证咎责……即便如此,也不可能抵偿他蒙受冤狱的损失。"

同病相怜的感觉很不好,我摇摇头。"你是想说,这就是我的前车之鉴?那看来我得感谢你坏了我的事,既没让苏震蒙受'不白之冤',又挽救了走在枉法不归路上的我,对吧,杨大善人?"

杨延鹏诧异地皱着眉头,哑然失笑:"原来你一直以为是我给雪晶划的道……她跟我聊的时候就说证据有问题了。我想,如果不是她嫁了你以后智商飞跃,就是背后另有高人。你还真谢不着我。"

开车下了四环路,我终于开口道:"我还一直没跟你道谢呢。"

彬抽着烟,望向窗外:"谢我什么?"

"没你家老爷子出马,我恐怕已经下岗了。"我随意地敲打着方向盘,"他老人家能及时现身,恐怕不单是我运气好吧?"

"你女人给我打的电话,要谢回家谢老婆去。"彬并不领情,"这事没必要谢我。"

伯父讲情,虽说勉强保住了我的饭碗,但从正队长一抹到底,全局通报批评,停职检查……我在寻觅"证据"的伊始,做梦也不曾想到会落得如此下场。

"能把老白放出来的话生生撅回去,老爷子能量真大。这里面不会是有什么代价的吧?我不想给咱爹添太大麻烦。"

彬没说话，嘴角上挂着漫不经心的笑容。

几个案子的结果都不理想，老白的位子还这么稳。干爹付出的"代价"，也许有着某种层面上的"等价交换"。谁知道呢？

"政治部换了新领导，据说是打算跟老白抢刑侦一把手，你猜是谁？"我故意把话题往这个方向引，希望能从彬口中得到证实。

他厌烦地摊了下手，一副"关我鸟事"的样子。

"曙光派出所所长周若鸿，没想到吧？"我靠路边把车停进车位，"走，陪我上去见郝萌一面。"

彬显然不大情愿："你就因为这个案子闯的祸，检点为上。"

"苏震放了，郝建波也杳无音信。我答应过郝萌的事……最后好歹堂堂正正给个交代。"我抚了下彬的肩膀，"你不想看我有始无终吧？"

见到郝萌我才发觉，能拿出来说的，确实不多。

我"取证"一节自然不能提，郝建波的现状更不能透露，牵连到破案过程的都得隐去。能讲的，也就是公安机关神通广大，最终将真凶缉拿归案，但苦于缺乏证据，只得放人结案。

不巧的是，老两口刚好都不在家。

当我鼓足勇气向郝萌说出这个无奈的结果后，面对她梨花带雨的小脸，我竟然连句"对不起"都无力再说出口。

就像杨延鹏说的那样——没有人能替代别人的感受。

再一次，我本能地想去求助彬，这才发现，他又在盯着郝萌。

上一次来这里的时候，彬也用同样的目光盯着这孩子。

郝萌被彬看来看去，似乎有些不自然，哭声低了下来。她努力克制自己不去看彬的方向，却无法摆脱坐立不安的较劲姿态。

大概是感到了我的沉默，彬扭过头望向我。他的瞳孔中仿佛还残留着郝萌抽泣的影像，却将其笼罩在一片居高临下的冷漠里，以及——分明是，一种兴趣？

就好像暴雨前蹲在树下看蚂蚁搬家的孩子，天真且残忍。

再去看那片泪眼婆娑，只一瞬，隐隐传出不和谐的气息。

不知是什么时候，郝萌已止住哭声，慢慢地抬起头，却不敢抬眼。泪痕在面颊上拖出一道道蜿蜒的轨迹，把她本就不甚姣好的相貌勾勒出一个成熟的轮廓——一种与她年龄不符的狡黠与世故。

与此同时，彬垂首莞尔。无数若隐若现的疑问仿佛暗香疏影，静悄悄地弥漫在房间里。我豁然惊觉，面部肌肉不受控制地抽搐起来，话到嘴边，却说不出口。

理论上，这是个"不可能"的案子。

所谓的"不可能"，就是根据郝萌的证言，郝建波当晚根本不可能有时间去掘坑埋尸。

除非……一如周若鸿般老练的警察，却取证失手——也就是说，一九九九年十二月五日晚，六点半到九点半之间，郝建波并没有回家。

我愕然，无言地望向那张充满稚气，却又在七年前击败了所有探员的面孔。

生存的本能，也许无关年龄。但那一年，郝萌才几岁？

相比较，我苦心诣造的伪证，真是小巫见大巫。

彬早已了然于胸，却只是旁观不语。我绝望地看着他，仿佛看到了一个百无聊赖的孩子，举着装满人性碎片的万花筒，慵倦地冷眼下瞰，反复把玩各种简单变幻的丑陋图案。

我突然感到一种无以名状的悲伤。

第三章　橱鬼

1

在被停职的将近三个月里,我一不拿工资,二没有证件,却实实在在地当了回全勤义工,这直接缘自老白做出的人事调动:我被贬成探员;曹伐恢复了副队长的职位;某副支队长因"枪库门"事件主动申请调职,领导也没委派别人,只是叫刘强临时代领东部队。

私下里,不少同事,包括刘强,都跟我说:"老白是把这拨儿弟兄留给你的,要没打人这事,你早就提了副支,名正言顺地当上东部队一把手了。"

话听着是挺安慰的,可我自己清楚,作为一个"犯过错误"的民警,想实现从探员到副支的三级跳,几乎是痴人说梦。

毛病出在老白的安排上——刘强的能力固然没问题,但一人兼任两个地区队的领导,累得他血压一路飙升不说,结案率却朝相反的方向持续跌落。

不出俩星期,刘支叫我出来吃饭,大倒苦水后一把搂住我的肩膀:"兄弟,你得帮哥哥一把。特别是你原来带的那帮人,曹伐根本支唤不动……照这么下去,别说月评、季评了,年度评比俩队肯定都是末位。这第一、第二可是倒数的啊,你让哥哥这脸还往哪儿搁?"

我正闲得发慌,应得非常痛快,不过由于没复职,要案命案办不了,只能干点儿"扫街"的活儿。刑警并不是只抓杀人犯,日常工作中,盗窃、抢劫、涉黑、贩毒一类的散碎案子才占了大头。

我归队后,弟兄们自然高兴得很,甚至连曹伐也一反常态地笑脸相迎,仿佛被沉的不是我而是他。据说一开始还有人向领导打小报告,不过老白每次听完都只是"嗯"了一声,就没下文了。

为了不辜负同事们的支持和领导的失明,我没日没夜地带着东部队疯狂扫荡辖区内的犯罪分子。不是趴在绿化带的灌木丛里蹲守,就是黑灯瞎火串胡同摸排……一名抢劫嫌疑人在被抓后甚至哭丧着脸问我:"大哥,最近是不是'严打'啊?"

至于我无法参与的那些案子:王纤萍的案子沉了;长信大厦奸杀案再没找到其他嫌疑人;后来小月河的那起命案一直没破;航天桥附近死的拾荒者尸检确认非他杀。更要命的是,十一月底,中关村医院一名大夫在睡梦中被人入室割喉;十二月中旬,穿着一身皮衣的三陪小姐方婉琳午夜横穿知春里小区公园,陈尸半路。经比较评估,支队怀疑辖区内有人连环作案,传闻市局正逐渐关注。

元旦过后没两天,白局就亲自向我证实了这一"关注"。

"头儿,新年好……"被突然传唤到局长办公室令我多少有些不安,"您找我?"

老白指了下沙发:"停职比在职还勤谨,你就是贱!"

"嘿嘿!"虽说上来就被喷了一脸狗血,可领导肯骂我,是个好兆头。

"上季度的命案一起没破,知道吧?"

"知道。"

"各派出所一个劲儿抱怨最近没人抓,你甭再扫街了,给他们留口汤喝。"

"明白。"

老白拿起正在振动的手机,接通后抹了把脸:"你要每平方米卖一千块我就买……再说我住北京,买什么青岛的海景房啊?神经病!"他把电话扔到桌上,对我说:"去找刘强领了证件和装备,把那几个命案好好查一查。"

"明白!"虽然竭力克制,但我还是兴奋得有些难以自持,"头儿,哪个案子优先?"

"市局的意思是,反正可能涉及连环命案……下午一点,市局技术队的顾问会来咱们队,你去接待一下,顺便了解下案情,交换交换意见。"老白顿了顿,脸上掠过一丝不悦,"小月河的案子,还那孩子一个明白。"

"您放心,一个都落不下。"

起身刚要走,老白叫住我:"对了,你小子别再乱来……"

我摸着后脑勺:"这我可保证不了。"

——何况,您也需要我这样的人,不是吗?

老白捋着鼻梁推了下老花镜:"滚吧。"

"最好先搞清楚你们面对的是什么人。"袁适博士修长笔挺的身躯向前探出,双手俯撑在会议桌上,清秀冷峻的脸孔直逼对面我的头顶,两眼精光四射。"这是一个人格分裂的混合型连环杀手,介于有组织型与无组织型之间,且同时拥有多种谋杀人格——既是领域型,又是侵入场所型;既是潜行者,又是掠食者。"

他穿着质地奢华的西服套装,上身有点儿掐腰;白衬衫上布满某名牌的暗花标志,领子很时尚地大出一圈,略显夸张地飘在西服领外;红黑相间的领带系得比较松,下摆垂着的银色海豚领带夹低调地只镶了两颗蓝宝石——相对他手表上那片"群星璀璨"而言。自打他一进屋,真是晃瞎了我的狗眼,只剩下自惭形秽的悲叹了。

好在作为犯罪研究工作室的现任负责人,我听他嘞嘞倒不像听天书,况且他来得这么早,我连案卷都没看完呢,与其争辩,不如耐心消化他的观点和建议:"那您的意见是?"其实他岁数还没我大,称"您"多少令我感觉有些不爽。礼貌,礼貌,咱是文明人。

"并案侦查。"袁适低头沉思片刻,似乎打定了主意,"在长信大厦被奸杀的池姗姗,在中关村医院家属小区自家被害的宋德传,以及在知春里小区公园被杀的方婉琳,都死于同一名罪犯之手。"

"这是……咱们市局的意思?"我一边扫着案卷一边抬头说,"池和方两案的现场都取到了相同的DNA,铁定是一个人干的。不过,宋德传的案子……"

"你是觉得他与另外两名被害人性别不同,被害的行为模式不同吗?"

三十八岁的外科医生宋德传离异数年,独居。去年十二月十六日凌晨一点至一点半之间,有人用一根铁丝轻易地撬开了他家的两道房门,来到卧室床前,一刀划开了宋的喉管——干净利落。现场没有找到凶器,没有发现指纹或足迹,没有目击者,被害人的身上没有防卫性伤口，小区大门及左近街区的摄像头没拍到任何可疑人物……除了一具尸体，凶手没有留下任何线索。

"关键是，从宋德传尸体上唯一的伤口来看，凶手应该是个右撇子。"我把法医报告抽出来摊在桌上，"喏，杀那两个女人的，是个左撇子。"

袁适的眼中似乎闪过一丝不易察觉的笑意："这正是有趣的地方……"

有人丧命，有人看戏。我尽可能掩饰自己的不快，谦卑地问道："我还没来得及仔细看卷呢，您发现了其他共同点？"

"知道什么是犯罪标记吗？"

"但凶手没留下明显的行为特征，或者说，仅通过三个案子的比对，我没找到相似的行为特征。要不是池和方的被害现场找到了相同的DNA证据，我都不敢说这俩案子是一个人干的。"

袁适略带惊讶地问："怎么称呼？"

"赵馨诚。"其实刚见面握手寒暄的时候我就报过名号，想来他没往心里去。

他盯着我看了一会儿："韩松阁教授旗下有个研究犯罪心理学的团队，听说负责人是个姓赵的民警……"

我勉强笑了一下，算是承认。

"这样啊，那沟通起来就简单了。"袁适冷笑的时候隐约露出一口整齐洁白的牙齿，香水和着口气清新剂熏得我脑仁直抽搐，"你不会说……难道你没发现这一系列案件中存在的犯罪标记？"

我偷着瞄了眼手表："没。"

"苏联教育家苏霍姆林斯基曾经说过，观察是智慧最重要的能源。"他停了一下，见我没搭腔，继续说道，"仔细观察这三个案子就不难发现，三名被害人，全都是左撇子。"

我愣了愣："哦……所以呢？就说明有人在实施连环谋杀？"

袁适对我的反应有些失望："罪犯选择的侵害目标是特定人群，这非常值得关注。要知道，左撇子只占全部人口的百分之九不到，这个范围已经相当窄了。而在海淀的辖区内，连续死三个左撇子的概率能有多高？"

"那……我们是应该对辖区内所有的左撇子进行监控喽？"我抚摸着下巴上的胡子茬儿，发现负责做记录的小姜眼都直了，一脸的景仰与崇拜。

"对，所有的左撇子，既可能是潜在的被害人，又可能是凶手本人。"袁适侧过身，口气清新剂的味道又喷了我一脸，"罪犯是男性，二十到三十五岁之间，单身或离异，独居，有固定住所，左撇子，同时也擅用右手，智商明显高于常人，受过高等教育，从事技术型工作，记者、作家等自由职业者的可能性更大，经济状况良好，穿着前卫，喜好深色的皮质服饰，有正常的社交圈子，但与家庭成员关系不好，儿时父母对其管教不严，存在一定的恋母情结，有特定的心理性性功能障碍……其他的还不是很确定，如果再出现一起案子，相信就可以对他的心理特征进行更全面的分析。"

说着，他已经合上笔记本电脑，往挎包里收拾东西："我要提醒你们，罪犯的冷却期[①]就快结束了，必须抓紧。他的下一个目标肯定是惯用左手的女性！祝你好运。"

"稍等！"我连忙站起身，"袁博士，我不是质疑您的观点。

[①]冷却期，指在连环杀人案中每两起谋杀间隔的时间，从理论上来讲也是划分连环杀手与普通谋杀犯的重要标志之一。连环杀手通过一次谋杀体验使自己兴奋的情绪达到了一个峰值后，需要一段时间来休息、平静、回味这段亢奋的经历。同时，许多连环杀手还会利用这段时间去评价自己的前一次或前几次犯罪，并以此为基础对下一次实施犯罪进行某种程度的策划。

可仅凭现有的证据并案,会不会仓促了些?我觉得……池、方案与宋案还是有很多截然不同的地方,不能排除有两名罪犯的可能。"

袁适拎起包,似乎在努力降低智商以便与我对话:"一千个人心中就有一千个哈姆雷特,但只有莎士比亚真正了解这个复仇的王子。"

望着他悠然离去的背影,我喃喃道:"小姜,最后这句话就不用记录了。"

"啊?啊……那……"姜澜紧张地翻阅检查着记录本,"那袁博士最后那句话的意思是……"

"无论是哈姆雷特,还是克劳狄斯、波洛涅斯、奥菲利娅、霍拉旭……不过都是作者虚构出来的提线木偶罢了。"不知是因为百感交集还是午饭吃得不合适,我感到胃里莫名地不舒服,"袁大博士的意思是:对于罪犯而言,他就是神。"

2

"复检完成了,结果没有出入。"老何把验尸报告递过来,"你们看第一次尸检记录就行。"

***

尸体检验报告

京公海法病理字 [2006 年] 79 号

一、绪论

委托单位:北京市公安局海淀分局刑侦支队北部队

委托人：乔东

委托时间：2006年10月24日

简要案情：2006年10月24日18时许，樊佳佳（女，13岁，北京人；2006年10月20日报失踪，并由花园路派出所立案受理，受理登记见附件一）在海淀区花园路小月河沿域东向400米下河道台阶处被他人发现死亡。

页脚粘着若干张黄色的便利贴，第一张写着：失踪案受理时间为报案后二十四小时，即受理时间为二十一日。

老何在等面条端上来，顺便解释道："尸体被发现时面部朝下。运气好得很，没打水，保存完好。那儿肯定是第二现场。从弃尸位置来看，凶手有可能是在夜晚抛尸，眼神不济或是没借着月色，所以误抛在下水方向的台阶上了——费了半天劲儿把人运到小月河，白忙。"

二、检验

该尸体检验由北京市公安局海淀分局法医鉴定所副主任法医师何靖诚等承担。于2006年10月24日，在双榆树尸检所，参照《中华人民共和国公共安全行业标准（法医病理学类）》对其进行了尸表及解剖检验，其主要检验所见如下：

（一）尸表检验所见

死者上身着红黄相间圆领套头毛衣，内穿白色长袖内衣，下身赤裸，仰卧位于解剖台上。尸长158厘米，发育正常，营养中等；尸斑呈暗红色，显于尸体背部未受压处，指压褪色；尸僵已缓解。

头面部：颜面部轻微皮内出血，肿胀；黑色头发，发长40

厘米；角膜中度混浊，瞳孔等大等圆，直径约0.5厘米；双眼球睑结合膜见点、片状出血点，口腔黏膜见针尖状出血点，牙齿无松动，舌突出于齿裂间1厘米，口鼻腔见血性分泌物溢出；额部及双侧眉弓部见散在片状皮内出血；鼻背部见一处1×1厘米表皮擦伤。

便利贴上标注的是：从被劫持到被害不到四天——绑架？但没勒索赎金。

"从尸僵的缓解程度以及角膜的情况来判断，这孩子应该死于大约三十个小时前，也就是二十三号的白天。口鼻腔的检验情况也证实了这一点。其他面部的零散伤痕应当是尸体被抛落时撞击造成的。"

颈项部：颈前部甲状软骨角左上方0.5厘米处见一处1.5×0.5厘米皮内出血伴轻度表皮剥脱；右胸锁关节上方0.5厘米处见一处0.5×0.5厘米类圆形表皮剥脱；右颈部平甲状软骨角胸锁乳突肌处见一处1×0.4厘米皮内出血伴轻度表皮剥脱。

另，颈前部于喉结部见一处宽2厘米、深0.5厘米索沟，色苍白，水平向双侧颈后走行，呈环行闭合，索沟最宽处于左耳下方3厘米，索沟间见血性水泡、皮内出血及表皮剥脱。

胸腹部：未见损伤。
背臀部：未见损伤。
四肢部：未见损伤。

便利贴上标注的是：被勒了很长时间才咽气，过程痛苦。

"很明显,她是被勒死的。凶手先用手,然后还用了绳子。勒痕的方向表明凶手可能是个右撇子,而且是从背后下的手。"

外阴部:阴唇肿胀,尿道外口有轻微出血,处女膜呈陈旧性破裂,阴道内有残留精液。

便利贴上标注得很简单:性犯罪引发的谋杀?

"现在的孩子啊,十三岁……她生前四十八小时内与凶手或是其他什么人发生过自愿的性行为,没准儿连诱奸都够不上。阴道内残留的精液过于陈旧,无法做DNA鉴定。另外,外阴周围、大腿内侧、腹部以及臀部有许多干了的尿迹,应当是小便失禁。不过具体因为什么就不好说了:遭受暴力性侵害,临死前膀胱括约肌失灵,或者性高潮,再或是纯粹因为喝水喝多了之类的。"

(二)解剖检查所见

头部:头皮下无出血,颅骨无骨折;各层脑膜完整,无出血;脑组织未见出血及挫伤。

颈部:右侧胸锁乳突肌中段见两处肌肉内出血,大小分别为1.5×0.5厘米、0.5×0.5厘米;双侧胸骨舌骨肌上段分别见一处2×1厘米肌肉内出血;右侧甲状腺被膜下见一处1.5×1厘米软组织出血;甲状软骨周围见一处1.5×1厘米软组织出血;右侧舌骨大角周围见软组织出血;喉室内黏膜下见散在针尖状出血点;气管居中,通畅,无异物;颈动静脉无破损;舌骨、甲状软骨未见骨折。

胸部:胸腔无积血,双肺表面及叶间裂见散在点、片状出血点；心外膜见散在出血点；心包正常，房室腔各瓣膜未见异常。

腹部：各脏器位置正常，胃内容约 400 克，糜状可见肉块、干果类成形物，未闻及特殊气味，回肠下段见一处 5 厘米浆膜下瘀血段。

（三）毒物检验结果

见毒物检验报告（附件二）。

便利贴上标注的是：毒物检验未发现麻醉类药剂。暴力劫持？不像。

"樊佳佳体内的损伤符合被勒杀的特征。从她胃里的残余物结合她失踪的时间来看，凶手给她提供的伙食不错。另外，尸体上没有任何防卫性伤口。"

三、论证

经对该尸体进行尸表及解剖检验，其主要损伤为额部及双侧眉弓部散在片状皮内出血，鼻背部一处表皮擦伤，双眼球睑结合膜点、片状出血点，颈前部多处皮内出血伴轻度表皮剥脱，颈项部宽 2 厘米索沟，颈前部肌肉群、软组织点片状出血，双肺表面及叶间裂见散在点、片状出血点，心外膜见散在出血点；结合现场勘查及案情调查，其损伤特征符合扼颈、勒颈所致；其死因系被他人用索绳勒颈致机械性窒息死亡。

四、结论

樊佳佳系机械性窒息死亡。

最后一张便利贴明显是给我看的：蹊跷，叫上彬。

"就这些。这孩子二十号下午七点左右下楼取报纸,一去不返。她父母是北航附中的老师,名字我忘了,她也在北航附中上初一,长得挺招人爱,学习成绩很好,与同学的关系融洽,有爱心,乐于助人……大概就是品学兼优的意思。她家的经济条件一般,但一家三口处得挺融洽,没准儿还得过五好家庭奖状之类的。学校反映的情况没什么新鲜的,不过特别提到了她没有早恋的迹象,要想找她那个背着奸淫幼女罪的性伙伴,有难度。"老何一股脑儿地从尸体到案情描述了一遍后,便开始专心拌自己的那碗炸酱面,"当然,找着那人离凶手也就不远了。把醋递我一下。"

"家属干的。"我在琢磨是先吃面还是先说案子。

老何很配合我:"为什么这么说?"

"不知道。"我决定在面条变成面坨之前先下嘴为强,于是打开报告最后一篇,指着便利贴说,"你不是让我叫上彬吗?现在韩少在座,还不问他?"

彬吃东西一向斯文,即便是在"海碗居"这家老北京炸酱面馆,他也把面前的东西当"北京实心粉切条配蔬菜杂烩拌酱焗猪屁股肉丁"来对待。他正一手拿着一根筷子,边选择菜码边拌面,听到我把矛头指向自己,先斜了老何一眼,而后低头继续卖力地冲着碗较劲儿:"孔老先生说过:'食不言,寝不语。'——你们不知道吗?"

"勒死个十三岁的女孩还费了老大力气,用手不行才换的绳索之类的家伙,力道不够啊。"老何尝了口面,又往碗里兑醋,"我倾向于是女性或老人,理论上孩子也有可能——但一般的小玩儿闹策划不了这么复杂的劫持杀人抛尸,可以先剔除掉。"

"如果凶手不是和樊佳佳有感情的人,不必在身后下手——

他无法面对面杀这孩子，而且被害人还没反抗……"趁他俩说话的当儿，我狼吞虎咽地先卷了半碗面下肚，"当然，尸体被发现的时候下身赤裸，如果罪犯是家属的话，通常不会这样对待被害人，这是个解释不通或者说自相矛盾的地方。"

老何还在添醋，我真怀疑他的味觉是不是出了什么问题。"也许凶手把被害人的裤子当绞索用了，也许上面沾了什么会显示凶手身份的东西，给被害人换条新裤子会暴露自己……都有可能。不过樊佳佳没被扔进河里，这比较奇怪，可以做几种假设：凶手没想把尸体扔进河里，搬到河边抛尸纯属吃多了撑的；凶手视力不好，黑灯瞎火没看清楚；凶手听力不好，没听出入水和掉水泥板上声音不同；凶手眼明耳聪，就是腿脚不灵便，下不去台阶干着急；凶手抛尸的时候有人来了，所以匆忙丢下去就跑路了……"

"嗯。凶手要么五感退化，要么四肢衰微。"

"是老人。"

"或女人。"

"如果凶手是女的，同性谋杀里，动机往往会包含愤怒。我自己检查过，尸体没发现被殴打、虐待或破坏的痕迹。男方胜出。"

"那就是老人或残疾人。"

"老年男性家属。"

"同意。所以凶手知道樊佳佳在什么时间可能下楼，还能在不被人发现的情况下就带她离开。没有捆绑，也没有暴力劫持，没有防卫性伤口……她对被劫持没有显现任何过激反应。别加了，你不嫌酸啊？"

"没有暴力性侵害留下的痕迹，她是自愿与什么人或凶手性交的……这是个她很信任的人,这种信赖关系——或许还包括性关系——绝不是刚刚才建立起来的,甚至可以让她无视来自父母的约束。"

"凶手的家庭地位高于被害人父母……"

"她爷爷。"

"或姥爷。"交叉讨论的过程中,我的进食效率明显占了上风,老何还在"呼噜呼噜",我已经抹嘴喝茶了,"彬,你看呢?"

彬夹起一筷子"白灼牛胃切花配芝麻酱拌香菜",细嚼慢咽之余,轻叹道:"怎么能把尸体抛在小月河呢?"

我还以为——我真的以为,他说的只是案件中的一个疑点。

"你们俩一个刑警,一个法医,又不是第一天办这案子,该讨论的都讨论过了,该排查的也都排查了。"彬放下餐具,很仔细地擦擦嘴角,然后开始用手指搓揉鼻梁,"还在我面前搭台子唱个没完没了,什么意思?"

"因为你该言而有信。"我举着盛满茶水的二锅头口杯,突然发觉透过这杯琥珀色的液体看去,这个世界不再那么扎眼了,"你答应过这案子会帮我忙,我可一直没忘。来吧,谁第一个找出凶手,我双手奉上珍藏多年的那瓶限量版三十年格兰菲迪。"

"拿酒当奖品对我没吸引力,而且怎么听着跟我欠你似的?"

我隔着那杯茶水冲他笑了笑,大概有点儿假。

"两名主要嫌疑人都排查过了,问题就出在这儿。"我放下杯子,心中抱怨为什么彬的目光能直穿过来,"樊佳佳的爷爷樊成国,七十九岁,北京化工二厂退休职工;丧偶独居在北航小区六号楼一〇二室——南边就是小月河,只隔一条街;右撇子;虽然患糖尿病和轻度肝硬化多年,好像还有点儿帕金森,不过健康状况不错。姥爷张明坤，七十六岁，退休讲师，据说在南方做了半辈子的支边教育；丧偶独居在塔园东街小区一号楼六一一室——西边就是小月河，同样只隔一条街；右撇子；身上零件毛病也不少，而且心脏一直不好，但生活能完全自理。这两个人在案发时间段里都没有确凿的不在场证明，都和被害人关系亲密——当然，没亲密到让人觉得不正常的程度。两人居住的小区没有监控录像可查，走访没得到目击证言，搜查没发现遗留痕迹……自然，两人也都没承认搞过或杀了自己的孙女或外孙女。"

彬终于有了些兴趣："被害人曾和谁居住过？"

"想到了，也查过了。樊佳佳的父母是双职工，所以这孩子寒暑假期间不是跟爷爷住就是跟姥爷住……据她父母说，她并没有明显表现出喜欢去谁家或抵触去谁家。"

"那谁对她更关心？"

"平分秋色。"

"他们俩，谁有过性犯罪或类似不良行为的记录？"

我把茶水一饮而尽："干净得像这杯子一样，什么记录都没有。"

"周围人的评价呢？"

"好坏参半，其实是正面的居多。"

"婚姻状况？"

"都谈不上美满，但全是从一而终，没有外遇之类的记录。"

"童年经历？"

"'解放前'的事就别指望我能查到了。"

"那说个近的，性功能呢？"

"这个……怎么查？"

老何刚吃完东西，插了一句："理论上讲，男性到死前都可能具备正常的性能力,糖尿病或心脏病什么的不会造成影响。"

"那就只能让两位老先生脱了裤子一起看亚热系列的成人影片,然后观察他们谁的那话儿有反应,或是看他们谁对少女主演的成人影片反应强烈……拜托,给个现实点儿的摸排方向好不好?"

彬左手拿着烟,没点着,右手把玩着一个银色的老旧打火机——正面刻着一堆蜥蜴还是鳄鱼之类的图案,背面乱七八糟一堆我看不懂的蝌蚪文,就"NAGA"这四个英文字母还算醒目。他这样消磨了一会儿时间,冷不丁地问我:"你亲自对他俩问过话?"

"哦……对啊。"

彬笑得有些诡异:"那你觉得他俩谁是凶手?"

圈定的嫌疑范围是有据可依的,樊成国和张明坤,都像凶手:"我觉得像没用,必须找到证据。"

他却不依不饶:"你办案这么多年,总会有些直觉吧?"

"直觉告诉我,你最像凶手。"我夺过他手上的烟,叼在嘴里,一边心不在焉地摸打火机,一边咕哝道,"要能找到证据我第一个抓你!如果你帮我指出杀樊佳佳的人,我可以考虑法外施恩,否则就法外加刑——不光是线索,我要证据!省得某些有道德洁癖的'程咬金'到时候又蹦出来瞎掺和……"

彬眯着眼,似乎在无声地重复着"道德洁癖"这一四字评语。他低头给自己倒了杯茶,然后帮一直摸上摸下的我点着烟:"樊佳佳身上那么大片的尿渍,没准儿不是她自己的吧……两个老人,谁患有前列腺疾病?"

我愣了一下,随后就把刚抽进嗓子里的烟直接给咽了下去。

"要这么说,他俩的病历我还都仔细看过。"老何向后靠了靠,"馨诚,我不喝酒,能折现吗?"

3

自打进门起,彬和张北彤就一直在吧台边谈话,两人拿着几张纸推来推去,热切而认真,估计是在核对营业账目。老何大概觉得我的眼神和懒洋洋歪在沙发上的样子有些不协调,问道:"想什么呢?"

我回答的时候还在望着吧台:"我在想,幸亏他没去犯罪。"

"哈!"老何用调羹搅拌着咖啡,"我一直都说他是个危险人物。"

"什么意思?"我神经反射般地回过头,"你认为彬有可能犯罪?"

"犯不犯罪我不好说。不过他是做律师的,恐怕天天都在违法。何况……"老何端起杯子尝了尝,双眼却直视着我,"对于那些真正的罪犯而言,他绝对算是危险人物……你联系队里了吗?"

每次被老何直视我都会有些不自在,倒不是说他身高体阔的魁梧劲儿,而是那张标准的"田"字脸。老何生来一副天庭饱满、地阁方圆的英明神武相,眉、眼、鼻、口的位置超级黄金分割,上面架了副黑框眼镜,所以离远了只能看到一横一竖两道五官线,其余的位置都是近乎无瑕的大白脸。这张国家领导人的理想面庞除了深受广大妇女与老人的青睐外,还容易对同性造成一种无形的压迫——在他面前,你总觉得自己像个小弟或下级。作为彬的老同学,平日里两人都以相同的礼貌与谦逊待人接物,给人的感觉却不尽相同。简而言之,高干出身的老何多少有些没落贵族的骄娇气,其他兄弟,包括彬在内,在他面前只能甘当老百姓。

"已经派人去对张明坤的住所进行监视，目前继续找他问话意义不大，明早开始会展开更全面的调查。要钱没有，那瓶酒你到底收不收？"

"案子还没破，而且弄不好跟苏震一样，有嫌疑人没证据。"老何努努嘴，"你非要给就捐给'指纹'吧，咱们老来这儿白吃白喝，送瓶酒也是应该的。"

"你倒是会借花献佛。我还是好好考虑一下是不是等张明坤归案再兑奖吧。"

"这事用不着担心。"老何笑了一下，不是冲我，也不是冲任何人，"只要凶手是他，他死定了。"

我从没见过他这副表情："这么有信心，你确定？"

"就算奥斯卡·辛德勒再世划着挪亚方舟来都救不下他。"他再次举起杯子，眼中洋溢的笑意含混着些许暧昧，但同样不是针对我的，"是的，我非常确定。"

"彤哥问，打桥牌吗？"彬无声地出现在我身边，手里端着半杯棕黑色的液体，吓得我差点儿没把烟头扔进老何的康宝兰（一种奶油调配的花式咖啡）里。

彬今天喝了点儿酒，看来心情不错。我知道他手里拿的是波本威士忌加意式特浓咖啡。彬基本是滴酒不沾的，百年不遇地喝个一两杯时，就是这个诡异的配方。

第一次见到他喝，我抢过来尝了一口，又苦又辣。我不解他为什么要虐待自己的味蕾，彬回答得很直白："因为一个纽约的行吟诗人喜欢这样喝，我也想试试味道。"

"问题是不好喝啊！"

"但据说里面咖啡和酒精的效果能相互抵消。"

"据谁说的？"

"据创造那个诗人的作家说的。"

"等等,你是说因为一个人瞎编了一个故事里的一个劳什子诗人喜欢喝这个见鬼玩意儿,所以你就只喝这个?"

"我不常喝酒啊,所以每次喝都忘了它有多难喝了。"

"有古怪……你非这酒不喝,肯定有玄机。"

"那你也喝喽。"

"那二货诗人最后喝成莎士比亚了吗?"

"那人的职业是私家侦探,不过他曾经做过警察。"

"行吧,随便……你就告诉我他最后喝出什么名堂了?"

"唔,他戒酒了。"

后来他确曾几度邀我同喝,所以今晚看到这个杯子里的东西多少让我喜忧参半。我截停牌局,先拽他坐了下来。小月河的案子有了眉目,市局重点关照的"连环命案"也得抓紧。趁他心情好,老何又在场,我赶忙把池、方案的情况介绍了一下,征求他俩的建议。

宋德传的案子和袁博士的"画像"我按下未表,一是对这几起谋杀盲目并案比较抵触,二是因为同样作为剖绘专家,彬对官方剖绘结论一向尊重,甚至有些过分尊重——一旦我告诉他这案子市局顾问已经给出剖绘了,他铁定会封死自己的嘴,并劝我"听专家的,错不了"。

去年十二月十七日凌晨三点左右,某歌厅的"公关代表"方婉琳小姐在知春路小区的花园里被人从身后抹了脖子,喷出来的血迹在她面前画了个将近一百二十度的弧形。尸体上身半裸,只剩下文胸,但没有遭受过性侵害的痕迹。

这个来自北方城市的、年仅十九岁却已在风尘中饱经坎坷的女子,遭受袭击时并未束手待毙:她的双臂及躯干上有多处打击伤及刀伤,皮质外套和里面的衬衣被生生撕碎——正是这些防卫性伤口与痕迹,提醒警务人员仔细地从她的指甲缝里取到了部分皮屑。经DNA比对,同长信大厦池姗姗奸杀案凶嫌的身份一致。

老何还指出,从方的伤口来看,凶手使用了一把特征十分明显的折刀:刃尖一厘米左右是刃,其余的部分都是锯齿;刀刃长度不超过十厘米,自带弧度,前窄后宽,整刀长度不超过二十二厘米;可能带自锁,鉴于伤口内没有留下任何残迹,刀的材质没准儿是高碳钢……总之,是把相当高级的折刀。

彬听到这里,把张北彤请了过来,介绍道:"有'刀友会'的高人在此,比危险物品管理队好使。"

危管队的民警只从事查缴枪支、刀具、爆炸物品之类的工作,对刀的了解也就停留在管制刀具的界定标准和买售渠道上。在这方面,民间爱好者反倒更具咨询的权威性。我忙伸手向服务员比画要了根雪茄:"记我账上,付现。"

彤哥举起手中剩下的半根"加斯路",算是婉拒了我打算花八十八块请他抽一支成本不到三十块钱的雪茄的意图。"再好的刀都不可能切筋断骨而不磨损,只是程度深浅罢了,何况就是把折刀。你们说的应该是把全齿刀,跟锯子似的,适合切肉,切人也将就。"

"罪犯会是用刀的高手吗?"

"难说,可能他本人师承庖丁或咱们何大法医,可能他是'刀友会'的兄弟,可能他是退伍军警,可能他经常用这把刀修自己的灰指甲,也可能他只是运气好没把刃尖折在骨头上……这和刀本身的材质、切割物的材质以及使用者的技巧都有关。"他自如地吐出几个烟圈,把自己笼罩在一片甜香的味道里,"近身刺杀的情况下，即便是高手也只能对攻击位置有个相对准确的判断，顾不上宝贝刀刃。"

"用刀用得再好都不可能？"

"捅人或是被捅，不过是瞬息间的事儿。刀递到眼前，就必须立刻做出决断：攮还是划？躲还是架？等刀尖进了肉皮儿，再好的身手都废啦！我说了，生死关头没人会在乎刀受不受损伤。尸体上没找到刀具的碎片不等于用刀的就是什么劳什子高手，运气的成分更重要。"

"那是不是因为刀的材质好，是高碳钢呢？"

"既然没找着碎片，这事就说不死。不过这么有韧度的家什，我宁愿告诉你们是低碳材质的。"

"为什么？不是说越是高碳材质的刀越好吗？"

"硬度和韧性是所有刀具存在的……时髦点儿讲，就是矛盾对立统一。高碳钢的刀锋利，硬度够，但容易豁、折，不顶时候；低碳的软钢刀更适合折刀类型，比如'蝴蝶'或'蜘蛛'。"

这两种昆虫和我们谈论的凶器有什么关系？当然，听上去应该是某种品牌。

"算你们运气好，这是把介于半齿和全齿之间的全齿折刀，应该是斯派德科公司的'蜘蛛'系列。你要说是冷钢的'暴龙'系列也成，但市面上不多见，太招摇，不方便携带，用的人更少，而且'大暴龙'的刀刃没这么短……应该就是'蜘蛛'，或至少是高仿的'蜘蛛'。"

牛！专家就是专家。"那……型号呢？"

"C07、C08、C11、C12、C21、C23、C24、C36、C51……刀尖内勾角度大吗？哦，那就是C08、C12或者C21。C12刃尖太单薄，容易折，也不好打磨；C21……我看，C08'哈比'最

合用，而且符合你们的说法。《沉默的羔羊》里那个吃人的博士就爱用这刀……V10是全钢结构的，BK是黑色塑胶刀柄……反正无论哪一种，刀刃上平排着五组十四个锯齿，绝对是杀气四溢的尖儿货。"

"流通渠道可查吗？"

"千把块钱，高仿的更便宜，哪儿都能买到。网络购物的优势就在于，除了成人用品以外，你总还能买到些别的不好见光的玩意儿。可以查查网络上一些大的刀具卖家，或者找个黑客什么的去偷看斯派德科公司的直销记录。那人不会是随便出国找了个代理零售的摊儿买的吧？全世界成千上万家，查起来可就累了……"

不知为什么，张北彤一边挥舞着手中的雪茄，一边说话的样子，使我想起了刚从警没多久时遇上的那个"黑帮老大"——只不过他手里挥舞的是大麻烟卷，一闻就知道。他穿着黑色的竖纹西装，锅盖头下面架着副方框墨镜，坐在汽配城里最大的一间铺面的办公桌后，指挥一干马仔去搞点儿收保护费或强买强卖的勾当。

其他的小商户实在忍不了了，才想起向人民警察去申请"免费保护"。我跟着两个老刑警进屋的时候，那家伙不可一世地叼着烟侃侃而谈，说的是什么我忘了，大概是在反复强调"警察算老几"之类的绿林宣言。

我冲上去抓他的时候，他唯一的小弟拦在面前——没错，尤其是在我攥着铐子掏心一拳打断了那小子两根肋骨后，其余的乌合之众四散奔逃，让我更加确定这一点。盲人装束的光杆司令从桌上抄起一把裁纸刀，踩着唯一忠诚的手下朝我扑来，三姨从美国寄给我的厚底钢掌纯牛皮陆战军靴亲切地问候了他。那把裁纸刀刃柄直接分家后,刀刃锋利地提出了抗议,顺便带走了主人右手的大拇指。

别的不说,他显然不具备张北彤那种对刀的理解。

据说断指的"墨镜老大"上面还有"老老大"或"老大大",朝阳公园门口围着我的那五个人外加三把刀就是"老大的老大"的回礼。我正是浑不懔的年纪,一根甩棍加左臂扛的一刀就创造出轻、重伤各一以及两轻微伤的实战械斗记录。跑了的那个把三把刀全拿走了,所以这事有点儿不好说清楚。后来,有人说我被调到预审的安排是小人趁机使坏,也有传言说是局领导为了保护我,转移那群亡命之徒的注意力。不管怎么说,我应当感谢那次人事安排,否则我不可能有机会遇到雪晶,组建家庭。

在预审工作的最后一年,我审了个非法销售管制刀具的案子。嫌疑人宽肩阔背,仪表堂堂,马尾辫和络腮胡看起来颇有几分夕阳武士的味道。张北彤性情直爽,谈吐不凡——当然,外形上的好感并不会取代我对司法制度的虔诚信仰。直到第二天,我在法制处办公室见到一个穿着一身黑的男人在跟处长喝茶……

经领导介绍,我认识了来给张北彤办理取保候审的律师,也就是彬。

再后来,成为好友,认了干爹,帮忙调动,工作室,咖啡厅……再再后来,当初的预审员、嫌疑人、律师以及他的法医师同学就经常坐在一起打桥牌了。

虽然张北彤只给出个大海捞针般的范围,不过能固定查找凶器的方向,着实让我蹲在墙角乐了好半天……当然,那时我并不知道,凶手正在享受这把利器为自己带来的便捷与快意——就在我们几个悠闲地围坐在"指纹"的沙发座里,置身事外地探讨着一把折刀的形、款、色、价,同时免费消耗了若干雪茄、咖啡、醇酒以及饭后甜点的时候。

否则,我是决计笑不出来的。

隔日,一月十三日,星期六。

下午,来自重庆的张妍乘坐公交车到紫竹桥,步行至桥东北侧的一家个体小发廊接班。打开屋门后,二十六岁的老乡许春楠近乎全裸的尸体就绑在门厅正中央的一根晾衣杆上。按最先抵达现场的曹伐自以为诙谐的说法就是:"烤乳猪跳钢管舞,你见过吗?"

被害人只着内衣裤,四肢以晾衣杆为轴,用电线一起捆在身后,头朝下,面朝几。晾衣杆是凶手"就地取材"后现立在屋子里的,上端用房顶吊灯的线拴牢,下端则插在一个原本栽种万年青的大花盆里。

我是随后赶到现场的探员之一。还没进胡同,我就看见第一次出现场的姜澜手扶着墙,边哭边吐。曹伐举着瓶矿泉水追了出来,顺便用一副欠抽的嘴脸向我简要描绘了尸体的情形。

老何站在门外,手套上沾有血迹,不过看得出他是为数不多保留了胃中食物的人。"就等你了,看完我好把人拉走。"

技术队的人在门口为我戴上手套和鞋套,又问我要不要口罩。其实我一直在努力适应屋内飘出的混合气味。许春楠倒置的尸体离我只有数米之遥,无神的瞳孔中映衬出一个被恐惧附体的倒影,我不愿相信这就是自己的形象,摇摇头走了进去。

"现场原样没动,除了这个。"刘强从里屋走出来,把一个证物袋递给我,"凶手割去了她的舌头,塞进去这个。"

仿佛怕被灼伤,我飞快地看了一眼:那是一张火车票。再瞟了瞟:时间是一月十三日,T9特快,下午两点半发车,北京到重庆。

对啊,再过五天,就是春节了。

这个时间,她本该大包小裹地挤在车厢里,用体温呵护着揣藏在内衣里的存款,与身旁其他返乡心切的陌生旅伴畅谈在首都的经历,或是编排自己到家后如何描述这一年来的美好生活。现在她却了无生气地倒垂在我面前,即便我们能立刻把她解开、放下、运走,她也已经误了火车……

她再没可能踏上回家的路。

"死亡时间是凌晨十二点到一点之间,死因是失血过多,或者是因为舌根处伤口的血呛到气管和肺里,凶手倒置她没准儿就是为了把血控出来,当然,也许纯粹只是欣赏这个姿势。"老何说得很慢,大概是在寻找不会伤害她的措辞,"她死前被折磨了一段时间,可能一到两个小时,我不知道……四根手指骨折,左手腕和右腿骨折,锁骨都凹进去了,趾骨损伤更严重,可见的刀伤有六十一处,致命一刀在咽喉——就是这个将近十厘米的横向切口,伤口外翻。还算值得庆幸,我是说,她挨这刀之前就已经失血死亡了。"

我把证物袋还给刘强,绕着尸体走了半圈,想观察下尸体背后的样子,或起码可以躲开她的眼睛。

"伤太多了,你等回头看书面验尸报告吧。"老何先是看着房顶,又望向窗外,"凶手大概是在十点或十一点敲门进来,打倒她,捆住她,切下她的舌头,强奸她,包括鸡奸她,或是用什么其他东西插她……绝大部分伤口是在强奸过程中留下的,至少是在她还活着的时候,凶手似乎很享受一边刺一边做。离开前,凶手到里屋的水池简单冲了个澡,没准儿还换过衣服……现场留有指纹、足迹、毛发、精液,还有六十一个'哈比'制造的伤口——如果彤哥昨晚说得没错,就是那把全齿折刀,所有的伤口都出自它。"

我漫无目的地任凭自己的双眼在尸体周身游走。数不清,有的像裂缝,有的像齿痕,有的像熟透的西瓜崩了个口……六十一处刀伤,六十一张血盆大口,附在许春楠这具冰冷的放射源上,用猥琐而邪恶的笑声震颤着周围的空气。

我感觉呼吸有些困难:"这杂种……"

"弗洛伊德说过,每个人都有一个本能的侵犯能量储存器,在储存器里,侵犯能量的总量是固定的,它总是要通过某种方式表现出来,从而使个人内部的侵犯性驱力减弱。"如此高深的见地,不用回头我就知道是谁来了,"她这次不幸成了一个承受侵犯能量的载体。如果不早日抓到这个有弑母情结的凶手,还会有更多……"

袁适边说边绕到尸体正面,蹲下来凝视着许春楠的面庞:"在发泄的同时,罪犯充分展示了他的控制力——无与伦比的控制力,掌控生杀大权的成就感。火车票是一种嘲弄般的施舍……他让这个女人口含生命的希望死去,隐喻着某种价值观:生与死本是一体。在他看来,生命的每一天,不过是在奔赴死亡的终点。"他身体前倾,一个银色的挂坠儿从脖子里跑了出来,我记得彬好像也戴——难道搞犯罪心理学的都爱戴颈饰?

不过我对凶手的价值取向并不感兴趣:"罪犯有弑母情结?"

"很可能。根据 ViCAP[①]——就是美国联邦调查局的全国暴力犯罪调查结果显示:高达百分之七十一的性掠夺型连环杀手都存在弑母情结。比如杀了十一人的埃德蒙·埃米尔·肯珀

---

① ViCAP,即 Violent Criminal Apprehension Program,一九八五年,由 FBI 成立于匡提科,专门针对连环暴力案件及性侵案件进行追踪和分析。

(Edmund Emil Kemper)，他把所有的仇恨都指向自己的母亲，最后砍下自己母亲的头并鸡奸了她的尸体，其他十名被害人和许春楠一样……"虽然戴着手套，袁适还是从上衣口袋抽出张浅蓝色的面巾纸，隔着纸轻抚着许春楠灰白的脸孔，继续说道，"不过是宣泄过程中承受侵犯能量的载体。这案子很典型，你们那个工作室没研究过吗？"

我注意到他戴的挂坠儿是个扭曲的圆圈，下面有"MS"两个字母，大概是"莫比乌斯环（Moebius Strip）"的缩写，也可能是"镜性（Mirror Sex）"牌安全套的赠品。一股熏香的味道扶摇直上，现场这锅本已混合着血腥、尿臊、汗臭和人肉的"杂烩"，仿佛被架到了火炉上。我终于开始有反胃的感觉了。

老何上前拉开他，语气不容商量："她已经被吊了十多个小时，该把她放下来了。小关，过来帮忙！"

袁适大度地笑了笑，起身腾出空间："你们支队排查工作进行得怎么样了？"

刘强冲我使了个眼色，我却懒得在回答上多费心思："还在进行。"

"你们最好能再加快些……还有，她也是左撇子。"他一个手指一个手指优雅地抻开，摘下手套，"冷却期越来越短了。虽然我不希望自己次次说中，但罪犯的下一个目标肯定会是左撇子的男性。"

曹伐刚好卷着一身烟味和口臭走进门："哟！袁博士，您辛苦！喝口水不？这案子您可得多帮忙……"

袁适把手套丢到门外，眼睛还盯着尸体："市局的案子多，我不可能随时为你们提供支持。看能不能叫原来那个姓韩的犯罪心理学教授回来帮忙。据我所知，在大陆的专家里，他水平还算不错的。何法医，你最好注意下捆绑被害人的绳结的系法……"

"嘿，您多提建议，多提建议……上回那起假绑架的案子，正主儿跟您分析的一模一样。"曹伐嘴没停，但明显有些自讨没趣，"赵……刘支，二组走访周围了解到一些情况：这地儿没照，属于非法经营。群众反映她和报案的那个张妍好像都是做'暗门儿（卖淫）'生意的，没想到这次碰上个白干不给钱还索命的。嘿！这么说死人不大合适是吧？我的意思是……"

其实我和刘强一直都没搭理他，只有老何指挥向外抬尸体的时候沉声冲他吼了俩字儿："让开！"

"那倒没什么。"我的话是在回应曹伐，眼睛却看着来自市局的海归专家，"反正她也不可能回嘴了，不是吗？"

很早以前，彬就告诉过我，连环杀人，最需要的就是运气——"计划得再缜密，运气不好也白搭"。

不幸的是，我们恰巧碰到了一个计划并没多缜密，运气却奇佳的连环杀手。

现场留下的痕迹可以比对出凶手至少已连杀三人，确切地说，是三名惯用左手的年轻女性。可居然没有任何人看到过他。别说模样了，背影都没半个。

更不幸的是，彬对这堆案子没兴趣，理由很简单："我们家没左撇子。"——既无嫌疑人，也无须担心成为下一个侵害目标。

彬不是冷酷无情的人，也绝对不属于"多一事不如少一事"的小市民。他可能有很多顾虑，包括对我的影响、跟他父亲的牵扯、与官方剖绘的冲突，等等。当然，依我看，他自己犯懒也是没跑的。

最不幸的是，死状奇惨的许春楠很可能与之前的池、方一样，成为又一起无头命案的被害人。我们有指纹、足迹、DNA、凶器……却没有可供排查的对象。似乎老天爷从不打算让任何有罪之人乖乖服法，或是人类制定法律这件事本身就触犯了他老人家无上神圣的权威，总之，证据或嫌疑人，难得碰上两样都齐备的光景。

侦办命案的时间一长，身份上的尴尬便显露出来了。我只是个普通刑警，支使东部队原来那票人问题还不大，可一旦需要其他队配合，我只能找刘支去做平级交涉。让小姜开通无线通信频段，得找正副队长代为申请，更别提去技术队催进度了。我不可能天天把刘强拴在裤腰带上，自然感到十分不便。

于是，找老白"要官"成了当务之急。

本以为看在师徒多年的分儿上，他好歹给我挂个临时的衔或是许我"破了某某案就提你做某正／副队"，不想老白就像刚吃了豪猪——满嘴的刺儿："弟兄们都在拼命，凭什么就提你？我应你政治部也不可能批，该干吗干吗去！"

我讪讪地正要走，他很罕见地追问我工作的具体进程："小月河死的那孩子，怎么着了？"

我告诉他：知道凶手是谁了，没证据，不敢轻举妄动。

"其他那几个呢？"

确实有人连环作案，证据一箩筐，没嫌疑人。

我和小姜奋战数个通宵，查了近几年的失踪人口记录，也没找着几个左撇子，而历年来未侦破命案的被害人当中恰巧也没有左撇子。所以说，第一，这大概是个"新手"，不过若是他的运气一直好下去，则很有希望成为"新星"；第二，连环命案的被害人都是左撇子，这概率真快跟中彩票有一拼了。尽管死者有男有女，但不排除像市局顾问说的那样，凶手冷辈不忌，男女通杀。

"另外，那个'飞抢'的团伙昨儿晚上给端了，居然还有骑电动自行车的……书面报告下午就给您递过来。"我忽然想试试自己的运气，"您说，要是政治部同意提我呢？您批吗？"

老白大概没料到我会来这手，头虽没抬，注意力却已明显不在文件上了："贴周若鸿的屁股，你不嫌岁数大了点儿吗？"

虽说我跟周若鸿有一面之交，但人家是未来的副局长，能拿我当根葱？"不想您为难，我自己闯闯看。不成的话，您还是派我'扫街'去吧，至少比办这堆命案来得有效率。"

领导没说话，摆摆手，算是默许。

我迟迟没去政治部。倒不是说担心自己的运气不如那个痛恨左撇子的连环杀手，可能潜意识里，我更希望周若鸿能一口回绝我，给我一个顺理成章脱离这堆案子的机会。

当刑警这么多年，我从未感到如此厌战——这是警察的硬伤，否则把苏震打个半残或是阉了张明坤应当能够成为不错的调剂。法律和各种规章制度就像个头箍，有这玩意儿扣在脑袋上，齐天大圣也抡不开降魔棍。至少每当我试图冲破职业约束的时候，都会发现身边瞬间冒出无数个念紧箍咒的唐僧来。

相较之下，还是"扫街"来得简单。

晚上睡觉前，我经常靠在床头跟雪晶念叨案子的事，同时在头脑里自行添加许多臆构的情节：樊佳佳自六岁起便遭受诱奸的无助，王纤萍在大风中回头看到苏震狰狞面孔时的惊慌失措，池姗姗戴着银色的耳环消失在阴暗的楼梯间，方婉琳穿着皮裤穿越公园时臀部扭动的样子……最后我会想起许春楠瞳孔中的那个倒影：是我，又不像我。我在喝咖啡，杯子里漂着一张沾满血迹的火车票……我会在凌晨突然惊醒，或是被雪晶叫醒，没有噩梦后的大汗淋漓，只有失速坠落般的空虚与恐惧。

更要命的是，大年三十儿那天上午，我借拜年的机会向周若鸿陈情，她几乎问都没问，一口就应了下来。归队的路上我才恍然大悟：周若鸿和白寅尚不过是拿我当炮灰互探虚实；破格提拔我，既是某种觊夺权力前的拉拢人心，又是开诚布公地正面宣战。管他呢！我不过是把大口径手枪，只要瞄的不是好人，握枪的是谁，无大所谓。

老何中午特意来了趟队里，问我工作室聚会的时间安排。我俩拿着值班表和日历对照了半天，发现居然只有大年初二和初四能休息。

"初四你要去看大舅的话，就后天吧。我让彤哥帮忙安排下场地，组员……谁有时间谁来。"老何拿起手机开始群发通知短信，"对了，彬说定好时间也告诉他，他会来。"

反常，彬一向是陪家人优先的。"不会是来发压岁钱的吧？"

老何稍微犹豫了一下，说："他还问我小月河那个案子呢，正好聚会的时候你跟他聊聊。"

彬一直死盯着杀樊佳佳的凶手不放，有意思。"张明坤不撂，证据又不足，兄弟我也无能为力啊。"联想起许春楠被害那天晚上老何说过的话，我问道，"老何，你说张明坤是凶手的话，就怎么着？"

"什么怎么着？"他看了我一眼，继续敲手机键盘。我没应声，他似乎回忆起来了："哦，我说他死定了。"

"什么意思？"

"意思是彬会帮你们找出办法治他。"

我更好奇了:"为什么他对这案子那么在意?"

"因为那老东西选错了抛尸地点,小月河是彬的'圣地'。"老何发完短信,收起手机,"蔡莹那案子,彬要是在北京的话,能不能保住孩子的性命不好讲,但蔡莹和石瞻,谁都跑不出四九城。"

老何是彬的高中和大学同学,估计知道不少他的往事。"别告诉我他是用小月河水做的洗礼……"

"差不多,爱情洗礼。"

我又开始联想:"那儿不会是他初尝禁果的伊甸园吧?"

老何冲我的跳跃性思维皱皱眉:"具体细节我不了解,不过那里是他的'圣地',这肯定没错。依晨出现之前,他没事就自己一个人跑到河边去发呆,搞得跟个地缚灵似的。"

我试图模糊地勾勒出彬在小月河畔的身影,但很快就淹没在无数张飘落的火车票里。"所以呢?谁在那儿干坏事谁就得被鬼缠身?"

"我原本以为依晨能让他还阳呢。不过通过这案子看他的反应,至少得是半人半鬼。你说这张明坤也是不开眼……"

"怎么能把尸体抛在小月河呢?"

彬说那句话的时候,到底是什么表情来着?大概是有些反感和冷漠吧……他流露出悲伤或愤怒的情绪了吗?没有,没有什么特别的地方,可又确实不像他惯用的口吻。

那种语气,我曾经在什么地方听到过,不止一次。

4

天气真好。

比起一碧汪洋的苍穹景观,我更喜欢现在的样子——很多很多云,没有层次感,把天空分割成一块一块的蓝色补丁;有风,所以云在动;太阳则时隐时现,很容易让人产生错觉:是云在飘,或太阳在沉。

"云有些低,可能要下雪。"彬也来到窗前,我闻到了烟的味道。

他今天罕见地穿了件白地棕色斑点的衬衫,外面套了件深蓝色的毛背心,整个人明亮了许多。记忆所及,他永远是一身深暗色调——按他自己的解释就是:"我随父亲,肤色深,穿深色衣服是为了遮丑。"

其实他穿成现在这样并不难看,还尤其显得干净。话说回来,我从不记得他有过不干净的时候。你别指望从韩公子身上看到漏刮的胡子茬儿、支棱在外的鼻毛、黑色的指甲缝、覆满肩膀的头皮屑、染有黄色汗渍的腋窝或衣领……曹伐要是和他比真该自杀一万次。

他递给我一杯柚子茶:"最近怎么了?搞得你女人提心吊胆的。"

我回过头,大家都在咖啡屋内厅里热闹,雪晶瞄了这边一眼:"这帮家伙见着你跟见着大熊猫似的,不去跟他们多聊会儿?"

彬把一个玻璃烟缸放到窗台上:"雪晶说你这段时间状态很不好。工作,还是案子?"

他少说了那张该死的火车票。

"其实仔细想想,最近几个月来,支队几乎一个案子都没破。"我呼呼地冲杯子里吹气,"蔡莹死了,苏震跑了,杜阳是抓错的,张明坤的嘴比地下党还严,再加上那个狂杀女人的变态,他们大多数居然也可以过年,可以看春节联欢晚会,可以吃饺子，可以放鞭炮……他们明明剥夺了很多人过年的权利，自己却跟没事儿人一样！"

彬在揉鼻子，可我能看出他似乎在轻笑。

"我不是刚从警校毕业的生瓜蛋了，也不是什么执法标兵或正义先锋，但一想到这些逍遥法外的孙子，一想到这群可以逃避制裁的杂碎，我就不爽！极其不爽！"

他拿过我手里的杯子抿了一口，似乎是在证明茶并不烫，然后递还给我："没有人能逃脱惩罚，无论来自外界，抑或自己。你这又是何必？"

我喝了一大口，用手背抹抹嘴："对！天理循环，因果报应，不劳咱们费心。咱们应该好好放松一下，享受生活，喝咖啡，侃大山，打桥牌……就像许春楠死的那晚一样！"

彬在我发脾气的时候通常会选择沉默。道理我都明白，他也懒得劝。不过今天我希望他能说点儿什么，让谈话继续下去。

还好，他没让我失望："你相信蝴蝶效应？"

"什么？"

"蝴蝶效应，就是说一只蝴蝶在北京扇动翅膀，美国……"

"世贸大厦就被飞机顶了。是的，我信！"

彬看着窗外的天空，不过没有飞机冲下来。

"没错，如果有人能把那只蝴蝶的翅膀扯了，'9·11'就不会死那么多人，或者劫飞机的就是拉登本人，甚至可能不会有这么个事件，谁知道呢？"我越说越激动。

彬转身靠在窗台上，盯着我看了一会儿，说："所谓蝴蝶效应，只会影响细节，无法改变历史趋势。许春楠会死。你那天晚上在打牌，她被捅了六十一刀；你在工作，她也许会被捅六十刀、五十九刀，当然，也许会被捅六百一十刀，也许被捅的不是她而是凶手选择的另一个目标……要知道，那是个连环杀手，他会去杀人，这就是趋势，你阻止不了。"

"但他没权力杀人，任何人都没有。许春楠也不该死，即便她是个妓女。"

彬用手指轻轻敲打着玻璃窗："前几天巴基斯坦一个女政要参加集会，有人冲上去开了两枪，然后引爆身上的炸药。"

"呃……我承认作为女性，卖身和从政同样有风险，可——"

"现场有几千人，死的不仅仅是杀手和目标。"

我摇头，却无法否认："无论你是谁——"

"无论你是谁。"彬点上烟，叹出尼古丁形状的气息，"没有什么能阻止人与人互相伤害。"

彬，我不喜欢你这个样子——理解与宽容背后的冰冷。

"这案子我没跟你说过，你怎么那么清楚？"

"我招，都是我泄露的，我有罪。"老何就坐在我们身后不远的地方吃东西，没想到他耳朵这么灵。当然，天知道我怎么会问出如此奇怪的问题。

彬拍拍我，一起坐了过去："看来我需要提供不在场证明了。许春楠被害的那晚我和我的合伙人、我的老同学以及现在讯问我的赵警官在一起打桥牌。何法医，能帮我圆这谎吧？"

我注意到老何吃蛋包饭时先用刀把鸡蛋皮拉开一个解剖式的"Y"字形："好刀法啊！"

彬眨眨眼："这么说我记错了，那晚老何不在……是吧？"

"你们两个人渣。"老何擦干净餐刀，指着我，"还有工夫废话，案子的事不抓紧说。"

我感觉接下来彬要先开口，忙抢过发言权："目前杀了仨女人的连环命案是重中之重，去年十月长信大厦的池姗姗、十二月知春里小区公园的方婉琳，还有几天前的许春楠……你没看过尸检报告吧？老何，你来告诉他，验尸的时候发现许春楠的舌头被塞进哪儿了？"

老何举着勺子，显得有些反感："没看我正吃饭哪？"

"这是个'开膛手杰克'。"彬似乎也没兴趣了解细节，我便放任老何继续吃下去，"至少行为模式很像，尼克尔斯[①]可能是被尾随或随机选择的目标，哦对，你说是泰布莱姆[②]也无所谓，可凯利[③]是在自己的屋子里被杀的，就好像池姗姗和许春楠，从领域型到侵入场所型，很像吧？"

"嗯，要这么说，侵害方式也类似。尼克尔斯只被掏出肠子，凯利则彻底没了人样——池姗姗身上刀伤数是四，许春楠直接蹦到六十一，快成'大丽花'[④]了。"老何插了进来，但没影响吃东西的动作，"对凶器的使用越来越熟练，也越来越残暴。'杰克'确实不错，标准范本。"

"对，很典型。好多性掠夺型连环杀手差不多都这个模式。"我拿出根烟，然后把烟盒放在桌子上，"所以我倒不觉得这孙子是在模仿'杰克''约翰''丹尼''汤姆'或什么其他类似的二货……学习的结果而已。你翻译《犯罪分类手册》的时候用过一个词，叫什么来着？"

[①] 玛丽·安·尼克尔斯（Mary Ann Nichols），女，一八八八年八月三十一日在雄鹿巷附近被杀害。"白教堂谋杀案"官方认定的第一名被害人。
[②] 玛莎·泰布莱姆（Martha Tabram），女，一八八八年八月七日在乔治大街西侧的乔治园被杀害。部分观点认为她才是"开膛手杰克"杀害的第一人。
[③] 玛丽·珍·凯利（Mary Jane Kelly），女，一八八八年十一月九日在多塞特大街米勒宅一楼自己租住的十三号房间内被杀害，其尸体遭到严重的肢解、破坏，死状恐怖。"白教堂谋杀案"官方认定的第五名，也是最后一名被害人。
[④] 伊丽莎白·安·肖特（Elizabeth Ann Short），女，一九四七年一月十五日被弃尸于美国加利福尼亚州洛杉矶中心住宅区三十九街诺顿街区路边，被害时间可能在一月十四日，死者被肢解为两段，尸体遭到严重破坏。因其生前喜着黑色装束，该案后被通称为"黑色大丽花谋杀案"，为美国犯罪史上最著名的悬案之一。

彬说话时嘴唇几乎没动："犯罪行为的动态进阶。"

"就是这个，动态进阶，温故知新，我二十岁的时候要能这么勤奋学习就好了。很奇怪，他像狗撒尿一样在各个现场遗留下可以辨识身份的痕迹，却没被任何人、监视器或他妈的人造卫星发现过。我们现在只能推断他长着'老二'，身高超过一米八，左撇子，用一把'蜘蛛'或仿'蜘蛛'的折刀，没了。居然有人出主意让支队去排查，甚至是监控全海淀区的左撇子，我靠，数十万之众……老何从蛋包饭里挑出骨头没准儿都比这简单。"

"那是因为凶手没前科，网上比对不出来，谈不上暴露身份。"老何用刀把蛋皮彻底剖开，解决剩下的米饭，"不能说明他不够谨慎或精神状态失常。他一直在完善自己的犯罪手段，更自信，也更冷静。"

彬左看看右看看，等我们讨论到没话说的时候，才点点头："你们分析这几个案子的角度，有现实意义吗？"

"什么？"

"凶手像'杰克'还是像霍尔莫斯、奇卡缇洛、里奇威、达莫[①]，对你们破案会有帮助？我看过一些连环杀手的案例，但从未见过两个相同的连环杀手。"

妈的，我们都违背了犯罪剖绘的第一原则——太他娘的"学术"了。

"另外，一百年前白教堂那个疯子不是领域型加侵入场所型，跟你们现在找的这个罪犯一样，他们都是典型的、单纯的领域型连环杀手。他们侵入的场所是心理安全区域内某个熟悉的地点，有人从未离开过白教堂街区作案，同样有人只在海淀区作案，因

---

①亨利·霍华德·霍尔莫斯、安德烈·罗曼诺维奇·奇卡缇洛、盖瑞·莱昂·里奇威、杰夫瑞·莱昂内尔·达莫，均为犯罪史上知名的连环杀手。

为他们都生活在那里。"他用拇指和食指捏着下巴,"大概是我还欠耐心,不过听你俩聊了这么半天,就没人发现作案地点有什么问题?"

心理安全区域!

"你们是在'玩'案子,当然,满大街的专家学者都是这么干的,不过你——"彬冲我扬了下眉毛,"你是刑警,你需要做的是'破'案。见鬼,工作室那帮孩子跟着你学什么呢?我简直不敢想。"

我投降般地举起双手:"辜负前辈希望,罪该万死。这孙子三次作案都在他熟悉的地方——我早该看出来的。要这么说的话,这三个地儿应该是他工作、居住或经常出入的地点。我们应该在周边扩大走访范围,寻找一个身材高大的左撇子男性……"

他不客气地打断了我,把左手食指伸进柚子茶里蘸湿,然后在桌面一笔一画地写下"白痴"两个字,再把手表换到右手腕:"我就是左撇子了。"

同理,凶手也可以冒充右撇子——这是个易于伪装的生理特征。

我看看老何,他闷头吃着东西,速度慢了许多,明显是不打算和我一起分享刻在桌上的高度评价。"明白了。那……还有什么别的方向……"

"死了三个女人,了解过她们吗?"

"我们排查过他们周围的人群,不过后两个都类似妓……色情行业工作者,所以很难……"

"不,我说的不是这个。"彬低头叹了口气,"一个白领,一个坐台小姐,一个打擦边球的'理发师'——到现在为止,我从你这里只听到三个名字,你不会像谈论自己的女友或姐妹一样介绍她们。如果你还不如凶手了解她们的话,想破案,只能祈祷你比那个间谍卫星都拍不着的家伙更幸运。"

我怔怔地下意识去点烟。老何放下餐具,不知是松了口气还是泄了口气:"吃饱了,没挑出骨头。"

"樊佳佳的案子已经不归我们队管了。"晚上,彬终于追问起来,我据实相告,"年纪大,没证据,嘴巴牢,我们不能采取强制措施。头儿让我们队把注意力转移到那个连环杀手身上。小月河的事,也许慢慢来就会找到新的突破口,也许会沉。"

彬侧耳倾听的样子显得很安静,看不出失望。

"我很抱歉,老何告诉我了……我本来也想帮你把河边打扫干净的。我真的很抱歉。"

他眉头一锁,手里翻转着打火机,仿佛在问:老何告诉你什么了?

我摊开双手——老何什么都告诉我了。

彬低着头,有些出神:"你们需要什么形式的证据才能给嫌疑人定罪?"

"目前最现实的,是取得那老东西的供述。"当然,历经努力后,这也是目前最不现实的。

"只要他承认罪行、描述经过、指认地点、交出凶器,再结合尸检证据,应该可以定他。"

雪晶要值夜班,聚会散场前就走了。入夜后其他人也都相继离开,只剩下我们俩和依晨。彬冲吧台招手,让依晨帮彤哥收拾东西,打扫场地。

"如果能有办法让他招认,可以抓他?"

"求之不得。"

彬抬头看了我一眼，又垂下目光："你今天不当班吧？带铐子了吗？"

我琢磨着有戏："车里有。你能从他身上套出口供？"

"不能。"他似乎想开个玩笑，但又改变主意，"我只能解除他的心理防卫机制。带上笔录纸和手铐，赵警官，你来套他的口供。"

"犯罪心理学，他妈的犯罪心理学啊！"

彬一边开车一边从倒车镜里看着我："什么？"

我注意到坐在副驾位置的依晨一直抓着他放在排挡上的那只手，才想起彬不喜欢有人在自己"妹妹"面前说脏字。

"不好意思。"我向前探过身，"我是觉得吧，为啥这犯罪心理学在我手里就是个擀面杖，到你那儿就成倚天剑了呢？不对，你这家伙肯定是对兄弟有所保留，藏招儿了吧？"

"我只是去问他几个问题，结果如何还不好说。"

"所以你让我先不通知支队？别谦虚了，到底有什么秘诀？说来听听？"

"秘诀一般都刻在山洞里，问我没用。"彬左手握着方向盘，心思却似乎在另一只手上，"心理战术不能用来砍人，只是打破原有的壁垒或建立新的沟通模式。也可以说它是把桃木剑，谁心里有鬼，对谁就好使。"

"哇，钟馗大仙！可我咋觉得对我也好使呢？"

他和依晨同时笑了出来。

我觉得他俩笑的原因恐怕不一样，就问："笑什么？"

"那是因为你心里有鬼。"彬摸了摸依晨的头，借着镜子看着我，"不过这年头，谁心里没鬼呢？"

不是错觉，他左边的眼角，不自觉地在抖动。我隐约觉得有什么不妥的地方。作为走动最频繁的朋友，我太熟悉彬了——他以前从没出现过这种无意识的表情动作。

我从后面仔细打量着："你打算怎么问他？"

"艾森克人格问卷或者洛夏墨迹测试。"不出所料，他半开玩笑地答道，"明尼苏达多项人格调查表不知道准不准，也可以试试。"

他呼吸平稳，语速如常，肢体没有小动作。

"我跟你说真的呢。你打算问他什么？"

"人还没见着，我怎么知道该问什么？"

"好像是要下雪……靠边吧，就在马路对面。"我望着窗外，又想起他说过的那句话——

"怎么能把尸体抛在小月河呢？"

我模仿着他的语气，似乎回忆起这种熟悉的口吻："怎么能把尸体抛在小月河呢？"

"嗯？"彬正在叮嘱依晨锁上门乖乖在车里等我们，可能是没听清我说的是什么，或是没想到我会突然冒出这句话。

下车后他没再说话。我俩并肩走向东边的过街天桥，忐忑的直觉却像锥子一样不停地戳着我的脑袋。

临近午夜，彬居然把依晨单独留在车里，只为了帮我抓人。为什么？他一向对案件避之不及，更别提会如此上心。

上桥的时候，天空终于开始掉点儿了。起先我还以为是雾，随后才发现是雪花，或是介于二者之间的某种水的形态。

"你能有什么心理战术？那老东西油精油精的，绝对是滚刀肉。我讯问过他几次，一次比一次无处下手。别装高深莫测了，分享一下吧。"

"下雪了。"彬伸出手，手心向上，眼角又抽搐了一下，"大年初二……说起来，今天好像是'大寒'，老天爷倒是会应景儿。"

我愕然停在了天桥的西侧。

不是因为他答非所问，也不是因为我的逻辑思维闪光，更不是因为有雪花掉进脖领子里激醒了我，我不知道具体原因，也可能是所有的原因累积在一起，令我察觉到某种异样的气息——仿佛一个陌生人在身侧，抑或是一个熟悉的朋友在远方。

望着他的背影，我几乎不假思索地脱口道："站住……"

彬真的应声站住了。

"你想杀了张明坤，对吧？"

"我还想杀了辛普森、科克伦和德肖维茨①，去年世界杯阿根廷被淘汰的时候我想毙了裁判和整支德国队。是，没错。如果他真是罪犯，我希望他死。"他回过身，表情很放松，似乎是觉得没必要在这种问题上遮遮掩掩，"馨诚，你不想吗？"

我……

扬起头，黑色的天空反衬出无数灰白纷纷落落，细密的冰晶贴在脸上，随即被体温蒸发，化成水，被风吹到，又结成冰。我无端地想起《辛德勒名单》中的某个场景：集中营的焚化炉夜以继日地吞噬着犹太人的尸体，把他们骨肉和灵魂的灰烬扬散到临近城镇的每一个角落。

如果张明坤把自己的外孙女成功抛进了小月河，樊佳佳现

---

①后两人均为辛普森的律师。

在会怎样？也许在初冬的残阳下，河水会升华到天上，再结晶坠落，打在脸颊，留下泪痕一样的轨迹，告诉人们这个冰冷的事实。

真的很像，我几乎能从空气中闻到那间小发廊里的气味。

是的，我想。我希望每一个罪犯都能得到应有的惩罚。

"你真的想杀他……"

"还没到打算在一个刑警面前下手的程度。"彬笑了，不含任何蔑视、诱惑或拉拢的成分，"我只是来帮你问出口供。"

"那你打算上去跟他说什么？"

"问他第一次自慰的经历或是念几段咒语，总之能让他开口就好。我看楼牌上的号……这就是一号楼吧？"他指着天桥东侧临街的那栋建筑，"六一一室应该是六层左起第一个窗户还是右起第一个窗户？灯都黑着，老先生是不是睡了？"

我呼出一口白色的哈气，吹得雪花四散："你还是不要上去了。告诉我怎么念咒，这次我扮哈利·波特。"

彬的笑容中断了一秒："你还真担心我会推门后掏出把菜刀剁了他？"

"你不会，你没那么蠢——虽说我不相信你真的会杀人，但即便你会，也不可能在这么个错误的时间、错误的地点，使用这种拙劣的手段。"

"杀人就是杀人，结果高于一切，何来优劣之别？"他回报我一个顽皮的笑容，"不过你这算是夸我呢，对吧？"

摸不透……

"总之你别上去。告诉我该怎么发问，能问出来自然好，问不出来我认头。"我选择相信自己的直觉，语气很坚定，没有半分斡旋的余地。

雪越下越大。彬的双手插在兜里，头发和外套都覆上了一层银白色的霜。尽管他的嘴角仍旧残留着笑意，但我知道，公开表明不信任的言辞已经冒犯到了他。

"由你由你，不过……"在温和的口吻后面，彬的目光却变得森森逼人，"我要真想杀他，凭你，拦不住的。"

我走得相当慢——地滑，再加上犹疑。彬的那套"咒语"，我左思右想总觉得不大着调。

"特殊类型的性取向不是突然出现的，凡事都会有个渐进的过程。你不必问张明坤是否对樊佳佳做过什么，你甚至要告诉他你不是为了他外孙女的案子来找的他。"

"对，咱这叫民警春节下社区，三更半夜摸门慰问孤寡老人。对吧？"

"随便起个引子，比如告诉他刑事案件的追诉时效——按规定，法定最高刑为无期徒刑、死刑的，追诉时效是二十年，但如果二十年后认为必须追诉的，报请最高检核准后一样可以继续追诉；而奸淫幼女，则是有可能判处十年以上有期徒刑、无期徒刑或者死刑的重罪。"

"唔，你是个好律师，然后呢？"

"告诉张明坤，就说警方正在对樊佳佳的父母进行问讯调查，其间他女儿一不小心说漏了嘴，把他几十年前做过的恶心事抖搂出来了……结果他的女婿摩拳擦掌地要过来把他先阉后杀，警方暂时扣住了他女婿，现在正找他核实情况……细节你自己现编就是。总之，要让他觉得，想留住自己的老命，监狱会是个不错的去处。"

"等等，你是说让我拿他奸淫过自己女儿这个说辞来诈他，逼他承认诱奸并杀害了自己的外孙女？拜托，这现实吗？"

"放心吧，只要添油加醋地转述这些内容，我保证你能有所斩获。"

"要是他以前没动过自己女儿怎么办？这可是咱们虚张声势的大前提。"

"他做过的。相信我，他做过的。"

我越琢磨越觉得心里没底，回过头看，彬正沿着楼梯走下天桥，同时在打电话。

眼下，当务之急还是就这个小伎俩再深入探讨一下，可我又觉得应该相信彬的能力，毕竟从我这些年经历过的事情来看，他在这方面从未落空过。

可刚才那种忐忑的感觉依旧挥之不去，我一边走一边整理思路，希望能搞明白自己在担心什么。因为地处西城与海淀两个辖区的交界处？这个应该不成为问题。张明坤万一不搭理我怎么办？我有自信能控制住局面的，大不了白忙活一趟……我突然发现自己在一步三回头，完全不自觉地、无意识地、一次又一次地回头望向彬。

彬好像挂上了电话，但似乎还在继续拨号。

等等，都这么晚了，他在给谁打电话？

对这个案子别样的关注，不停抖动的左眼角，公开表明对嫌疑人的憎恨，不着调的"咒语"……还有，还有……

"怎么能把尸体抛在小月河呢？"

沐浴在一片零星的寒意中，那种语气，分外熟悉。

那还是我刚调去预审的时候，为了熟悉刑事案件的基本流程，曾多次在法院旁听过刑事审判。法台后的裁判官，无论男女,也不分长得高矮胖瘦,他们抑扬顿挫的语气,都与彬说那句话的时候一模一样。

唯一不同的是,如果彬裁判一个人,没有也不需要任何形式上或实质上的法律标准,即便是张明坤……不对——张明坤不会侵害过自己的女儿,不可能!

我真的是被惯性思维,确切地说是被惯性信任与依赖屏蔽了大脑。如果张明坤的女儿曾经在幼年遭受过来自父亲的性侵害,又怎可能安心将自己的孩子送去张明坤家里住?没有任何一个母亲会这样做!

我望着彬,分明感到风雪中的苍穹,黑沉沉地压了下来。

彬还在倚着车打电话,面朝着气呼呼往回走的我。我用力地拭去挂在眉目上的冰雪,心中百般不解:为什么要糊弄我?为什么骗我?看什么看!看着我被你耍得跑来跑去很开心吗?

我抹把脸定定神,即便隔着很长的一段距离,我也能立刻确定——这不是我恼羞成怒后的主观意识衍生品——彬在笑。是的,就在白色的雪雾后面,虽然看不清楚,但我知道,他在笑。

离天桥的东端越近,他的表情越清晰。不错,他是在笑,不是用嘴,而是眼神,一种近乎放肆的眼神,既是无所顾忌的挑战,又是胜券在握的控制。短暂的迷茫令我放慢了脚步:彬不是这种人,借由蒙骗朋友来获得恶作剧般的快感,而且不吝于如此赤裸地展现出来……不,以我的了解,他不至于这么低级。

他看的,不是我。

我像个折返跑运动员一样刹住车,蓦然回首,身后,塔园东街小区一号楼六一一室,也就是靠近这栋居民楼北侧六层第一扇窗户,亮了。

我的天!

"喂！"我冲他喊了一声，发足狂奔。有事情要发生。彬支开我，给一个他"希望"去死的嫌疑人打电话，一定会有什么事情发生！

彬没有回应我，自顾自地绕过车头，打开副驾的车门把依晨唤了出来。与此同时，我觉得身后的某处，传来了轻微的异样响动。

回身前，我就大概猜到了会出现的场景：亮着灯的六一一室，窗户打开了。瘦小枯干的张明坤只着内衣，一手举着听筒，一手抱着座机，站在窗前，在漆黑与苍白的天地间，显得既渺小又醒目。我甚至感觉到自己在和他一同颤抖。

我也终于确信，自己预料得没错——彬就是想要他死。

随后，下意识或无意识地，我犯下了一个致命的错误：再度折返，跑向东街小区一号楼方向——很可能，这使我成了一个间接的协助者。在我跑出不到几十米的时候，自六一一室的窗口处，张明坤好似一只支离破碎的风筝，以一种与周围动态背景不协调的急速，坠落。

也许我没想到会出现这种意外，也许我跑的时候就知道会有什么结果，也许我就是不愿意独自面对，也许我只是不希望再受任何规则的约束……也许我选择了相信，我相信，此刻天上飘落的，真是那个被害少女的眼泪。

也许，和彬一样，我也希望，他去死。

从转身时僵硬得近乎没有知觉的双脚判断，我一定在那里站了很久很久。到底有多久，我不清楚，因为直到回身前，我的心神仍和这个夜晚一样：黑暗、空旷、冰冷。

彬已来到我身后不远处，双手插兜，问道："是打一二〇，还是一一〇？"

语气平缓，表情如常。没有哪怕是一丝一毫的嘲讽、得意、兴奋、内疚、担忧、恐惧……就好像他在"指纹"里举着一杯波本加咖啡的样子。没有，什么都没有。他已经泯然众人，成为一介过客。

我皱了皱眉，缓步上前，伸左手握住了他的右腕："老何说得没错……"

"什么？"

他还在等我往下说，我已经出右手一切他左臂的肘关节，左手反窝他的腕子，顺势让右手穿过后背去搋他脖颈子，同时双臂发力把他往身侧带，左脚迈出下了个"别子"——却没别到位置，就被他一转身用左脚反别住，随后他似乎一沉腰，把我整个人兜了出去。他没发力，而且可能是怕地滑，就手往回还拉了我一把。

那一刻，我至少明白了两件事：第一，无论是出于失落或内疚，我当时唯一要宣泄的情绪，只有愤怒；第二，彬会反擒拿。

"行啊，韩少！"我手肘撑了下冰凉的天桥护栏把握平衡，另一只手已经去叼他拉我的那只手，"咱哥儿俩试巴试巴！"

彬振了下手臂挣脱我，退后几步。"晨晨在车里能看见咱们，你真想当着她的面动手？"

一上来就把话说到这份儿上，我还真没辙。

但凡周围的朋友都知道，彬在生活中固然温顺随和，但对自己女人的溺爱程度已经到了夸张的程度。有依晨在的场合，粗口、荤口都会被当作不尊重的表现，甚至可能成为彬翻脸的理由，更别提动手打架了。尽管出其不意地下手没占到便宜，但我还是有自信能放倒他——只不过，仅仅为一时激愤，我不想真的跟最好的朋友反目。

我攥着双拳走上前。"你刚才给张明坤打了电话？"

彬看了眼还亮着灯的窗口。"咱们不应该去看看刚才那个坠楼的人吗？也许还……"

"回答我！你刚才是不是给张明坤打了电话？"我抬手想拽他脖领子，在半空又停住了。"别打岔！我能去移动公司查通信记录，别再想蒙我！"

他一脸的费解。"是。怎么了？"

"你怎么知道他家电话的？"

"案卷里……"

"胡说！你根本没看过卷！你只看过尸检报告，那里面没电话。"

彬把一只手搭到我肩上，话音沉了下来："你不会以为我只认识你一个警察吧？"

他在用手压我，不是很用力，却足以令我紧绷的身体无可救药地松弛下来，沮丧的情绪油然而生。"你杀了他……"

彬轻摇了下头。"我没有。我只给他打了电话，地心引力杀的他。"

我推开他的手。"这事儿不可笑。彬，你说了什么，逼他自杀？"

"我只跟他说，赵馨诚警官要去找他问话，算是提前帮你按个门铃。"他恢复了双手插兜的姿势，"至于他为什么如此着急见你，以至于要用自由落体的方式来拉近和你的距离，我就不知道了。"

"地心引力和自由落体……哈！"我靠在护栏上，长吁了口气,惊得面前雪花乱飞,"你不用做出一副置身事外的样子来。我知道,你心里肯定很得意,对吧?你是高手,牛!成了吧?你不但能协助警察找到罪犯,还能一个电话遥控嫌疑人畏罪自杀。而且,你甚至是在一个警察、一个朋友、一个兄弟的面前这么干!不错,你说得对!要想他死,凭我,拦不住你!行了吧?满意了吗?"

"这结果,难道你不满意?算我还你个罪犯,咱们两清了。"彬踱到我身侧,吹散栏杆上的积雪,"说起来,你真不打算去看看他?万一他运气好,没摔死呢?"

"他该不该死,你没权力裁判。"我盯着他,"你能划出条道放跑苏震,却自己动手办了张明坤,抽自己嘴巴很好玩儿,是吗?"

"板井路那个案子吗?我是为了拉你一把。"

"拉我一把?把我从准副支队长的位子上拉到停职检查,我真得好好谢谢你啊!"

彬轻嗤一声:"找两个混混出证?那两个东西以后犯点儿什么事,你帮不帮他们?其实帮不帮都有麻烦。亏你在预审干了那么些年,要做,就做得手脚干净些。"

我依旧愤愤然:"别把咱俩说得跟一条线儿上似的。无论用什么手段,我从没打算自己动手料理一个没被法律裁判的人。"

"打电话又不犯法。"

"诱导嫌疑人自杀,顺手还摆了我一道,这算你理直气壮的本钱?"

彬似乎想尽早结束这场争论:"那你想怎么样?逮捕我?动手打我?还是割袍断义?"

我被问住了,因为我确实不能把他怎么样。

"你……既然你有本事一个电话逼他自杀，为什么就不能按程序办事，拿下他的口供呢？而且我们根本没证据证实他就是罪犯——没有任何直接证据证明他杀了自己的外孙女！好，就算是他做的，人一死，来龙去脉全都不可能再问出来了。没准他不只糟蹋过樊佳佳，万一还有别的受害者呢？你不知道……"

"是他。"

"你不知道是不是他！现有的证据、摸排结果、逻辑推理、法医鉴定，或是你他妈的什么心理分析、犯罪剖绘都不能证明是他！你不知道他是不是真正的罪犯！你不知道！你不知道——"

"是他。"

"是他妈个屁！你把人搞死之后再强调一定是他有什么用？没机会证实了！如果不是他，如果罪犯不是他，你就害死了一个无辜的老人！你和那些谋杀犯在本质上就没有区别！没有！"

"我说了，是他。"彬小心翼翼地把手搭在吹干净的护栏上，好像生怕被烫到，"而且，对他进行过那么多次讯问的你，也知道，就是他。"

"我怎么知道……"

他看都没看我，打断道："你真敢说你不知道？"

"你大概以为，我对在小月河周边作案的人抱有某种基于情感纠结的……厌恨，所以才耍手段诱导张明坤去死。"彬仰头叹了口气，"也不能怪老何多嘴……我再重复一次：他跳楼，与我无关。不错，没有人会喜欢奸杀幼女的嫌犯，但我还犯不上因为有人在小月河抛尸，就非弄脏自己的手不可。"

起风了。我本能地收紧领口，挡住了四处乱窜的雪花。彬没动，我望向他的侧影，恍惚了片刻。

因为我发觉他已不在这里。

我看到的，是站在小月河畔那个出神的彬。无论是烈日当空，还是大雨瓢泼，抑或秋风萧瑟、天寒地冻，他大概都曾一袭黑衣，如青蝉伏地般流连在河边。涓涓河水穿过伤痕累累的岁月，男孩变成了男人，却始终无法离开孤独落寞的迷宫。想来，彼岸回忆的风景，一定无比绚烂。

尽管不是很了解他的过去，但我此刻和他站在一起，这已足够——没有人能完美掩盖自己的情感。

彬，你也不能。

"去年办过一个案子，很郁闷。"出乎意料地，他比我先回到了过街天桥上，"当事人是家国营单位，因为欠货款，被某企业告到法院。简单说来，欠条是伪造的，但一鉴定，发现欠条上加盖的国营单位公章却是真的。我跟当事人单位的领导说，除非我们寻求'特殊途径'改变鉴定结论，否则这案子输定了。"

我不明白他想说明什么，没搭腔。

"领导一脸正气地告诉我，要依法办事，走后门托关系是不正之风，事关国企形象——跟他没事就长吁短叹国有资产流失那副忧国忧民、痛心疾首的样子判若两人。"

我还是不明白他想说什么，但我猜得出下文："看来是你私自寻找'特殊途径'改变了鉴定结果，帮这家国企赢了案子，对吧？"

"嗯。"

"然后呢？挽救了国有资产的大律师，你想说明什么？"

彬似乎刚意识到风很大，也收了收衣领："后来那家企业不服判决结果，上诉并指控我们勾结一审的鉴定和审判人员，篡改鉴定结论。中院找双方当事人谈话后，一纸司法建议书投到司法局和律协，我被立刻停止执业，直到听证会结束。听证会上，那位领导亲自做证，说我曾劝诱过他采取不法手段参与诉讼——当然啦，被他严词拒绝。"

"哦，所以呢？是不是你也想让那个国企领导去死？后来没事半夜给他打个电话试试？"我嘴上调侃，心里却大概明白了他的意思。

"想他去死？没有。我能理解他。"

"什么？"

"很多人都是这样：明明无所谓用什么阴险卑鄙的手段来达到目的，却一定要把自己粉饰得一身正气；如果有人替他们达到了目的，他们往往事后还要跳出来大骂那个执行者，不仅仅是为了维护他们的——用你的话来讲，叫'道德洁癖'。"彬不怀好意地朝我一撇嘴，目光却劲透风雪，直抵我的双眼，"而且，他们之所以这么表现，是羞恼于被人看破了自己最阴暗的另一面。'每个人的衣橱里都有一具骷髅'①，一不留神被人抬到大街上展览，只能矢口否认了。馨诚，我是说，赵馨诚警官，这衣橱里的骷髅，你真以为是我的收藏？"

我慌乱地叮嘱自己：他只是在利用某种类似催眠式的心理战术，试图瓦解我价值体系里固有的道德防线。"你少在这里含沙射影！"我提高嗓门儿，尽可能显得强硬，"我没想让张明坤死！我说过，我们不知道他是不是真正的罪犯；即便是，我们也无权

---

①每个人的衣橱里都有一具骷髅（Every family has a skeleton in the Cupboard），西方谚语，意指每个人都有不可告人的秘密。

去决定如何惩治他!"

"别再这么说,馨诚。"彬掏出烟,"嘎嘟"一声脆响,用那个银色的打火机点上火,"这会让我质疑你为人的品行。好歹是堂堂七尺男儿,不带眨眼说瞎话的吧?"

"彬……哦不,是巧舌如簧的韩彬大律师,我告诉你:这衣橱和骷髅就是你自己的,我家不趁这物件。"

"哦,是吗?"彬吸了口烟,抬手递到我面前,"那这么半天了,我不止一次问你要不要去看看失足坠楼的张明坤,你除了在我面前又打又骂满嘴牢骚的,好像既没打一二〇急救,也不去查看跳楼人的情况。我是觉得,就算他没摔死,被你这么一耗,冻也冻死了吧?"

我接烟的那只手立时僵在了半空中。

"你真的确定,不想他死?"

往回走的路上,我一言不发地低头大口抽烟,再找不出半句说辞。彬倒是平静地建议我在刚复职的情况下,不要惹麻烦上身,等天亮有人发现尸体自然会去报警。如果调查发现张明坤跳楼前接到过他的电话,他自己会想办法应付过去,不会牵扯到我。

我不好意思点头应允,只是不停地问:"你在电话里都跟他说了些什么?居然能让那么个老油子自己送死?"

彬对我的尴尬发问报以淡然的微笑,仿佛担心会加重我的负罪感:"问这个干吗?你不会想知道的。相信我,你不会想知道的。"

我大概已经成了斯德哥尔摩综合征[①]患者。

[①] 斯德哥尔摩综合征(Stockholm syndrome),亦称人质综合征,是指被害者对于犯罪人基于恐惧及对生存的渴望而产生的一种依赖类情感,该症状会导致被害人对犯罪人(加害方)产生信任、依赖,甚至有可能会使其出现协助犯罪人的行为。

快走到车那会儿，我又问他："如果张明坤能够通过诱奸的方式长期占有樊佳佳，为什么这次要冒险杀了她？"

"不好说，可能性太多了。"彬没回头，"没准这次那孩子幡然醒悟了，或者只是他老人家采用某种窒息性快感体位的失误……但总不会是那孩子自己勒死的自己，对吧？"

他的回答无可指摘，我只能继续扯些不着边际的问题："即便张明坤就是凶手，可被害人跟家中两位老人都居住过，会不会她的爷爷，就是那个叫樊成国的，也对自己孙女有过……"

"对呀……"彬停得很突然，搞得我差点儿直接撞他身上，"虽说，赶上爷爷和姥爷都是禽兽的概率比较低——也太背了点儿——不过你说得有道理，我还真没考虑过这个问题……"

随后，他转身拿过我手上的烟，做沉思状地嘬了一口，抬头看了看我。

清澈无瑕的眼球，漆黑无边的瞳孔。

"那你看，要不要我再给樊成国打个电话？"

他说这句话的样子，完全是一个找警察寻求帮助的普通市民，一个向当事人征询意见的尽责律师，一个和朋友无话不谈的至亲手足——简单而真诚。

我不由自主地哆嗦了一下。

好冷的天。

第四章　蜘蛛

1

"单侧肩膀耸动，瞳孔放大，嘴角下撇。"袁适手里熟练地来回转着一根钢笔，"小姐，在我面前说谎，是相当不明智的做法。"

我悄悄走到正在做笔录的小姜旁边，俯身小声问道："多大点儿屁事，怎么把咱袁大博士都惊动啦？"

"他今天正好来给另一个案子做剖绘，听说许春楠案有个疑点证人，就提出要来亲自询问。我事先也不知道啊。"小姜谨慎地压低嗓音，我几乎是半听半对口型，"好像袁博士对这个连环杀人案挺有兴趣的。而且，他刚问没几句，就已经识破张妍在撒谎了。"

我看到许春楠生前的"同事"张妍就坐在会议室角落的椅子上，局促不安，只一个劲儿低头盯着手上戴的金属戒具发呆。

"厉害啊！你瞧她那样，这要没专家在，咱整个支队岂不都得被丫骗了？"我抿着嘴，幅度很大地点了下头，"不过她就是个证人，询问要上铐子吗？这侵犯人权啊。"

姜澜这次完全做了无声的回答。我看着她的嘴，只依稀辨认出"市局""专家"以及"安全考虑"这么几个词。

不过袁适还是察觉到身后有动静，慢动作般地回过头，看到我，友好地笑了："赵警官，你来了。"

我忙上前伸出手:"哎,不好意思,袁博士,打扰您工作了。领导让我过来……"

袁适坐着没动,把一只手伸到后面碰了下我的手,来去之快仿佛我是个传染病病毒携带者:"别,咱们外面说。"

来到走廊,不等我开口,他先直接问道:"支队派你来问她口供?"

"是。"我挤出无奈的笑容,"您刚才问过她,如何?"

"风尘女子,圆滑世故,但肯定能打开缺口。"袁适上下打量着我,带着几分警觉,双臂环抱在胸前沉声说道,"不过放心,我有把握今天之内让她开口说实话。"

我一拍手:"有您这话我就踏实了!呃……是这样,就这串连环案件,有几个问题,白局想跟您再探讨一下,麻烦您去趟他办公室。我刚才看小姜没做询问的基本情况核对记录……这是程序上要求的格式,就不耽误您时间了。正好趁您跟白局研究案子,我带小姜把笔录抬头给您做了,您回来接着问,好吧?"

袁适俯视着我的笑脸,用鼻腔轻轻地"嗯"了一声,回屋把钢笔别进西装口袋,好像又想起什么,问道:"对了,赵警官,听说就你们那个研究犯罪心理学的什么组织,原来的负责人,是韩松阁的儿子?"

我身体条件反射般地紧绷了一下,问:"呃——对,怎么?"

"都说将门虎子……"袁适顿了顿,"前段时间公安大学一个学生给我看了篇网络上登载的文章,写的是犯罪心理画像中关于归纳性统计与行为学演绎的结合应用,文笔虽然一般,谬误也不少,但确实有可取之处。好像就是什么指纹工作室原来的负责人写的……"

"那个啊?嘿,我知道。"我垂下头笑出声来,"那不是他写的，是工作室几个孩子扒了两本国外相关著作胡拼滥凑的，他就顶了个名。您别当真。"

袁适若有所思地点点头："是这样啊。那……那个韩松阁的儿子，跟你很熟？"

"一般般吧。"

"他在专业方面水平如何？我听到一些网络传闻，说他参与过的案子，破案率相当惊人，而且有一次只用了几个小时就确定了嫌疑人……"

那是个八年前的案子，工作室的第一美女神探花了近三个小时汇总线索、剖绘嫌犯，支使我们一干老爷们儿四处摸排，彬是在最后五分钟才出现的……事后他和我都觉得，要换个神经病来没准儿用不了一分钟就能结案。

"这个……怎么说呢，人家毕竟是韩教授的公子。"我拉着他的胳膊一路走到门外，左右张望了一下，做欲言又止状，"网络总爱把事传得比较离谱。他……肯定是水平还可以啦。不过就是……我是说……这个……您说，他要真能赶上老爷子，还轮得着我当这负责人吗？"

袁适眨眨眼，嘴角一扬，会意地笑了："那咱们以后要多交流啊。在国内，这门学科起步晚，软硬件都落后。既然大家都是搞这个的，就应该多互通有无。"

我满口称是地送走浅吟轻笑的袁博士，转身回到会议室。

时间不多，得抓紧。

"张妍，咱们不是第一次打交道，我就不跟你客套了。"我拉把椅子坐到她近前，"根据我们走访掌握的情况，你和许春楠从来都是一人一天地轮班，一年三百六十五天，两年七百三十天……年年如此，但只有她被害那天，你们改变了安排。那天本该是你的班，对吧？"

张妍还不满二十一岁，但职业固有的腐蚀性衰老已然不由分说地爬上眉梢，再加上劣质化妆品聊胜于无的遮掩效果——我算明白这群人为什么只在灯光昏暗的地点"办公"了。

她点点头。

"听好，我对你的经营范围和业务能力不感兴趣，而且是完全不感兴趣。"我两手左右分开做了个开门似的动作，"只要没让我看到光着屁股的你嘴里叼着钞票跟个老爷们儿在做活塞运动，你干什么、怎么干，我他妈不管……你老乡替你扛了六十一刀，六十一刀！你知道身上所有带眼儿的地方被人插一遍的同时还有把带锯齿的刀划你六十一个口子是什么感觉吗？"

我最讨厌看到女人哭，很心烦，即便是像张妍这样的女人——无论她是做什么的，对我而言，她都是个"人"。

我抻出一张现场照片举到她面前，很有效，恐惧遏制了涕泣。

"上午有个姓曹的问过你班是怎么排的，你说是许春楠要求的，他看出你在说瞎话——刚才那劳什子专家不也这么说吗？甭跟我解释，我也知道：这班不是你排的，而且你还需要撒谎去替排班的掩事——不用笔录！"我喝住小姜，"是谁？名字？地址？……谁是你们上面那个'抽头的'？这班是不是他排的？"

张妍又开始哭："大哥……我、我不能……求求你大哥……"

就这德行，再有个一刻钟，她不撂我就去跳小月河——问题是，估计我没有那一刻钟的时间，而且我也不会游泳。

于是，我回身对姜澜道："钥匙给我，笔录纸也给我。下面垫的什么书？我看看……书给我，不用笔录纸。你出去吧，带上门。我叫你出去！"

轰走姜澜这个"小喇叭"的直接后果之一应该就是我剩余的

时间更短了。我扫了眼手上那本厚重的书：《国家统一司法考试法规汇编》——这孩子想参加司法考试？够上进的啊。

打开张妍的手铐后，没等她惯常性地去揉手腕，我就拽着她两臂别在椅子背上，换了个背铐。紧接着，我把她连人带椅子向外拉了拉，几乎是面对面贴着她坐了下来，声音低沉，语速极快："干你们这行不容易，除了总得抻腿练劈叉，估计还得经常听人倒牢骚话……没办法，现在这社会，人人都有压力，我们也一样。老实说，能找你们这种不搭嘎的人倒倒苦水，也是种排解。"

我知道她在紧张地盯着我，就故意让自己显得目光涣散，两手神经质地摩挲着那本书砖："我在这行干了十多年了，本来去年要提副处的，结果因为在看守所门口打了一二货……呃，还有几个来劝架的弟兄，我本来没想打的……你知道，打红了眼，没办法，结果把仕途毁了……他妈的！"

她的两条腿向后收拢，交叉在一起，别得很紧。

"可是我不后悔，因为丫干了件缺德事，让我们不得不放走一个杀人犯！杀了一个女人——一个母亲的杀人犯！"我抽了两下鼻子，"书上管你们这种人叫'娼'，同行管你们叫'小姐'，而满大街的人都管你们叫'鸡'……不管别人怎么称呼你们，在我看来，你们都是爹生娘养的'人'。你是，许春楠是，被那二货放跑的杀人犯杀的也是'人'——所以我抽丫的！我最痛恨剥夺别人生命的行为，行为！懂吗？就是杀人！杀人的，就不再是人，是禽兽！是畜生！剥夺人命，就不可饶恕！"

张妍的臀部不自然地在椅子上扭动着，小腹内急似的轻微抽搐。

"当然，打人总是不对的。个人素质问题……"我"哗啦哗啦"地把书翻出很大响动,"小时候老师教育过我:知识就是力量。我不信,不好好听讲,成绩差,考不上大学……就算侥幸进了警校,你瞧,穿上制服,还是个没文化的坏子。唉……"我长叹一声,抬起头,把书立在膝盖上展示了一下体积,"告诉我排班那个人是谁,住哪儿,否则你就会从这本书开始领会到什么是'知识的力量',而且——"

说着,我把书架到她腿上,让她又先行感受了下"知识的重量":"我向你保证:无论你最后的结果是治拘,还是劳教,你都会挂着两个耷拉到肚脐眼的紫茄子——我知道你不满二十一岁,今后的路还很长,但乳腺坏死的那两团臭肉会伴你终生!这一切一切,只因为你可能包庇了一个杀人犯。他不只杀了你老乡一个人!排班的那个人是谁?"

打开手铐后,我把书放在她面前的会议桌上,轻轻拍了下封面:"多听听老师的话:知识就是力量。没事去买本翻翻,你也不至于干这行了……"

"Bravo！ Bra——vo——"

必须承认,回身看到袁适就站在门口,我有些吃惊。

我整理了一下笑容,迎了过去:"袁博士,您这么快就回来了……"

"哦,我没去,应该说,是幸亏没去。"袁适作势鼓掌,冷冷的微笑渗了出来,"不然就错过这么精彩的谎话了——当然,我是指你刚才的问讯。"

"呵呵,是询问。人家是证人,是询问……我就是想先替您……"

袁适没再买我的账:"如果我们怀疑一个人说谎,就应该假装相信他,因为他会变得越来越神勇而有自信,并更大胆地说谎，最后会自己揭开自己的面具。"

我索性也收起假笑："这不会是什么黑格尔说的吧？"

"不，是叔本华说的。"他盯着我的眼睛，"黑格尔的死对头。"

"我不明白……"

袁适笑吟吟地把我揽到门外，嘴里的话却和表情截然相反："我毕竟是代表市局来支持你们工作的。耍我？You stupid jerk……不过赵警官，你还真以为我和你是同类？"

我用相同款式的表情和内容回应道："瞧您说的，我这是帮您干点儿脏活累活。让您干这个太屈才了不是？但总得有人干嘛。"

"就是方法不大合乎规定……"

"我都说了，这是脏活。"我从牙缝里挤出一丝不忿，"指望掏大粪的还得跟您一样通体异香，太难为人了吧？"

"赵馨诚，我不和掏大……你这种身份的计较。"袁适终于表里如一地向我下了最后通牒，"但如果你还想保留这身制服，就别再试图耍我。"

我忙拍拍胸口："哎呀呀呀，吓着我了，吓着我了……我要早知道您这么反感被支配，或是对追求主动权如斯狂热，哪还敢跟您开这玩笑不是？"

"我没有恋母或弑父情结，别拿弗洛伊德的理论来套我。我知道你什么意思……"

"不不不，您误会了。我的意思是说……嘿，也不跟您见外了。"开溜之前我还是没能管住自己的嘴，拍了下他肩膀，"兄弟，我是拿你视若己出啊。"

* * *

"没有你要的'庞欣'。"姜澜"咔嗒啦"地搓着劣质鼠标的滚轮,"要么太老,要么太小,要么是北京人……没有符合条件的。诚哥,您真确定从张妍嘴里套出来的是实话?"

我盯着显示屏,眉头拧了个死结:"没有?不应该啊。"

"不知道她住哪儿?"

"张妍说不清楚,向来都是单线联系,见面收钱也都是到发廊来,只知道这么个名字和大概的年龄。"

"再审审她?"小姜一脸坏笑地问我。

"靠!你明知道姓袁的正把着那妞儿呢。"我敲敲电脑,"把这四个'庞欣'的地址都给我打印出来。我们队的人去哪儿了?"

"摸排一个跨省抢劫的去了……等袁博士回到市局,非把您枭首问罪不可。"姜澜比画了一个砍头的动作,"这几个'庞欣'都不像张妍描述的啊。"

"好在都是女的。"我从打印机里抻出地址单,很享受地把袁适踢出了脑海,"我还真不介意去走访一圈,就当是被问斩前最后的消遣了。"

临近傍晚时分,我站在岳各庄北桥西侧的一个平房院落门口,见到了她。

依据张妍的描述,她们的"妈咪"庞欣应当是个三十岁上下的女人——和我所见差不多。但户籍登记显示,这个庞欣已经四十四岁了。

无论是相貌身材,还是眼神声音,庞欣通体上下,找不到任何岁月的烙印。

直觉在第一时间告诉我,这个摆脱了时间桎梏的女人,就是她。

看过我的证件后,她很有礼貌地侧身让开门口:"是为了阿楠的事吗?请进。"

前两个"庞欣"害我端着竹篮打了一下午的水,右小腿的肌肉走得酸痛无比——倒不是因为劳累,那是警校散打教练留给我的毕业纪念。抬脚迈步,我突然发觉自己进了"植物园",心情豁然好了起来。

庞欣居住的院子相当宽阔,而且高低错落地种满了花草树木,其间辟出几条甬道,尽头是屋子。她领我走向正对面的那间,中途停下来从花圃里捡起把小铲子,仔细地磕落上面的泥土。"不好意思,正在弄这些……挺乱的呢。"

我这才注意到她胳膊上戴着套袖,手上都是土,牛仔裤上也有泥印,想来是正在打理这片小园林。

"没关系,呃……正好我也算开眼了,第一次在冬天看见这么多花。我还以为冬天只有梅花才会开。"我指了下一片蓝色的花,"这不会是什么'蓝色妖姬'之类的吧……"

庞欣朝我手指的方向扬起头:"那个是'千日莲',是一种菊花。'蓝色妖姬'是玫瑰。它们的样子差别很大的。"

"啊——哈?有蓝色的菊花?"

"有啊。"她侧头示意我看身后,"还有那些白色的、紫色的、粉色的,和这些蓝色的都是一个品种呢。啊!抱歉,说错了。那个白色的、叶子圆圆的是樱草,我上周才移进去,不过很少见这么耐寒的樱草呢。"

我"花痴"了。

庞欣则不疾不徐地继续向我介绍:西边那片特别鲜艳的其实

是茶花；旁边的是"墙下红"；北屋前树上黄色的花是"蜡梅"，是"蜡烛"的"蜡"，不是"腊月"的"腊"；右边那棵树上黄色的也是"腊梅"，不对不对，这次是"腊月"的那个"腊"，虽然颜色差不多，但"磬口腊梅"的花上有紫色的纹路，区分起来很简单……

说着说着，她略带尴尬地抿起嘴："我怎么在这里自说自话起来了……对不起，忘记了您是来查案子的呢。"

"没事，没事。"查命案的当口还有时间听一个"妈咪"聊园艺，确实有些奢侈，不过我也正好借机会观察这个与众不同的风尘女子，"你别紧张，没看我就一个人来的吗？只是非正式的走访。"

如果不是太过纤瘦的话，庞欣的身材比例应当是很标准的。她下颌到脖颈之间有一个会莫名吸引人的弧度，肤色苍白，是那种几乎透明的白，白得能看到皮肤下青色的血脉。她的睫毛长而稀少，黑色的披肩发整齐地垂到肩窝处，间或有几绺银丝——结合她身上没有佩戴任何金银玉钻类的饰物来看，恐怕她已退居"幕后"多年——就她们这行来说，客人不会喜欢有白头发的女人，而不文眉、不化妆、不染发、不涂指甲油应该也不符合揽客之道。

看到她，我突然想起瞳。

瞳曾是工作室的第一骨干，也是圈里圈外公认的工作室"花魁"。她比我小个几岁，是彬最得意的学生。她与彬之间有种难以形容的默契，大概属于彬还在考虑是否抽烟，她已经去拿打火机的那种。第一次见到瞳的时候，她就在彬左后方站着，处于半隐身状态，好像一位乖巧贤惠的妻子。

当然，彬和她似乎并没有大家看上去的那样亲近。事实上，自依晨出现,瞳就选择了离开,或是被彬疏远了。等到彬宣布卸任,我们都以为瞳会毫无悬念地继位,工作室的一干男同胞更是个个兴奋不已,以为色利双收的大好机会即将降临。

彬的选择令人费解,而瞳也很配合地消失了。印象中,我跟老何"共执大印"后,那个白得透明的隐形女人再没出现过,彻彻底底地,以至于大家几乎忘记了曾经存在过这样一个人。

直到今天,我凑巧碰上了一个看起来比较舒服的从良妓女。

"您瞧,我就这么让您在大冷天里站着,太不应该了。"庞欣双手垂近地面互相拍掸了几下,仿佛怕打落的尘土会砸伤她的宝贝花草,"进屋来吧。"

房间里很暖和,我没见到火炉,可能她烧了暖气。屋子中间摆放着一组沙发和茶几,地上铺着块米黄色的圆地毯;西侧有一张写字台,我看到桌面上有文具和杂志,没有电脑;东南角有个玻璃高低柜,里面好像放着一台老式的唱片机;其余的地方,不出意料地被塞满了盆盆罐罐的花花草草——这里大概就是她的客厅了。

"没关系,不用换鞋。您请坐。"她俯身挪开几个花盆,帮我把通往沙发的"路"拓宽了些,"真的没关系,用吸尘器打扫起来很方便呢。"

不知是因为她一口一个"您"的客气劲儿,还是由于房间太过温馨整洁,我嘴里虽连声答应,但还是歪着身子只把半个屁股放到沙发上——这样我的鞋底就无须践踏到地毯。

庞欣站在门边的样子不大自然,两手互握在胸前:"那个……我、我这是第一次被公安盘问呢。您说,我是不是应该找个律师什么的人陪着我呢?"

感觉上她不像在"装纯",我哭笑不得。"没那么严重吧?我说了,就是非正式走访,找你核实几个小问题,局里甚至不知道我来找你。如果没什么意外的话,我们之间的谈话都不会有记录的。"

"您不会把我带走吗?那我得找人来照顾这些花……"

其实怎么论她也有组织卖淫的嫌疑,不过目前还没有直接证据确认许春楠和张妍就是卖淫女,"组织卖淫"一节倒是可以略去不提——至少,暂时不去牵扯这些旁枝末节的敏感话题,更有助于安抚她的情绪,让我的询问进展顺利些。

"不会。你可以继续养你的花种你的树——只要能诚实回答我的问题。"

未曾想,答案简单到令我无奈。

"阿楠自己要调班的,她跟我说希望能过完节回来多休息一天——大概是想陪陪男朋友呢。"尽管神情黯淡,庞欣的脸色却越发显得苍白,只有瞳孔中闪动着红色的环状印记。

"她有男朋友?"

"她说过有。"

"什么时候?"

"一年前了好像……不清楚是不是现在还在交往。"

"她男朋友是谁?"

"我不知道,她没说过。"

"你没见过吗?"

"没有。"

"没问过是哪里人?干什么的?"

"没有,女孩子们的私事,我不多问的。"

我开始不自觉地起急:"除了跟她们抽头收钱以外,你就什么都不管了?就算她们只是你的……"

庞欣面颊上无声垂落的泪水，封住了我的嘴。她没有在"哭"，或者说，是她根本就没意识到自己的眼泪在喷涌而出，状若断线珠帘。

我却没打算做个秉承骑士精神的警务人员："许春楠的死，你很难过吗？"

她缥缈的声音仿佛是从另一个世界传来的："我不知道。"

"那你哭什么？"

"我不知道。"她窘迫地用一只手遮住脸，另一只手去抽茶几上摆放的纸巾，"对不起，这个样子……好失态。"可能是发现手上还沾着泥土，她干脆匆匆起身，"不好意思，失陪一下。"

该怎么继续往下问，我一时也没了主意。

没过多会儿，庞欣收拾好又回到屋里，继续一个劲儿地道歉："真是对不起呢，我这个样子……都忘了给您倒水喝。"

我摆手摆了一半，没开口拒绝。

她轻盈地穿过花丛，从高低柜下面一栏取出一套透明的玻璃茶具。"呀……茶叶放哪里了？您稍等一下。"跑出去找茶叶，用电热水壶烧水，又不知从哪儿变出个小酒精炉和一个百合花形状的小炉架……我看着她好像一只白色的小鹿进进出出。不到一刻钟，一壶架在酒精炉上的花草茶已经沸腾地喷薄出淡淡的香气了。

"水是开的，不过最好多煮一会儿。"庞欣在我面前放了个玻璃茶杯，还不忘塞个杯垫在下面，"也不是最好啦，就是我喜欢多煮一小会儿。您喝过马黛茶吗？"

"没……没有。"

"那我就自作主张了，也不知道您能不能喝得惯。"她给我倒了一杯，"先尝尝吗？煮的时间越长会越苦呢。慢点儿喝，小心烫。"

我小心地抿了一口，立刻皱起眉。

"很苦吗？要不要加一点儿糖？"

我在她充满期待的目光中赶忙又喝了一口："不用不用……哇！不过你确定沏的不是苦丁茶吧？"

"这是阿根廷的特产啊。"庞欣伸手掩住嘴，侧头轻声咳嗽一下，"冬青类的植物味道都会比较苦，我还是给您加点儿蜂蜜或者石榴糖浆吧。"

"不用，别麻烦了。"

"没事的。"她飘进飘出，带回一红一黄两个玻璃罐子，"蜂蜜？还是……"

"蜂蜜就好。我自己来吧。"

用搅拌勺在茶杯里搅动的时候，她又体贴地帮我添了茶进去："茶冷蜂蜜就化不开了。"

我看她把茶壶放回架子上，问："你不喝吗？"

"我喜欢喝苦一些的，所以才要多煮啊。"

放了蜂蜜之后口感稍缓，还是有些苦。我不禁感叹："厉害，你厉害得很哦。"

"只是习惯罢了。"她拿电热水壶加了些水进去，"谢谢您。"

"哦？"

"您也看到了，我大概是个容易情绪化的人吧……幸亏您没继续追问我呢。手里有点儿事情做，能让我排解掉——就是不那么难过吧。"庞欣说话的时候似乎总习惯双手十指交叉置于胸前，像一个忏悔的信徒，"我确实不知道自己在难过什么……阿妍告诉了二姐——就是另外一个姐妹，也是她转告我说，阿楠、阿楠的样子……很糟糕。"

我一言不发地品着茶，心中祷告她不要再"情绪化"起来。

"我当初一听到消息就觉得，是我害了阿楠。我不该同意给她调班，不该答应她……"庞欣抬起头，眼神中充斥着无助的迷茫，"可如果我没同意阿楠的要求，那天就该是阿妍当班，阿妍可能就会……那样我就害了阿妍。无论怎样选择，我可能都会害了她们其中一个人，对吗？"

就像彬说过的——

"要知道，那是个连环杀手，他会去杀人，这就是趋势，你阻止不了。"

但我不忍心告诉她这个事实：是的，没有什么能阻止人与人互相伤害。

谈话中，我又了解到：庞欣老家是湖南湘潭，据说离毛主席的故居不远。她父母早亡，只读过小学，十四岁就来到北京从事各种"服务行业"。大约四年前她买下了这座小宅院，并投资开了几家小发廊，许春楠和张妍的工作地点就是其中之一。

我小心翼翼地触及了一个敏感问题："你雇她们不会只是在那里帮人剪头发吧？"

"她们做什么都可以。我要的只是房租，以及她们收入的四分之一。我不想虚伪地说我不知道她们在那里做什么，毕竟我自己就是过来人……对商人来讲，女人和孩子的钱最好挣；而对女人来讲，自然是男人的钱最好挣。"

其实我宁愿她别这么坦诚。

"你就不怕她们报花账？"

"她们会吗？也许吧……我没想过。"

张妍说得没错，庞欣是个很和善甚至有些单纯的"老板"。她一开始不愿意出卖庞欣，并非出于"恐惧"，而是发自"感激"。

"也是，你现在能衣食无忧，应该是她们没怎么虚报收入才对。"我指了下她的手腕，"不错的表，好像不便宜。"

她微笑着摇摇头，又给我倒了杯茶："如果是真的，应该不便宜吧。"

我察觉到她话里有嗔怪的味道，忙追了一句："那要看戴在谁手上。估计要戴我手上，真的也变假了。"——话说出口，我自己都嫌有些肉麻。

还是转移话题吧。我把她刚放下的茶壶端起来，倒满了她的杯子："再煮下去你就该喝黄连水了。"

"哦，忘了呢……谢谢。"她礼貌地欠欠身，抿了口茶，紧接着"呀"的一声站了起来，"您瞧我一紧张，衣服都没换呢。身上都是土还给您泡茶，真不好意思。您别喝了，我去换下衣服再重新做。稍等一下啊……"尽管我一再表示无碍，她还是固执地把壶从酒精炉上拿下来，要我等她换了衣服沏新的，"一会儿就好。"

庞欣出去换衣服的时候，我掏出烟——想想又收了回去。大老爷们儿的，没烟还不能想事了不成？

看来，她和许春楠的案子关系不大。

不可否认，庞欣的外表气质与待人接物在我这里拿了个 A+ 的印象分。即便刨除主观因素，通过我的观察，她并未在接受询问的过程中撒谎。她目前是单身——我在屋子里没看到任何男人的衣物或生活用品；也没有和女人同住——她穿了双平底休闲鞋，而门口鞋架上只有一双拖鞋；父母走得早，无亲无故——墙上和桌子上没有相框或照片；性情很温顺——有潜藏暴力情结的人有可能会养宠物，但一般不会养植物，就更别提自己开个园囿了；经济条件不错——照顾这片小丛林不只是要有大把的闲工夫，还得有大笔的闲钱才行；文化程度不高——符合她讲述的经历，同时解释了房间里为什么没有书和电脑；品位却不低——老式唱片机、来自潘帕斯草原的"怪味茶"以及唯一令我有点儿好奇的……手表。

在治安处干的那两年，我没少帮老百姓"追赃减损"，名表见多了，所以，不光是那个黑色的小十字架商标，表镜的净度、表带的材质、指针的形状、表冠的衔接……我扫上一眼就够了。

马耳他系列，江诗丹顿，而且，是真货。

当然，一个拥有数家涉及违法经营产业的前风尘女子，戴块价值几十万的手表，跟蜗居在百花绿叶丛中或是爱好听唱片喝苦茶相比，算是挺正常的表现了。

综合来看，庞欣不具备成为嫌疑人的条件。首先，她缺乏动机，身上感受不到暴力倾向，又不必谋财，许春楠也没财可谋，即使是可能对报假账的手下实施惩罚，还断不至于傻到在自己开办的经营场所里搞得那么夸张。其次，她身边并不存在什么有诡异取向的男人，她就不需要也不大可能成为某种暴力性侵害的共犯；再次，庞欣这小身子板儿，几乎是风吹即起、落水不沉，她缺乏实施暴力犯罪的生理条件。最后，手表戴左边，倒茶用右手，而且身体左半侧没有明显的残疾或缺陷，假设袁大博士的"左撇子论"成立，庞欣也显然不在此列。

排除她的嫌疑让我心里轻松了那么半分钟，然后头就开始疼了——这条线索也是死的，愁人啊。

既然没什么结果，我自然不方便继续待在一个单身女人的家里。我站起身，准备等她回来后告辞。眼皮发涩，大概是昨晚看完电影又熬夜的报应来了。反正剩下的那个"庞欣"已经没必要再去走访。我好累,好饿,好困……我现在只想尽早回家吃雪晶做的鸡蛋打卤面,然后一觉睡到明天。

开门走到院子里,没准真是有氧环境益处多多,我的腿不疼了。甩着有些麻木的胳膊做了几个深呼吸之后,我在院子里转来转去,东闻闻西嗅嗅,失望地发现冬天开的花都没什么味道。这种漫无目的的游逛直至我在庭院西边一间漆成棕红色的屋子窗前见到庞欣——她就像芙洛拉[①]般温婉恬静地对着一面镜子亭亭而立,通体上下,几乎一丝不挂。

有个叫哈姆雷特的小子曾经困扰于"To be, or not to be";我的问题则在于:看到裸女后,To be 哉?or not to be 焉?

庞欣转身望着我的样子,出奇平静。

她的卧室很小,东西也不少,却整洁有序而不显凌乱。我发现床单、枕套、壁纸、衣柜、梳妆台以及两个"随意坐"小沙发,都是暖色调的,和庭院以及客厅里的青翠景致大相径庭。庞欣听到开门的声音,转过身——不只是扭头,而是把整个身体正面的姿态毫无保留地奉献出来。

没有惊怒或恐慌,也没有尴尬或羞涩——我肆无忌惮地欣赏着眼前近乎无瑕的胴体,她同样回望着我,仿佛是画师与模特之间无言的灵魂交媾。

"对不起。"没想到先开口致歉的是她,"让您久等了。我经常会犹豫不决该穿哪套衣服,往往一拖就是老半天,忘了您还在等我问话呢。"

---

① 芙洛拉(Flora),古罗马神话中的花神。

说完，她不疾不徐地套上条黑色的长裙，再把白色的衬衫罩在身上，认真地扣着扣子。

"没有……我的问题基本都问完了。该准备撤了。"我假装刚意识到失礼，说话的时候把目光移向别处，"跟院子里瞎逛，误撞进来的。"

"花很香吧？"

"嗯？"

"外面的花啊。"

"哦，是。住这儿，还真是养生的好选择。"

"收拾起来却不轻松呢。"

"那倒是……"

我们都有意无意地略去了对半分钟前那个场面的评论。

而我则有意无意间窥探到了某个"小秘密"：卧室的四壁上，挂满了许多大小不一的照片，都是双人合影——庞欣，以及至少二十个不同的男人。

她不是什么"从良妓女"。

庞欣系好衣服，抬头顺着我的目光环顾四周，然后又低下头："很不堪，是吧？"

我有些心痛的感觉。"你开的那些店，其实都不赚钱吧。"

"嗯。"

"所以你就一直在供养那些女孩子开店？"

"如果和不同的男人交往也算工作的话，而且还都是有家室的男人……好像外面把我这种人叫'职业第三者'。反正，不是什么好听的称呼就是了。"

"别误会，我没这个意思。"我无措地来回踱了几步，思维几乎完全滞顿了，"我只是没想到……我是说，我还以为……"

"以为我已经脱离了肮脏的行当，当后台老板了，对吧？"她无奈地摇着头，"悲剧哦，生活本就是很艰难的事情呢。"

我再度审视着周围的照片，有些出神。

她走到我身侧："您怎么了？"

原来是这样……

"我只是……想起和一个年轻女孩共同度过的很多个不眠之夜。"我不自觉地脱口而出，几乎是在喃喃自语，手机铃声把我吓了一跳，"不好意思，接个电话。"

是彬打来的。

"啊哈，我还以为有生之年你都不会再打给我了呢。我的声音？没事，就是有点儿累……正在外面走访许春楠那个案子，快完事了……行啊，什么时候？没问题……哦对了，我刚得到一个启发，就是关于那个用'蜘蛛'的凶手……彤哥不是说应该是什么C08型号吗，而且还分两款，一种V10的全钢结构，还一种是什么劳什子的……就是黑色塑胶刀柄的那款。对，我现在很确定，凶手用的是黑色塑胶刀柄的'蜘蛛'牌折刀……以后再跟你解释。你马上帮我通知队里，应该能进一步缩小排查范围。记住，是黑色刀柄的'蜘蛛'……对，好……我一直开着电话，有进展随时联系我……"

挂上电话，我才发现庞欣站得离我极近，而且一直在看我。"同事吗？"

"呃……不算是，也差不多吧。"我揉揉眼睛，"你为什么还要把这些照片挂在……不会觉得不舒服吗？"

"不会吗？我不知道……能骗骗自己也是好的。"

"骗自己？"

"我总希望，他们和我在一起的时候，不只是想要我的身体。"由于离得很近,我能看到她面颊下的血管仿佛在轻轻颤动,"他们也许对我是有感情的呢,应该会有一些的吧……一定有,一定有的。"

"那,你对他们呢?"

"我不知道。"

"嗯?"

"我不知道……"

糟糕!她的眼泪怎么又出来了?

"我只是被人包养的情妇吗?我不知道……其实,他们都是很好的人,对我也很好,他们是喜欢我的……"

是的,我能感觉到,她的孤独。

"当……当然……我想……"我应该说点儿什么,舌头却又不听使唤。

庞欣突然像落叶般飘入我怀里,哭出了声:"我真的不知道……我不知道有没有人真正喜欢过我——我从来没感受到过……"

天旋地转。

她的身体和我想象中一样,温暖、轻盈、柔若无骨。不知为什么,我合拢双臂,怜悯地拥抱了她——不晓得有多长时间,或是多短——然后无限遗憾地抬起左臂把她推开少许。

模糊的意识中,我最后做的,便是用尽全身的力气,右手一记摆拳挥了过去……

2

"诚哥,你看到裸女后,竟然毫不犹豫地破门而入?"

醒来发现自己在医院,我喝了些水,头还有些昏沉沉的,负责看护我的小姜却叽叽喳喳问个不停:"你不是撞大运识破她的吧?"

"老刑警就得有这种职业嗅觉,知道不?再说了,哪里有'破'门而入这么夸张,我用手推的好吗?是推门而入,推门……"

"可韩哥为什么一打电话就说你出事了,要我们赶紧支援你呢?你找机会偷偷联系他了?"

错,是他打给我的——彬绝对是我的救命福星,不早不晚,恰巧在我最需要的时候打来了电话。

"啊哈,我还以为有生之年你都不会再打给我了呢。"——纯属扯淡,我跟雪晶昨晚就和他们小两口一起吃的饭看的电影。彬听我一上来就这么说,肯定觉察到有状况。

"正在外面走访许春楠那个案子,快完事了。"——这是告诉他我和某个叫"庞欣"的在一起。你不知道?可以去问小姜嘛,记得找她要那几个"庞欣"的地址清单哦。

"你马上帮我通知队里,应该能进一步缩小排查范围。"——我自己明明是刑警,却让他一个律师帮我汇报案子?神经病啊!大哥,这么说你再不明白的话,那我可真得死不瞑目了。

"我一直开着电话,有进展随时联系我……"——不方便现在说地址,让队里定位我的移动电话吧,OK?

不过最关键的是:恰巧是他——非他不可。

"对,我现在很确定,凶手用的是黑色塑胶刀柄的'蜘蛛'牌折刀……"

"记住,是黑色刀柄的'蜘蛛'……"

黑色的"蜘蛛"。

黑蜘蛛（Black Widow Spider）亦称"黑寡妇"，是一种通体乌黑的红背毒蜘蛛。人被蜇咬到的话，受其自体分泌的神经性毒液影响，会出现发烧、心悸、痉挛等症状，严重的甚至会导致死亡。另外，雌性黑蜘蛛还有一种本能习性，就是自食同类——母蜘蛛与公蜘蛛欢好之后，为了保证繁衍后代的营养，就会吃掉公的。当然，即便是"她"产下后代，为了自身生存的需要，"孩子"一样可以随时拿来果腹。

下毒与噬同类这两个特征，也令"黑寡妇"作为一种连环杀手的分类名称，在西方犯罪学界被广泛使用，特指以自己丈夫、亲属、情人等为侵害目标的女性连环杀手。

综上，我在电话里传达给彬的是一个非常隐晦，隐晦到任何人听起来都可能一头雾水，却又极其简单，简单到我确信他能在第一时间读懂的双关语——

"黑寡妇"。

"你小子也够愣的，见着光屁股的推门就进，裤裆里撑着旗呢吧？"第二天中午见到白局的时候，他正在庞欣的那个植物园里指挥一干人众挖掘现场，"市局搞了只狗来帮忙，这会儿它比你好用，回去歇着吧。"

"那个庞欣怎么样了？"

"被你抡了一拳扁进医院，后脑还撞在梳妆台上，怎么样得看她运气了。"老白似乎突然想起什么，又叫住我，"你小子什么时候对失踪人口那么敏感了？"

因为——

"想起和一个年轻女孩共同度过的很多个不眠之夜。"

为了许春楠案，我和小姜曾连续数个通宵查遍了近几年的失踪人口记录，线索没找到，但那些失踪人口的模样，我一时还没忘，所以一进庞欣的卧室，我就被骇住了。

一屋子的冤魂，都在森森然地盯着我。

眼下这满庭的枝繁叶茂，令我有种说不出来的恶心："找到多少了？"

"挖出来七个，送走五个，还有一堆没来得及挖的。你小子连续杀人犯没抓着，倒搂草打兔子撬出个更狠的娘儿们。"老白朝着插了遍地的小红旗用力地吸着烟，牙花子咂得吱吱响，"这他妈寻尸犬的鼻子太灵，有时候也不是什么好事。"

"目前的数字是十四，我这儿实在放不下，市局拉走了不少，肯定不止这数。"老何摘下手套，揉了揉熬得通红的双眼，"寡妇门前是非多，后院死鬼更多。"

法医队的楼道出入口没灯，一到晚上就黑咕隆咚，搞得我总不自觉地往两边张望："都是失踪人口？"

"就算原来不是现在也肯定是了，身份不好甄别。行动队和各派出所正满世界走访找比对的检材呢。我这里确认出两个，市局那边还不清楚。"

"听老白说在她卧室里一共发现了二十七张合影，你有的忙了。"

"无所谓啦……我是指干活。死了这么多人，市局都冒冷汗了。"老何拍拍白大褂的两侧，"我只是很高兴不用在尸检台上看见你。不觉得后怕？"

"唔……老实说，还没什么特别的感觉。"

"毒检结果显示所有被害人都中了三唑仑——国家一类精神管制药品，大概就是做蒙汗药的主料——也不知道她哪儿搞到的，和你中的一样。"

"不是毒药？"

"麻醉药。市局那边有具刚埋了不到一个月的尸体，是被麻醉后窒息死亡的，我这边的死因也都差不多。我是说，如果你没及时发现危险把她揍翻，你的尸检报告上肯定也写着：系遭全身麻醉后机械性窒息死亡。"

"哈！亏了咱英明神武，躲过了宵小之辈的暗算……"

"我宁愿相信是你遇着个裸女起了色心反倒把自己救了。"老何拍了我一下，嘴角在笑，眼中却没有笑意，"不推门看见那些照片的话，你死定了。"

"我知道。"让他这么一说，我倒开始有后怕的感觉了，"也亏了有老韩那个电话。"

"嗯，你该谢谢彬。"

"挺难想象这么个力量孱弱的女人能……"

"人家很聪明，知道扬长避短，不拼蛮力，被害人大多是被分尸后掩埋的。"

"分尸？"

"放心，分尸也没用蛮力。工具都找到了。"

"女版德州电锯杀人狂？"

"手锯，别忘了人家可是园艺出身。"

"死的都是男的？"

"至少有一个女的，而且身份已经鉴定出来了。"

"她不只杀男的？"

"嗯哼，她还杀了她自己。"

"啊？"

"根据对那具女性遗骸颅外手术痕迹的比对，可以确认院子里埋了个'庞欣'……没错，就是你走访名单上的那个'庞欣'。"

我悚然地又向左右张望了一眼。"那这个'黑寡妇'又是谁？"

"算你嘴快。"老何从兜里掏出袋花生，咯嘣嘣地嚼上了，"馨诚，这该是我来问你才对。"

"你又不知道她的底细。我问你，再怎么说你也没道理进人家……我是说那个连环杀手的卧室里啊，毕竟那是女人的卧室，而且人家在换衣服……喂！我问你呢！"

这个问题雪晶在医院就问过我，回队里又问我，到家里还问我，现在倒好，已经追到布控现场来问了。

我反问道："我们队出外勤，预审派你来干吗？"

"案犯的线索是我审的一个毒贩提供的，关系到他是否有立功情节，我等着确认你们的战果好把案子报上去呢。"

"您生活在二十一世纪好吗？可以等我电话啊。"

"眼见为实。"雪晶捯着小碎步紧跟在我身后，"我看你还能怎么打岔？在场两个当事人，那女的已经被你打成植物人了，我不问你问谁？"

我侧身瞟了一眼远处的指挥车，刘强带着半个队的弟兄都蹲在里面，估计正拿我俩当街头情景剧看，就差爆米花跟汽水了。

"回头再说行吗？这是便衣布控，你别惊了正主儿。"

"我不管！我问你话呢。"

"小声点儿……"

"这是大街上,你还怕谁特意来偷听啊?你到底说不说?"

既然躲不掉,那至少得把目前的情形演绎成默片。我伸手入怀拨动调频开关,耳麦中沙沙的电流干扰声逐渐大了起来。

"你知不知道有多危险?目标出现……你行动频道怎么了?"

"看见了,怎么是俩人啊?这都什么烂情报……"我掏出手机拨号,嘴里忙不迭地解释,"进去之前我就准备放倒她的。我早就注意到她一直拖着不喝茶,而我又越喝越困,站起来还发现腿不疼了,进院之后连嗅觉都失灵了……就算我要叫支援,也得在她把我大卸八块之前保住小命才好,不去找她还等她扛着菜刀来找我啊?"

"你是说,你知道她是个谋杀犯?两个人都朝这边过来了,要么我去摁那女的?"

"你别管——曹伐!"我举着手机向布控目标走去,"看见了吧?知道,我能看见你。台子的行动频道有干扰……母的就便宜你了。碰头招……我当然知道,你以为你老公凭什么年年受嘉奖?是不是罪犯我一眼就能看出来。"

正说着,我把手机揣回兜里,抬臂朝迎面走来的一个又黑又矮的中年汉子的喉结上猛推一掌,那家伙原地腾空而起,然后像袋面粉似的砸躺在地。与此同时,曹伐和张祺从侧面闪出来,在目标随行的那个女人发出尖叫前就控制住了局面。

我俯身把嫌疑人翻过来,单膝顶在他腰上,掏出手铐:"一切尽在掌握——放心吧,老婆,我在进屋前早就用火眼金睛把她看了个通透。"

"哦,是吗?"雪晶摘下耳麦,似笑非笑地低头看着自己的高跟鞋尖,"对了,我说猴儿哥,你喝的茶里没下药。药在蜂蜜里。"

"敌人狡猾狡猾地干活……"我撩起嫌疑人的毛衣,把他蒙头拽了起来,"总之,现在你明白了吧。我在进屋前就掌握了情况,所以才智斗'美女蛇',跟进去的时候她穿没穿衣服无关。"

"也许吧。不过她可在你掌握情况前就已经几乎完全掌握了你哦——蜂蜜里是有麻醉药,可另一罐石榴糖浆是干净的。"

"啊?你是说……"

"我是奇怪:她怎么会知道你喜欢加蜂蜜,而不是石榴糖浆呢?"

"因为她是个与众不同的连环杀手!极其罕见!"袁适在支队会议室里兴奋得几乎手舞足蹈,"自从上世纪末,'黑寡妇'型的连环杀手就非常难得一见了,更不要说连续杀了数十人。你们找到了一个绝好的研究案例!当然,你要是不把她打成植物人的话就更好了。算了,情况危急,也不能全怪你。"

"一个没有身份的女人,利用姿色和下药、勒脖子的手段杀了一大票儿男的,还拿他们做肥料养了一院子的植物,动机大概是谋财——这事已经很清楚了,我现在只想知道——"

袁适兴冲冲地抬手打断我:"你不明白,这是个近乎完美的女性连环杀手。目前已经发现了二十一具尸骸,根据周边地区的走访获悉,她住进来就是近三年的事,也就是说,她差不多一个多月就要杀一个人。持续周期这么长,冷却期又相对稳定,她明显是把谋杀当成生活的一部分。为了杀人而杀人,这是真正意义上的连环杀手!"

"好好好,您可以留着慢慢研究,或者搞个珍稀连环杀手图鉴什么的。我是觉得——"

"这属于非常突出的反社会人格，甚至是反人类情结。她买下这个院子就是为了能长期实施犯罪而做的投资。"袁适很夸张地摊开手，"你有没有想过，为了实现这种投资，她在进行原始积累的过程中，是否也杀过人，或者说杀过多少人呢？"

"总多不过巴瑟瑞或者托法妮亚①，您回头再慢慢统计。哦对，最好能顺便走访下被害人的家属，找他们一起谈谈感想。"坦白地说，我已经把不耐烦挂在脸上了，"我现在只想知道，她和我们正在侦破的那几起专杀女……按您的话讲就是专杀左撇子的连环命案，会不会存在某种关联？"

袁适轻抚着几乎看不出有胡子生长痕迹的下巴："我感觉至少不会比 Belle Gunness② 少……你知道交换谋杀吗？"

"你是说，两名罪犯互相提供猎杀目标或互相提供不在场证明？"

"建议你们好好查一下这个'庞欣'的背景。她没有通信工具，但她一定会和外界联系，调取方圆几公里范围内所有公用电话的通话记录，没准会有收获。直觉告诉我，她和那个以左撇子为侵害目标的连环杀手之间，达成了某种形式的'谋杀契约'。找到他们之间的联系，你就找到了另一个连环杀手。"

真他妈的，耽误我宝贵时间。

"庞欣"的背景早就被查了个底儿掉，结果是啥啥都没有。她没有使用过自家周围的公用电话，水电费都是年度预交的，身份证是改造过的——就是用庞欣的身份证通过加工后附上自己的

---

① 二者均为历史上著名的女性连环杀手。十六世纪前后匈牙利女伯爵伊丽莎白·巴瑟瑞（Elizabeth Bathory）杀人数为三百多人（一说为六百五十多人），十七世纪前后意大利的女性连环杀手托法妮亚（Tossania）杀人数则为六百多人。
② 贝尔·索伦森·甘妮斯（Belle Sorenson Gunness），美国著名"黑寡妇"，至少谋杀了四十九人。

照片，手艺精良，几可乱真。她的屋子里没有书信、日记、通讯录、存折、信用卡、保险单、病历卡、驾驶本……她到底是谁？没有，什么都没有，一点儿线索都没有。

"那她明知道我是警察，为什么还打算对我下手呢？"

袁适笑了："就像你为什么会推门进她卧室一样——很难解释清楚。也许你的身份被赋予了国家机器的剪影，有挑战意义吧。"

无谓的希望几乎等于失望。袁博士果然很"靠谱"——这大概是唯一没令我失望的。还是指望医学技术能突飞猛进，或是她本人从植物状态恢复过来更实际些。要离开的时候，袁适相当难得地把视线从一桌子照片和文件上转到我这边："对了，赵警官。听姜警官说，你对案犯采取措施前，曾经通过一个电话用暗语的方式向支队寻求支援？"

我点点头。

"和你通话的，是韩松阁的儿子？"

我这次连头都懒得点了。

"有意思……"袁适明显已不需要我的回答，目光又回到了会议桌的那堆资料上，"找时间，我想会会他。"

彬坐在"指纹"里的样子经常是懒洋洋，疲沓沓，一副似睡非睡、爱搭不理的德行，不知道的还以为他刚抽完大烟，正迷离恍惚着呢。有他在的时候，整个咖啡屋的色调都在朝巴士底狱靠拢。我提议把他半坐半卧的姿态做成等比例大小的人偶，摆在店门口的效果应该不比肯德基外面的桑德斯爷爷差。他听了我的建议后居然很赞同："对啊，理想的咖啡屋就应该是这种感觉吧——昏昏沉沉的氛围,但咖啡因又能让你一直保持清醒。"

我今天是来找他道谢的,再顺便和他唠叨几句案子的事。彬耐心地听了好半天,冷不丁问道:"你有把手插在裤兜里摆弄自己外生殖器的习惯吗?"

虽说关系这么近,可如此诡异的提问着实把我噎住了。

"好像有个什么无聊统计说百分之九十五的男性都这么做过,包括我小时候。现实生活中不常见啊,这百分之九十五是怎么得出来的?不过今天运气不错……"他目光扬向店里的一张桌子,"那个男的从坐下到现在至少重复了九次这个动作。他对面坐的那个人大概是某种买家,你应该能注意到那个后仰同时双臂张开放在沙发靠背上的姿势,还有二郎腿,是很自信的表现。他隔着裤兜频繁揉自己的睾丸,既是无意识地激发自己的雄性感,又是一种性心理习惯——也不是每个人都能通过玩儿自己的蛋蛋来缓解紧张情绪或鼓足勇气的。不管他是为了向对方推销某种产品还是推销自己,我希望他尽快达到目的……毕竟我这里不是手淫俱乐部。

"二号台那对情侣的情况就不一样了,那个小伙子有过两次这种动作。他的眼神和对面女孩快开到肚脐的领口足以说明,他是在调整勃起的生殖器。牛仔裤太紧,大腿都勒出横纹了……不,他肯定是处于性兴奋状态,不光是眼神,你看他的鼻翼,伴随着颤动的开合……放在桌子上的那只手也经常出现无意识的握拳动作。有人说所谓的蜜月期大多是在性激素的爱河中徜徉,不无道理嘛。"

"您的观察品位很有个'性'。"我早已习惯他这种暴力调侃的前戏,"兜这么大圈子,想挤对我啥?"

彬仿佛突然睡醒了一样,直起身:"上来就开口骂你白痴岂不很无趣?"

"所有人都在好奇我为什么会看见裸女后推门而入,就你没这么八卦。我还以为,你知道我在进她卧室前就有所警觉了呢。"

"警觉到什么?神经末端的麻醉症状还是昂贵的手表?哄哄雪晶应该是够用了。"他用那个刻着"NAGA"字样的打火机点着烟,我注意到他轻轻开关翻盖的动作,应该是不想让金属打火机的声音骚扰到其他客人,"动物的生存本能救了你,感叹一下造物神奇。劝你找时间拜神还愿。"

我盯着他手里的打火机,才看清原来上面刻的是条蛇。"事后诸葛好当……不过这个所谓的'庞欣'确实无懈可击。跟她谈话的时候,我留意了她所有的语调、逻辑结构、肢体动作、呼吸节奏、面部表情,甚至是微表情,她既没卵蛋可摸供我意淫性心理,也没有显现任何撒谎的表征。"

"碰上个会撒谎的就不灵光了吧,所以我才认为你的观察力需要回炉再造。"彬朝地面指了指,"常来这里观察进出的客人就很锻炼哦。可以上班开小差兼顾学习关键时刻保命秘技,隆重推荐。"

我不屑地撇撇嘴:"你当时又不在现场……"

"我刚听你说过:她客厅里没有电视。"

"对。"

"也没有电脑。"

"对。"

"你也没看见电话。"

"没有。"

"手机呢?"

"没有,后来现场勘查发现她家里确实没有任何通信设备。"

"那你还没发现不对劲儿?"

"就因为她不看新闻不上网不想接到电话,所以确认她是连环杀手?我的天!你这分析比袁博士还高明……"

"她是刻意把自己与外界隔离的。"

"你可以说她自闭,但关上门养花种树,还不足以给她扣上罪犯的帽子吧?"

"自闭症患者不会让你随便进家门,不会和你谈话的时候泪流满面,更毋论从事或投资色情行业了。"他说话的时候一直在桌上用手指转着那个打火机,"要么与世隔绝的背后另有含义,要么与你沟通时的状态是伪装的,且二者自相矛盾。当然,如果不是她那副娇楚动人的外表,我相信你本该起疑。"

"你这纯粹是欲加之罪。"

"就拿最简单的常识来说,她院子里种的有观花植物也有观叶植物,两者的主肥是不同的,除非她用的不是化肥。这么多品种同种在一起,而且还赶着风冷地硬的大冬天刨来刨去,不可疑吗?"

"她可以用通用的复合肥料啊。"

"你相信一个影音发烧友会只满足于看下载的RMVB格式?"

"明白了,其实你不想骂我白痴,我承认我是花痴,可以了吧?"

"你碰过她?"彬眯起眼睛看着我,"居然真的碰过……瞧,这部分你可没提。接我电话之前碰的?看来是之后……那就是在卧室里喽。抓过她的手?搂过她?还是说……"

"拜托!你能不能别再观察我了!"

彬有时候很可气,他常常会轻描淡写地抖搂出一堆我忽略的细节，然后再通过观察我的急赤白脸进一步揶揄。而可气就可气在，这种貌似炫耀的旁敲侧击其实并不是炫耀，或至少他自己并不认为是。就好像我费心劳力地才弄出盘西红柿炒鸡蛋，而帽子快顶到天花板的大厨可以叼着烟卷边聊天边锅勺翻飞地做出满汉全席——说穿了，就不是一个重量级。

他冲我摊开夹着香烟的那只手："在你恼羞成怒之前，我只想说：无论在进她卧室前后，你所看到的、了解到的以及推测到的，比你同别人、包括对我讲述的要多得多。"

"嗤——"我侧过脸，抽出根烟，又不大想点，"不管怎么说，我在电话里也对你做了暗示，你总不能说我没对当时的状况采取措施吧？"

"如果你当时立刻报出自己的位置以及突发状况，或者干脆用武力控制住她，就不至于闹得这么惊险了。至少，省得编理由向那么多人解释你为什么会进那个女人——哦对，还是个裸女的卧室。"

"我那是不想打草惊蛇。"

"都看出来是条毒蛇了，你该考虑的不是打不打草，而是掐不掐蛇。"

"这条毒蛇，长得很像瞳。"

彬眯了下眼睛，我赶紧把话题拽回来。

"可我很好奇，这么个清新脱俗的小美人，为什么会做出……我想，佯装不知的话，没准能套出她什么话来。我知道自己被下了药，但如果她以为我已经被控制住了，很可能会对一个她认为必死之人吐露点儿什么。你可知道，这么宝贵的机会，能让袁大博士尖叫的。"我叼上烟，偷着瞄了一眼，发现彬还在盯着我，"作为一个刑事侦查人员，同时作为一个犯罪心理学的研究人员，好奇心是相当重要的基础素质嘛。"

"我只知道'好奇害死猫'。"他拨动打火机上的砂轮，把一团温暖的火光递到我面前，"问题是，你不趁九条命。"

"庞欣"连续杀人案很快就由市局全盘接手，想来应该是被袁博士拿去当宝贝研究了。既然找不到对侦破辖区内命案有帮助的线索，我自然也没什么兴趣去继续关注。

何况，我还落了不少实惠。

个人二等功、集体三等功、优秀公务员……还有，政治部主任周若鸿亲自批准的提职副队长——哇呀呀呀！我胡汉三又回来啦！

周所——现在是周主任了——宣布任命后，私下里若无其事扔给我一句："小赵，要我说，以你的能力，当副队都嫌屈才啊。"

我假装很腼腆地摸摸头："蒙您错爱，我还得指望您以后多在白头儿那儿替我说说好话。"

"按理说你至少是当副支的料——第一次见你我就这么觉得。"周若鸿含笑冲我点点头，欲言又止，"不过嘛……"

不过，老白亲自沉的我，又怎可能自抽耳光扶我复职？

遵循这种逻辑思考的话：要想继续升职，老白就不能是我领导，最好换赏识我的老周来；想让老白下台，需要市局给压力，只能拿结案率说事儿，或者目前没破的连环命案（如果继续发案，市局给的压力会更大）；我们要是一直破不了案，年底结案就必须有人承担责任，既然是领导负责制——顺理成章老白下（治安支队的一把手估计也得下）——水到渠成老周上（也得看她路子够不够硬）—投桃报李赵馨诚提副支队长（如果老周有良心）。

推理完毕。

我回报以一个灿烂的笑脸："您放心，我会努力的。"

似乎是为了响应我们之间的默契，在随后的四个多月里，辖区内没有再发生类似的连环命案。我和整个支队一直重复着同样的工作：迅速有效地打击辖区内的各类犯罪分子，然后继续徒劳无功地奔走排查连环命案。

雪晶会为我在结婚纪念日送她玫瑰花与铂金耳环惊喜不已；老何会为因疲劳而失手在某尸体胸口划出个诡异的刀口懊恼；小姜会为参加分局散打比赛而天天拉着我去健身房做指导；白局的咆哮与粗口继续回荡在支队的楼道中；彤哥一如既往站在吧台后叼着雪茄擦拭酒杯；依晨总想趁彬靠在沙发上打盹儿的时候偷吻……风停了，云在动，太阳高照，知了在叫，夏天到了。

池姗姗、方婉琳、许春楠，也许还有那个左撇子医生宋德传，自从袁适的注意力被转移后，他们的名字便越来越少被提及。我知道，如果就这样搁置下去，他们会像许多无头命案的被害人一样，朝艾宾浩斯遗忘曲线的波谷一步步滑落。有人死了，地球依然在转，生活还要继续，仿佛他们不曾存在过一般。

就连我，也常常会觉得，这样挺好。

直到有一天。

那天，我刚追寻完一条没有结果的线索。恰巧路过海淀医院，伴随着一种非常熟悉的身不由己，我走了进去。时值午后，四楼病房外当班的民警在打瞌睡小憩，我连打招呼都省了。

狭小的病房中一片惨白色，她若是醒来，一定不会喜欢。

坐在病床前，我伤感地发现，昔日惹人怜爱的"辣手花神"终于堕入了凡间——当思维意识无法成为躯体主导的时候，她看上去是那样的普通，衰老的痕迹肆无忌惮地在眼角与额头上驰骋蔓延。从那一刻起，我便确信，她不会再回来了。

即便有醒来的机会，我想，她也会拒绝的。法律的惩处不是最致命的，对她而言，只是因为失去了存在的意义。

她最想要的，亦是她最缺少的，只是一个"身份"——一个能够被主流社会所认可、接受的身份。

她杀害了庞欣，然后成为"庞欣"，却无法僭夺庞欣的人生。一个身份的失落者，因为丧失了社会的依托而衍生出强烈的反社会人格。她在矛盾的旋涡中挣扎着，痛恨正常的世界，却又渴望成为其中的一员。

宽阔的庭院里，只留下独来独往的足迹。一个人吃饭的感觉，一个人睡觉的感觉，一个人种花的感觉，一个人流泪的感觉，一个人杀人的感觉……大概都差不多吧——形单影只，孑然一身的孤独。

所以，她害怕分离。

把被害人的照片悬挂在卧室，只是为了强调你的存在感吗？

闻着院子里的花香，能让你回忆起他们身上的气息吗？

杀了我，是为了让我能和其他人一样，永远陪伴在你身边吗？

袁适一定来过这里很多次，我可以想象到他用那种复杂的目光蹂躏这个女人的样子，仿佛在盯着笼子里一只长了两个脑袋、六条腿的小绵羊，显得好奇又贪婪，欣喜且满足。

我应该感谢她。因为，她向我传达了袁适所无法洞悉到的信息。

只会把喜欢的人当作猎物，而袁适这种可能招致她反感的人，大概反倒不会"有幸"被留在院子里吧？

那么，什么样的人，才可能与她成为同伴呢？

同病相怜的人，对吧？

3

二〇〇七年七月十三日，黑色星期五。

我再度来到海淀医院门口，但这次，不是为了探视。

淅沥沥的小雨中，白寅尚魁梧的身躯好似一座线条硬朗的钢铁雕像。平缓的语调之下，可以感觉到被压制的愤怒在滚滚奔流："你知道这儿离咱们分局有多远吗？"

我无言地垂下头。

"三公里，只有三公里，离黄庄派出所只有不到一公里，就在我们辖区最中心的地带。老百姓指望我们来保护他们的安全，拍着胸脯问问自己，我们做到了吗？"

在一个连雨水落地都发不出声音的寂静夏日，老白的这番话语，显得格外刺耳轰鸣。

据目击者及监控录像反映：上午不到十点的时候，海淀医院心外科副主任彭康匆匆忙忙跑进办公楼，一头钻进三楼的办公室里，反锁了屋门。

十一点左右，黄庄派出所接到报案，在海淀医院西侧小门外的胡同里，发现了三具尸体和一个昏厥的男孩。三名被害人均系无业青年：张辛，男，十九岁，北京人；严世佳，男，十八岁，籍贯河北保定；赵昌兴，男，二十岁，籍贯辽宁盘锦。老何说，以上三人均系遭锯齿状利器戳刺致死。

不到半小时后,第二起报案接踵而来。彭康被前去叫他共进午餐的同事发现横尸在办公桌下,他的喉管是被同一把凶器划开的。老何告诉我,初步推断的死亡时间是:彭康大概在十点十分,另外三人大概在十点半之前。也就是说,从死亡顺序上来讲,彭康在前。

光天化日之下,一死四命。而且,被害人彭康,是左撇子。

周边派出所、刑侦支队、治安支队已全员到场。鉴于是在医院这种特殊场所,封锁的时间不可能过久。我赶到现场的时候,曹伐已经带人完成了初步勘查,老何正指挥搬运尸体。小姜告诉我唯一见过凶手的目击证人,也就是那个叫孙铎的小男孩被救醒后,正在父母的陪伴下乘警车去支队接受询问……直到袁博士笔挺的身影闯入我的视线之前,我还一直困惑是不是少了点儿什么呢。

嗯,现在差不多可以说是:该来的都来了。

白局沉着脸,小姜略显惊慌,曹伐在努力做出无所谓状,老何面无表情地埋头忙活,袁适的样子嘛……说他兴高采烈可能有带成见的诋毁之嫌,但那副轻松的表情是大家都看在眼里的。

小姜介绍的案情比较简单——因为确实没多复杂,医院到处都是监视器,整个过程拍得一清二楚。当然,如果能拍下那个罩着黑色军用雨衣的凶手的相貌,就彻底圆满了。

彭康是九点五十六分跑进办公楼的,十点零一分的时候,凶手尾随而入。因为恰好在下雨,这个一身黑色披挂的人并未引起周围人的注意。他在一楼大厅的水牌前步子慢了那么半秒,而后随手从化验室门口抄起份化验记录,顺楼梯来到三层。

站在彭康办公室门前,他既没有敲门,也没有推门,而是抽出张化验单轻轻插入门锁位置的门缝，试探出门锁了之后，他取下用来夹化验记录的曲别针，用了不到五秒钟撬开锁，推门而入。

老何认为，从尸体所处现场的情况推测，彭康大概听到了门外有动静，于是向门口处走，恰逢凶手进门。第一拳重击了彭康的左腹，第二拳或肘击的位置在喉结。遭受连续攻击后，彭康被凶手按在办公桌上，用一把锯齿状利器从右至左抹了脖子。彭康也许立即死亡，也许还挣扎着坚持了三四秒，总之，他滚到地上的时候，已经挂了。

办公室门口的监控装置拍到凶手一进一出，间隔不到半分钟。

我的第一反应倒不是什么连环杀手，而是——职业杀手。

尾随进入公共场所，看水牌确认被害人可能所处的位置，走楼梯是为避开监视器以降低暴露的风险，用事先顺手牵来的化验单在被害人无法察觉的情况下试探门锁状况，而后用化验单上的曲别针熟练地撬开门锁，第一下攻击让被害人丧失反抗能力，第二下攻击令被害人失声沉默，紧接着果断下刀，搞定收工。

哦对，凶手还戴了手套，完全是熟练工种，干净利落，无迹可寻。

如果说他就是我们一直摸不到、抓不着的那个连环杀手的话，我认头，不丢人。这家伙，不是一般的"专业"。他绝不是第一次杀人，要说他绝不是第一百次杀人，我也信。

老何匆匆离开前只提醒了我一句："伤口，不是同一个人。"

嗯，我注意到了。不仅是所有被害人身上的刀伤，彭康肋下遭打击的部位以及凶手撬锁的动作都显示：作案人是个右撇子。

脱逃的时候，凶手原路返回一楼，却没有从正门出去——因为会使自己的面孔暴露在大厅西南角和东侧的监视器里。他穿过挂号和收费窗口,从西侧的旁门离开了办公楼。医院大门到办公楼之间隔着停车场,共有八台监视器。大概是觉得从楼西侧斜线穿到南门的风险太大,凶手直接翻过院子西侧的围墙,顺利地,或者应该说是几乎顺利地离开了现场。

不想,出了意外。

支队对目击证人的询问进展在第一时间就回馈到我们这边:孙铎,十一岁,北大附小的五年级学生,家住海淀医院西北方向的大和家园小区,在暑假期间参加了英语补习班,上课地点在知春里小学。上午十点下课后,孙铎在回家途中遭张辛、严世佳与赵昌兴合伙劫持至海淀医院西侧胡同内,就在这三个倒霉鬼正要对孙铎实施恐吓与抢劫的时候,墙上跳下来一个人。

没了——全部目击证言如上。

由于受到严重惊吓,孙铎醒来后的精神状态呈现出类似于创伤后应激障碍的征兆,无法完整回忆案发时现场的情况,特别是凶手出现后的部分。不但其父母强烈反对我们继续询问,护理医生也认为孙铎的诸多症状已符合一过性精神错乱,建议中止询证工作。

被害人张辛、严世佳和赵昌兴均系经常在案发现场附近游荡的社会青年。走访的结果显示,此三人有多次抢劫往来学生的财物的记录,海淀医院保卫部反映他们在今年年初还曾试图抢夺一名患者的挎包未遂。三月初,黄庄派出所在接到学生家长报案后,拘留过赵昌兴,但由于涉案金额太小,而且报案人不想惹事而放弃做证,所以治拘了几天就放了。

要早知道就为了从几个孩子身上劫仨瓜俩枣的,最后居然落个一人挨一刀直接向阎王爷报到的下场,这小哥仨铁定早就去当良民了。只可惜世上不存在尿了炕才后悔没睡筛子的便宜事。

了解全部情况的过程中,我们也走完了现场。现在该洗干净耳朵，准备听袁博士的高论了。

没想到袁适一反常态，没有急于发言，却提了个听上去相当有挑衅意味的要求："这次的案件很复杂，能不能把韩教授或者他儿子也叫来，集思广益嘛。白局长，你说呢？"

老白征询地转头看我，我二话没说，双手呈上移动电话——这么无厘头的要求，属下实在是无能为力，真要答应他的话，人还是麻烦您自己去请吧。

"大白天，公共场所，四个被害人，而且还离分局和派出所这么近，白叔一定抓狂了。"

彬把车停在医院门口的警戒线外。我让随行等候的女警上车去陪依晨，冲彬耸了下肩："说到抓狂，不妨多算我一个。"

"你应该还不至于抓狂到有病乱投医的地步。"

"老白也不至于，布鲁舍尔模仿秀冠军钦点的你。"

"哦。"彬没露出意外的表情，只抬头看了看阴郁的天空，"难怪都说'偷风不偷月，偷雨不偷雪'。"

"所以呢？"

"所以说，这还真是个杀人的好天气。"

"你父亲在大陆学术界有一定水平。"

袁适这客套话不如不说，非得强调"大陆"，还是"一定水平"，而且拿人家老爸说事，还摆出一副居高临下的姿态来，生怕彬不知道他是海外归来的宇宙超级无敌霹雳犯罪剖绘"金酸莓"奖得主。

彬只是垂首浅笑，谨慎而不失恭敬。

"Anubis？"袁适一直没放弃端详彬，"古埃及神话里的地狱审判官。"同时，他捏起自己脖子上"MS"字母的挂坠，"看来我们在宿命论的观点上背道而驰嘛。"

我知道彬和依晨一直戴着同样的银色项链，挂坠儿是个狼头人身像，据他自己说是在单位楼下某不知名小店里花了七十块人民币买的。不过这和他的世界观或价值取向似乎没什么牵扯吧？

小姜及时露头中止了案外的扯淡："刚查了周围两条街区内所有的监控录像，没有发现凶手的踪迹。除非他有意避开监视器和安防红外半球摄像机，否则就是开了车或坐了出租车。要查案发前后所有过往车辆的记录吗？"

"很少有人穿这种雨衣了。"我摇头，"凶手没开车。开车的人一般都不会备雨衣，最多在后备厢里放把伞。"

袁适总算把注意力转到正事上："如果不想让司机拒载，坐出租车的话也不会穿雨衣。我看一般都是骑自行车的人才会穿雨衣。可要是嫌疑人穿着这么有复古色彩的雨衣骑车，录像里不会没有。"

"他怕暴露自己。为了能把自己挡严实一点儿，所以才穿的雨衣。"

"应该是。"袁适扭头看彬，见彬在聚精会神地看现场勘验记录，便继续说道，"关键是嫌疑人针对什么来隐藏的自己，监控设备？还是彭康？你觉得呢？"

我刚想说话，才发觉他不是在问我。

彬一抬头，恰好和袁适的目光撞了个满怀，脱口答道："针对被害人吧？"

袁适的样子像是在忍着笑："Whoops！何以见得？"

"我不知道。"

"什么？"

"我猜的。"

"你父亲恐怕不会对这种解释满意的。"

我有点儿火了："你又不是他爹。"

彬示意我冷静，继续解释道："我还没看完勘验记录，您那么一问，我就随口一答。不好意思。"

"你的直觉很好。"袁适来回扫视着我和彬，"嫌疑人，或者说凶手，并没有预先策划好这起谋杀。"

时间和地点都不适合，而且临时在现场找撬锁工具，连被害人办公室的位置都是现寻摸的……彬涵养不错，但我可不吝这套："袁博士，能说点儿我们不知道的吗？"

"很简单——凶手在跟踪彭康，但不小心暴露了，于是临时起意追杀到底。"

老白失去了耐心："是同一个人吗？"

袁适自信满满地说："是。"而我则冷静地说："不是。"

意见对立，正方袁适，反方赵馨诚，裁判白寅尚，特约嘉宾韩彬，记录姜澜，龙套观众曹伐、张祺等七名刑警，采取交互式发言。

OK，辩论开始。

正方观点："同样的凶器，被害人同为左撇子——医院外面死的那三个人不算，他们不属于凶手的既定目标——这与之前的连环谋杀案吻合。"

反方观点："对，但这次的凶手不是左撇子，伤口显示——"

正方插嘴:"我知道,凶手撬门和实施侵害留下的痕迹都显示是右手完成的。注意,用的是右手,不代表他就是右撇子。"

反方驳斥:"你不可能指望一个左撇子用右手两秒钟就撬开扇门。"

正方抬杠:"我们并不知道凶手的惯用手是哪一侧。你这么说仿佛很确定凶手就是左撇子。"

反方例证:"之前所有的女性被害人都是被左手持械杀害的。"

正方继续抬杠:"凶手为什么不可能是一个右撇子却左手持刀杀人呢?这比使非惯用手撬锁简单。"

反方也开始抬杠:"那为什么不可能存在两名凶手呢?现有的五起谋杀案,已经明确呈现出两种截然不同的行为模式。"

正方防守蓄势:"你是说有一个模仿犯?"

反方小结:"我是认为存在两名连环杀手,一个专杀女人的性掠夺者,另一个专杀男人,动机还不清楚。"

正方发问:"你说过有两种行为模式?"

反方乘胜追击:"池、方、许三案中,凶手左手持械,性企图明确,寻找目标的随意性强,情绪激昂,手段残忍却又稚嫩,遗留下很多可用以比对身份的线索证据;宋、彭案的凶手却成熟干练,同为入室作案,同为一刀割喉,同为右手持械,同为一根铁丝或曲别针就什么门都挡不住,同为谨慎地避开了所有监控装置,同为选择医生加害,同为不留指纹、足迹……完全是和洛卡尔[①]过意不去——这是个职业杀手,而且是个高手高手高高手。"

[①] 洛卡尔物质交换定律(Locard's Exchange Principle),当作案人与一个场所或另一个人发生接触时,就会发生物质交换,这种物质交换的结果是当作案人离开时就会在现场或被接触人身上遗留下自身的某些物质,并且也会从现场或是被接触人身上带走某些物质。

裁判暂停辩论接听电话:"喂?你卖的海景房就是我盖的!我他妈买个屁!"

正方吹毛求疵:"两名动机与行为模式大相径庭的连环杀手恰好杀了五个左撇子?"

反方寸土不让:"杀宋、彭的这个人两次作案用了不同的凶器,或许今天他特意换了把锯齿折刀作案。从某种意义上来说,模仿犯的可能也成立。"

正方的坑越挖越深:"可要是职业杀手的话,这么做有意义吗?难不成只是很向往锯齿状凶器的手感?或者对那个性掠夺型连环杀手起了好奇心?"

反方傻乐着就往坑里跳:"听说好奇能害死猫,甭管他是不是'拷贝猫'①,这家伙大概是想借机会混淆排查对象,制造点儿侦查障碍什么的,小儿科了。"

裁判乱入发问:"模仿犯?"

特约嘉宾扫盲答疑:"西方犯罪学界常使用的一种行为分类,就是指选择在某个知名连环杀手作案期间,使用类似的手段或对类似的被害人实施类似的侵害行为的谋杀犯。动机主要是致敬一类的,或者误导侦查方向。"

正方突施反击:"如果存在模仿犯,那就应该是个不小于三十岁的男性,右撇子,中等身材,熟悉凶手或那三起女性连环命案的情况,了解公安机构的运作流程,具备反侦查能力。"

反方冲昏头脑:"差不多,应该还可以通过更多的细节来缩小排查范围。"

裁判觉得不对劲儿:"要照这么说,大半个刑侦支队都有嫌

---

①拷贝猫(Copycat),即"模仿犯"一词的直译。

疑。"

反方还在臭美："包括您和咱一把局长，挨个儿排查呗。"

正方亮出底牌："我倒不怀疑咱们公安系统的内部人员……"

大家的表情都尴尬起来——除了老白怒气冲冲地瞪着我，以及彬平静地把案卷递还给小姜。我这才看明白：同花大顺，通杀。

坏了，老子被玩儿了。

"前不久被你打成永久休克的那个女的就在这家医院里躺着呢吧？"彬毫不避讳地戳破了最后那层窗户纸，"想不到我居然有机会在连环杀手嘉年华里客串出镜。男性，中等身材，今年十月满三十七岁，右撇子，熟悉公安系统，了解案件细节，没准儿还具备点儿反侦查能力……"

袁适的目的不是驳倒我。

"我，应该是你们的首要排查对象。"

正方完胜。

4

彬被直接带到市局接受询问，这官司也就打到了刑侦总队。

白局臭数落我一顿后，匆匆忙忙亲自去找韩教授。我一路跟到总队审讯室，隔着单反防爆玻璃，能看到有人在给彬的身上装测谎仪的呼吸传感器与血压计。

刚好袁适夹着资料走进来，不快地扫了我一眼："你来干什么？"

我上前一步拽住他的领带就往回拉，差点儿没给他兜个跟头。屋子里的两个民警应该都是文职，只在旁边叫唤了几句，谁都没敢上来插手。

"你是不打算干了吧?"袁适整理着衣装,脸色有些泛红,"只要我——"

"只要你一句话我就得脱衣服,有点儿新鲜的没?"我瞟见一个民警正往外溜,也没去拦,"我代表支队来找你要人,你该谢我才对啊。"

"赵馨诚,别忘了你是警察!事关多起命案,你最好分清公私!"

"姓袁的,你才是公报私仇呢吧?"

"我和他无冤无仇,这是在办案。"

"韩彬被拘留了?还是被逮捕了?"

"没有,只是正常的排查询问。"

"那就不该把由我们支队排查的人带到这儿,不该把他关进审讯室,更不该给他上什么狗屁测谎仪。"

"他自愿配合的。"

"废话,他要不配合你就更有理由怀疑他不是?别装孙子啦,要排查他可以,人我带回支队去问。"

"你们支队上上下下和韩氏父子太过熟络,应当回避。"

"那作为犯罪剖绘领域有潜在竞争关系的人,你一样应该回避。"

"我跟他有竞争关系?"袁适笑得身子直颤,"我还犯不上自贬身价跟个民间小团体的前负责人竞争吧?"

"今天以前你都没见过韩彬。你折腾他,只是借机打压他父亲。你这孙子太独,明明已经混上御用专家了,还非要排挤大陆同行。可你知道韩松阁什么背景吗?"

"不过是利用大陆官僚体系沽名钓誉的伪知识分子罢了。"

我伸出食指隔空戳了戳:"虽说我脾气好,但你再敢口出不逊侮辱我干爹,信不信我送你去海淀医院跟你的'小白鼠'做室友?"

"你再敢继续威胁谩骂,信不信我真能让你脱掉这身制服?"袁适一张小白脸已经涨得通红,"我的忍耐是有限度的!"

僵持了有那么一会儿,我摊开双手:"你我都明白,韩彬家庭条件优越,经济状况良好,工作与生活状态正常,待人接物温厚谦和,他不会是嫌疑人……我相信,很快,案发时间的不在场证明就能澄清这一切。支队有能力客观地进行排查工作,您就别瞎闹了。"

"我——"

"你等我把话说完。我可以告诉你现在正发生着什么:白局已经通知了他父亲。以老白的脾气,他在和市局协调后很可能亲自来总队要人。就在我对你说这番话的时候,无数过问此事的电话已经打到市局和总队的大小领导那里——包括我干爹的。我用屁股都能想得到,干爹在电话里一定会说:配合刑侦部门查案是韩彬应尽的义务,总队不必有顾忌,依法问案就好。"

袁适的胸口依旧起伏不定,但我能感觉到他已经开始冷静。他在思考。

"我还可以告诉你将会发生什么:虽说你发现玩笑开得确实有些大,但为了撑住面子,你会坚持去对韩彬进行询问和测谎。中间也许会被打断,还是市局领导的电话或者总队长推门叫你出去说话?我不知道是哪种方式,但内容都差不多。会有人详细地问你为什么要这么做,然后用略带责备的官腔把韩松阁的背景介绍给你听,最后叮嘱你一旦排除掉韩彬的嫌疑,道歉,放人。"

"但他确实有嫌疑。"

"没错,就跟你我都有嫌疑一样。我不打算和你争这个。"我转身望着坐在里屋的彬，又回过头，"最后我想告诉你的是：袁适，你不完全是个废柴，你有理论基础，有实践经验，有官方支持，也有话语权，但你太教条，太精英主义，太心高气傲，太拿自己当回事了。推开审讯室的门，你就要准备好承受打击。"

"不劳你担心，我对这种人情体制有免疫力。"

"不是你要承担什么外界压力，而是你根本不明白，你将要面对的是什么。"

"你知道？"

"当然。"

而且，在那个雪夜，我还曾亲眼见到过。

袁适走到我身边，明显解除了些许敌意："韩松阁的儿子，很难对付？"

"最后劝你一次：让支队来排查他。还是那句话，我是为了避免矛盾加深，也是为了帮你。"

"你觉得我像是会妥协的人吗？"

"这倒霉孩子……"我咕哝了一句，然后微微躬身，朝门的方向一摆手，"不怕自取其辱？那就请便。"

两小时后，执着的袁大博士强作镇定地从审讯室里走出来，结果发现外面不但有我和负责记录的民警，总队的队长、监察处长、总队技术队副队长、白寅尚、刘强、姜澜……甚至包括闻风混进来看大戏的老何，黑压压一屋子人惊得他就像差点儿撞上电线杆子，后退了半步。

其实支队已经带来了一系列排查结果：今天彭康被害时，因为依晨感冒，所以彬一直在家陪她——后人民大学家属区门口的监视器拍到他开车出来，时间与老白叫他到现场的时间是一致的。更确凿的是，宋德传被害的前后，这小两口正在广西旅游。案发当日，他们落脚在靖西南部四道镇的老乡家，当地派出所发来的报告白纸黑字还扣着红色电子印章：兹核实，二〇〇六年十二月十三日至十八日期间，有一对情侣样的男女曾在民政路二十七号有偿借宿，女的年龄不大，姓名不详，男的不到四十岁，叫韩彬。

尽管如此，在场的所有人，都不曾试图去拉袁适一把，或至少中断这场让他颜面扫地的闹剧。大家有说有笑，吃吃喝喝，偷摸地下注押个赔率，随袁适的狼狈表现偶尔还鼓掌叫个好，恨不得盼着结束时能有"请看下集"的字幕。

彬外表谦和，实则锋芒，要么不做，要做做绝。整个测谎过程，他多少是有点儿成心。袁大博士话里话外对我干爹的那些不敬被还回去的时候，还真是连本带息一笔没落下。

隐隐约约地，我有些同情这家伙。

随后，内部排查开始。

"那会儿我不是在海隆大厦蹲点儿呢吗？"

"我们队去摸魏公村那个'拍瓜子'的来着，不信你问其他弟兄。"

"那天晚上我值班，排班表不就贴墙上呢吗？"

"出现场前我跟张祺在对面吃的夜宵，还给你丫带了烧卖回来，你个白眼狼不会吃完一抹嘴就忘光了吧？"

"我不是培训去了吗？基地都是武警把门。出去杀人？嗤！出去买个羊肉串都得爬铁丝网。"

"当晚出任务的就我一人，没人证明。你以为老子愿意自己跟绿化带里趴半宿啊？"

不在场证明基本都是在岗，不在场的证人基本都是同事，回话基本都是没好气的反问句。我这哪儿是找模仿犯，分明是充当了一回泔水桶。在各色挖苦、嘲讽、委屈、牢骚的大杂烩里畅游了两周后，我热泪盈眶地向白老大汇报："排查完毕，咱自己人都没嫌疑。领导，可以放我一马了吧？"

老白大概觉得这是理所当然的结果，啥反应都没有："还不去给你义父赔个不是？"

干爹那里我暂时还有点儿心虚，不过彬那边的道歉不能一直欠着。当然，就交情而言，他能理解，我也会意，所谓道歉连走过场都可以省了。晚上去他家，不过是例行蹭饭，以及找他品评下袁适后来给出的嫌疑人"画像"。

这说客还没听众有耐心。我在略去了西方犯罪统计学的依据若干、犯罪心理学专用名词若干、名人名言若干后，对袁博士的高论总结如下：连续实施多起谋杀并致八人被害的，系同一案犯。

"一个双重人格并可能兼具性倒错的连环杀手？"也许是怕吵到隔壁卧室里已经休息的依晨，彬的话音很轻。

"不完全是——我是说姓袁的认为不完全是。他认为凶手有严重的人格分裂，但没提什么性倒错。"

"那就是说一种人格惯用左手，另一人格右利？"

"对对对，就这意思。"

"但只杀左撇子？"

"那三个小混混都不是，当然，他们也不算是预定目标。"

"分裂人格后各利一侧，可杀人为什么只杀左撇子呢？"

"这部分可玄了，你猜猜咱专家怎么分析的？"

"传说中,日月二神都是盘古氏的双眼所化,日神为左,月神在右。所谓'男左女右'大概源自上古的创世象征:日神伏羲,月神女娲。"

"我靠,你……"

"如果是这种类似的上帝情结作祟,那么凶手也许自以为能同执左右,操纵生杀予夺。"

"别忘了他只杀左撇子。"

"那是被害人运气不好,你知道'生右死左'吗?"

"呃……你先说。"

"历史上,汉服分左衽右衽,就是衣襟的左右。活人穿的衣服衣襟在右,寿衣则相反。现在很少有人穿汉服,更没人活着的时候穿寿衣,拿左撇子做抽生死签的标准,算一种歪曲性替代吧……反正他想杀人,总会给自己找到借口的。"

"有人告诉你了?"

"啊?"

"那就是你跟袁适沟通过?"

"怎么可能。"

"我晕,你和袁适说得几乎一模一样!"

"修中国古代史的大学生也能说得一模一样,好吗?"

"你不会是认同这种观点吧?"

"有关系吗?反正抓到凶手前,都是推测。既然是推测,大可头脑风暴一下,没有什么不可以的。"

"你会挺姓袁的?拜托,是不是觉得撅他撅得太狠,亏心了,有负罪感?"

"那是我涵养不够,亏心也是亏自己的心。"

"说点儿正经的:我还是觉得凶手不止一个人,你怎么看?"

"我不了解这些案子,所以没看法。"

"我带了案卷。"

"怎么拿来的怎么拿回去,我不想看。"

"喂!"

"我没开玩笑。你说存在模仿犯,我也认为有这种可能。既然如此,我不想把自己再牵扯进来。配合警方询问或排查是公民的义务不错,可谁喜欢老把隐私曝光啊。"

我叹气:"你还是在怪我把你牵扯进来了。"

"馨诚,我不是警察,也不是福尔摩斯那种靠这个吃饭的私家侦探,更不是没事喜欢往罪案里钻的正义偏执狂。我只是个小律师,像所有普通人一样,我只想安安分分过自己三亩地一头牛的日子。"

"可你是韩松阁的儿子,也是工作室的创始人。"

"原来帮我父亲跑腿是聊尽孝心,工作室不过是把爱好玩儿大了点儿,没事找几个国外案例瞎侃是种消遣,荷枪实弹进犯罪现场就太难为我了。"

无奈,我祭出撒手锏:"我可是来求兄弟你帮忙的。"

彬闪开我的目光,来往这么多年,这大概是他第一次真正拒绝我。

不过,这也是我第一次没继续死皮赖脸地不撒手:"别为难,我自己再试试。先撤了,你早点儿休息。"

单纯从能让他意外一下的角度来看,还是值得开心的——站起来的时候,彬的脸上闪过一丝惶恐:"我送你。"

下楼的时候,已是子夜时分。人大家属区周围的绿化做得很好，夜晚凉爽怡人。路灯之间相隔很远，大部分时候，我们都步行在铺满无数枝形叶影的林荫道上。知了起伏有序的歌声与路两侧风吹树丛的婆娑，让一切显得格外祥和惬意。

"三亩地一头牛，还得有老婆孩子热炕头啊。"我朝他眨眨眼，"这后半段的置办——依晨离法定婚龄还差几年？"

"那是我妹，说什么呢你？"

"你这辈子愿意打光棍无所谓，别把人家耽误了才好。"

"晨晨大了以后，自然会有她的生活。"

"她离不开你。"我见他有些困扰，想来年龄的差距是个障碍，"你也离不开她。"

"其实，我同意两名凶手的可能性更大。"

我知道他在打岔，可眼下这个谈话方向的吸引力实在太大："一个性掠夺者，一个职业杀手？"

"有可能。"

"关于那个职业杀手，彭康和宋德传都是医生，虽然目前还没发现二者之间有什么关联，但这鸡汤里面有文章。我认为彭康很可能认识凶手，不光是说他慌张的样子和锁门的举动，而且……"

"他没报警。"

"对，在凶手破门而入之前，他既然已经发觉大祸可能临头，却没有打一一〇。查询电话记录发现，他在被害前从办公室打出过一个电话，被叫方是个十七位的号码。"

"国际长途？"

"没有登记，查不出来。杨延鹏说这是种卫星电话的号码格式，我让他去仔细查一下，没准儿是个突破口。"

"看来这个电话一定很重要，至少比报警更重要。"

"不向警方寻求保护却拨了这么个古怪的号码,要么是他认为电话另一侧的人比警察更有能力保护他,要么就是他自己有点儿什么见不得人的鬼事。"

"他也许只是没想到凶手会在大白天入室追杀他。"

我摇头道:"那他就是死于天真……凶手在光天化日下来去如风,打一一○都不赶趟儿。当然,像你常说的那样,凶手运气不错,那场雨帮了他,否则大太阳天穿军用雨衣可不是一般的扎眼。虽说我不认为老天爷能给彭康发免死金牌吧。"

"可以考虑有军警服役或受训背景的人群。"

"已经撒出人去查了。我觉得范围可以更小。还记得石瞻吗?就去年秋天那起假绑架案的退役武警。他比一般的罪犯要难对付不少,可也没到这么夸张的程度。应该说,一般的军警都到不了这水平。"

"因为死了四个人?"

"还因为他没杀第五个人——我不认为凶手放过孙铎是良知未泯,也不是有什么道德底线或他妈职业操守。他只杀两种必须杀的人:目标,以及可能指认他的目击者。如果孙铎像那三个混混一样,具备成为目击证人的年龄或生理条件,凶手绝不会放过他。"

走到我停车的地方,彬特别嘱咐我:对于第一个专杀女人的罪犯,别太拘泥于被害人是不是左撇子。惯用手不是什么具备吸引力的外表性征,性动机的连环杀手以此来确认侵害对象的案例,不曾有过。

"可这毕竟是他目前最明显的行为标记之一。"我打开后备厢,把案卷扔进去,"当然,还有那把'蜘蛛'。对了,你不会真的相信袁适的神话理论吧?"

"我是真的无大所谓。"彬抬头看了看路边的树冠,"凶手到底出于什么心态杀人也不是你们最需要关注的,你们要找的,是能帮助识别这名罪犯的线索。"

"有!我们有DNA和指纹啊,还有凶器、身高、年龄、左撇子、侵害对象人群、行为模式……线索大大的有,这不一样没头绪。"

"说到行为模式,那天你在现场和袁博士争论的时候,说这些案件以被害人性别区分的话,呈现出两种截然不同的行为模式,但你可以注意一下,那个性掠夺者,应该是有不止一种——"

说到这里,他突然停了下来。

我一开始还以为他在思考或组织措辞,但很快就发现彬的注意力已经不在谈话上了。他的表情有些费解,眼神飘忽不定,而且在不停地眨眼。

他的样子,让我觉得很不安。

所谓"直觉",这种不完全源自生理感官的心理感知,也许更多地依赖于专业训练与实践经验。而就在那个寂静的深夜,"直觉"轻声地提示着我,一遍又一遍,不厌其烦。

入夜的风从身畔踱过,仿佛三步一回头,慢得懒散。

感到不安的,是彬。

针扎般的战栗随之袭来——当我俩的目光再度聚拢时:费解、疑惑、不安……无论是什么,理由已显而易见:轻柔的风,无言的同伴、宁静的夜晚,以及唯一与之不和谐的——

蝉鸣声,消失了。

第五章　左右

1

听到身后灌木丛发出响声的同时，我这个警校散打亚军甚至还没来得及含胸沉胯做出防御态势，面前的彬连警告都未及出口，某只铁钳般的手就已经抠住了我的颈椎，几乎在第一时间把我改造成残废。

那一刻，我算是设身处地体会到所谓"迅雷不及掩耳"的意思：快到你根本来不及做出任何反应。

抽离般的疼痛感，就好像是背后出现了一个黑洞，而我的整个身体都将自脖颈处被慢慢吸进另一个次元。

是彬把我拽回了人间。

救下我的同时，彬错身上前迎敌。我趴在自己的车头上，大概是晕厥了几秒。回过头，看到彬与袭击者已纠缠倒地。他横卧着从后面用双腿锁住对方的左手，两只手则死死扣住对方拿着一把黑色匕首的右手——不是试图抢夺，而是直接往袭击者的腰部压了过去。

我冲上去帮忙，袭击者突然腰腹一挣，两腿一左一右别住我两腿的膝窝和脚踝，斜着把我整个人重重地绊倒在地，同时借我的体重向反方向挺身，把自己和彬都从地上悠了起来。彬迫于离心力被甩开时，我听到"当啷"一声——刀应该被卸掉了。

一溜滚起身，我慌忙出拳，对方抬手就叼住我打出直拳的左腕往怀里带。我一看不妙，滑步侧身变换支撑脚，打算出截腿蹬他迎面骨。右侧劲风扑面，我本能地低头沉肘，起拳架保护，一记摆拳直接把我防御的小臂打得贴到了脸上。

快！好快！这家伙简直不是人！

逼退我之后，他没有追击，而是转身又去对付彬。我模糊地看到两个人影在极近的间距里用拳肘交错挥砸，难分彼此。不过他俩的动作都超快，快得简直没了天理。

脚下有些飘……我扶着车，打开副驾的门，去拉储物栏的盖子，没开，用力拽，整个盖子掉了下来。里面的东西散落一地，我跪下来在脚垫上摸索，终于抓到了那个熟悉的塑胶握柄。

往日的神兵利器今天简直还不如根牙签。我刚去砸他的头，这家伙仿佛浑身是眼，右肩一动，臂肘卷住甩棍，顺势在我空门大开的肋下踹了一脚。隔膜遭到重击，我一岔气，他一用力，甩棍脱手飞得不知所终。

紧接着，他被打得朝我倒了过来——在他身后，彬也丝毫不慢。

袭击者向前踉跄，我闪身勒住他脖子，脚底下还没来得及出别子下绊，就感觉到对方力量奇大，一猫腰生生把锁喉变成了背胯，我想撤胳膊都不赶趟儿，直接被摔出去了。

等我再爬起来，人没了。

"我还说线索大大的有，只是找不到排查对象呢。这倒好，人家已经找上门来了，真不禁念叨。"我这话一半是放松自己，一半算安慰雪晶，"可惜啊，煮熟的鸭子飞了。"

雪晶眼眶湿湿的，看来是没心思和我逗贫："把衣服脱了，让何哥看看你背后的伤。"

我乖乖解开衬衫："别担心，我没事的。干这行，总会遇个一两次危险，我透支了这么多回，估计后半辈子是太平了。"

勘查完现场，队里的几个弟兄围上来，嘘寒问暖，连曹伐都关心了我两句。我挺感激的，但还是忙着先问他们："彬怎么样了？"

"送医院去缝针了。"声音自背后传来。

"他的手？"

"伤口贴着左腕静脉，得有七八厘米，可能还是会有血管破损。他自己回忆应该是夺刀的时候被拉的。"老何轻拍我的肩膀，"穿上衣服吧，去照个片子。"

"不急。"我套上衣服，肩胛撕裂般地疼，"曹儿，多派几个人去医院保护他。"

一直没吭声的老白发话了："让你去你就去，别让小潘跟这儿干替你着急。"

我没再顾忌场合，搂了下老婆："我没什么。凶手的目标也不是我。"

十来双眼睛同时疑惑地看着我。

"刺客既然有刀，直接背后攮了他就成。"老何点头，指了下我，"颈椎伤得不轻，你确定那人是用手抠的？"

"应该是，怎么？"

"够大力，破了。把衬衫脱了给技术队吧，没准儿能采到DNA……你说是彬把你拽开的？"

"对，被拿住的时候我已经完全脱力了。"

"又拣回半条命，你欠老韩人情可欠大发了。那一下是冲你第四节脊椎骨去的，再迟半秒，抠进去的话，你可以坐轮椅坐到进棺材了。"

我拍拍胸口:"看来需要排查练过九阴白骨爪的……"

"那刺客应该是想把你制服,然后再对彬如何如何。"老何接过我的衣服递给其他人,"不过,按说背后袭击一般都是砸后脑或者勒脖子……这家伙的手法很古怪,相当有难度,但又几乎实现了。"

我不想雪晶继续听到这些,朝不远处现场的一群民警仰了下头:"技术队还干吗呢?"

"趴地上拨拉呢吧,估计是想找刺客遗落的毛发之类的。"

"家属院的安防监控呢?"

曹伐摊手:"什么都没拍到,丫肯定不是走的门。"

我讪笑:"敢情这监视器都是给老百姓和小毛贼预备的。"

老白的手势在催我去医院,嘴里却还问:"你是说,这就是在海淀医院杀人的那个?"

"不确定。但要我看,能在海淀医院连杀四人还来去无踪,这厮铁定是第一人选。"我冲曹伐歪了下脑袋,"躲监视器的水平也很接近不是?"

"你小子不是猛吗?这回碰着更狠的,老实了吧?"

"更狠的?这他妈是我见过的最狠的!"我把小姜拿来的汗衫套上,后背的伤口又辣又扎,"我今儿个才知道,韩彬比我猛,真跟那孙子比画了两下。就这,我俩并肩子上,才是个将将自保。"

"没看清长相?"

"黑咕隆咚,情况危急,挨打之后我满眼只剩下星星了,看个毛啊。"我低头又想了想,"男的,三四十岁,中等身材,宽肩膀;穿的胶底鞋和工装裤,衣服没印象了,是长袖的;右手持械；瘦脸儿，应该没蓄胡子——这部分我拿不准；好身手，但不是散打的路子；速度、力量和反应都是压倒性的，实战经验相当丰富，肯定是干亡命买卖的老江湖。"

白局肯定联想到了石瞻："退役武警？"

"范围不会太大……我和石瞻动过手，刨去周围对他不利的因素，半斤对八两，比他强得有限。今天这主儿是不是大陆货我不清楚，但我或石瞻跟他差着级别哪。走访排查的时候最好保证人手和装备，普通的民警，三五个估计都近不了身。"

"回头问问彬，或者注意下他周围的人。这家伙可能认识彬……"

老白的手机在响，他没接，继续问道："你知道韩彬或他爹有什么仇家吗？"

我还在琢磨到底忽略了什么，随口答道："没有吧。"

"那他杀韩彬做甚？"

"嫉妒或憎恶他？嫌他的咖啡屋生意太好？天晓得……不过我觉得最有可能的……"

老白看着我愣了一会儿："说啊！"

我眨眨眼："他大概是认定：彬一旦参与侦查，自己怕是要歇菜。"

大件事喽。

虽说彬只是寂寂无名的老百姓，但刚刚退休的韩松阁可是余威犹在，且事关一名同行警察与多起谋杀案，四九城上下，朝野震动。

闹腾了几天后，市局刑侦总队正式宣布："八一二暴力袭警案"、"督办"改"专案"。

袁适见到我问的第一句话竟然是:"有没有可能是韩彬自己设局,变相摆脱嫌疑?"

我反问他:"你跟人动过手吗?"

"我是USTU(美国跆拳道联合会)的黑带二段。"

"文武双全,秀外慧中,佩服死我了。"抢在他回嘴前,我换上职业嘴脸,"作为当事人之一,我敢拿不下百次的实战记录向你担保,那晚绝对是生死相搏,没半招是虚的。"

袁适不情愿地嘟囔着:"那就是有两人在连环作案……"

"我早说了,这是两名行为模式截然不同的罪犯。"

"我听说凶手的目标是韩彬?"

"那是我说的。"

"你凭什么认定韩彬也是目标?"

"两种可能。一,他是这次谋杀的目标,那你的被害人左撇子论就黄了。来往了这么多年,我可以向毛主席保证,彬绝对是右撇子。或者,凶手担心他有破案的能力,未雨绸缪了一把。"

袁博士显然对我的推测感到很不爽:"这样的话,何不请韩彬来担任专案组总指挥?"

"你倒想呢。遭遇袭击这种事,对我们不算什么,可对老百姓就不一样了。他现在已是杯弓蛇影,草木皆兵,别指望他还往案子里凑。"

"那除了他,你们支队还有什么秘密武器吗?"

"有啊。"

"谁?"

"不才正是区区在下。"

袁适十指交叉,遮住自己的嘴——或是可能随时出口的挖苦:"背后袭击你的手段应当是某种特殊技巧,可以作为线索关注一下。凶手放弃通常的而且是其他相对简捷的手法,特意使用这种需要精准定位的方式,必然是因为他对此应用非常熟练。"

"晓得,我已经派'秘密武器'去查了。"

"你不号称就是'秘密武器'吗?"

"'秘密武器'总不能徒手赤膊嘛。"

"哈,用来武装'武器'的'武器'?"

"美国的FBI、苏联的KGB,或者……咱们的民间犯罪心理学研究团体如何?"

——这纯属胡嘞,标准答案应该是:国家安全局。

"其实不用查我就可以告诉你:你中的那招叫'虎咬'。"杨延鹏把几张纸递给我,"不过那不是什么格斗技巧,据说是种相当老旧的刑讯手段。"

"怎么讲?"

"金老大的卫队、杜书记的保镖、赤军的奥平纯三在袭击荷兰的法国使馆时好像也露过一手……反正我听说过的掌握并使用这种技巧的都是左翼,不对,确切地说应该是国外的极左翼势力。"

"听上去范围不大嘛,有什么人群可供排查吗?"

"不好搞咧,本来就不是土产的神功,何况现在已经是和谐理智的时代了,咱们国家又不庇护这类人。"

"潜入的?"

"冒险潜入这么个大国就为了杀俩医生?那是吃饱了撑的。"

"这趟线儿还是有价值的,挖深一点儿。"我甩了甩他给我的书面情报,"这都什么玩意儿?"

"圣雷森中心是美国一家传染病研究机构驻纽约的办事处,由同名的医疗救助基金会出资创建。"

"哦……"毕竟是求人帮忙,我没好意思打断他。

"圣雷森基金会创办人叫斯蒂文·巴加特,原美国海军退役军官,曾经是公认的美国第二大军火走私商。"

"哦。"

"九九年前后,巴加特被洛克希德·马丁公司招安入股,兼任生化技术开发部的执行总裁。"

"哦。"

"后来,洛克希德·马丁公司下属的洛丹电子产品销售集团与多纳德资产管理顾问公司在美国、法国、英国和芬兰投资了一堆乱七八糟的买卖,其中,要以美国的威廉葳尔公司的业绩单最为漂亮。"

"嗯。"

"再后来……"

我实在是快听睡了:"杨儿,你丫给我开国际经济时事讲座哪?"

"啧!我说你这人有点儿耐心好不好?我查得很辛苦的。"

"先别搞段落式叙述了,挑重点说,我等你抖包袱呢。"

杨延鹏推了下眼镜,继续说道:"宋德传与彭康都有海外工作背景:一九九二年前,宋的东家是圣雷森中心;同一时期,彭一直在圣雷森基金会做秘书。"

"这不就结了!还啰啰唆唆那么多不着调的……就是说这俩人可能认识?"

"这个还没能确认——"

"再探！"

"去赶火葬场啊你？急什么急，包袱里还有料呢。"

"啊？"

"彭康死前从办公室拨出的那通电话，就是全球卫星线路的那个号码，登记在北京的一家外企名下，叫'中美崴尔医疗器械研究集团'。"

"哎？那你刚才说的……"

"我刚才说的美国威廉崴尔公司，是这家外企的控股股东。"

我在脑子里绕了一会儿："就是说，所有的线索都和这个什么劳什子马丁公司有牵连？"

"没错。"

"那公司是干什么营生的？"

"这你都不知道？洛克希德公司一九一三年开办，二十世纪三十年代造飞机挺有名，当时也算半拉高新技术产业，现在都快成百年老字号了……一九九五年跟马丁·玛丽埃塔公司合并后，是目前'汤姆大叔'第一大国防承包商，也就是美国最大的官方军火商。"

我靠，这事还真是大得没边儿了。

"国家阴谋论啊，时髦的干活！"老何边说边嗑着他最爱的"裸体花生"，很有些不以为然，"大阴谋！这绝对他老娘的是个超级大阴谋！兄弟，天将降大任于你丫呢，必先贬其官职，麻其四肢，抠其背脊，见裸女而痴心，所以聒噪乱性，曾益其幻想——维护世界和平就靠你了。"

"多谢拨冗，咱还能说点儿有用的吗？"

"面具披风紧身衣请自备,再就是你说的那串什么什么公司我压根儿就没听懂。"

"那得怪姓杨的给搞复杂了。其实就是这个大军火商既收编了宋德传与彭康的东家,同时还是彭康死前求援的那个公司的东家。"

"然后呢?让白局把这事报呈一把局长,局长再报市局,市局报公安部,公安部报中央政治局,然后中南海一个电话打到白宫,让人家总统给个面儿,回头请人家吃毛豆烤串喝啤酒,于是这军火合约商的所有老板与员工就会扛着行李排着队,按时出现在北京海淀区双榆树北路四号刑侦支队,接受赵馨诚警官的问讯?"

这话话糙理不糙。我俩大眼瞪小眼,还真是没什么辙。

"我劝你们还是把精力先放在那个左撇子身上,就是杀女人的那个。排查过有性犯罪记录的人吗?"

"早就开始了,没什么结果。"

"被害人的背景调查呢?男的和男的之间有联系,没准女的和女的之间也会有关联。"

"池姗姗和另外两个完全是前门楼子跟胯骨轴子——不挨边儿啊。"

"你衣服上取到 DNA 了吗?"

"没,而且技术队还把我那件两百多块的衬衫剪得巨性感。"

"目击证人?"

"后来那孩子又参加过一次照片指认……"

"结果?"

"结果就差指着我的照片说这是凶手了。"

"突发状况下,证人对目击情况的直观性错位与缺失很正常,那晚你不也没看清袭击者的样子吗?"

"反正这条路也走不通就是了。"

"能圈出作案的心理安全区域吗?"

"四百二十六平方公里的北京市海淀区,人口小三百万,无数的公司、学校、医院、商店、政府机构、住宅小区、旅游景点……我至少很确定那个杀女人的左撇子就居住或工作在咱们辖区。谁能给我把丫揪出来,让我跟他姓儿都成。"

"袁适这回没分析出什么具体的特征来?譬如凶手会穿什么颜色或品牌的内裤,乳头上有没有穿孔带环之类的?"

"哼!彬当初还夸那孙子'技近布鲁舍尔',关键时刻掉链子掉得哗啦哗啦响,有味的屁都没放出来半个。"

"那案子我听说过,你们在拆迁工地抓到人的时候,罪犯不就穿成袁适说的那样吗?"

我拿了两颗花生丢进嘴里:"还说呢,那工地上得有一半工人都穿成那模样,别的工地也差不多——农民工穿成那样再正常不过了。要不是因为有'特情'提供线报,哪儿找正主去啊。"

"常规打法没戏,你还是继续用'秘密武器'吧。"

"杨延鹏那小子确实有些门道,可光查这堆……"我想了想,"你是说彬?"

"或者你干爹。他老人家刚从返聘的位置上退下来,你赶紧趁老爷子出世逍遥做神仙前去磕头吧。"

"白局肯定请过他,估计人家是不打算再理会红尘俗事了。"

"得,那说来说去,还得让你大师兄上。"

"其实我原打算自己试试的,何况彬这次真吓得不轻。"

老何深施一揖:"悟能啊,咱这水平都还没出师呢,速去找那弼马温来帮忙少死俩人是真的,冷却期可不等人哦。"

我还礼的时候嘴还在嚼着:"昔你我皆为天庭元帅将军,今既携手降魔,安知不若彼一石猴焉?"

"奈何吾等俱犯天条,被贬成妖,空有铿锵矢志于讨贼无济啊。"

我又抓了把花生:"去找他可真得厚着脸皮了,拜托大师兄一定要法力无边才好。"

对着嚼了一阵子后,老何颔首:"不劳咱费心,人家早在花果山蹲着的时候就神变啦。"

林园五楼的楼下停着辆警车,应该多少能起到点儿威慑效果。我朝里面的弟兄打招呼,两人冲我挥手致意,其中一个手上还举着半块依晨烤的曲奇饼。

彬把我迎进书房,问:"喝什么?热的凉的?"

"越冰越好。"我四仰八叉往沙发上一倒,"伤好了吗?"

"快了。"

依晨拿了听可乐放在茶几上。我点头致谢,同时看到茶几上也摆着一盘曲奇。

彬盯着我看了一会儿,笑了:"大半夜跑来,您打尖儿还是住店啊?"

我就没打算跟他兜圈子:"我问过袁大博士和老何的意见,就当搞搞穿梭外交啦。今儿说白了是来游说的。"

"你知道我怎么想,聊点儿别的。"

"今不同往,此一时彼一时哦。"我点了根烟,"知道那人为什么会来袭击你吗?"

"做我们这种职业,很容易招人恨的。"

"派这么牛的杀手来行刺？我靠！那你肯定不是睡了日本山口组的大嫂，就是刚把俄罗斯黑手党告破产。"

彬低头不语。

"你我都明白，这就是海淀医院那个杀手。你以前认识宋德传或彭康吗？"

"为什么这么问？"

"因为你要么是这个杀手的既定目标，要么是他需要排除的障碍。根据目前已掌握的情报，宋和彭两人大概认识。"

他若有所思地摆弄着手里的打火机："那两名被害人有关联？"

"他俩都和一个大军火商有牵扯。"

"两个和军火商有关系的医生？呵呵……"

"这个……现在还没搞清楚他们之间是怎么回事。"

"你找小杨去摸的吧？"

"嗯，幸亏当初你没答应我开了他。"

彬笑着摇摇头："你俩能和睦相处才是'幸亏'呢。你想要我干什么？"

"协助破案。"

"我拒绝。"

"那杀手一击未遂，不会放弃的。他如果认定你是他继续作案的绊脚石，就由不得你靠避祸的姿态来表白自己。帮我们抓到他，以攻代守，是最稳妥有效的自保策略。你不替干爹干妈想，也该替依晨想想。"

"那倒没什么，反正最近我父母打算去国外旅游，晨晨和我就在家里待着，楼下还有两名免费的武装保镖在，挺安全。"

"你个死心眼子。"我坐直身子，电话响了，"喂？"

没想到是楼下的弟兄打来的:"赵哥,有点儿状况。"

"说。"

"刚有辆无牌照的黑色奥迪停在东侧甬道,车熄火了,但我们盯了小一刻钟,里面的人一直没出来。"

"等等。"我朝彬摆摆手,径自走到阳台门边,贴墙朝楼下张望。不错,确实有辆车停在那儿。"嗯,看见了。"

"队里的命令是让我们保护韩彬,但没说是否需要盘查可疑的对象,您看……"

"没事,别挂电话,我下去看看。"我插上耳机,把电话设置成振动,对彬点了下头,"和依晨待在一起,锁好门。我去去就来。"

一出楼门,我刻意右转往那辆车相反的方向走去:"问一下治安支队和管片派出所是不是也派人来了,别撞车。"

"问过了,他们都说没有。"

"市局呢?"

"是他们指派咱们队来的啊。"

"我知道,还是确认一下,给老白打个电话。"

"好。"

沿着楼的西北侧,我绕到了那辆车的正后方。车窗贴了深色的防窥膜,看不到里面的情况,但不出所料,后牌子也摘了。奇怪,那个杀手就算有胆量再来,也不至于这么大摇大摆吧?

突然,车轻轻地晃动了一下。紧接着,车的左后门无声地开了条缝,从里面钻出个身材魁梧的家伙——我真的很惊诧于他居然能从那么狭窄的空间里挪出身子来。而从这个位置出来,显然是不想被左前方拐角处的警车发现。

耳机里传来回报:"白局说市局没有启动其他的保护预案。"

但这也不是那名杀手："有人出来了,我去贴靠。你们留守自己的位置,立刻叫临近的派出所和巡查支队来增援,先挂了。"

与此同时,我看到那个大个子躬身贴着东侧楼墙根向我的方向走来。我知道自己所在的树丛周围没有灯,隐蔽效果很好,就没动。那家伙还是一路溜边,避开警车的正方向,很快就拐到楼北侧去了。

我蹑手蹑脚地在绿化带里移动跟踪,确保他不离开我的视线范围。这家伙走到一半就停了下来,东张西望了片刻,回身又朝我所在的位置走来。

我从后腰上抽出甩棍,屏息俯身。无数饥渴的蚊虫盘旋在我周围轮番俯冲——干刑警的对这个早习以为常了。那家伙还没蚊子敏锐,并未发现我。我盯着他从我面前不到两米的地方走过,停住,低头捣鼓了捣鼓……

随即传出飞流直下的声音。

老实说,在动手前,我已经相当确定:不管此人来意为何,都绝不是什么厉害角色,甚至可以说,连半专业都谈不上。大概是为了给我身上那十来个大包讨回公道,我揣回甩棍,潜行至他身后,两手一抄他的两只脚踝,猛地向后一撤……

"嗷——！"

之前的设计,是先拽腿把他放倒,然后趋膝压住他后腰,再结结实实地朝丫肩窝与脖颈连接处补一肘……不过他倒地时压根儿没有像练家子那样,将双臂与身体平行,手掌张开,而是直接九十度直角伸手去撑地,结果"咔嚓"地脆生了一把后,就哀号着在自己刚滋润过的土地上滚来滚去了。

我掸掸手,连铐子都没掏,点上烟,开始给车里的弟兄拨电话。

真省事。

警灯、人群、绷带、夹板、尿臊味、口水战。

虽然挨打的不是自己,但袁适丢了面子,不依不饶:"谁给你权力可以随便动手打人的!你们支队上上下下都是在暴力执法! Asshole!"

到场的同事大多在讪笑,我就算表情还沉痛点儿的了:"我说袁大博士啊,这不是误会嘛。您派人来保护韩彬也该通知我们一声不是?您瞧这事闹的。嘿——抱歉抱歉,冲撞冲撞。哎,曹伐,你们丫笑什么笑!回头给袁博士那海归同学拎个果篮去,慰问一下。"

"赵馨诚,我对你处处容让,你这是自己找死……"

"别生那么大气好不好?伤身子,伤身子……来来来。"我冲旁边摆了下手,"借一步说话。"

"什么?"

"我靠,你个假洋鬼子……就是单聊几句,来。"

走到一旁后,我让自己的表情严肃得恰到好处:"袁适,你该嚷嚷也嚷嚷了,咱说两句正经的:动手前我们可是询问了派出所、支队和市局的,你说你找人也是来保护韩彬,咱先不论你真正的动机是什么,这又摘车牌子又躲警察的——想躲还没躲好,搞得抠抠摸摸,鬼鬼祟祟,不拿下他才怪。再说了,就凭那晚来行刺的人的身手,我们肯定是要先下手为强,难道还跟他打个招呼盘盘道不成?"

袁适把盯着我的目光挪开,默认了这番辩解。

"严格来讲,你作为市局的顾问,不通报就擅自派人——还派了个外行来搅和，这官司咱们打到哪儿去都是你理亏。何况，就凭你那同学，长得倒挺像兰博，这身手也忒菜了点儿——不会他也系着什么USTU发的彩色裤腰带呢吧？这要真碰上那杀手，绝对会被秒掉的，你这不是把自己同学往火坑里蹿吗？"

他长吸了口气："我让他来是……"

"监视韩彬的，对吧？"我抢着接过话茬儿，"我就知道你不死心，特纠结吧？那好，我问你：咱不说先前的排查依据，如果他有嫌疑，这楼下介天都有民警值守，他总不能跳楼外出作案吧？你这是脱裤子放屁。"

"我……我……我是觉得……"袁适的嘴角有些抽搐，闪烁其词，"应该多观察他日常的行为模式。"

"就因为那次测谎你花了俩小时都没摸到他的心理基线？"我莫名其妙地琢磨着，恍然笑出了声，"啊……不对，我明白了：你喜欢他。"

"你、你说什么！"

"青春期同性恋综合征的迟延发作而已，别难为情嘛。你对彬感兴趣，就好像你对连环杀手有兴趣一样，你对所有心理异常者都很痴迷。"我拍拍他，"彬可以视测谎如无物把你给震了吧？小儿科啦，至少对他来讲不算啥。但他不是什么心理不正常的人，他只是比你我高竿，或是比大多数人高竿而已。想找大师搞学术交流没问题，拜托别用痴汉尾行的模式好不好？"

袁适憋了一会儿，终于慢慢吐出口气，也笑了。

电话在振，是老白打来的。"领导来电话问这事了，怎么着？互相给个面儿如何？我回头亲自去给你同学赔不是，你也别再纠缠这事了。"

袁适幅度很小地点了下头，走开了。我乐呵呵地接通电话：

"头儿,没事了,就是一随地大小便破坏绿化的,我已经——"

领导的声音滞浊、沙哑,语速极缓,根本没理会我在说什么:"袁适在你那边吗?"

感觉不大对劲儿。"在。"

"韩彬呢?"

"也在,很安全。"

"马上来队里。"

"您是说让我现在回去?"

"叫上所有人,立刻来队里。"

出事了,肯定是出事了。

"了解。是不是又出命案了?"

"嗯。"

"要不我让他们回队里,我先出现场?"

"我就是叫你们回来出现场。"

"什么?"

老白那边没了声音,收线了。我脑筋停转了半秒,随即疯狂地轰鸣起来。

我的天,难道说——

2

"开膛手杰克"到底杀了多少人?

一八八八年的夏秋之交,玛丽·安·尼克尔斯跌跌撞撞地走入雄鹿巷,安妮·查普曼倒在汉伯莱大街二十九号后院,伊丽莎白·斯特莱德于伯尔尼纳大街上蹒跚前行,凯瑟琳·艾德伍斯睁开微醺的双瞳迷茫地望着教冠堂广场,玛丽·珍·凯利灵巧地打开了自宅的房门,也许还有玛莎·泰布莱姆在乔治园惊恐回眸的瞬间……她们无一例外地被死神拥怀入抱。

今天,还有多少人能记得她们?

翻阅案例的时候,我常常会为某个拗口的名字发牢骚,或凭借自己可怜的外文水平从谐音中寻找笑料。每次,彬都会提醒我:尊重一点儿,这是生命,不是符号。

而我心中则在屡屡嗤笑:干刑警的,生命也好,符号也罢,司空见惯了,做不得真的。

所以,即便是池姗姗、方婉琳、许春楠、樊佳佳……无论案件最终的侦破结果如何,她们也终将成为符号,逐渐褪色消失,或早或晚。

此刻,站在刑侦支队门口南侧的胡同里,老何推车走过我身边,告诉我:躺在裹尸袋里的,是姜澜。

刹那间,我的思维,完全停滞。

彬说得对:这是生命,不是符号。

她不是一个符号。没有人只是一个符号。

"专家?"老白转身看着袁适,看着我,"优秀公务员?"

一片沉默。

"都是饭桶!"

没有人回应。

"刚二十七岁……"末了,他长叹一声,满腔悲愤呼之欲出,"我也是……我们全都是饭桶。"

我入定般地站到了天亮。

周围的一切很恍惚:有人在骂,有人在哭,有人在解释,有人在询问,有人在安慰……沉默不语的几位副局长,指挥固定现场的各支队长,拉着我的手哭泣的雪晶,难得号啕的曹伐……不停地有人走来走去,拍照,拉警戒线,收集证据。

太阳升起,新的一天又开始了,人潮涌动,车流往复,没有谁会知道昨晚在这里,一个最卑劣的灵魂,惨无人道地践踏了一名年轻的护法者。

我知道。

我知道这里发生了什么,我知道我永远都不可能忘记这个生命的符号。我还知道,无论是谁干的,他死定了!在支队门口杀人,他死定了!杀警察,他死定了!他杀了姜澜,杀了和我朝夕相处的徒弟、同事、朋友,他死定了!他他妈死定了!

你死定了!

派人送走雪晶,我回头看着陪伴了自己通宵的好友:"能帮忙吗?"

彬点点头:"嗯。"

王睿是我今天打翻的第四个陪练。

陷入昏迷前,他创健身房纪录地在我拳下坚持了足有三分钟。不能怪他们面,来这里练拳的,大多是"文争":虚晃一招打个空当啦,小鞭腿占个便宜啦,刺拳加弹踢以守为攻啦……节奏酷似华尔兹,强度近乎保健操,边打边聊很常见——谁都不想第二天上班满脸瘀青,人家陪练也犯不上为挣俩工资跟人民警察拼命。

不承想,今天碰上我这么个来"武斗"的。

有前几个被放挺的同事为鉴,王睿是拿出了真本事的。虽然一直处于被动,但反击相当凌厉——当然,这是因为我只攻不守,而且没戴护具。他身高有一定优势,便一直试图利用踢法拉开距离,我则不停地侧向滑步用右手的摆拳来压制他。由于过于冒进,中途我曾被他右手一记重拳击中面门,眼泪和鼻血竞相奔流,险些栽倒。

大概是打得起性,王睿接着起脚蹬在我腰上,右手连续刺拳欺近。我跟跄几步,撩起右脚,老王反应不差,沉胯要出左拳搂我的腿……

这是我最得意的绝技——"重炮迈克"①式的"虚踢实击",目标是因他后手左拳将出未出而丧失防御的面颊。

砸上去的时候,我还是收了两分劲儿。虽说有护具和人身保险垫底,但要一不留神把人家打个腮穿孔什么的,也着实有些说不过去。

本想上前问候下王睿,见他一时半会儿的估计是醒不了,便任由其他陪练给抬出去了。我朝自己腮帮子墩了两拳,头发上的汗珠纷纷落落地散溅在地上。新伤旧痛铺遍四体,神经末梢传来的刺激却令我感到格外亢奋:"来玩玩?"

彬一直不动声色地在场下为我掠阵。他扬起手里的一本卷宗:"曹警官刚送来材料,你要是出完火了,就准备干正事吧。"

支队的法医,包括老何在内,全部拒绝参加验尸。我拿到的案卷,是由支队的现场记录加市局的尸检报告拼凑而成的。

---

①迈克·扎姆比迪斯(Mike Zambidis, 1980—),希腊格斗选手(泰拳),身高一米六七,被誉为"浓缩的炸药包",重炮手,经常制造KO剧,曾夺取多项格斗比赛冠军,习惯使用虚踢击实摆拳的战术将对手放倒。

从手上的材料分析，昨晚十点二十一分，支队门口的监视器拍到姜澜加班后离开，步入了她生命中最后的五十米——她应当是出院走向南墙外的胡同取自行车。而遇袭地点，就在她的自行车旁。

凶手左手持械，凶器为锯齿状利器。

第一刀迎面捅在她的腹部，伤口不深。姜澜没丢警察的脸，这个体态单薄的女孩，在生命的终点站前进行了激烈的反抗。除了右侧小臂的三处防卫性刀伤外，她的上半身布满了瘀伤。左侧胸口贯穿心室的那刀是致命伤，而喉咙上深可见骨的伤口边缘呈外翻状，应当是在她死后凶手划上去的——至于是为了享受切割的快感，还是为了确认不留活口，不得而知。

案发地点向西、南、北三个方向可以扩散延伸出至少九个出口，居住在左近的群众没有在那个时间段目击到什么可疑的人。有人反映曾听到过一些异常的响动，但基本上没有追查的价值。

我不解："离支队的院子那么近，一墙之隔，她为什么没呼救？"

"来不及吧，事发太突然了。"

"这不是袭击咱俩的那人，我是说，凶手不但左手拿刀……"

"这两个罪犯，右手的明显强于左手的。"

"对，可他为什么要杀小姜——杀警察，活腻歪了？"

"凶手为什么会在支队周围游荡才值得奇怪。"彬反复地看尸检照片——这是我最看不得的，"尾随吗？"

"尾随警察？"

"这和警察身份不一定有关系，就好像凶手选择目标和左右撇子关系不大一样——她就是右撇子。"彬把一张照片举到嘴边，仿佛能嗅出上面的血腥味，"咱俩出事那天晚上，我话说了一半：这个性掠夺者,有至少两种行为模式。"

我顺着他的思路梳理："警察与妓女,低风险被害人与高风险被害人——他攻击两种完全不同类型的被害人。"

"用了两种模式。"

"攻击随机遇到的高风险被害人时,他是猎食者;攻击长期作为性幻想对象的低风险被害人时,他是潜行者①。就是说——"

"池姗姗那案子你们抓错了人,但不代表找错了方向。"

"凶手是曾经出现在小姜和池姗姗生活中的人,凶手认识她们!"

"我大概只能看出这么点儿眉目。"彬把照片塞进案卷,然后整本递给我,"剩下的就是你们的工作了。比对这两个低风险被害人生活中的交集,多留意细节：她们有没有在同一家影楼拍过艺术照?会不会常去同一家快餐店?用的是不是同一个牌子的化妆品?是否在同一个地产项目看过房?保险代理人是同一个吗?……以支队拥有的资源,应该不难查到。"

"现在就办!"我拿起手机,发现电池空了,便从口袋里翻出备用电池替换,嘴里还念叨着,"小姜这孩子太轴,扭头往队里,或者哪怕是往大街上跑,没准都能有机会活下来……妈的……"

彬若有所思地轻声道："换你,会跑吗?"

"换我?我他妈上去剥了丫的皮!"

"不,我是说,即便排除愤怒的情感因素,你会跑吗?"

"呃?哦……"将一干陪练打得东倒西歪后,熊熊怒火依旧

---

① 均为连环杀手行为类型分类名词。猎食者：在接触被害人时立即展开攻击行为的连环杀手,作案通常无计划性。潜行者：亦称刺客人格型连环杀手,会在选定侵害目标后对其进行跟踪并尽量逐渐接近,一旦出现合适的时机,就会迅速展开攻击,其作案预谋性强,属于连环杀手中最危险的类型。

煎熬着我的大脑，想跳出来做理性思维还很难，"大概，不会吧。"

"面对凶徒，一般人都会选择逃跑。"

"我不会。"

"她也一样。"

"就因为我们是警察？所以特有神圣的使命感？"

"背对他，你是猎物；转身面对，你是对手。或战或逃，生死一念间……人对命运的选择，源自根深蒂固的性格。"

"你是觉得，因为小姜这孩子轴，所以才会选择拼死一搏？"

"不。"彬拍拍我的手背，"我只想说，她是个好警察。"

托了某个不知名的外出纳凉的大爷大妈的福——当他们绘声绘色甚至添油加醋地向儿女或邻居讲述案发现场的景象时，大概不会想到，半个中国在一天之内遍传"女警在公安局门口惨遭杀害"，自己便是始作俑者。网络信息时代的今天，光纤的传播速度令北京警察的公信力一时间直跌谷底。

也是，警察自己都成了泥菩萨，何谈庇佑众生？

令人意外的是，袁适主动承担了对案件定性出现错误的责任。据说，他在电话会议上坦承凶手应该不止一人，且是否专门寻找左撇子实施侵害亦值得商榷，先前给出的"画像"存在明显纰漏，并直接导致分局刑侦支队未能合理调配资源，跟进排查。

老白的态度则简单得近乎蛮横——撤我可以，等案子破了，贬我当平头老百姓都行！

结果，市局谁的账都没买——啥都甭扯，限期破案！

人手有限，保护彬的民警被撤回。彬携依晨搬去与父母同住。袁适带着四名助手加入专案组，我被临时选定为专案组副指挥刘强的助理，两个地区队的人马及从派出所抽调的二十名民警被划入组内。分局局长发话：全局上下，无条件配合刑侦支队工作。市局御批：技术队及法医队优先处理与专案有关的勘验，且视情况需要，可专线联络并调度市特警防暴队协助抓捕。

凶手一定不理解：杀警察，等于给自己判了死刑。

人民民主专政的力量是强大的。不到一周，专案组已完成排查上千人次，走访地区扩散至朝阳、西城、丰台、石景山四个区，所有案发地点也布置了专人二十四小时值守——这是袁适提出的建议。虽说国外多起案例都出现过连环杀手回到作案现场缅怀的记录，但我对此没抱什么太大希望。

本是无心插柳，却没想到长出了椰子树。

那天下午，我开小差跑到支队门口，听取杨延鹏打探到的新情报。

"唯一的记录是宋德传与彭康做过旅伴。"杨子从包里抽出张名单，"九四年前后，圣雷森基金会曾经派遣过赴柬埔寨的传染病研究与医疗援助团队。人道主义万岁！"

名单上列着十个名字：孟京涛（领队）、宋德传、马席岭、华美瑶、陈娟、凯特·迪克斯、许东方、彭康、高建隆、顾帆。

"啊——这上面可以划去五个死人，除了你知道的那俩，其他都是在柬埔寨搁车的：高建隆被流弹爆头，陈娟和许东方死于传染病。"

"剩下的人呢？"

"不清楚。我可以再查。"

"都是中国人?"

"有一个是华裔美国人,基本都算是吧——你要这么说是有点儿蹊跷,美国佬派个爱心大使团去老少边穷地区搞慰问,干吗攒帮华人?没准儿有名堂。别忘了,这支队伍的直线老板可是军火贩子。"

"美国和柬埔寨关系很暧昧吗?"

"美国跟谁关系不暧昧啊?再说了,这帮人去慰问的又不是柬埔寨官方……"

"啊?"

"哦,可能不重要,就是他们去接触的是红色高棉。"

"什么棉?"

"补补国际时事吧老兄,省得说什么你都不知道。红色高棉原名'赤柬',是一九六〇年左右兴起的极左势力,而且是武装势力,九八年正式向政府军投降。"

"有点儿印象了,是那个搞过什么S21集中营杀了两万多人的劳什子玩意儿吧?"

"吐斯廉只是其中一处,两万也就是个零头不到。"

"你刚提醒我说这队人的老板是军火贩子,什么意思?"

"这还看不出来?"

我把名单叠好揣进兜里:"假借医疗援助之名进行军火走私?是不是有什么免检的绿色通道?"

"医疗团队嘛,该不该叫白色通道啊……反正我也是出于好奇查了查:九四年前后,无论是圣雷森中心还是圣雷森基金会,倒是不曾出现过大笔的资金往来记录——除非钱都打到开曼群岛某个卖麻辣烫大妈的账户上了。这队人肯定不全是白求恩,没准儿是先遣的谈判人员或是去派发免费的试用品……总之,九四年的红色高棉已是苟延残喘，日薄西山，要想东山再起，军火贩子应当是非常受欢迎的座上贵宾。"

"这恐怕就是联系所在了。"

"什么联系？"

"你上次告诉我说那种叫'虎咬'的技巧，不是国外极左势力人士的挚爱吗？这红色高棉不就是极左势力？"

"呃——很遗憾，我不得不沉痛地告诉你：他们的军队不流行这门儿手艺。我也注意到了，所以特别去查过。"

"继续跟进。我去找名单上的其他人聊聊，有没有更详细的……"正说着，驶来两辆警车，前面的那辆在门外停了一下，张祺从副驾的窗口探头，朝我喊了句什么。

我示意让杨延鹏等一下，走上前问道："什么？"

听到张祺的回答后，我第一反应是：难道今天是四月一号？而后面那辆押运车里的情形，则抹杀了所有恶作剧的可能。

我慌忙拨通了彬的电话："哪儿呢？"

"机场高速。"电话的信号不太好，"刚送走爹娘，怎么了？"

"依晨呢？"

"她看家。找我有事？"

"不对，她不在家。"我望着车中那个纤细的女孩，百思不得其解，"她刚刚出现在许春楠遇害的现场，已经被我们的人带回来了。"

3

待得彬的白色 SUV 冲进支队院里，依晨已经不在了。

得到消息的袁适带人将她转押到市局："这样避免大家尴尬，

不好吗?"

我本想阻拦,但突然发现老白面无表情地盯着我。

彬难掩不悦,只简单问了下情况。我问他这是怎么回事,他和我一样迷惑,并提出想见依晨。

老白委婉地回绝了他:"嘿,你甭操心,我保证没人敢为难你妹。问完话,我让人送她回去。"

彬早看出水深水浅,临走前小声问我:"拿晨晨作为'调查进展'吗?"

"不会吧。"我能感觉到自己在脸红,"放心,我会想办法。"

"拿她做挡箭牌管不了多大用的。"

"你不觉得有人在针对你吗?"

彬的眼角抖了一下:"那就赶紧抓到凶手,帮我解围吧。"

两天后,袁适和我被老白召进办公室,闭门议事。

这个组合显得有些古怪:老白大概是信任我而反感袁适的;袁适同我还在试探期,但肯定没拿正眼夹老白;至于现在的我,依然觉得袁适靠不住,而对于老白是否可信,心里也没底。

"那女孩什么都不说:无表情,无反应,无情绪,神游地中海去了。"袁适汇报,"人已经送到北院预审大队暂押,我建议让法医队给她做个性侵害检查。"

我看老白在点头,有些不满:"你什么意思?"

"我不是怀疑你朋友,但最近连续发生的事件都表明,有人在围绕他做文章。把这女孩卷进来无非就那么几种原因,分别排除一下,看到底是因为什么。"

"彬一直和她同住,想了解她应该直接去找彬。"

"如果他乐于合作的话。"袁适摊手道,"我大体上了解他们之间的关系,你认为这种可能牵扯乱伦字眼的敏感问询,他会配合吗?"

"早点儿放她回去,毕竟误闯犯罪现场既不代表她是凶手,又不触犯法律。眼下我们需要彬的协助。这么搞到底什么意思?"

"他父母出国了,女人又被关押,即便问不出韩依晨与凶手间的联系,我们也可以借这个机会孤立韩彬。"

"孤立他做什么?拿他做诱饵?我靠,头儿,你说丫——"

手机响了,老白接听电话,勃然发作,咆哮道:"我他妈也是卖海景房的!你们丫不要再打了!"然后耷拉着眼皮,动作缓慢地给自己点了根烟,很精致地抽了一口,弹了一下烟灰,示意我们继续。

我呆呆地望着他说:"我不想参与。"

"也没打算让你参与。"袁适惬意地跷起二郎腿,"中午刚启动保护预案。两队人,一队在他家楼下,一队负责跟踪。"

我怒道:"你们还盯他的梢?"

"这是为了保护他。"袁适托着下巴,"十一点多,我们的人从韩彬单位门口开始跟。没想到他直接开车上了南四环,一路往西猛开,越开越快,到五棵松桥附近的时候,时速超过了一百四。"

我心头一紧:"他摆脱跟踪——"

"——的手法很专业。"袁适一挑眉毛,接过话茬儿,"一个能和职业杀手过招而且还会反追踪的律师,有趣吧?"

"你怀疑他认识那个职业杀手?"

"我什么都没怀疑,我就是觉得他很有趣。而且在途中,我们发现还有其他人在跟踪他。"

"还有人?"

"一辆黑色牌照的克莱斯勒。"

"外企的车?"

"Bingo!"袁适打了个响指,"通过牌照查询,这辆车是——"

我脱口接道:"中美崴尔集团的。"

他和老白都诧异地看着我。半晌,袁适站起身:"看来,我们似乎应该进一步加强信息沟通与资源共享才是。"

老白看看表,打断了谈话:"你们自己下面去沟通吧。赵儿,你俩先去出个现场。不要张扬,也不需要参与侦查,就去了解情况,回来直接向我汇报。"

"哪个现场?"

"车公庄和首体南路夹角的尚风公寓小区,详细地址你打电话问小何,我吩咐他在那等你呢。"老白掐灭烟,"几小时前,那里发生了一起命案,西城支队已经固定现场。你们去,但不要表露身份,我打过招呼,没人会生事的。"

"西城支队?可那是咱们的辖区……"

"你知道咱们健身房一个叫王睿的社招散打陪练吗?"

"知道。"我皱眉,"陪练里就他还算能扛了。"

"还好他不算咱们局的正式编制人员,所以你注意别乱讲话。"

"死的是他?"我吃惊于命案接二连三地突发,还都是身边的人,"俩星期前我还刚跟他过招呢……"

"凶手比你狠。"老白冷着脸告诉我,"直接要了他的命。"

"死的又是个右撇子。"老何揭开尸体上的塑料布,"我是越来越搞不明白了。"

王睿生前租住的小公寓里已是满目狼藉：客厅的茶几架和沙发四脚朝天，书架斜在写字台边，十几本大部头的工具书七零八落地散在桌上，遍地的碎玻璃碴，连墙角的电线都被扯了出来，屋顶的日光灯孤零零地连着根线，垂在客厅中央……

尸体的位置离门口很近，地上的血迹标示出王睿死前的爬行路线。而在那堆血肉模糊上，赫然插着一把黑色握柄的折刀——"蜘蛛"，C08BK。

"好戏连台，这次还是联袂出演。"展示之后，老何又盖上尸体，"楼门口的监视器拍到王睿早上八点五十出的门，不知道为什么又回来了。"

"死亡时间？"

"九点十分到二十之间。住楼下的老太太就是在这个时间向物业投诉的——搞出这么大场面，不可能没动静。"

"别告诉我监视器没拍到有人进来。"进门前我特别注意到楼道里还有好几个监视器。

"应该说是根本没拍——九点钟左右，有人趁保安溜出去吃早点，潜入监控室，把整个楼的监视器都关掉了。"

袁适翻阅着现场记录："他的自行车就停在楼门口，没锁——有可能是急着回来取东西。"

"凶手尾随他？"

"凶手撬门进来的。"他摇头，又点头，"也许真的只存在一名连环杀手……"

老何示意不要随便走动："我只能说凶手要么是两个人，要么就是精通左右互搏的绝技。王睿身上刀伤无数，不冲干净尸体怕是数不清楚了。听说你跟他动过手？"

"呃？哦对。"

"他怎么样，能打吗？"

"还可以。"

"那我更倾向于进来了两名凶手，而且是一左一右——他身上的刀伤出自同一把凶器，就是插在他后背上的折刀，但既有左手下刀的，也有右手下刀的。"老何指着通向卧室的走廊，"凶手……也许可以加个'们'，撬门进来后，去了卧室。正好王睿回来，撞上了。打斗从卧室门口开始，一直持续到这边——"他圈了下客厅的一地碎玻璃，"王睿明显落了下风，还扎了一脸的玻璃碴子。他试图向门外爬，结果被凶手抠住了第四节脊椎——跟你背后的伤口一样，精准程度堪比外科手术刀。随后狂欢派对开始：两名凶手大肆蹂躏瘫痪的被害人，他们甚至拉开王睿的裤子，把半截日光灯管从肛门插了进去——不用做尸检我就可以告诉你们，他腹腔里的样子，肯定比我老婆炒的杂烩面还壮观。"

"死因是什么？"

"失血。"老何拍了下手，"大概——应该是……验尸后就知道他是不是咽气前被插的了……凶手很残忍。"

"撬门、抠脊椎骨、异物插入、左右手……两种行为标记兼备，连环杀手碰头会？"

"你们可以注意下尸体的右腿。"老何揭开王睿下半身的遮盖，"这种扭曲角度，应该是大腿骨断了。"

老实说，我只注意到露在外面那半截血淋淋的灯管："怎么？"

袁适小心地向前挪了一步："大腿骨是人体最硬的骨头，凶手拥有压倒性的力量优势。"

"光有力量还不够。"老何戴上手套，沿着尸体的腰胯一路向下捏,"精确的打击点和迅猛的爆发力——那个职业杀手一定在场。"

"但他从不会做多余的无聊事。用灯管——"

"除非他想试验人体照明,"老何站起身,"否则就是另一个性掠夺者也在。"

袁适提出异议:"那个职业杀手会与一名性掠夺者合作吗?"

我也觉得这个组合太离奇,但事实就摆在眼前——他们在联手作案吗?

我不自觉地瞄了眼袁适。

王睿是通州区张家湾人,四十二岁,未婚,父母早逝的他身边没有其他亲属,学历也只是初中毕业,之前受聘于多家保安公司。从同事们的反映来看,此人禀性宽厚,态度和蔼,是个老好人。至于凶手为什么对这么个与世无争的人下手,我们的意见则各不相同:老何认为王睿可能认识凶手之一,这是次灭口式的谋杀;袁适认为凶手先行潜入是为了寻找什么东西——房间里有数本相册被翻动过——推测王睿可能并不认识任何一个凶手,却不小心在某张照片上拍下了凶手的样子;我对他俩的意见都不尽赞同:"凶器为什么被留在了现场?纪念首次合作?"

袁适接道:"You don't forget your first one[①]. 还记得吗,

[①] "你永远都无法忘记自己的第一次"——出自一九七八年至一九九一年美国东海岸地区的同性恋连环食人魔"密尔沃基的怪物"杰夫瑞·莱昂内尔·达莫(Jeffrey Lionel Dahmer)之口。该犯于一九九一年七月二十二日被捕。在指认被害人的过程中,尽管他已经记不清到底从什么时间起开始的谋杀,但他仍旧准确地从众多失踪人口的照片中一眼认出了第一名被害人史蒂芬·马克·希克斯(Steven Mark Hicks)。文中引用的即是其在指认希克斯后对警方说过的话。

那个性掠夺者只从第一名被害人池姗姗身上取走了'纪念品'。"

我转向老何:"如果按你说的那样,王睿进门后与两名罪犯激情面对面,应该是王睿在外,凶手在内,对吗?"

"应该是,走廊墙壁上留有王睿反抗的痕迹,显示的方向也是他背朝客厅。"

"就是说他背朝大门?"

"对。"

"那他为什么不逃?即便对自己的身手有一定自信,可那是个一对二的不利局面,他为什么不逃?"

他们似乎都没考虑过这个问题。

"池、方、许、宋是根本没机会跑;彭康尝试过逃跑,却没报警;小姜和王睿是有机会脱身但没跑……为什么?"这更像是在自问,"姜澜也许是被警察的荣誉感害了,但王睿呢?他为什么不跑?"

老何大概正在兜里翻花生,头都没抬:"可能凶手太快了,没给他机会。"

"那他至少可以呼救,走访记录里有邻居或物业管理人员听到过他呼救吗?"

袁适摇头:"没有。今天是工作日,楼里本就没什么人。"

"那无论他是否呼救过,至少他没选择逃跑。"

老何有些明白过来:"你是说……"

"换我,也不会跑。"我想了想,"可那是在一对一的情况下。但凡有点儿实战经验的人都知道,一打二,只要被前后包夹,身手再好也应付不来。就好像那晚袭击我和彬的人强得变态,但被我俩夹击,一个回合就遁了。"

袁适跟老何对视了一眼:"除非只有一名罪犯在场。"

不过是个简单的脑筋急转弯，答案明确：左手制造的刀口、异物插入、"蜘蛛"、潜入监控室、撬门而入、第四节脊椎……今天出现在王睿面前的，只有一个人——一个我和彬四手难敌的职业罪犯。

同时，他还是一个高明的模仿犯。

苏州桥下的红绿灯时间长得足够你去上趟厕所或吃个便餐。我准备先把老何送回支队，再去拜访彬。人死得越来越多，事件本身也就变得越来越普通。一路上，我抽烟，他吃花生，谁都不想再谈案子。

斜前方没有任何征兆地蹦出了意外事件：一个在路口投放广告单的小伙子熟练地把彩色十六开印刷品别在雨刷器下、门把手里，或干脆直接丢进敞开的车窗，但一辆京F牌照的车主明显对这种馈赠不感冒，二话不说，下车对着那小子就是一顿暴揍。此公肩宽体阔，力大身沉，没两拳就把那个外地小伙子打翻在地，而后不依不饶地上前一阵猛踢。

不少车主探出头来，有叫好的，不过其他大多都像我跟老何一样，沉默旁观。

我看那位仁兄实在是没有停手的意思，便拨打了一一〇。

老何很是不解："你就是警察啊，怎么不去阻止一下？"

我满脸无辜地挂上电话："如果你经常开车等红绿灯的时候被窗外扔进来的广告传单砸中脸，就没心思去为这群天外飞仙大师主持公道了。我报了警，至少不算纯看热闹的。"

"他们只是为讨个生活嘛。"

"那就不是我的问题了。"我一摊手，"上千万的外来人口，何必非堆在北京，老家就没生计？"

"喂喂！你这是地域歧视，北京是全国人民的北京。"

"嗯哼，地球也是全人类的地球……我打赌汤姆大叔沿着密西西比河砍印第安人的时候就这么想的，所以莱温斯基认定总统的老二归全体美利坚妇女所有，吃起来自然心安理得。"

"他们只是发点儿广告，你用不着这么刻薄吧？"

"你以为来这里砍人的还少啊？"

"咱们就没办过北京人奸淫杀掠的案子？"

"制造伤害是我们的天性好吧！"我不知哪儿来的火，"我靠，这个世界怎么变成这样了？"

"就算被广告抽过脸，你总不能说因为他们发广告就活该挨打吧，连个劝架的都没有。"

"啊对！他们搞得漫天飞垃圾事出有因，那位由于昨晚床上不举下车挥拳泄愤的老哥也值得同情，这总可以了吧？要不要升级一下，挖挖国策的根源弊端或参照下太阳黑子的变化周期？"变灯了，我没好气地挂挡前进。暴行还在继续，后面排队观看的突然发现路被堵了，转而狂按喇叭，叫好也变成了稀稀拉拉的不满和抗议。

老何绷着脸，腮帮子鼓得像青蛙一样——他一生气就这德行，而且别指望他能屈尊先找你道歉。

我先把口气放软："好啦好啦，又不关咱俩的事，吵什么劲啊。"

"我不是跟你置气。"老何侧头看着反光镜，"我们俩争了半天，其实谁都没下车做点儿什么。你打过电话，而我觉得自己的身手不一定能制止他……我们都有了可以袖手旁观的理由——是的，我们总能找到理由，让一切荒谬显得合理。"

我用力踩油门，摇头叹气："没办法，这他妈绝对是人类思维进化的究极形态。"

老何垂下眼皮，又抬眼看我，表情却分明是在自责："有人说，这个世界早已病入膏肓。"

"而且无药可救。妈的，我小时候北京不是这个样子的……"我不敢回望他，就像不敢去照镜子，"人心都坏掉了。"

"人有可能更好一些吗？"他一直盯着我，"我不记得了。"

停好车，我顺着林荫道朝林园五号楼走去，正好路过那晚我们遇袭的地方，想起彬把我从鬼门关拉回来的那一瞬间，真是百感交集。

王睿在分局供职的身份迟早会成为焦点，白局的位子已岌岌可危。两名连环杀手，完全不同的行为模式，白领、妓女、医生、姜澜、王睿，凶手越发地靠近，我们却束手无策……最后的最后，我还是不得不来向他寻求答案。

仿佛知道我会来，彬就站在阳台上，朝我轻轻抬了下手里的咖啡杯。尽管经历了猜疑、袭击、监视、跟踪，乃至亲友分离，他依旧能平静地站在阳光下，坦然面对这个世界。

仰望他那份从容，我终于意识到，我们之间的距离，不过是楼上与楼下的关系——马不停蹄地追逐了许多年后，等待我的，依旧是这个场景。

对我而言，一个再自然不过的场景。

"晨晨怎么样了？"彬把一个背包放在沙发上，"我明早要去沈阳参加一个执行异议的听证，周三就回来。我希望回来的时候能见到她。"

我把咖啡杯放到阳台护栏上："放心，我保证分局上上下下没人会为难她。"

彬苦笑道："等你升到局级干部再打包票吧……找我有事？"

我用了将近一个小时的时间，向他详尽叙述了目前所有已知的情况。彬听得很专注，没有插话打断过。末尾，我给出的结论是：理论上，这两名连环杀手，不应存在合作的可能。

"那就是模仿犯。"彬扫了眼楼下一辆白色的民用牌照面包车——我知道，那里面是袁适的人。

"我到现在都认为确实存在两名连环杀手：崇尚性暴力犯罪的变态与一个模仿技巧高明的职业杀手。"背靠在阳台围栏上，我把头向后仰了将近九十度，"问题在于，有谁能模仿那个性掠夺者，而且，还模仿得惟妙惟肖？"

"看来你心里已经有人选了。"

"唔……可以说是有吧。"

"我又荣幸入选了吗？"

"可惜，没进决赛。"我转过身，"第一，这个人必须超级能打。第二，他应该了解所有的案件细节——就是那个性掠夺者的作案细节。第三，他具备相当全面的反侦查能力。第四，他很可能非常清楚公安系统的运作机制。第五，他也许有海外背景；第六，他知道你是什么人……"

"我是什么人？"

"他不但知道你住在哪儿，还知道你对他存在潜在威胁。"

彬把杯子举到嘴边："同时符合这么多苛刻条件的人可没几个。"

"确切地说,在我所认识的人当中,只有三个人符合。"

"哪三个?"

我拍拍他:"这里就站着俩嘛。"

彬笑了出来:"你是连捧我带自吹,我可不觉得自己有那么大本事。你怀疑他?"

"老实说,我越想越觉得是他。"

"你条件定位得太模糊了,怀疑是需要依据的。"

"我是散打的底子,抬腿一般不会过膝。说起来,我还一直想问你学的哪家功夫啊?"我凑近压低声音,"能把大腿骨踢断,绝不是一般人能做到的……听说跆拳道似乎很擅踢腿呢。"

"那晚你我都没看清袭击者的模样。要说一半是天使,一半是魔鬼……"彬点了两根烟,递给我一根,"不会真是这么老旧的桥段吧。"

"一半是白痴,一半是魔鬼还差不多。我从不觉得他有多大本事……可要是从另外一个角度想的话,没准丫平时二了吧唧的德行是装出来的呢。"

彬犹豫了片刻,没说话。

我索性懒洋洋地趴在护栏上,享受着夏末最好的时光:傍晚和煦的阳光,温婉的风,还有树叶海浪般的碰撞声……真希望,时间能过得慢一些。

毕竟我提出的指控过于大胆,彬个性谨慎,一定是在分析权衡。他也许正在考量我"一半是白痴,一半是魔鬼"的评价是否代表了某种会影响判断的主观成见,抑或是所谓"另外一个角度"的切入点能不能站得住脚。

我的"另一个角度"牌天平左边放着左手制造的刀口、异物插入、"蜘蛛"、潜入监控室、撬门而入、第四节脊椎……右边则放着衣着光鲜的袁大博士。

另一个角度?

当石瞻昂然步入包围圈,郝建波悲痛地掩埋发妻,"庞欣"打开院门向我微笑,"蜘蛛"的寒光映射在姜澜的面颊……我相信如果有机会将一切重来,他们依旧会做出相同的选择。因为他是他,她是她,人的性格,左右着未来的方向。

不经意间,他们选择的,竟是无可更改的命运。

"人对命运的选择,源自根深蒂固的性格。"

同样,在那个轻描淡写的时刻,我推开了属于自己的命运之门。

"另一种可能?"彬的样子显得很费解,"又有什么人入围选秀决赛了?"

我的大脑好似魔方般转来扭去:"不,我说的不是那个职业杀手,是性掠夺者……"

"哦?上次我跟你提的交叉比对,有进展?"

"没有,但我可能知道凶手是谁了。"

彬垂头盯着地面,又好奇地看着我。

"是王睿!"我突然觉得夕阳好刺眼,"王睿就是那个性掠夺者。"

彬疲惫地活动着脖子说:"不好意思,你这弯儿拐得有点儿大,我一时还不太适应。"

"那把留在现场的凶器,可以说是扬名立威用的旗帜,也可以解释为人赃并获的一种嘲讽。王睿没逃跑,与闯入者的人数无关,他和彭康一样,都是自己心里有鬼!"思路豁然开朗,我越说脑海中思路越清晰,"这个低能的性掠夺者,只有两种行为模式:在心理安全区的范围内随机寻找高风险被害人,或是借由冲动去杀害自己的长期性幻想对象。王睿作为散打陪练，经常会接触到姜澜，那孩子就这么被盯上了……长信大厦那案子，能经常接触到池姗姗的人，包括保安，而王睿来支队健身房以前就是做保安的。我不记得案发时排查保安见过他的照片，但不排除他曾经在那里工作过，这应该有记录可查。"

彬叫停我："别光推测，依据呢？"

"很简单啊！"我掏出手机拨号，"比对一下王睿和那个性掠夺者的DNA就知道了……啊对！"拨到半截，我手一颤，"王睿其实是左撇子——他是个伪装成右撇子的左撇子！"

彬语调平稳地"嗯"了一声，我继续说道："那天我在健身房拿陪练出气的时候，王睿打到最后——就是他被击倒前，打得最激烈的关头，他本能地恢复了以惯用手作为后手拳的正常状态。藏拳的那只手一定是惯用手——这本就是个格斗的基本常识。"

是他！一定是他！

彬眨着眼看了我一会儿，终于成功把握了我推理的脉络："有道理。应该赶紧让法医队取DNA向市局送检。"

就案件分析，难得在彬面前占了回先机，我乐颠颠地拨着电话，手都有些发抖："哎呀呀，老韩，你也有失察的时候啊……"

没错，你能看到的，其实我都能看到。

刹那间，手指不由自主地停住了动作。

你能看到的，其实我都能看到……

"彬……"我恍恍惚惚地嚅嗫道。

仿佛有一道白光笼罩在周围，我懵懂地四下张望，却什么都看不到。一种抽离的麻痹感像毒蛇般自后脑向前蜿蜒盘桓，天空的颜色与我遗落的思维都再度清晰起来——

如果说我都能看到,你会看不到吗?

"那天,看到他左手藏拳的,只有……"

不,你没看到,你疏忽了,彬,你一定是疏忽了!

"只有——"

"一个能和职业杀手过招而且还会反追踪的律师。"

"你,和我。"

彬的声音,来自我身后。

"戊戌变法失败的时候,谭嗣同为什么一定要赴死?"

"因为人性的弱点是共通的,谭先生也是人。"

"你这是答非所问。"

"那是因为你不动脑。戊戌变法虽然失败了,但谭先生相信'各国变法,无不从流血而成',既然'今中国未闻有因变法而流血者,此国之所以不昌也',那就干脆'有之,请自嗣同始'。"

"他的就义与后来革命成功,恐怕还不能认定为简单的置换关系吧?"

"谭先生纵然是血荐轩辕,但断不致被冲昏了头脑,天真到以为自己掉了脑袋,就能让老佛爷弹指间崩驾——何况他还是保皇派的。他不知道未来的变法或革命是否能成功,反正他自己是看不见了;但他必定清楚,自己的死,并不能立刻改变什么。"

"但他还是选择了死。这跟人性弱点有什么关系?"

"生活中,很多人——或是每一个人,在某个特定的时刻,都会出现这种情形:他对即将做出的决定对错与否,或是有意义与否一清二楚，而即便他知道那是没有意义的，甚至是错的，也不会影响他的选择。"

"很多事情其实是受到各种客观因素限制的，就好似一个'局'，你身在其中，不一定能看到出路，所以只能去选择'局'里唯一的一条路。你的说法太唯心。"

"所谓客观，大多听起来更像是粉饰主观的借口。你所说的'局'倒是存在的，佛教中把它称作'相'或是'障'，咱们这些俗人一天到晚都在里面瞎转悠。讽刺的是，很多时候人们是能看清这个'局'的，但这并不妨碍他们执着于错误的选择。"

"照你这么说，谭嗣同的死岂不成了笑话？你等着被骂翻吧。"

"前人的是非，我没有资格评判。但谭先生慷慨赴死、从容就戮的风骨，我是拜服投地不及，怎么可能会有嘲讽的意思？谭先生秉执大义，自可'手掷欧刀仰天笑，留将公罪后人论'，只可怜咱们这些庸庸世人。我们抉择的结果，是对是错，恐怕就很难得到什么公论了。"

这段谈话发生在很久以前，地点是湖南省浏阳市城郊谭嗣同先生的墓地。那时，年近而立的我们只是初识，且都单身。我出差他公干，异地巧遇，相携至召山脚下，凭吊这位诞辰百年有余的先行者。

记得那是个好天气，骄阳当空，万里无云。墓地隐现于一片葱葱绿草的簇拥中，其间或有几朵白色与黄色的小花，顽强地探出头来，在烈日营造的漫山欢腾里，绽放出生命的绝望。

一晃，八年。

真希望，时间能停下来。

* * *

脑后的一记重击令我晕眩了半秒,一条手臂幽灵般地锁住了我的脖子,身体重心随之向后倾斜……

彬!

我猛压下颌防止窒息,反手从背后抽出甩棍,不及打开就回戳——他闪开了,人已到我身侧,脚下一别,拽着我的头就朝护栏上撞。我左肘砸在他肋下或是腹部,右脚从别子里绕出来,凭借一股蛮力怒吼着把他整个人顶向阳台的另一端。

察觉到他后退中在单腿发力起跳,我回手去护不赶趟儿,只能含胸缩头……彬摔了出去,我左腮也结实地挨了一膝盖,向后跟跄几步,靠上了墙。

一团黑影扑面压来,我右手自下而上,腕子一抖,甩棍扫了过去——半截就被一带一别锁住,小臂直接给窝回胸前,左腮又挨了一肘、两肘……我忙沉腰,下意识地抬左臂护头。

最后一击撞在了面门上。

迷迷糊糊滑倒时,我觉得自己就像根木桩一样,被把大铁锤一下下砸进了地里。

彬……

4

"第一下没把你后脑敲漏,韩彬应该是留手了才对。看来他还是没能狠心杀了你。"袁适按下指挥车的通信器,"开快一点儿!"

我失神地坐着。一名女警替我止住鼻血,处理了眉骨与左耳根的伤口,把用毛巾包好的冰袋垫在我脑后。

彬,你都干了些什么……

"谢谢……"

袁适回过头："嗯？"

"谢谢你及时赶到。"我把冰袋搁在大腿上，"也替我谢谢你派来的弟兄及时报信。"

"一个两处骨折正送医院，另一个昏迷不醒……不过他们没报信——谁知道你们在阳台打起来是因公因私？等韩彬收拾好东西下楼，他们连报信的机会都没了。"

"那你怎么赶到的？"

"因为何法医协助西城支队验尸的时候找到了池姗姗遗失的耳环——验尸过程中，X光片显示王睿左肩三角肌里有异物……把王睿的DNA送去与凶手的DNA做了比对，两者吻合，证实他就是杀害池姗姗、方婉琳、许春楠与姜警官的人。何法医认为是王睿自己把那只耳环给嵌进去的，没感染败血症真是奇迹，大概他很痴迷于这种持续痛感体验带来的性愉悦。"

"所以你就知道是韩彬杀的王睿？"

袁适支吾了一声，背过脸："其实……通过手机做三角定位后，来到人民大学，本是想带走你的。"

我迷惑了两秒钟，随即会意地笑了。

"能打、了解案件细节、有反侦查能力，还非常痛恨凶手的人……你是最符合条件的。"他的声音越来越小，透着不忿，"这本就是很合理的推测。"

毕竟我也刚怀疑过他，而且是基于几近相同的思路。我诚恳地点头称是。

"奇怪的是，韩彬并没在现场留下任何痕迹，只要他不招供，就没有证据能证实他杀了王睿。"袁适递给我一个通讯耳麦，"他连测谎都无所谓，还怕接受讯问？又何必袭警出逃呢？这等于承认自己有重大嫌疑嘛。"

我试着戴耳机,结果疼得一塌糊涂,干脆放弃:"显而易见:因为所有的男人,都是他杀的。"

"你是说,宋、彭还有那几个——"

"除了女的以外都是。"我掏出杨延鹏拿给我的那张医疗队名单,"一旦被怀疑或监控,继续杀人就不方便了。"

袁适抢过名单:"他还要杀谁?"

"那上面,除去被我划掉的五个人,赶紧找找其他人吧。"

"你从哪儿找到这些名字的?"

"说来话长……"我合上眼睑,闭目养神,"总之,去查查那几个名字,就知道我猜得对不对了。"

通讯台传来报告:"北四环路学院桥探头发现嫌犯驾驶的白色本田SUV,牌照号为京EW7368,正自西向东行驶,请确认。"

"就是他!"袁适扑向通讯台。

刘强下令:"马上组织拦截!"

"路况良好,车快到志新桥了,最近的拦截卡也得设在望京桥附近。"

学院桥—志新桥—安慧桥—望和高架—望京桥—四元桥……

彬,你要去哪儿?

我把冰袋轻贴在耳侧:"不行,之前有京承高速的入口,必须在他上高速前拦下他。"

袁适一指我:"照他说的做。"

刘强有顾虑:"在环线路上拦截太冒险,车速都太快——"

"照他说的做!"

"朝阳分局的人已经往那边靠了,但来不及在——"

"照他说的做！或者换其他人来指挥！"

我冲袁适摆摆手："刘哥，附近有咱们的人吗？"

刘强小声问候了袁适的家人，扫了眼屏幕："有，巡查支队两辆车快到望京西桥了。"

"让弟兄们全力向安慧桥开，务必在望和高架前进入西向东主路。然后截停所有民用车辆，把路堵死，逼他弃车。"

刘强布置的同时，老白的电话打了进来："什么情况？"

"韩彬有重大作案嫌疑，正进行围捕。"

"他作什么案了？"

"他可能杀了王睿，还有……"

"王睿？就是害死小姜的那个杂种？"

"您知道了？"

"小何刚给我送来报告。谁指挥呢？"

"刘支和袁博士。"我注意到通信台里传出消息：巡查支队已抵达安慧桥，正在设卡。

"说韩彬杀人，有证据吗？"

"没有，不过他目前还是袭警现行犯。"

"袭警？他打谁了？"

"我，还有两个市局的弟兄。"

老白静默了一会儿："谨慎处理，先把他带回来。"

谈何容易。

"目标自安慧桥出口离开主路了！"他打算进入市中心吗？

袁适大喊："所有单位向目标包围！封锁左近路段！"

"知道了头儿……有情况，我先挂了。"

大概是第一次，我回答得很没把握。

和我担心的一样，彬离开四环主路后，向市中心疾驰而去。

正所谓大隐隐于市，越是繁华地段，越利于摆脱追捕。

"目标一路向南，我们现在只有不到二十米的距离。"

"赶快在安定门桥前北向南路段设卡，目标已驶过安贞桥！"

"他撞倒了隔离栅栏……"

"二组报告，目标逆行冲过了拦截卡。请求增援！"

"朝阳巡查支队来了，正沿交道口南大街迎面包夹。"

"收到五组回报，二环路安定门桥东西双方向路段已封锁。"

"目标驶过安定门桥！向南开了！"

"朝阳支队抵达交道口。交道口东大街与鼓楼东大街双向路段完成封锁，务必在交道口堵死他！"

"目标弃车！行动队报告，目标弃车！"

"他把车横在路上，全堵死了。行动队快下车去追……"

"他钻胡同了！目标穿黑色短袖衬衫及黑色长裤，随身携带一棕色背包，自交道口北侧胡同向西南方向移动。所有左近人员全部下车实施围捕。"

傍晚十九时许，我乘坐的指挥车抵达现场——彬已被近百警力包围在鼓楼东大街南锣鼓巷里。作为四九城最古老的街区之一，跨越近一公里的区域内分布着至少十六条胡同，给搜捕带来了严重的困扰。

刘强问我："你是被偷袭的。正面接触的话，有戏吗？"

虽说是攸关面子的大事，我还是禀实相告："悬。"

"三人一组，自外向内渗透搜索，呃……"见我轻摇了下头，刘强改口道，"四人一组。把交道口派出所设置的安防监控画面接到指挥车里。"

"他想去哪儿？走投无路了？"袁适站在电子地图前，单手托着下巴，"监控画面里一直没发现他——这倒符合他的一贯风格，但他打算往哪个方向跑？"

"西边是后海，可他必须穿过地安门大街，这条路封死了，走不通。"刘强指了一下布控标记图，"朝阳巡查支队的把守在外围，包括交道口南大街沿线都密不透风。"

"那他只有向南跑，南边不就是……"袁适略显兴奋，"景山方向？"

我觉得好无聊："对，再多跑两步就快到中南海了——除非他脑袋被门挤了。"

"啊？"

白痴！以平安大街为界，再向南，就不只是"市中心"的问题。之所以眼下只有百余人众参与追捕，是因为大部分警力都布置在南边。如若让彬突破封锁进入有中央领导办公与居住的区域，所有相关分院、局的干部就可以洗洗干净，准备集体裸奔下课了。

"他会不会在这里有藏匿点？"

"无所谓吧。"我盯着地图说，"反正是平房矮墙，一个箭步就登堂入室了，整个街区全是藏匿点。他既然没出现在各胡同的监视画面里，那不是藏进了某个院落里，就是一直利用穿越民居来移动。当然，不排除他会钻个下水道什么的，不过从排污管道结构图上看，没有什么合适的出口，仅有的几个也被看死了。这不是长久之计，他迟早会暴露的。"

刘强并不乐观："这一带地形复杂、人流量太大，而且还有很多国外的观光旅游团进出，不好找。要能早把他堵下来就好了，够背的。"

我拿着瓶冰镇矿泉水继续敷脑袋:"不,这不是背不背的问题……"

袁适和我的观点差不多:"嗯,韩彬非常了解运作机制,他袭警出逃的时候就应该估算出被包夹围捕的大概时间和地点了。他选择这个地区,肯定是相信这里有利于摆脱咱们——毗邻敏感地带,警力不易集中;人群构成复杂、密度大,便于隐藏;道路四通八达,可选择的方向多……这必定是他盘算好的出逃路线。"

负责监控视频调度的民警汇报:"目标出现在东边的沙井胡同!进了一家服装饰品店。七组回头,就在你们身后不到一百米的地方!"

"封锁两侧路口,七组给我百米冲刺!"刘强抱着话台喊道,"其他各探组……"

我抢过话台:"其他各组留在原地待命。七组,快!"

刘强会意,点点头——连石瞻都会用声东击西的战术,这次可不能犯相同的错。

"七组报告,目标不在店里。老板娘说他进来随手拿了一件红色外衣、一件蓝色衬衫、一顶黑色的遮阳帽以及一副茶色墨镜,扔下一些钱就从后门出去了……"

"你他妈倒是追啊!"

"已经在追了……"

我观察着地图:"让北边黑芝麻胡同的人包夹他。通知所有人,他可能变装了,我就……晕!"

红色、蓝色——排查范围一下扩大了两倍!

果然,各探组立刻回报,到处都发现了"可疑目标"。

刘强急得大叫:"别乱!把圈子缩小到沙井胡同附近!"

监控视频又传来消息:彬出现在黑芝麻胡同北边的前鼓楼苑

胡同。他怎么穿过去的？

袁适嘀咕了声"Shit"，拿上步话机跑了出去。

"目标出现在鼓楼东大街中心，没换衣服，意图逃往宝钞胡同，被堵回来了。"

"没追到人，我们和八组的碰头了，人去哪儿了？"

"派人！让外围朝阳支队派人保护袁博士，他离开指挥车了！"

"目标……他在西边，东城中医院门口！"

"一组报告，目标可能进入医院门口的地下排污通道……我们现在要下去追，请求增援。"

"排污通道有岔路，请求分队搜索，指挥车……"

"正在查结构图，等一下。"

"先搞清楚都通向哪几个出口，封锁所有出口！"

暴露之后还钻下水道，这不等于入瓮待毙吗？我凑到指挥台前："等等，他钻的通道是排污道还是天然气管道？"

刘强和一个民警交谈了几句，回头答道："是电信和……"

我的天！

"他——"

没等我的话出口，所有的监控画面瞬间黑屏。

刘强怔在原地："他破坏了安防电力线路……"

"不只是安防线路。"我透过车窗望向外面，"还有交通设施电力线路……让交警增派人手吧，要大塞车了。"

暴露自己、买衣服、破坏管线、黑监视器、制造交通拥堵……彬，你到底想做什么？

"六组赶到第二出口。井盖开着，人已经跑了！"

"他肯定还没离开这一带，继续搜！"

"派人去检修线路!"

"鼓楼路口红绿灯灭了,堵死了!"

"六组报告,有群众反映目标从地下通道出来后向西走了,就是鼓楼三岔口方向……"

"东城支队增援到了。"

"交警抵达鼓楼路口,正疏导车辆……"

越来越多的包围力量聚集到这里——他在制造混乱。

我戴上耳麦,信步离开指挥车,沿鼓楼东大街向西走去。

我们失去了监控画面,这有什么特别的意义吗?

在这样一个交通枢纽地带,红绿灯失灵的效果真是立竿见影——路上已经排满各色车辆,再加上个别不守交规违章停车或占非机动车道行驶的……交通完全瘫痪,如此一来,现场民警就不可能驱车移动了,就是说——

"我赵馨诚,刘哥!"我拔腿就向西跑,"路口!鼓楼路口!他是想从路口开车跑!我们的车都被堵在这个区域,不方便追。封锁鼓楼路口所有的出逃路线!设卡盘查车辆!"

"不可能,路段压力太大。咱们的人已经过去了。地安门派出所封了西边的旧鼓楼大街,随时可以进行拦截。有没有办法知道他会通过什么方式搞到车?"

不同颜色的衣服——彬从不做无意义的事。

"他想浑水摸鱼!旅游大巴!"我瞥了眼堵在路上的一辆"中旅"巴士,"有很多国内旅行团都是统一着装的!他在等穿着红色或蓝色服装的旅行团车辆。让路口的人截停所有旅游车辆!"

"交警通报,刚才放行的两辆大巴里,其中一辆'中青旅'的车上都是穿蓝衣服的……"

"追上它！没车就临时征用社会车辆！"

"地安门派出所在旧鼓楼大街把车迎头拦下来了，差点儿撞上……"

"行动队快去支援！上车搜查！其他人不要变换位置，留守你们的位置！重复一遍，各组务必守住自己的位置！"

我一口气跑到鼓楼西北侧的街口，只见一辆白色的大巴停在路当中，我们的人簇拥在周围，正展开搜查工作……本能地，我感觉彬不在车上——抑或说，以我对他的了解，实在无法相信这么容易就能把他摁住。

"他不在那辆车上。"通信频段传来衷适的声音，"我和朝阳支队的同志刚在鼓楼北边的广场绿化带里找到了他买的东西，两件衣服、帽子、墨镜都在……"

此刻，我才发觉眼前不协调的地方。"地安门派出所用什么车实施的拦截？我看到的这辆警车的牌照号段可是咱们巡查支队的。"

线路里乱了一阵儿，我只隐约听到有人在说：

"那是来增援的行动队的车吧……"

"是我们的车。"

"欸？那咱们的车呢？"

"我记得刚才车头不是停着两辆……"

我仰天长叹，懊恼地摘下耳麦——时不利兮可奈何，收工吧。

第六章　死神

1

趴在窗台上，我呼吸着这个城市的味道——家的味道。

了解一个人，需要多长时间？

同在一片蓝天下，每个人却会做出不同的选择，就好像我和彬，南辕北辙，背道而驰。

八年时间，我居然不了解他。

何况，彬本是个很普通的人。

一九七〇年十月在北京出生，随爷爷奶奶长大。因为父亲在人大工作的关系，小学就读于人大附小，成绩优秀，被评为市级三好学生，保送至人大附中。其间，所有老师对他都是交口称赞：聪明，要强，学习刻苦，懂礼貌，爱劳动，对担任的工作尽责，有原则，重细节。同学的评价则分为两个极端。部分对他崇拜得五体投地："他简直就是人大附小的骄傲。"另外的绝大多数却只会轻蔑地翻白眼："韩彬？就那个爱打小报告拍老师马屁狐假虎威的孙子？"

上了初中，他开始映现出一个青春期叛逆少年的标准侧影：酷爱体育运动、好面子、喝酒、打架、早恋、抄作业、和老师顶嘴……学习成绩自然更是一落千丈。勉强考进中关村中学高中部，算是不幸中的万幸。初中三年，他留给同学与老师的印象都差不多：流氓假仗义，虚伪，爱现，不上进，就喜欢泡妞，完全不上进，总和一些社会青年混在一起，跟同学的关系也处不好。

就这么个人缘极差的孩子，在高中却摇身一变成了老好人，学习成绩不好不差，对待师长不卑不亢，跟同学的关系融洽但不过于亲密。无论老师或同学，似乎每个人对彬的印象都很模糊：会打篮球、踢足球，该进的球能进，有难度的也别指望超常发挥；有礼有节，偶尔会骂街，但不至"出口成脏"；打架也上手，不过自己从不主动挑衅码架；考试就没上过八十分，也没有过不及格；热心肠，乐于助人，不过肯定不属于事事两肋插刀的英雄好汉……和大多数同龄人一样，彬逐渐学会世故，迈向成熟，同时沦为平庸。

我愿意相信，如果不出意外，这本应是一个普通人走向平凡、幸福归宿的正常曲线。

一九九〇年的夏天，彬因与交往五年的女友分手，在大学宿舍里服药自杀。虽然老何及时把他扛去医院抢救，但彬自此辍学，生活变得一团糟。

"我每次去看他，都觉得他不只是百无聊赖，而是精神幻灭。"老何如是说。

由于彬的父母目前不在国内，联络不到，仅凭初步走访调查的结果显示，自一九九四年元月至一九九七年底，朋友都听说彬自己去旅行了，邻里却风传老韩的儿子是离家出走。同时期，所有司法及民政部门的记录则是一片空白。

彬消失了整整三年时间——对他改变巨大的三年。

一九九八年初，当他再度现身的时候，整个人一扫阴霾，蔚然明快起来。通过韩教授的某种"努力"和"帮助"，他在很短的时间里就拿到了学历与律师执业资格，有了正经的工作，生活节奏也日趋正常。人民大学法学院的长辈、单位的同事、身边的新老朋友、委托办案的客户、法院的法官乃至对庭的律师，和他接触过的人，都觉得彬是个真诚、友善、慷慨、心态平和的人，待人接物八面玲珑却不露斧凿之迹，既识大体，亦重小节，火候、分寸拿捏得极其到位。

彬，三年的时间，是什么改变了你？

背后有人喊，说是老白叫我去会议室。

在门口碰到袁适泪眼蒙眬掩着鼻子正往外走。虽说我也是正牌烟民，但他身后云雾缭绕的恐怖景象，还是令我咋舌不已。

老白手里照旧举着那个枪形打火机："赵儿，因为你和嫌疑人有些私交，所以目前不能直接参与侦破工作，暂时归袁博士的顾问组调度。你现在来给咱们补充一下关于韩彬的其他情况。"

我用余光瞥见袁适又跑回屋里，脸上依旧挂着窒息的表情。"韩彬是我……曾经是……反正是我很不错的朋友。感觉上，他不算什么很特别的人。就是说，他可能会比一般人冷静点儿或是谨慎点儿，他也确实刚从一次大规模围捕行动中成功突围，但他绝不是什么天才或高智商的人，更没到'多智而近妖'的程度。他很普通——"

"不是吧，赵警官。"我的"现任直属领导"毫不客气地打断了我，"你的意见，我很难苟同——

"你们遇到的，是一个犯罪天才。"

当彬公然站在法律的对立面时，袁适也终于得到了重拾自信的机会。在他高亢的语调中，有种近乎痴迷的异常感情："韩彬是你们大陆……可以说是犯罪史上绝无仅有的谋杀犯,有组织型与无组织型犯罪人的完美结合!他既是标准的 Serial Killer(连环杀手),又是不确定型的 Mass Murderer(屠杀型谋杀犯)。他是潜行者、猎食者、领域型、游荡型与侵入场所型连环杀手的综合体。最可怕的是,他能够仅凭了解一些间接线索就找出你们追捕了半年之久的连环杀手,也就是说,他竟然还是个出色的 Criminal Profiler(犯罪剖绘师)!"

"这可太牛了!"我打赌刘强没听懂那几个英文单词,但他声色俱厉的反讽很可能代表了目前在场大多数人的心理,"照您这么说,咱就别瞎忙活了,弟兄们都该干吗干吗去呗。"

"刘警官,你们支队里,有比赵馨诚警官更能打的吗?"袁适已完全恢复了他海归专家招牌式的冷峻,"我是在告诉你们最现实的情况:你们必须清楚自己要面对的是一个多么恐怖的罪犯!他熟悉你们所有的运作机制,精通各种反侦查甚至是逆反侦查技巧,擅长擒拿格斗,拥有冷静缜密的头脑……他能够在一分钟内放倒你们当中最厉害的人,不到五分钟就摆脱追踪,在上百人的围追堵截下来去自如。Jesus Christ!拼智力或是拼蛮力,你们在哪方面能有胜算?"

刘强哑火。袁适的话是否在理不说,这刚落空的围捕行动就尴尬地摆在这儿——真是哪壶不开提哪壶。虽说老白面色如常,可手里拿枪的姿势怎么看怎么像是在瞄准。

我只好打圆场:"我和袁博士的意见并不冲突。我说韩彬是个普通人,是提醒大家搜索排查的时候尽可能注意那些最'合时宜'的细节。他会刻意避免自己显得突兀,所以我不认为他会做什么古怪的变装,包括戴个假发、墨镜或口罩来遮脸一类的愚蠢举措。不要指望他会因为开车闯红灯或在夜总会嫖妓导致身份暴露。他不会住酒店，不会拿信用卡结算，不会使用自己名字登记的手机号，不会登录自己注册的电子邮箱……他懂得如何摆脱正常社会的监察，让自己显得平凡、普通，乃至很容易被遗忘。这大概也是袁博士想提醒大家的：韩彬太了解我们了。他知道我们会注意些什么，忽略些什么。他还知道我们会在此时此刻讨论如何去注意那些本可能忽略掉的细节，继而应对——他了解我们，远甚于我们了解他。"

"老韩养了个什么宝贝儿子啊……"老白扫视着会议室，"有具体的摸排方向吗？"

"目前的大方向是：名单、刺客、韩依晨。"

其实，还有"中美威尔医疗器械研究集团"。

"什么名单？"

我瞅了眼袁适，意识到这部分尚未公开："是通过某个非正规渠道得来的信息……"

"那个名单上的线索是有价值的。"袁适低头看着手上的笔记本，"这个赴南亚援助的医疗团队，除了已知死亡的高建隆、陈娟、许东方，以及在北京遇害的宋德传和彭康，剩下的五个人里，领队孟京涛于二〇〇一年底在广州失踪，马席岭去年游四川青城山不慎坠崖，华美瑶于二〇〇五年八月在上海徐家汇淮海西路被一辆失窃的奥迪车撞飞，凯特·迪克斯于二〇〇六年四月在香港参加商务谈判期间也失踪了。我们组的人还在努力找顾帆，但不管他是死是活，现在掌握的情况足以说明，这恐怕是个'死亡名单'。有人……很可能就是韩彬，在有计划、有步骤地把他们一一除去。"

老白可能对袁适叙述的严重程度有些抵触："那名单上面写韩彬藏哪儿了吗？"

"根据赵警官一种比较合理的分析,我认为有理由相信顾帆还活着。韩彬在只是被怀疑的情况下毅然袭警出逃,就是为了能继续实施谋杀。"

"知道这是多夸张的指控吗?"

"白局长,听说您和韩松阁的私交也不错,可您知道他儿子是个多夸张的人物吗?"

屋里其他同事立时不忿起来:"你什么意思?"

老白的手机在响,他低头看了眼来电显示,抬起一边眉毛问屋里的人:"你们谁想买海景房?"

大家面面相觑。领导摆摆手,直接挂断电话:"全力找到这个叫顾帆的。赵儿,你说的另外两个方向是什么来着?"

"目前被我们收押的韩依晨与八月十二号那晚袭击我和韩彬的刺客。前者要么是韩彬的同谋,要么是被利用的牺牲品;后者也许是同伙,也许不是。"

张祺问道:"不是同伙还能是什么?"

"一个和彬掌握着相同杀人技巧的刺客。"顾帆?或者是受顾帆雇佣的杀手。"

"你是说,这帮人被杀急了,现在打算反咬?"

女人在看守所,又把父母送出国……"嗯。"我抬眼点了下头,"很可能,韩彬正遭到反追杀。"

会后,是我和袁适例行交换情报的时间。

"韩彬以及他牵扯到的案件背景似乎很不一般啊!"袁适依旧是打过鸡血的状态,"你想过没有,其实除了袭警与危害公共安全外,到现在我们都没有任何直接证据能证实他杀过人。"

我的精神状态和他截然相反，异常颓靡："听说被盗的警车找着了？"

"他没开多远，刚过德胜门桥，就直接在护城河边一把火给烧了，围观人群造成了交通堵塞，所以很好找。"

"只是为了清除痕迹的话，没必要非大白天的纵火吧。"

"这是一种权力性炫耀，难道你看不出来？他是在公然向体制挑衅。很多暴力型犯罪人都有或是有过纵火情结。"

也许吧，但彬不是这种人。还是那句话，他不会做无意义的事。

"不管怎么说，王睿的死也算了结了多起命案，白局的压力应该轻了点儿……依晨情况怎么样？"

"昨天本想去给她做性侵害检查，没想到那女孩因为绝食和脱水休克了。经过护理，目前情况还算稳定，对她的讯问恐怕得延后。"

"可以去店里找张北彤了解下情况，毕竟他是彬在咖啡屋的合伙人。"

"去过了。张北彤没能提供任何有价值的线索，只是说如果韩彬真杀了人，一定有苦衷。而且，他俩不是合伙的关系——韩彬早在春节前就把店里的股份都送给张北彤了……"

我立时回想起许春楠被害的那晚，彬和张北彤在吧台边拿着几张纸推来推去的场景……

"不仅如此，韩彬工作的事务所说，他去年年底就退伙了，而且这两年很少办案。家里收拾得很干净，没少什么东西，不过照片全没了，电脑里的硬盘也拆掉了。他的存折、信用卡全都注销了，银行的存款被提光，好像有几十万。车已经过户给韩松阁……他应该早就计划出逃，底子洗得相当干净。"

"名单上剩下的最后一个人找得怎么样了？"

"这名字太普通，不算外省的，光北京就有四十多个，正在排查。韩彬的朋友你大多认识，应该找他们来询问一下情况，我们必须先了解这个人。"

我摇头。

彬事发后，几乎周围所有的朋友全是一样的反应：难以置信—不予评论—拒绝配合。彬人缘太好，乃至连雪晶都一再严肃地向我重复："你们是不是搞错了？"

而且，他们对彬的了解，和我差不多，对他失踪的那三年，也都一无所知。在我看来，这三年到底发生过什么，很可能是最关键的部分。

见我不作声，袁适话锋一转："对了，那个'王睿'用的是假身份。通州区张家湾王家的老邻居通过照片指认，都说不是他。"

果然，这是个与"庞欣"一样的身份失落者。

"据说，王家的儿子很多年前就南下打工去了，一直没再回过通州。长信大厦的保卫部经理指认，这名凶手曾于二〇〇六年中旬——池姗姗被害前，在那里做过保安，但用的名字并不是王睿。虽然通过DNA比对可以结案了，但我还会让市局总队继续调查他的身份。"

没必要，因为根本不会有什么结果。

"这名凶手的行为模式其实并不复杂：当对象是随机目标的时候，他会刻意寻找左撇子；但如果是长期潜伏跟踪的目标，是左是右他似乎就不在意了。当然，也许根本就无所谓左右……"

是的，反正他想杀人，总会给自己找到借口的。

"韩彬应当是分析出凶手是个伪装成右撇子的左撇子，同时从行为模式上看一定是长期与姜警官有某种联系的人，再凑巧看到你的那场擂台赛，于是就潜入凶手家里搜寻支持自己推论的依据。"

可惜，和在海淀医院一样不幸的是，他暴露了。

"这个'王睿'中途折返回家，目前只能推测为凑巧或直觉。韩彬也许在他进门前就找到了凶器，也许没有，这倒不重要……"

两名谋杀者碰面的时候，已是心照不宣。

"韩彬可能想找到切实的依据后再协助你，或者干脆自己动手解决他。但事实上，'王睿'推门一见到他，就不可能放他离开。"

彬既然已经暴露，也绝不会留下活口。他能在海淀医院西墙外连杀三名目击者，还会在乎多死个冒牌的散打陪练？

"这恐怕是他唯一一次画蛇添足的失误。他在伪装现场时肯定很犹豫、很摇摆，既希望能借死去的这名罪犯替自己打打掩护，混淆一下侦查方向，又知道很难掩饰用右手杀人的痕迹。"

或者，是我本不该多想。

"至于宋德传和彭康都是左撇子的问题，我只能说，实在是太凑巧了。"

所以说，可以想见当他得知袁适认定一人"同执左右"连续作案的时候，绝对是欲哭无泪啊。

"我同意你说的那部分，韩彬发觉自己被怀疑后，当机立断袭警出逃，是为了能继续作案。如果名单上的情况和我们推测的一致，他很可能已经在几年中至少杀了十个人！所以说——"

所以说，会上和私下讨论的结果都差不多：找到名单上的最后一个幸存者，是首要目标。

袁适最后假设:"如果韩彬在我们找到顾帆之前就得手了呢?"

我笑得超级无奈:"那我们就再不可能找到他了。"

2

还没顾上看手里的材料,我急着问道:"你也不相信他杀了人?"

杨延鹏漠然地望着我:"不,我相信。"

"那你是什么意思?"

"何哥说,因为你要抓韩哥,大家都很抵触,工作室已经名存实亡了。"

"那又怎么样?难道我应该带领工作室的人一起帮他犯罪或者逃跑吗?你别听老何——"

"不是,不是……"他摘下眼镜,仔细端详了一会儿,"和你一样,我不知道韩哥为什么会去杀……做那些事,但我愿意相信,他这样做,有他的理由。"

"是的,我也相信。"我拍拍胸口,"杨子,你我都是这圈子里的人,该明白如何划分界限。"

"我能理解你,但我不可能支持你这么做。"杨延鹏又戴上眼镜,"你刚接手工作室的时候居然没把我开除,应该是韩哥拦下来的吧?"

"最终拿主意的还是我。怎么?这就值得你涌泉相报了?"

"虽说,我不认为仅凭这点儿情报就能让你们得手,但万一——我是说万一韩哥因为当初好心保护我,导致自己最后被抓……你不觉得这很讽刺吗?"他拍拍我手上的文件袋,"总之,这是我最后一次帮你。再想找我查韩哥的事，揣上拘留证来家里铐我吧。"

看着杨延鹏转身离开，我分明感觉到，失去的，不只是彬。

众叛亲离的，居然是我。

最后一批情报的价值超出了我的想象，它涵盖了我最渴望得到的信息：一九九四年到一九九七年，空白的三年。

关于"虎咬"：东亚部分国家的人民军特种部队、越南人民军陆军861特工团及水上特工团等至今仍在使用。

关于"医疗援助团"：一九九四年初入柬，并由红色高棉的国民革命军总司令宾森负责接洽。

上述二者的交汇点为：一九九七年越南曾派遣861特工团"纳迦"小队入柬执行斩首行动，地点在北柬安隆汶[①]，行动代号"弑子（Kill Son）"。依此推测，刺杀目标可能就是宾森。同年六月十一日，宾森全家于安隆汶住处被杀。对以上信息，越南官方近十年来始终拒绝表态。

另，一九九七年十一月二十二日，某"特殊行动部队"曾进入安隆汶执行营救任务，并成功解救遭囚禁的人质一名，行动部队无伤亡。据可靠消息：该人质名叫黄锋，系"纳迦"小队幸存者。

附，可供走访人员：1.黄锋，"纳迦"小队幸存者，天津人，现住广西壮族自治区四道镇民政路；2."特殊行动部队"名册计三十二人；3.阮勋宋，越军前861特工团上尉，可能是

[①]安隆汶，位于柬埔寨西北边境的城市，一九九八年以前是红色高棉政权的最后据点。

"弑子"行动的通信联络官，现退役居住在北越边境的芒街；4."时天"，也许是化名，一说姓董，中国人，一说是中泰或中越混血，南亚一带的著名"捎客"，住所不详，好像熟知"纳迦"小队的情况。

我的第一反应是：最直接的见证人黄锋，最容易找到，也最容易有结果。而参与营救行动人员最没可能接受调查，要知道，军队的地盘是不认警察的。至于另外两个，可有可无，碰碰运气吧。

不过，等我查阅完地图又仔细核对了营救行动人员姓名后，前面的首尾顺序则干脆调了个儿。

第一站，天津汉沽。

从警这么些年，我才知道茶淀监狱实际上归北京监狱管理局监管，且为此还专门设置了唯一的分局。除了这没来由的亲近感之外，大概是临近营城水库与渤海湾的缘故，虽说窗外是大太阳天，提讯室里又没空调，我却感到凉风习习，舒服得很。

我点了根烟，本想把烟和火柴扔到桌子的另一端，想了想，还是叠放在桌面上，轻轻推了过去："还好吗你？"

石瞻眯着眼睛望向窗外，没理会我和面前的香烟。

房间里，缭绕着一种熟悉的落寞感。

"不好意思，一直没来看看你。"我先友善地放下身段，"也是不知道见你该说些什么。但你别误会，我不是来挑衅或示威的。"

石瞻正视着我，微笑道："你的样子看起来倒不大好。"

我在想这种问讯方式也许很不明智："可能吧，我是来找你帮忙的。"

他沉默了几秒钟,似乎在猜测我的来意,目光逐渐变得柔和起来,问道:"小莹和孩子,葬哪儿了?"

"这个……抱歉,我不知道……"

"我也很抱歉,帮不了你。"说完,他又把头转向窗外。

我把烟抽完,翻开面前一本黄色的卷宗:"因敲诈勒索被判有期徒刑八年,妨害公务两年,故意伤害两年,合并执行有期徒刑十一年——就因为定性太难,最高院为你这案子还专门下了个批复……如果你提供的帮助有结果,我可以找人把减刑建议直接报送区法院,运气好的话,你再待个六七年就能出去了。你,想不想早点儿出去?"

石瞻仿佛觉得这是个很无聊的条件,无聊到可笑:"不想。"

我合上卷,吸了口气:"蔡莹和孩子的墓冢,我可以派人去问,我都可以现在就当你面打电话!难道你不想早点儿出去,看看他们吗?"

"想。"他回答得很平和,"但我想不出来有什么理由值得帮你。"

这样对峙是不会有结果的。

我翻开另一本蓝色的卷宗:"一九九七年九月,你在广西大渡港军事基地参加侦察演习,结果被临时抽调参与了一次特殊行动,从景洪出发,穿过老挝,潜入北柬,时任尖兵。"

石瞻的眼中掠过一丝惊讶。

"档案公开的部分里,行动过程被'蒙太奇'了。结果很顺利:救出人质一名,且全身而退。"我趋身伏案,探过头紧盯着他,"石瞻,你们去营救的那个黄锋,到底是什么人?"

他还是微笑着摇头,目光平静而坚定:"我不知道你在说什么。"

"名单上有记录!石瞻,你敢说你没参与过那次行动?"

"我参加了。"

"九七年十一月二十二号,你们突袭了安隆汶的赤柬据点。"

"是。"

"你们是不是救出了一个叫黄锋的?"

"是。"

"那告诉我这个黄锋是什么人!"

"我不知道。"

"你知道!"

"知道也不可能告诉你。"

"档案已经公开了,你还有什么不能说的?"

"没公开的,就是不能说的部分。"

"我不是找你刺探什么国家机密。事实上,我对政治没半点儿兴趣。我只想知道那个黄锋是谁。越共?'纳迦'小队?宾森?'弑子'行动?你都知道些什么?告诉我!"

大概是久远的记忆被唤醒,石瞻的面庞逐渐明亮起来:"你叫赵馨诚,对吧?"

"不错。"

"赵馨诚,你发过誓吗?"

"可能吧,怎么?"

"我曾面对国旗起誓,不容背叛。"

"真他妈崇高。"

"信守承诺,与法律或道德都无关,个人选择问题。"

"就你的所作所为,还好意思说自己爱国?"

"不,我只是很守信。"

"守信到明知道蔡莹利用你还心甘情愿当炮灰?"

"我答应过她,我做到了。"

"代价是毁了自己的后半辈子?她出卖了你!"

"那是她的选择。我不可能为了自己的选择,而去强求别人选择什么。"石瞻把面前的香烟推了回来,"我承认,我很失望。但既然我选择答应小莹的要求,就不能让她失望。你知道什么是失望吗?"

我垂下目光:"不知道。"

"很简单,去照照镜子吧。"

都说,无所谓希望,就无所谓失望,有了希望,才可能失望。对他人的希望,多源自信任,一旦信任沦丧,失望便会随之隆隆崛起,遮天蔽日,挥之不去。

是的,必须承认,我很失望。

"蔡莹和那孩子的身后所在,我会找人落实并通知你。"我又把烟推了回去,收拾好桌上的卷宗,"不过我希望你能明白,那孩子——"

"是我的。"石瞻打断了我,"是我亲手把他带到这个世界上的,他就是我的孩子。"

我很愕然:"你早就知道?"

"不,我什么也不知道。"石瞻向我伸出右手,"但,多谢了。"

正待去和他握手,一闪念,我抽出彬的照片,递了过去:"见过这个人吗?我是说,你执行任务的时候有没有……你不用说,如果没见过,你什么话都不说就是了。"

石瞻接过照片扫了一眼,随即着魔般地将目光固定在上面,表情显得犹疑不定。

"这个……"我听到他倒抽凉气的"咝咝"声,"我说不上来……"

"算了,不勉强。"我作势起身,"就这样吧,你多保重,有时间我——"

"不,我的意思是……我不知道见没见过他。"

"什么?"

石瞻两手捏着照片,拇指不自觉地捻动着:"也许是,也许不是……"

我心中纠结起来:"你到底什么意思?"

他扣上照片,抬头问道:"这就是让你失望的那个人?"

我仿佛看到面前就竖着一面镜子:"是。"

"那你要小心了。"

"你见过他?"

"不知道,我是说……我不确定。"石瞻拿起照片又看了看,"二十二号下午三点多,我们临时改变了计划……"

"你不必说……"

"这不属于行动计划,完全是意外。这个人……安隆汶……应该说十一月中旬,整个斯伦河①流域连降暴雨,二十二号那天雨是停了,却起了罕见的大雾,虽然天气有利于袭击,但稳妥起见,行动安排在晚上。"

"你说计划改变了?"

"对,因为下午三点,有人对安隆汶发动了武装突袭,为确保目标安全,我们只得临时参战。"

"还有别人?是谁?"

---

①斯伦河,柬埔寨北部河流,格罗兰、安隆汶及三隆等均属其沿岸地区。

"不知道——是真的不知道。当时在西侧有一支佯攻部队,人数不少,火力相当猛,另外东北角与东南方向也有零星的交火情况。我们沿东侧围栏突入营地,顺利抵达目标囚禁的地点,结果发现哨兵与守卫都死干净了,目标失踪。"

"还有其他人来救黄锋?可记录里说是你们把他——"

"是,我们以为行动失败,就立即原路撤离。没想到在途中遇到了目标,以及另一个来营救目标的人。"

我指着照片问:"是他吗?"

"我是突前的,和他交过手。"石瞻盯着照片,似乎在努力回忆,"雾太大,而且他脸上有迷彩涂装,我不确定看到的一定是这张脸。"

"你说'也许是'?"

"那是因为他的眼睛。如果只看眼睛,我可以告诉你:就是他。我从没见过这种——怎么说呢——就是特别黑的那种感觉,黑得没有任何生气。"

"然后呢?"

"他把黄锋交给我们,离开了。"

"黄锋没叫过他的名字?"

"不清楚,队长和他们说话的时候,我和其他人在把守临时防线。总之,你要对付他的话,还是多加小心为好。"

"我和他动过手……"

"咱俩也动过手,那家伙比你我都强。"石瞻把照片还给我,"要不是那把 95 突表明了我的身份……"

"你说跟他动手来着?"

"嗯,大雾里一照面就是脸贴脸,他应该是弹尽粮绝了,连枪都没拿。"

"你没开枪?"

"干散!"石瞻哼出句老家话,"他根本没给我开枪的机会。"

第二站,北越芒街。

在东兴边防关卡,我花两百块雇了个翻译——外加他的摩托车。

我的要求是:第一次来越南,最好有个翻译兼向导。

边防站的孙副队长说:"翻译不在水平,关键是要够厚道。"

这个翻译、车夫兼向导则问得很简明:"下龙湾?"

我就当是对了个切口:"布达拉① 。"

看来大家都很敞亮嘛,成交。

"男人绿帽头上戴,女人围巾脸上盖,三个老鼠一麻袋,十个蚊子一盘菜,摩托跑得比车快,东面下雨西面晒,背着孩子谈恋爱,花钱要用大麻袋。"

也许兼职是个很暧昧的概念,至少为主业副业的频繁变换提供了理论基础。一路上,驾驶摩托车的翻译阿关经常会顺风送来一些类似的贯口,显得颇为敬业。

眼见为实,其实芒街和中国西南边境的一些城市并没有太大区别。越南人的肤色没我想象的那么深,女孩子也没有想象中的惊艳。摩托车超级多,穿拖鞋的超级多,会汉语的超级多,地摊超级多,只可惜街道超级窄。房子大的是真豪华,小的是真破落,大可用来兼做贫富差距的公益广告。唯一彰显越南特色的诸多法式建筑,却更像是揭示殖民历史的悲哀隐语。

---

①布达拉宫与下龙湾分别为人民币和越南盾背面的图案,可作交易币种的切口理解。

另一个让我感觉异样的，是街道上四处飘散的敌意。

越南人普遍身材瘦小，一米七五的身高和七十多公斤的体重足够我充一回彪形大汉。一路上，很多当地人都会好奇地注视着我这个与众不同的外来者，虽说我没见到唾沫与中指，却也感觉不出友好。

"最近一段时间，不太平哦。"阿关告诉我，"广西那边过来的'街头帮'和容霞①的干儿子正在抢赌场和鸡窝的生意。外来户啦，毕竟干不过地头蛇的……谁晓得大佬周戚年要来掺一手……我也是听说啦。你看现在连旅游的人都很少，不然我的价钱可不只两百块……"

既然如此，宜速战速决："知道阮勋宋这个人吗？"

"喂！你别看我长得黑，又姓阮，可我不是他爸爸，我正经是凭祥②生人……"

我从后面把手伸到他脸侧，将一张绿色的纸币捻得"沙沙"直响："帮我找到他。"

阿关像变色龙一样一眼瞄钱一眼看路："呃，这个阮勋宋，是干什么的？"

"不知道，但他以前是个军人。"

"那好办啦，去'夜来香'问问，那里是老兵集散地。芒街是个小地方，找人不难的。"

"夜来香？"

"对哦，夜来香，就是邓丽君唱的那个：夜来香，我为你歌唱，夜来香，我为你思量，啊——啊——啊——我为……"

---

①容霞（Dung Ha），越南黑帮女头目，与张文甘对立，后于二〇〇〇年十月二日被张文甘派人刺杀。张文甘被捕后，容霞的后继者控制了张文甘的地盘。
②凭祥，广西边境城市，中越双边贸易的重要枢纽。

我把钱塞进他裤兜:"赶紧开,闭嘴!"

十分钟后,我又听到了相同的歌声,还好这次是邓丽君的原唱。"夜来香"位于茶古滩畔,木质结构,两层小楼,外面看上去像个红木家具饰品店,推门进去,才发现真身是个酒吧。

屋里很宽敞,至少有几十张台,人也不少,但基本上没有中国人。所有的桌子上全摆着若干空酒瓶和堆积如山的烟灰缸,导致一开始我愣是没找到地方坐下。后来阿关告诉我,没人的台子都是可以随便坐的,因为这里的酒保每天只收拾一次桌子。除了吧台旁边有人在随歌声演绎公共卡拉OK外,气氛还算祥和。

一个斜叼着卷烟的人走到我坐的地方,说了句什么,我没听懂。紧接着,他又用汉语问道:"中国人?"

我用余光瞥到阿关有些惊慌,忙掏出一张二十元的纸币递上去:"两瓶啤酒。"

"西贡还是大越?"

桌上的一堆空瓶里没一个是我认识的牌子,除了蝌蚪文之外,我就瞄见几个阿拉伯数字:"333。"

来人拿着钱走去吧台,带回两瓶"333"牌啤酒,找了我两张越南盾:一张面值一万,一张面值五千。我数出二十块人民币,连那笔"巨额"找零一起推了过去:"谢谢,我还想找个人。"

阿关用越语把我的话又转达了一遍,不过我能看出来那人懂汉语。

他没看桌上的钱,问道:"找谁?"

"阮勋宋。"

他皱了皱眉,去看阿关,阿关忙用越语重复了一遍。果然,听起来和汉语的发音不大一样。随后,他俩你一言我一语地谈上了,内容我听不懂,但我能看出阿关很是小心翼翼,而对方则比较强硬。

抿口啤酒,冰凉,还带着股玉米味。"333"牌,唔,要是能配上"555"牌香烟和"999"牌胃肠冲剂就彻底圆满了。大概这里的老板或主流顾客钟情汉语老歌,喇叭里滚动播放的大多是邓丽君、吴莺音、周璇、韦秀娴以及其他一些我根本听不出来是谁唱的歌,偶尔冒出首蔡琴的《把悲伤留给自己》,会让我有种很时尚的感觉。靠近吧台的一张桌子边,有人正在大肆哼唱。

其实我一进来就注意到这个人了,因为他很扎眼,比周围的人皮肤都要白,身材也相当高大,怎么看都不像越南人。他旁若无人地左拥右抱着两个本地女孩,混合了越语、汉语和英文的说唱声很响,周围的本地人却并不在意,甚至不时地展露出迎合的笑容。

阿关凑到我耳边:"他说,阮勋宋最近一直没来过这里,你要找其他掮客的话,他可以另给你介绍。"

"帮我问问什么是'掮客'……我是说,在这里'掮客'都是干什么营生的?"

"阿爷你不知道吗?"阿关把那对小眯缝眼尽可能地撑到了极限,"'掮客'就是中间人啦,你想要什么都可以去找这些人买,女人、孩子、白粉、器官、大枪、消息、人命……出得起钱,没有买不到的。"

"商品经济的天堂啊。"我吹了声口哨,"那让他帮我介绍个能找到阮勋宋的掮客吧。"

阿关和那人又谈了个来回,扭头翻译给我:"他问,你要找'水湾掮客'还是'深海掮客',价钱不一样的。"

这两个别致的称谓让我心中暗暗发笑,原来越南也兴"水深水浅"这么一说。

屋里有点儿闷,我灌了口啤酒,凉快下来:"有'菜单'让我挑吗?"

阿关肯定没敢直接翻译我的话:"他说一种桌上的钱就够,另一种要上百万盾。"

虽说不了解兑换价,但"上百万"的价码还是让我思索了一下其背后隐藏的价值含义:"那是多少钱?我是说人民币。"

"四五百块吧。"

"爷有钱。"我掏出钱包,把六张百元大钞放到桌上,"再来两瓶啤酒,换个别的牌子尝尝。"

阿关还在翻译,但那人看到桌上的钱,想来已明白了我的意思。他嘴角上扬露出轻蔑的笑容,用有些生硬的汉语说:"我只管介绍。"

我点点头,晃晃手里的空瓶:"别忘了再来两瓶。"

那人轻浮地笑着,抄起桌上的钱,撩开衬衫,塞进腰带里。我瞄见他还别着把带皮套的匕首,便不自觉地向后靠了下椅背,用甩棍的存在感来让自己放松一些。

随后,他侧身指了下那个正捏着嗓子呻吟着"停唱阳关叠,重擎白玉杯,殷勤频致语,牢牢抚君怀"的苍白大个儿,说:"撕钱……"

我全身肌肉立时绷紧,没再留意他说什么,默不作声地扫视着屋里的几个出口方向,同时右手往腰上摸……直到阿关对我说:"他说那个人就是最有名的'深海掮客'……"

哦,这钱挣得倒也容易。

"那他说什么'撕钱'?"

"不是不是,他是说:那人叫时天。"

铁鞋尚未踏破,信手得来还真没费工夫。

"时天?"我大咧咧地一屁股坐在他对面,"董时天?"

时天嘴里还在哼着"红叶为它涂胭脂,白云为它抹粉黛",打量我的眼神却显得阴鸷、狡狯。他本该是细长脸,但被中年发福的增量生生改造成了国字脸,薄薄的嘴唇周围是一圈青色的胡子茬儿。一曲唱毕,他歪着头,耸起猩猩似的宽厚肩膀,朝我扬了下眉毛。

我举起十块钱,向刚才那个"介绍人"打了个响指:"我请你喝一杯。"

"抱歉。"时天摊开两手,双肩耸立,"我跟你很熟吗?"

我指了下时天,把钱塞给来人:"该怎么称呼?老董?还是'深海时天'?"

时天把人叫了回来,从他手上拿过那十块人民币,撕成两截,扔到我面前:"谁说你可以坐这里的?"

我开始怀疑"撕钱"是不是他的越南名字了。

隐忍了一下,我指着"介绍人":"他说你是最有名的掮客,还是深海版本的。我想找你买些消息……"

"我不认为察佬①能出得起我的价钱。"他抬高声音,周围的一些人立刻把目光聚焦到我身上,"滚!"

我回头,见阿关的腿肚子在抖动,便笑着对他说:"阿关,出去等我,没事的。"再回过头,时天身后已经围上来好几个人。

"抽烟吗?"我睬也不睬周围的一群恶汉,叼上烟,把烟盒递了一下。时天没理会,我自顾自地点上火,然后摆弄着打火机:"我有个朋友,他的打火机上刻着'N——A——G——A',

---

①指南越华人。

他说——"

时天猛一抬手打断了我，同时喝退周围的人："他介绍你来的？"

就坡下驴吧："嗯哼，我是'纳迦'的朋友。"

时天把右手伸进一个女孩的上衣里，饶有兴致地咂着嘴："除了黄锋，纳迦小队早没活人了。你认识哪个？"

这就只能连蒙带猜了："那看来，我认识的是两个死人。"

时天的瞳孔骤然缩小："哪一个叫你来的？"

"我说了，两个死人啊。"

他仿佛松了口气："我怎么知道你说的是真是假？"

我从腰包里掏出一张照片放在桌上，那是去年我、雪晶、彬和依晨在"指纹"的合影。时天把右手抽出来，将照片举到离双眼极近的距离，仔细审视了一番之后轻佻地说："你老婆的奶子长得不错嘛，就是不知道手感如何。"

"说话小心点儿！"

"不然会怎么样？"时天把照片丢回桌上，"你该庆幸，没这张照片或照片是假的，你老婆就该当寡妇了。婊子养的小骗子！告诉你，这世上能同时和他俩对话的，不超过两个人，一个是我，另一个绝不是你。幸好，认识的这个勉强能让你保住小命。"

兜里的电话在振动，我没敢接，只觉得浑身汗毛倒竖，太阳穴青筋乱跳，冷汗顺着耳根子渗了出来。冷静，冷静……他并不是虚张声势，但他也没敢把我怎么样。对，时天没敢对照片上的依晨胡说八道，更没像处理十块钱那样把照片一扯两半……难道说，他不敢得罪彬？

我把酒瓶举到嘴边，权当遮脸用："韩彬说，有些我想知道的事，可以来问你。"

"是吗？"时天的目光依旧咄咄逼人，顺手拿起桌上的手机按了几下，"没关系，让我们来看看，这次你说的是不是实话。"

我更紧张了，自己挖坑自己跳，我真是活腻了。

还好，电话似乎没通。时天若有所思地用手机轻轻磕打门牙，向吧台喊了一句，随即，音乐停了下来。

看到他又在拨号，我几乎要窒息了。

这回通了。时天用低沉的嗓音讲着越语，口气相当关切，并且不时警觉地扫视我。我不禁后悔为什么刚才把翻译放了出去，只好努力让自己装出无所谓的表情，同时悄悄把椅子向后错了错，随时准备先发制人。

时天突然挂断电话，哈哈一笑："你还真不是个小骗子。干这行以来，敢在我面前连续撒两次谎的，你是第一个。"

我没做出任何回应，时天的话虽刺耳，却没流露出明显的杀意。

"运气好的杂种！"果然，他有些失望不能将威胁付诸实践，"有人要留你狗命。所以，你也有幸成为第一个能在我面前连续撒两次谎的活人。"

证实了自己的猜测后，我莫名地感到幸灾乐祸，得寸进尺地还噎了他一句："一屋子人都得看你眼色。杀不杀我，还不是你说了算？"

时天冷哼一声，"咔嗒"把自己的"左手"摆到桌上——我才注意到那是条义肢。

"别急。想死？机会有的是。"

假定他和彬取得了联系，再编瞎话就很不明智了。而随后几个小时的推杯换盏让我发觉,若以诚相待,时天其实是个不错的聊天对象。他对我和彬的关系似乎很好奇,并以不让一群越南悍匪鸡奸我为对价,交换了我的长篇述说。

"真难想象,他居然能适应那种生活。"时天哼着《三年离别又相逢》的调调,被酒精熏红的双眼洋溢着满足,"三年离别又相逢——啊——啊——你肯定想知道,那段时间他做过什么。不过,这和你的最终目的好像没什么关系。你不是想抓他吗?"

我不置可否地吸着烟。

"一个结交了近十年的兄弟却是个陌生人,很憋屈吧?"他又哼了会儿歌,一翻眼皮,"你以为他在大陆杀了那么俩人就算惊天大案了吗?毛毛雨啦……你是不知道,他手里捏的人命,不计其数。"

"一九九四年彬在北京失踪了,他来了越南吗?"

"据我所知,大概是。"

"他来这里做什么?"

"不清楚,没人知道。"

"然后呢?"

"人民军当时在凑数,他稀里糊涂被抓了丁,扔进126旅炮兵连。和他同部队的有不少华裔士兵,其中一个就是你曾见面却不相识的那个猛男。"

"你是说那个刺客?"

"他俩是好兄弟,听说之前还曾联手在部队里杀过一个军官。"

"他们是朋友?"

"本来是,后来就有些说不清道不明的恩怨了。巧的是,当时的越南总书记在《人民军队报》上特别强调要团结社会主义兄弟国家，为人民军的外籍士兵提供坚实的保障，也可能是赶上《中越联合公报》刚刚发表……反正他俩算是搭了顺风车，杀了人却没吃枪子儿，反被调去河内陆军培训基地的861特工团。"

"861特工团……他也参加了'弑子'行动？"

"不然他怎会进了'纳迦'？"

"他常用的那个打火机上刻的'NAGA'，应该就是'纳迦'的发音吧。"

"'纳迦'是柬埔寨神话传说里的蛇神，胡用！那帮越南基佬编名字的水平比口活儿次多了。"

"他们是去刺杀谁的？宾森？"

"看来你还真知道点儿东西……当时有传闻说赤柬司令有意向林旺政府投降，没准儿越南是支持另一派的，所以去搅搅局。"

"什么意思？"

"没意思。反正据传在六月十号午夜，安隆汶潜入一队刺客，宾森全家被杀。那会儿我还在新金三角①一带替人卖命。事情闹得很大，整个北柬地区全遭到了冲击。王家联合军司令林旺那边认为是沙玛尔王族的次子裴拉沙恩搞的鬼，赤柬以为是某些势力实施的报复，裴拉沙恩则咬定是国外势力的暗中干预，结果各方部队疯狂扫荡北柬。军火、白粉、武装押运……什么买卖都没得做了。"

"那你怎么认识他们的？"

"没过几天，'纳迦'小队的幸存者出现在新金三角，就剩下俩人。"

"是彬和……"

---

①柬埔寨、泰国、老挝三国边境交界处，以穆拉巴莫、磅斯罗芬以及君克汕三点连接成的一个相对"管辖真空"的地区，曾一度被称作"新金三角"。

"其中一个是你的朋友，但他不叫什么彬。"

"他用的化名？叫什么？"

"这个，我不能说。"

"为什么？"

"因为他俩的名字在柬越一带是禁语。"

"别扯淡了。"

"呵呵。"时天欠身提了下腰带，复又坐下，"对于宾森的死，最后统一的说法是帕所韦特自己'清理门户'的结果，谁知道呢……问题是，甭管'纳迦'小队是否亲手杀了宾森，随着他们一进一出，丢失了无数机密文件——全是劲爆猛料。"

"'纳迦'小队带走的？"

"或是其中某个人带走的。"

"是彬吗？"

"我不知道，也没兴趣知道。但为了这些记载着赤柬花边新闻的八卦文件，至今还有无数人在寻找'纳迦'的生还者。如果我向你透露任何一个名字，难保你不在某个时候脱口而出，那'无数人'肯定会插烂你的屁眼逼你说出他们的下落——可怜啊，因为你根本不知道，白被人强奸岂不很冤？"

"你就不怕那'无数人'来直接干你？"

"我是个特例，特例中的特例。"时天伸出红红的舌头舔着嘴唇，颇为得意，"没人想和整个南亚地区的黑白两道作对。"

不管他的话里有没有吹嘘的成分，反正我目前是不敢和他作对的："那就是说，彬当年的战友，正在追杀他？"

"你死我活。"

"为什么？"

"不为什么。"

"嘿！你不号称是'深海捎客'吗？"

"'不为什么'就是'你没必要知道'的意思。"

"我对你知无不言，言无不尽，你这么说就太不仗义了。"

时天笑得相当粗鲁："想仗义，你找错人了。"

我思忖着还有什么别的路可走："对了，你能找到一个叫阮勋宋的人吗？"

"你就为这么点儿破事想支使我？"

"只希望这次我没再找错人。"

阿关至少说对了一件事：芒街是个小地方，找人不难。

出"夜来香"向南走不多远，钻进一片破败的民居中心，有个不大的露天排档，十多个赤膊、文身的越南男子或蹲或坐，盘踞在周围，齐刷刷地向我们一行投来凶狠的目光。我能分辨出，这些人与在"夜来香"里喝小酒、哼小曲、泡小妞的退伍军人不同，属于地地道道的亡命之徒。

我瞄了眼身后，阿关的脸比本色又白了不少。

时天浑没在意，指着角落里一个佝偻的人告诉我："那坨垃圾就是你的相好。对了，他不会讲汉语。"

我招呼阿关一起过去，还没走出两步，面前就竖起了一座人墙——四个本地人拦在半路。虽然他们个头儿最高的也就到我鼻子，但横眉龇牙的样子活像一群鬣狗。我回头看看时天："能帮通融一下吗？"

时天祭出招牌式的摊手耸肩："我跟你很熟吗？"

我把包交给阿关，走上前，也不管他们能否听懂，径自低头念叨："借过，借过一下……"

一只手摸上我胸口，把我推了回来。

我反手握住后腰的甩棍。

时天冷冷地提醒道："我就说嘛，想死，机会有的是。"

我盯着那四个人，同时环视着四下里的一片蠢蠢欲动，慢慢松开手，伸进后裤兜，掏出一卷钞票……

身后传来时天啧啧的讥讽声。

阮勋宋是个出奇矮小的家伙，酒糟鼻，疤瘌眼，满脸的丘壑模糊了他的年龄，裸露的两臂青筋暴起，指节粗壮，多少能看出点儿军旅生涯的痕迹。

本想也以请客喝酒为见面礼，但他指间的针孔让我改变了主意——现金大概会更受欢迎。我让阿关告诉他：回答我的问题，一个问题十块人民币。

我最想知道，彬和"纳迦"小队之间，到底发生过什么？

阮勋宋听完，向我伸出十根手指确认，我点头，问道："一九九七年的'弑子'行动，你们派出的'纳迦'小队成员都有谁？"

这个酒鬼加毒虫清晰的记忆力令我惊喜不已：队长姚江，第一突击组武洪山、阮八，第二突击组黄锋、冯才，狙击手阮雄勇，副狙击杨新，医疗兵潘广成，通信兵朴兴。

也许是怕我嫌他钱挣得太容易，没等我继续问，他像背书似的补充道，六月六日下午，"纳迦"小队自基地出发去辽保，然后从辽保进入老挝，穿越老挝南部抵达班北松，沿扁担山脉进入北柬，十日上午十一时抵达安隆汶，并于午夜零时展开行动。

我丢过去十块钱，追问道："后来呢？"

阮勋宋的回答开始断断续续含糊起来。行动开始后不到半小时，"纳迦"小队在现场与指挥部取得联系，队长姚江报告说宾森全家都死光了，而他们正遭到对方部队围攻，请求撤退。

尝到了前面的甜头后，我攥着十块钱，并未急于散财。

果然，他又补充说，指挥部同意了"纳迦"小队的撤退请求，并告之接应部队将在柏威夏①以北十五公里处与他们会合。突围战很激烈，大半队员阵亡。

我丢下钞票："我知道黄锋被俘了。其他人呢？"

阮勋宋眨眼的频率明显加快，闪烁其词。当时各方势力都急于表白自己，"纳迦"小队损失惨重，撤退失败，剩下姚江和阮八临时改变路线，去了新金三角地区。

我在大脑中飞快地过了遍地图："不对吧，新金三角在你说的会合地点以东，他们要去那边，不就已经路过会合地点了吗？"

阮勋宋似乎是毒瘾上来了，神经质地挥着手说，他们一定是受了某方势力的引诱，叛逃了。

我抬手握着空拳一个嘴巴把他抽翻在地，周围的人有些骚动——很好，胡萝卜加大棒政策还能同时震慑到其他人，一举两得。阮勋宋被打得不轻，半晌没爬起来。我拿出五十块钱，用空酒瓶压住，敲着桌子对阿关说："叫他起来！想要钱就继续回答问题！"

没等阿关把话说完，阮勋宋已经被那张纸币吸引回桌前，咧着一口黄牙，松弛的面部展露出贪婪与谄媚的混合表情。我伸手按在酒瓶上，问他："知道韩彬是谁吗？"

---

①柏威夏，位于柬埔寨北部与泰国、老挝的交界处。

阮勋宋只顾盯着钱，我让阿关又问了一遍，他才反应过来，茫然不解地摇摇头。

我掏出合影，连那五十块钱一起推到他面前，指着彬："照片上这个人是谁？姚江还是阮八？"

阮勋宋飞快地把钱抽走，嘴里发出满意的咕哝声。随后，他看了照片一眼——只一眼，就像石瞻一样，被牢牢地吸引住了。

"暗努瓮阿苏腊……"他的声音有些颤抖。

我问阿关："这孙子说什么呢？"

阿关告诉我："他说的是安隆汶……安隆汶的什么……"

"暗努瓮阿苏腊，暗努瓮阿苏腊……"

阮勋宋还在不停地念叨着这句话，表情越发恐惧。时天突然坐到我身旁，我一愣，随即发觉有几个人围了过来。

"惹出麻烦喽。"时天把义肢搭在我肩头，"这白痴怕是嗑药嗑昏了头，真是口不择言。"

"他说的是什么？"

"暗努瓮阿苏腊——他说的是：安隆汶的死神。"

随即，我听到一声金属撞击的前奏。

不是自夸，从刑侦到预审，预审到治安，治安再回到刑侦，一路下来，任凭多少刀光剑影、血雨腥风，我向来是双拳开路，所向披靡，多大的阵仗都经过，多骇人的场面都见过，多凶险的境地都扛了下来。但当阮勋宋随着一声巨响在我面前血溅五步的时候，除了耳鸣的回声外，留给我的，只有难以置信的震惊。

光天化日、众目睽睽之下，一个正在和我对话的大活人……没有骂骂咧咧，没有威胁恐吓，没有动手动脚，更没有枪顶后脑聊大天的肥皂桥段，震耳欲聋的丧钟响毕，一切已经结束了。

七点六二毫米的弹头把阮勋宋打得先是撞在桌面上，然后像断线木偶般瘫倒在地。与此同时，那把"黑星七连发"的枪口微调方向，对准了我。

我本以为，马上就会传来撞针触发底火的声音——属于我的那一响丧钟。

有人拱了我一下，等我回过神，才发现时天往我身前一别，用半侧肩膀挡住了我的胸口。对方——我才看清拿枪的是个胸口文着黑色罂粟花的青年汉子，冲时天大喊一句，同时挥动手里的家伙，似乎是让他闪开。

我听到机械轴承的转动声，时天熟练而协调地令义肢与真臂左右摊开，耸动肩膀，回敬了一句越语。虽说听不懂，但内容大致能猜到。

枪口立刻转向了他。

我抽出甩棍，准备拼了。面前站着三个人，周围还有七八个，如果能一出手放倒这个拿枪的，甚至夺到武器，没准儿能换得一线生机。

不想，时天站了起来，右手撑在桌子上，身体前倾，肆无忌惮地把脑袋凑到枪口前，装模作样地眯着右眼看了看枪膛，说了两句什么，猛地朝枪上啐了口痰。

"黑罂粟"受此大辱，自然是下不来台。他情绪激动地甩掉枪上的浓稠液体，紧接着朝时天的上半身来回比画，口中大吐秽语。时天却好似一座冰雕，隔挡在我和那把嗜血的凶器之间，纹丝不动。

僵持了一阵子，其他人陆续围上来，吵吵嚷嚷地把"黑罂粟"和他的另两名同伴推开了。我注意到他们个个身上都别着长短家伙,不禁庆幸刚才没来得及动手。

时天盯着那人收起枪,才站直身子,扭头对我说:"走吧。"

背包被丢在地上,阿关早已逃得不知去向。我捡起包,看到上面挂着星星点点的血迹,继而发觉自己衣服上也差不多。时天始终站在我和那群人之间,并小声告诫我,走的时候不要太慢,也不要跑,尽量别回头看。

我一声不吭站起来,情不自禁地穿过时天的臂弯,看了眼倒在地上的阮勋宋。他双目圆睁,了无生气地注视着自己的血从面前流淌经过,左手捏着那张要了他命的合影,右手不自然地垂在裤兜旁,仿佛在保护露出一角的五十块钱。

不知走出多远,我突然觉得浑身虚脱一般,乏力到难以支撑的地步,只得靠在一间民房的墙边稍事休息。掏烟的时候,手在抖,时天也拿了一根,并帮我点上火。

我大口地喘气,汗如雨下,刚抽一口就呛到了自己。时天还是那副玩世不恭的表情,但眉宇间似乎颇有些忧虑:"最近这里不适合中国人来,我陪你走到北仑河①吧。"

"他们居然……"我最终还是感到了愤怒,"不该去报警吗?"

"你跟他很熟吗?"时天摊手耸肩,吐出一串烟圈,"早死早投胎,没什么不好。"

"'安隆汶的死神'——姚江和阮八这两个名字,当真是禁语?"

---

①北仑河,东兴与芒街之间相隔的一条划分中越边境的界河。

"芒街最近的形势相当微妙。"时天没有正面回答我,"你个小警察有本事就去抓你想抓的人,别搅到这些旧日恩怨里来。"

我没打算放弃:"彬就是'安隆汶的死神'?"

时天拍着自己的义肢:"怎么说呢……十一月二十二号,一九九七年,我亲眼看见自己这条胳膊从面前飞过去。那天,死神无处不在。"

"你也在场?"

"那天有很多人杀进了安隆汶,只不过活着出来的没几个罢了。"时天右手灵活地翻转着香烟,"'安隆汶的死神'是后来南亚各路黑道的一种精神象征,类似于关二爷……姚江和阮八,是神龛上的活佛。"

"彬是哪一个?"

时天思索了一会儿,摇头道:"你最好识相一些,别插到他俩中间去。"

"现在另一个人就在追杀彬,他们之间到底发生过什么?"

"很难说清楚,大概是命吧。"

"什么命不命的,还不都是人选的!"

"你刚捡回条命,总不能说是猜对了硬币吧?"时天蹲下来,笑得相当轻狂,"你会觉得是我选择救下你,因为那帮疯子不敢杀我,对吧?——哈!你一定是这么想的。我猜中了,一定是被我猜中了!可万一那家伙真开枪了呢?或者枪走火了?再或是他们一起把我按倒,然后在我面前将你先奸后杀……无数凑巧或不凑巧叠加起来,你才留下条小命。你选择,我选择,他选择,所有人都在选择……嘿嘿,我们在选择命运,殊不知,命运也在选择我们。"

"你的意思是,他俩必然会……"

"也许吧。"时天起身,向我伸出右手,"三年艰苦特训有可能培养出一部杀人机器,但要想在子弹横飞的战场上穿梭自如,光凭实力?做梦去吧!"

拉起我,他转身瞥了眼北仑河的方向:"那天的雾好大,安隆汶就像座白色的迷宫,你唯一能做的只有摸索,然后等待与死神的不期而遇。"

"姚江和阮八,他们都去救黄锋了!对吗?十一月二十二号那天,他们都杀回了安隆汶!而且,他们都活着出来了……"

"他们不是一般人。或者在我看来,他们根本就不算是人。"

"你是想说,命运选中了他们?"

"No!他们大概不需要等待命运来选择吧。"时天撇着嘴,又在摊手耸肩,笑得异常诡异,"你刚刚不是听到了吗?他们本就是掌控命运的死神嘛。"

进出芒街,前后只有不到三个小时。我不甘心第一次异国之旅收获如此可怜,却也明白继续待在这里会有性命之忧。一路上,时天不肯再透露彬的往事,失望之余,我想到还有另一个牵挂的谜团——圣雷森基金会派遣的医疗团。

对这件事,想必时天是有些了解的:"知道,我和那个带队的打过不少交道,今年他还找我搭过两回线……那小子,一看就是个'人才'——真正的、罕见的下贱坯。"

我回忆了一下,疑惑地问他:"今年?可孟京涛〇一年就失踪了。"

"第一,经手的买卖,我不会记错。"时天敲了两下太阳穴,斜睨着我,"第二,孟京涛是谁?"

"孟京涛就是……"我脑筋一转,"他的化名,他本名叫什么来着?"

时天精明得令人尴尬:"这名字不值钱,我免费送你,他叫梁枭。"

我都觉得脸热:"哦,那他……他找你什么事?"

他用摊手耸肩的标准回应诠释了"深海掮客"的"职业操守"。

我索性回到原先的话题上,问他:"那九四年这个医疗研究团队与赤柬接触的目的是什么?"

"救死扶伤喽。"

我第一反应是不信,立刻发觉时天在用表情告诉我,这似乎又属于"我没必要知道的事情"。

"彬几乎杀光了那支队伍里所有的人。"

"如果真是这样,那他一定有大开杀戒的理由。"

"那十个人九四年去的柬埔寨,彬却追杀这些人至今——什么理由能让他耗费十多年的精力去这样做?时天,你知道的,我求你告诉我。"

"我确实不知道。"时天的语调总显得影影绰绰,难辨真假,"老实说,我也挺好奇这事。"

"你没问过他?"

"酒后壮胆,问过。"

"他没告诉你?"

"他说——"还是摊手耸肩,语意双关,"与你无关。"

"现在与我有关了。这些人和宾森直接接触过,'纳迦'小队九七年又去刺杀了宾森,这之间恐怕有什么关联。"

"也许因为他是个人道主义战士?哈……"时天抽了下鼻子,

头转向另一侧,"你认识他正常的一面,我认识他'正常'的另一面,可又有谁敢说了解他?"

行至东兴关口的桥头,时天停住了,朝我扬起义肢:"送君一别,赶紧回去吧。你老婆看上去还不错,想死的话记得把她托付给我。"

我才想起刚刚欠下好大的人情,忙掏出钱包:"对了,一直忘了谢你……"

时天另一只手敏捷地从我手上抢过钱包,看了看,抽出一张十元的纸币,把钱包塞回我的口袋里:"算你请我喝酒。"

望着眼前这个游弋在灰色地带的同胞,我心中忽然沉甸甸的:"能不能……留个联系方式给我?我是说,以后有机会我再来好好请你喝一杯。"

"心领了。"时天的回绝在我的意料之中,但他继续解释道,"我居无定所,电话勤换,给你没意义。再说,你今天都看到了,现在芒街是是非之地。周戚年以为可以趁乱捡便宜,这猪猡就不明白什么叫'强龙不压地头蛇'……我只能告诉你,不要再来这里——无论你为了什么,都绝不要再来这里。"

"就因为黑社会在争地盘?"

时天有些无奈地盯着我:"九七年十一月二十二号,知道我在安隆汶看到了什么吗?"

我回忆了一下,回答:"你说过,你看见自己的左胳膊飞了出去。"

"那只是一个与我有关的表象。"他轻抚着自己的义肢,仿佛它还会有知觉一般,"我看到的,是狂奔。"

"狂奔?什么狂奔?"要不是顾及他的残疾,我真有心也学他那样摊手耸肩,"敌人狂奔?子弹狂奔?还是你的两条腿?"

他没再往下说。

我回望了芒街一眼,又看看时天,掏出纸笔,给他留了电话号码:"要是来国内,记得给我打电话……哥们儿,我欠你的。"

他很大度地摊开双手:"你不欠我什么,要欠,也是欠你朋友的。"

"是他托付的你?"

"他托付了很多人……不管你怎么看,我想他还是拿你当朋友。"

我怔住了:"你是觉得……我不该追捕他?"

"一码归一码。"时天挠挠后脑勺,"朋友归朋友,命是命,命里你俩有一拼,也是没办法的事。"

"希望我们之间不要有那么一天吧……"我有些黯然,"时天,你多保重——哦对了,我一直都不确定,你是叫时天?就是姓时名天?据说你不姓董?"

"名字?很重要吗?"时天怔了怔,"有人告诉我说,名字只是符号,但人不是符号……记事的时候,身边的人都叫我小天;在新金三角,弟兄们叫我天哥;回老家认祖寻亲,一些自称邻居的老东西念叨着:'是不是被董家卖掉的小峰回来啦?'……"他很大声地咂了下嘴:"到头来,我他娘的还是不知道该叫什么名字。管他呢,叫什么无所谓,我总会晓得是在叫我。"

"呵呵,倒也是。"我今天第一次放松地笑了出来,"我们会再见面的。"

"你最好别再……"在夕阳余晖的映射下,时天的眼神居然显得柔和了一些,"对了,九四年中旬,赤柬确实更换过一批自动武器,牌子很杂,印象中有SG550或SG551,可能还有俄制的AN94……你不懂,这在当时都算顶尖装备。"

"可圣雷森基金会当时没有大笔资金入账，红色高棉买得起这么大的现金单？"

"不知道。"时天摊手耸肩，"反正天底下不会有免费的午餐。"

3

第三站，广西四道。

四道镇在靖西以南三十多公里处，靠近中越边境，交通相当不便，平日里只通拖拉机。自打进入广西，天气一直是淫雨霏霏。我好不容易花五块钱外加半包烟搭上趟顺风"机"，还是敞篷座，只得缩在帆布里任凭风吹雨打。

地方虽偏，所幸电话信号偶尔足够让我接通文明世界。我在途中给袁适回了个电话——对彬的浓厚兴趣，已令他把刚刚陈尸归案的"王睿"抛到了九霄云外。在高度评价了我在芒街的惊魂闪电之旅后，他告诉我：对顾帆的搜索范围已经缩小到三个人了；韩依晨是九九年自云南片马地区一家教会孤儿院被领养的，建议我顺路也走访一圈；最后，他还送上一块至关重要的拼图。

"你们太执着于找活人，却忽略了死人的价值。九四年在柬埔寨因病死亡的陈娟，是顾帆的女友，但你知不知道陈娟的前男友是谁？"

那一瞬间，我仿佛看到了某个重叠的场景——水边的安隆汶，或是大雾中的小月河。

在泥泞的小路上颠簸了两个多小时后，我终于狼狈不堪地抵达了目的地。跳下拖拉机,一个以积水为掩护的、带有某种诡异坡度的泥坑让我的臀部顺利落地。而当司机以赶赴火葬场的速度驱驾离开时,轮胎挤溅起的一片泥水则令我从头到脚彻底接受了来自广西大地的自然洗礼。

四道镇总共就六百多户人家,找人比在芒街更简单。半小时后,我站在镇中心唯一一条柏油马路边的小卖部前。"小卖部"是招牌上写的字号,严格来讲,其实就是个摆在自家屋檐下卖瓜果梨桃的地摊儿。大概是因为下雨的关系,门庭冷落,生意萧条,老板半躺在竹榻上自斟自饮,倒显得十分悠闲自在。

这是一个年近五十的中年人,身材矮小,穿着免裆裤和短袖汗衫,敞胸露怀,肤色黝黑,胳膊上隆起的腱子肉把袖口绷得紧紧的,一看就是只"矮脚虎",只是左边的裤管空荡荡的——但这居然并不是他身上最严重的残疾——他的眼睛,或者应该说,是原本眼睛位置上的两个窟窿里,红黑相间的息肉盘根错节地纠缠在一起,好像两条努力从眼眶中钻出来的蜈蚣。我感觉头皮麻了一下,赶紧把目光从他脸上挪开。

走到屋檐下,我卸下背包,搭讪道:"老板,波罗蜜怎么卖?"

他笑呵呵地举起酒杯:"小兄弟,你真有心买吗?"

我们之间出现了短暂的尴尬。

"来我这儿买东西的,除了穿拖鞋的本地人,就是穿旅游鞋的小年轻,可没你这穿皮鞋的大主顾。"他得意地指了指自己的"双眼","我虽然看不见,可并不瞎。"

我在第一时间就确信,这个自相矛盾的理论,是有可能成立的。

"你是黄锋?"

"那你就是赵馨诚喽？"

说完，心照不宣地，我们都笑了。

我一屁股坐到地上，从包里掏出烟。"那你该知道我的来意。"

"你不是来自讨没趣，就是来自寻死路。"黄锋边说边把酒盅斟满，动作精准、利落，令人无从相信他双目不能视物，"小兄弟，既然时天放了你一马，这年纪轻轻的，又是何苦？"

"二〇〇六年十二月十三号至十八号，有一对情侣在民政路二十七号有偿借宿，其中那个男的，叫韩彬。"我递上根烟，"要是我没看错门牌号，证人就是你吧？"

黄锋一抬手就把烟接了过去。我听说先天失明的人往往听觉十分灵敏，但像他这样"半路出家"却几乎可以闻声辨物，真是让我开了眼。

"〇六年十二月……确实有人借宿过，那男的自报家门叫韩彬，我不过是如实配合你们这群官老爷，怎么？"不出所料，黄锋给出的说辞相当无赖，"你总不能指望我个瞎子去认人吧。"

我扭头望着风雨飘摇中的四道镇，问道："你为什么要搬来这里住？"

"老婆在这里，孩子又在东兴上学。"黄锋懒洋洋地向后一倒，靠在墙上，"只要是能过上安稳日子，住哪里不一样？"

大概因为迁居多年，黄锋操一口南方普通话，只有偶尔出现的近乎"这"与"介"之间的模糊乡音，暴露出他曾是渤海湾畔的子民。

"九四年，韩彬的前女友陈娟客死柬埔寨——她接触过宾森。同年，他出现在越南。九七年六月，他和你们一起出的'弑子'行动，目标就是宾森。随后这些年，他几乎杀光了所有曾和陈娟一起赴宴的同行者——我已经大致明白他为什么会杀人了，但还有许多问题没搞清楚。"我往前探了探身子，加重了语气，"回答我的问题，你就能继续过你的安稳日子。"

雨越下越大，粗大的雨点儿争先恐后地砸落到地面上，"哗——哗——"的声音逐渐密集起来，最后连成了一道笔直的声线，敲击着这个人迹稀疏的小镇。远山的回响与周围高低错落的建筑物伴着漫天珠帘，我俩一言不发地听着雨声渐起渐落。在这样一种寂静与喧闹并存的环境中，人往往会丧失对时间的概念。不知过了多久，雨缓了下来，天也暗了下来。黄锋从墙脚的一个口袋里又取出个酒盅，斟满，递到我面前。

我伸手去接，意外的是，他却没有撒手。握着酒盅，我感觉到他的身体突然绷得极紧，好似把张开的硬弓，随时准备射向面前唯一的目标。我不知该如何是好，强夺不是，松手也不是，只得单膝点地，半跪半坐，伺机而动。

暴风般的杀意掠过，黄锋终于放开手。我把盏和着恐惧一饮而尽，随即听到了心脏剧烈撞击胸膛的声音。

他不是在听雨，他是在听周围有没有其他人经过。他也不是在沉思，他是在等待天黑。他甚至不是在向我敬酒，而是打算借机把我拽到近前……正所谓"与虎同眠无善兽"——他本打算杀了我。

"你是警察，办案就办案，别问那些无关的事。"黄锋的眉头抖动了一下，继续说道，"阿江和小八，少了谁我今天都不可能有机会坐在这儿，所以，你也不要妄想我会出卖他们当中任何一个。"

我把酒杯放到地上："不是让你出卖他们。我只想知道，我最好的朋友，都做过些什么。"

"最好的朋友？"他轻蔑地嗤笑一声，"就是这个正被你追捕的'最好的朋友'？"

"彬杀了很多人。"

"那些人一定有必死的理由。"

"不奇怪，很多人都这么对我说。"我叹息道，"彬有他的理由去杀人，我同样有我的理由去抓他。"

"我不知道他在哪儿。"

"难道说你知道就会告诉我？"

"那你想找我问什么？"

"时天说过，姚江和阮八本是过命的交情，他俩为什么最后会反目？"

"我不知道，也一样想不通。"

"听说他俩被一路追杀到新金三角，会不会是因为被逼得走投无路，所以……"

"你是说互相出卖吗？"黄锋笑着摇摇头，"'弑子'行动，本就不是什么单纯的刺杀任务。"

"怎么讲？"

"出发前，阮勋宋把我单独叫去吴上校的办公室，给了我一个机密指示。"

我立时猜到了："让你们自相残杀……"

"嘿嘿，反应还挺快。"

"大概你们每个人都接到了这种'机密指示'吧？"

"阿江后来告诉我，他接到的指示是在撤退途中清理掉'纳迦'小队的所有人。而我接到的指示是：杀了间谍阿江。"

"姚江是间谍？"

"你看我像○○七吗？"

"呃……阮八呢？他被指定去杀谁？"

"没有，大概是上面嫌他太嫩，他并没有接到任何灭口的命令。"

"其他人呢？"

"突围的时候阿兴、阿才和广成都死了。我也丢了条腿。"黄锋述说的样子很平静，"但逃往会合地点的路上，武子、阿新还有阿勇是怎么死的，不好说。"

"姚江杀了他们？"

"就算是，他却没有杀小八。"

"你是说，既然他没杀阮八，而是一起逃往新金三角，就足以证明以这两人的交情不可能出现互相背叛的情形，对吗？"

"那个时候，没有什么不可能的。"

"我知道，他们后来还是分开了。"

"是。阿江在那里杀了一个地方武装的首领，收编了些人，小八返回扁担山一带躲避追杀。可后来……"

"十一月二十二号，他们却不约而同去了安隆汶救你。"

"我就是在那儿被人取走的这双招子。"黄锋的语气依旧平静，但脸色暗了许多。

"听说二十二号那天很热闹。"

"嗯呵呵，事后一想，真有点儿受宠若惊。"

"说起来……我倒一直有个问题搞不懂。为什么会有特殊行动部队去救你？"

"你觉得861特工团培训并派遣我们出刺杀任务安了什么好心吗？"

我舔了下嘴唇："无论能否顺利灭口，他们都打算栽赃……"

"'纳迦'本来就是炮灰。我们全是被利用的棋子。"

"但赤柬投降是大势所趋，与其到时候因为你这个活口打嘴架，不如根本别给越南人嫁祸的机会？"

"哼，我想不了那么多。中国人救中国人，本就在情在理。"

我抛出个比较关键的问题："谁最先找到你的？"

"小八。"他没察觉到我的意图，手中的酒杯频繁起落，脸上慢慢流露出追忆光辉岁月的兴奋与自豪，"我是独囚，外面有不止一个警卫，还有个流动哨……他们几个倒地之前连我都没听出有人靠近。嘿！那小子脚步声轻得，跟猫一样！"

"阮八救你出去的？"

"他架着我没跑出多远，就碰上阿江他们了。我也是那时候才知道这小哥俩结了怨。"

"他们见面说什么了？"

"说球啊！"黄锋摇摇头，"雾太大，碰面也很突然。小八一梭子撂倒了好几个，连句话都没给。哦对，其中一个侥幸只丢了条胳膊的，就是时天，那会儿他就是一崽子，没现在这么风光。"

"他没开枪打姚江？还是……"

"碰面的时候阿江确实叫过我一声，位置应该在可视范围内，他应该是躲开了。反正小八一上来放倒了他半队人马，扭脸就撤了。阿江扛着我继续突围，一路打打杀杀，手下死了个干净。说起来，时天那小子居然能负了重伤爬出安隆汶，真够好命的。"

"哦，那……然后你们遇到了救援部队……"

"嗯，我也够好命。"

"他们之间是为什么起的冲突？"

"不晓得。后来他俩都来看过我，谁都没提，我也没好问。"

"姚江眼看着被杀了那么多手下，当时没去追阮八？"

"笑话！"黄锋咳嗽了两声，啐了口痰，"莫不说阿江，整个

'纳迦'小队里，又有哪个敢和小八正面交锋的？阿江那边就算多那么俩人，也没到敢在大雾里追杀小八的程度。"

由于知道黄锋看不见，我没掩饰自己怅然的苦笑。

彬，我终于知道，你是谁了。

对饮了几杯之后，谈话继续。

"他俩后来都来找过你，没有互相问起对方的下落吗？"

"当然有。"

"你透露过吗？"

"当然没有。"

"你是不想他们手足相残吧？"

"这不是我能决定的。"黄锋把空酒壶灌满，"他俩现在不还是铆上了？"

"其实你一直都知道到底发生过什么。"我吸了口烟，把一片云雾吹进雨中，"你知道。"

他面色有些不悦，没说话。

"从安隆汶到新金三角，一路逃亡……只可惜，最后的最后，姚江还是出卖了自己的兄弟。"

"你晓得个屁！"黄锋仰起头，嘴角流露出淡淡的不屑，"小子，你杀过人吗？"

他话中的不明意味，令我再度警觉起来："如果有必要的话，我随时准备开荤。"

"说得轻巧……"他搓揉着自己的断肢，"对大部分人来讲，杀人，比送死都难。"

我承认，他的话我理解不了，因为我的确很少需要面对剥夺他人生命的抉择。

"战场上，你完全不可能有时间去琢磨能不能下得去手。那种你死我活的地方，就是一杀手速成班。两种选择：杀人，或者送死。而有一种人既可以为你去杀人，也可以为你去送死，那种人，叫战友。"黄锋沉着脸，"阿江和小八，都是我的战友。"

从石瞻之于郑柏，到姚、阮之于黄锋，我大概算是明白了"战友"的另一层含义。黄锋根本不在乎姚江是否出卖或是杀害过自己的队友，也不在乎阮八会不会去找姚江寻仇。恩怨是非，都是他们自己的事儿，外人免入。对他而言，那两个昔日并肩出生入死的兄弟，已成为他生命中永远无法割舍的一部分。

但我还是希望能得到他的亲口证实："逃出安隆汶之后，彬回到了北京，那另一个呢？混黑道？还是当杀手？——虽然两者都差不多。"

黄锋在给我倒酒："甭绕我，你想说什么？"

"能让我和彬联手都占不到半分便宜，'纳迦'小队的头牌，当然不会是浪得虚名啦……"

"哈哈哈哈！"黄锋突然开怀大笑，"你以为自己能和他相提并论？"

"和谁？"

"和你'最好的朋友'。"

"他应该比我强点儿，至少他杀过人，怎么说也是能瞬间连杀三个小混混的'超级高手'……"

大概是嗅到了嘲讽的味道，黄锋眼眶里的那两只"蜈蚣"抖动了几下，把酒杯递了过来："杀几个小混混算什么，你真是……晓得个屁！"

我伸手去接杯子："晓得晓得，那哥俩都有这本事……"

不料，我接空了——杯子没接到手，抬眼的那一刹那，我疑惑地发现，杯子也不在黄锋的手里。

他肩膀似乎动了动——只是似乎，因为我根本就没有看清楚。突然觉得右手肘一麻，而后右半边膀子立刻就不听使唤了。黄锋在瞬间扣住了我的肘关节，以我的身体为轴，把自己连同整张竹榻都拽了过来。等我醒过闷儿来的时候，他已经欺近到我身前，我看到那两条红黑色的"蜈蚣"在离我面颊不到五厘米的地方抖动着触须，仿佛随时会扑到我脸上一般。

酒杯落地，"咔嗒"一声，四分五裂。

无论表现得如何放松，我一直对与他进行肢体接触保持着高度警惕。不想，尽管他两目失明、一腿残疾，出手却依旧麻利。

我骇然，这个瞎子甚至没给我惊慌的时间。

"杀几个小混混吗？阿江也好，小八也罢，只要是'纳迦'的人，都做得到。"黄锋嘴角挂着一丝掺杂着戏谑的凶残，"不管是混混还是自命不凡的警察，对我们来说，没区别——你他娘晓得个屁！"

4

最后一站，云南片马。

大概是担心"同古酒店"三层木质阁楼的外观不足以撑起场面，怒族的老板娘云山雾罩地向我展开了宣传攻势，力求抵消我对这栋危旧建筑萌生的所有失望情绪："莫看我恁小家，好多人都住哈，你聂莫晓得，服务恁扎实哈！恁扎实哈！就属我小家，不消怕天，恁泡的凉榻，又有窗，晚上还笼火。要闷得恋，擦黑有姑娘哈，地面上什么相干都恁硬，莫怕事……"

她的话我没听进去几句，可自费出差的愚蠢行径没给我留下什么选择的余地。来到位于二层的客房放下行李，我发现屋子虽然不大，且陈设简陋，但一水儿的杉木家具擦得油光锃亮、烁烁发光，很有家的感觉——这五十块钱花得也算值了。

安顿好之后，我前往派出所，查询当地的基督教会都在哪儿下设了收容机构。接待我的民警恰巧刚在北京参加过培训，对我相当热情。一问之下，我了解到，本地的基督教会虽然不少，但方圆百里内设有孤儿院的，只南洛一家。

"闹出过大事情咧。"他眉飞色舞地告诉我，"原来管那里的是个神甫，就是男的信教的那种，叫张边路……收养了十多个孩子，可听说那家伙人面兽心，经营起'阳具宝贝儿'的勾当……"

"什么玩意儿？"倒不是说我有猎奇心理，可这个听上去极像成人用品的名词着实古怪。

"都说那个冒牌神甫是个恋童狂。他不但自己糟蹋那些孩子，还用他们跟一些在边境上乱窜的外国人做交易。因为民政局每年都会给那些孩子做体检，所以他倒不敢'打真军'，只是让他们去给人'吹喇叭'。"讲到这里，他不自觉地流露出厌恶的神情，"很多洋鬼子来了就直奔那里，还管那家孤儿院叫'Dick baby club'……"

"什么时候的事？"

"七八年前？或者更早些……结果出了状况：有六个女孩子集体割腕，其中两个死了。民政局和医院的人去调查，发现那些孩子说话全是战战兢兢的样子，就报了警……那个神甫？早跑啦！后来一个叫马莉的修女过去接管……听着是个洋名，其实是中国人，靓女咧！"

待得我在南洛那片破落的库房——哦不，应该说是库房改造的孤儿院见到马莉修女时,还真是呆愣了好一会儿。

由此,我对"靓女"一词的定义也有了新的认识。

马莉说不上多漂亮,三十多岁的年纪,五官算端正,肤色很深,就是这身高有够夸张。我注意到她穿的是双平底鞋,但比一米七五的我高了将近半头——这种"海拔"在女性中本不常见,而在南方的偏僻小镇里则更显得鹤立鸡群。以她的身段,不上伸展台,可惜了。

我向她出示证件,说明来意。马莉用甜美的嗓音回应道:"您请问吧。"

我担心她不愿意配合调查,决定先拉拉家常,消除敌意:"这里收容了多少孩子?"

"三十八个,目前是。"马莉边回答边招呼另外两个本地妇女一起晾衣服,"可能下星期会从北滇送来六个孩子,就是不知道这周末的亲缘聚会能不能有新的领养人家……"

太阳当空,有些闷热,我看到汗珠顺着她们的鬓角滑了下来。

"那,负责照顾他们的,有几个人?"

马莉突然笑了,透着无奈,却又相当明快:"都在这里了,警官。"

三对三十八,我看着她身后那几栋感觉上随时可能坍塌的房屋,不无感慨:"真是难为你们了,可供养这么多……"

"有教会的捐助和民政拨款,孩子们还是能吃饱的。"马莉很利落地把一盆衣服挂好,双手在裙摆上抹了两下,"再偶尔赶上个能卖出好价钱的孩子,还可以添置些家具呢。"

"啊?卖……卖孩子?"

"哈哈!吓到了吧?"马莉开始挂新的一盆衣服,还抽空瞄了我一眼,表情顽皮,"很多领养者看到这里的状况,都愿意捐一些钱。我也告诉教会里所有的介绍人,不光要挑善良的人家,最好要有钱的善良人家哦。那样我只要和被领养的孩子小小串通一下,没准儿还会有意外的收获呢。"

嗯,我开始觉得,马莉至少是个"亮女",像太阳一样明媚、光亮。

"要这么说,我也可以捐些……提供些帮助。"

"欢迎欢迎!"她把一件还没抻开的衣服放回盆里,向我伸出右手。

走上前,我轻轻地握了下她的手。她的手指修长,粗糙,骨感十足却相当有力,指甲修得极短——总体来说,不像女人的手。抽回手,我发现马莉还维持着原来的姿势,并冲我歪了歪头。

我迷惑地朝她也歪了下头。

"'帮助'呢?"她晃了晃空空的掌心,"欢迎您捐赠啊。"

我乐了。真是个好温暖、好明亮的太阳天啊。

"依晨是个很内向的孩子。我刚调来这里的时候就发现,那次事件对她的伤害尤其大,所以挑选收养人的时候也就格外小心。"走进室内,马莉仔细地把手里的钱数了两遍,交给了另一名神职人员,"她这样惹人怜爱的孩子,很容易激起收养人的同情心,要求领养她的人络绎不绝呢。"

我扫了眼屋里,除了三张铺着竹席的木床与几个柜子以外,一无长物。墙上挂满了照片,令我不禁回想起"庞欣"的卧室——这里大概就是修女们的寝室了。

"那看来你是千挑万选给她找的人家了?"

"韩先生吗?他是有缘人哦。"

"有缘"?您到底信佛信教啊?

马莉从柜子里抱出个箱子,翻了一会儿,把一沓文件递给我:"收养文件都在这里,手续很完备。"

我看了看,无外乎是些身份证及户口本复印件、收养申请书、授权委托书、无犯罪记录证明、财产证明、无精神病及传染病证明之类的,还有一份收养协议。"收养人韩松阁……修女,据我所知,来领走依晨的似乎不是收养人本人吧?"

"您是说韩先生的儿子吧?"马莉从门外拖进一筐芹菜,坐在床沿上开始择菜,"我对他印象蛮好的,依晨也很喜欢他。对了,他很慷慨的哦。"

我盯着手上的文件:"她原来就叫依晨?"

"对啊,至少我来的时候她就叫这个名字。"

"有姓依的?"

"这里还有叫小涛、小珍、洋洋、敏敏的,没有找到家之前,名字不过是个符号,叫什么不打紧。主给予的是生命,关爱的也是生命啊。"

这种说辞,怎么听起来那么耳熟啊。

她俯身从筐里拣菜的时候,项链上的十字架垂了下来,领口隐约现出一线春光。我慌乱地把眼神移开:"你、你刚提到'那次事件'是……"

"张边路……"马莉停了下来,拧着眉头吸了口气,"我不想提那个人。每次想到,我都会后悔为什么没早些来这里。"

我忙安慰道:"不能怪你,怪也得怪上帝把这些孩子给忘了。"

"没有啊,主怎么会遗忘这里?他记性很好的。"马莉抬眼望着我,表情再度欢快起来,"您看,他不是派我来了吗?"

大概是眼前这个修女的形象太过突兀,我点头不是,摇头也不是,只得拐回原来的话题:"那次自杀事件,依晨也是当事人?"

"应该叫幸存者。"马莉择菜的动作十分利索,"她和雯雯、刘樱、柳亚珍活了下来……不过还好啦,她们后来都被很不错的人家收养了。"

"依晨从哪里来的?她是孤儿?弃婴?"

她张着嘴"啊"了一声:"您把我问住了……我来没多久她就被韩先生领养了,这可能得去教会查……"

我其实也没抱多大希望:"那,有没有和她关系比较好的孩子?"

"小珍吧……"她想了想,"应该是小珍,等一下我给您找她的收养材料。"

"不急,不急。"我背着手,边溜达边扫视墙上的照片,还顺手抄了本《马太福音》翻阅,"你说依晨很喜欢韩松阁的儿子?"

马莉很确定地点头:"对呀。通常依晨都很害怕成年男人,但她居然不抵触韩彬。我一开始还担心韩先生本人没来会不会有问题,不过见到他儿子之后,我就知道,依晨遇到好人家了。"

"韩彬……"我心中一动,"听起来,你跟他很熟的样子。"

"他也是大额捐赠者啊。"她顿了顿,没看我,"而且,韩先生的授权书上写着他的名字呢。"

我装作没在意:"韩松阁怎么会想起跑这么远收养个孩子?"

"不知道。可能是参加了哪次亲缘聚会吧。"马莉的声音低了一些,"或者是他儿子参加了……"

"马莉修女。"我笑得略显严肃,"你们信教的,应该不允许撒谎吧?"

她扭头看着我,把不悦挂在了脸上:"您这是什么意思?"

"无意冒犯,我是说……你们这种宗教里,吐不实之言会遭报应的吧？我是担心，万一你的记忆有差错或是不小心隐瞒了什么的话……"

"'人之所行在自己眼中均看为正，唯有耶和华衡量人心'，没关系——"马莉双手交叉，置于胸口，"主的律法，来自他天性的仁慈和善良。阿——门——"说完，她还冲我吐了下舌头。

既然拿她没辙，我索性换回调侃的口气，道出的信息却并不轻松："知道吗？你印象颇佳的那位大额捐赠者，杀了很多人。"

马莉明显一时间无法接受我说的事实，整个身体硬生生地僵在那里，眼睛瞪得快从眼眶里掉出来了。

"我是说，领走依晨之后那些年里，他杀了很多人。"我不动声色地观察着她的反应，"当然，在你认识他之前，他早已杀人无数。"

"怎么会……"马莉一副难以置信的样子，"他、他应该不是坏人……"

"坏人不会把这俩字写在脑门儿上。"我低头看着手上的书，"你瞧，你们的主都说了：凡杀人者，难免受审判。"

"《马太福音》第五章二十一节……"这种梦呓般的背诵似乎令她迅速平静了下来，"那您应该再看看第六章十四小节。"

我没去翻书："怎么？"

"主还说过：饶恕他人的过犯，天父也必饶恕你们的过犯。"

马莉恢复常态的速度令人吃惊，我仿佛能看到，在她健康活泼的外表下，隐藏着的一颗坚强的心。

"和您一样，韩彬先生不像坏人。"嘲弄了我的班门弄斧之后，她又继续忙活手里的事了，"如果说他杀了人，那他一定有杀那些人的理由。"

"他是不是坏人不说，但他至少做了坏事。杀人是不对的，无论有什么理由，杀人都是不对的。"我丢下《马太福音》，尽可能让口气显得宽容，"罪犯要都被饶恕，你们的主早急了。"

其实，我真希望她当初见到彬的时候，也能这么说。

就在我像只追着自己尾巴的狗一样原地打转的时候，墙上一张黑白照片吸引了我。起初，我只是匆匆一瞥，但随即被一种不安的感觉将目光拽了回去，我盯着照片上的人看了好一阵儿："他——这个是……"

马莉闻声起身，两手在裙摆上抹几下，走了过来："哦，那是这里成立之初的合影。其实我很不喜欢，不过就这么一张啊，索性挂角落里喽。"

我没怎么在意她的讲解，伸手指着照片里一个年龄很大的男人："他是谁？"

"哪个？"马莉探头看了看，眉心又纠缠起来，"他呀……就是那个张边路。他还是这里的创始人之一呢……怎么？您认识他？"

"嗯——是，不过我认识他的时候……"作为西南之旅的最大收获，又一块拼图被塞进了正确的位置，"他叫张明坤。"

第七章　合作

1

"张明坤死的那晚你和彬都在场？"老何嚼花生的动作慢了下来，"你俩小秘密蛮多的嘛，难怪老白把你调开。"

回到北京，我在第一时间就被袁适召到美术馆东街十六号院，说好听了叫汇报工作，其实各自心知肚明是交换情报。不想老何突然出现，似乎也是来面呈军机的。

"依晨进看守所前身体状态还行，有轻微脱水——那是被你们迫害的，还有些贫血，肝功不大好，但问题不严重……做了性侵害检查，不过你们别指望在一个处女身上找到什么性虐待的痕迹。"老何瞟袁适的眼神很是不以为然，"检查过程中发现她左腕有割腕自杀留下的疤痕，不过照你这么一说就明白是怎么回事了。"

袁适背倚着警车，一副自信满满的样子："Funny……什么时候可以继续对她讯问？"

"自从进了看守所，她不吃不喝……刚打了两天点滴，今天中午才送回北院。讯问这事，最好先放一放。"

"抱歉，我并不是想显得很残忍。"话虽这么说，但袁适的样子活像嘴里叼着耗子在主人面前炫耀的猫，"但对她的讯问无疑是目前很急迫的工作。"

"你们刑侦的事按说轮不到我管，不过对依晨的羁押已经超期了。"老何不管三七二十一，一脚踩在猫尾巴上，"就算她养父母不在国内，彬又下落不明，趁着没家属提异议的机会，一群宵小之辈轮番欺负个孩子……这他妈属于亵渎国家法律啊！你说对吧，馨诚？"说完，他还斜了我一眼，那目光让我这"宵小之辈"真恨不得找个地缝钻进去。

袁适肯定也想换个话题："赵警官这趟南下似乎收获不小，咱们不妨先听听他的。"

我就坡下驴，一股脑儿把两个星期的行程与见闻抖得干干净净。老何的注意力没那么容易转移，依旧是满脸鄙夷。袁适听得却相当投入，以至于完全忘了用各色名言洋屁来插嘴。

老实说，石瞻、时天、阮勋宋以及黄锋给出的信息都相当有限——有的是不能说，有的是不想说，有的是不说实话，有的是来不及说——但我依旧把彬的过往经历拼凑了个大概。

关于他和陈娟，一九九〇年，这对恋人分手后，陈娟去了国外，又在九四年不知为什么加入了一个由军火贩子控制的基金会所派遣的医疗援助团，并且来到柬埔寨与红色高棉政权进行接触，对方负责接洽的是宾森。在这次行动的过程中，陈娟因感染传染病死亡。就她的死，我有几点猜测：第一，陈娟死得蹊跷，就算淹死的都是会水的，可一个医疗援助团队还预防、控制不了传染病，总有些说不过去；第二，陈娟如果是被谋杀的，那么在她被害前，很可能与彬取得过联系；第三，彬在陈娟死后立刻离家出走，来到越南，可能是想找机会进入柬埔寨查明陈娟的死因；第四，圣雷森基金会的老板被官方招安后，医疗援助团的人大多被遣散回国，从名单上看，彬几乎把他们杀了个干净，这等于反过来证明九四年在柬埔寨，陈娟很可能不是病故。

关于彬的"失踪"，陈娟死的那年，彬来到越南，很可能是试图从越南进入柬埔寨。我有两种猜测：一是他得知陈娟有危险，前去营救；二是他知道陈娟已经死亡，来调查死因。反正不管是哪一种，他一进越南就被抓了壮丁，被迫加入了越南人民军，计划暂时搁浅。先不说时天提供的情报水分有多大，按他的说法，彬被安排到了人民军126旅炮兵连，并在不算短暂的军旅生涯中结交了一个很好的朋友，据说他俩还一起杀过一个军官，算是关系好到过命。后来阴差阳错地，二人被调往河内陆军培训基地的861特工团，并共同参加了九七年六月河内军区直接策划的入柬刺杀行动，那次行动的目标，恰巧就是当年陈娟所属的医疗援助团与红色高棉政权进行接触的司令宾森。

我拍拍手："所以说，他并非出生在克利普顿星的Superman，勉强算得上是军队与战争塑造的又一个杀手。"

关于"弑子"行动本身，对目前案件的侦破没什么太大帮助。这里面也许涉及政治阴谋或是"鸟尽弓藏，兔死狗烹"的灭口计划，但与彬后来回国实施连环谋杀没什么直接关联。至于宾森的死是"斩首行动"的战果还是帕所韦特在诛杀叛党，同样无关紧要。唯一值得注意的是，彬很可能通过这次零距离接触，寻到了陈娟死亡的真相。

相比之下，倒是一九九七年十一月二十二日发生在安隆汶的那场混战更值得玩味。彬和他的战友在撤退途中莫名地反目成仇，但两人又都参与了二十二日那天突袭红色高棉据点、营救黄锋的战斗。借着苍茫雾色的掩护，彬和他的战友、黄锋、时天，甚至还有石瞻，先后从湿热的丛林中杀出，同在一片战场上纵横驰骋……据黄锋说，彬的战友在与彬相遇后爆发了激烈的冲突。结合越南人民军给"纳迦"小队下的自相残杀的秘密指令来看，彬恐怕是在逃亡途中出卖了自己的战友，而他的战友则怀着刻骨的仇恨，机缘巧合地突然出现在祖国的首都——他就是袭击了我和彬的那个神秘刺客。

袁适点头道："那，这应该是另一个线索的连接点。"

不错。事隔多年，彬的战友在这个时候现身是有原因的。彬从柬越归来后，耐心查访，精心策划，把陈娟死前所属的医疗援助团成员先后除去。估计这帮人今儿死一个、明儿死一个的，终于发现了不对劲儿，回首开始调查要把他们杀光的煞星到底是谁。彭康应该没道理认得彬的模样，但他又确实发觉了有人在跟踪他，所以慌忙向医院逃窜。也就是说，医疗援助团的幸存者们已经查到了彬的身份，他们知道彬是谁。不过光查到没用，这几个海归医生的医术有多高明我不清楚，但要论杀人越货，在彬面前都是废柴，所以他们找来了一个与彬势均力敌，甚至实力在他之上的对手，恰巧就是——或者说偏偏就是彬的战友。

"彭康求助的对象，也就是派车跟踪彬的人，大概就是那个刺客的东家。"我对自己的推断相当笃定，"招安了圣雷森基金会后台老板的，正是中美崴尔医疗器械研究集团的东家。这两个大东家，是第三个线索连接点。"

找来彬的仇人对付彬，会是谁的主意？我曾经有过好几种推测：第一，某个已被杀的圣雷森基金会医疗团成员；第二，医疗团的幸存者，顾帆，或是化名孟京涛的梁枭；第三，中美崴尔医疗器械研究集团。

"在分析了目前掌握的情况后，我认为……"

"我现在就可以告诉你，肯定不是顾帆。"袁适指了下身后的一栋塔楼，"不信一会儿你可以上去直接问他本人。而且，如果说孟京涛的真名叫梁枭的话，我再告诉你：崴尔集团的执行总裁，就叫梁枭。"

2

顾帆比我想象中平静得多。

大概是由于过往与彬交好的缘故,我先入为主地把顾帆认定为一个猥琐龌龊的鼠辈,或至少是个徒有其表的浮夸小白脸。而当这种人得知自己随时可能遭遇灭顶之灾的时候,惊恐万状自然是少不了的,没准儿还会哭天喊地、求神保佑或是奉鬼还冥——整体形象大概和一只满屋乱窜的蟑螂差不多。

但我想错了。

这其实算是个可笑的错误。等于说,我低估的不是顾帆,而是彬——一个能让彬爱得死去活来的女人的第二任男友,不可能如此下作不堪。

顾帆站在客厅的窗前,魁梧的身躯几乎将所有阳光堵在了外面。我走到近侧,见到的是一个浓眉大眼、鼻直口阔的中年男人。他回身望向我,微微颔首致意,目光宁静如水。

以一个在北京生活了多年的单身男性来讲,顾帆的房间算是相当整洁的,就算是堆在地上的书,也都码放得错落有序,房间里隐隐飘荡着一股檀香的味道。

"您好,海淀刑侦支队,赵馨诚。"开场白很老套,我伸出手。

顾帆不轻不重地和我握了下手。他的手掌宽厚有力,指甲修剪得很整齐,皮肤呈现出一种相当健康的古铜色。他的身上没有烟味,指节上也没有烟油熏出的痕迹,头发背拢着,自美人尖的位置向后稍微有点儿谢顶。他穿着灰色的西裤和一件白得晃眼的丝质双叠袖衬衫,光那个"哭泣牌"的袖扣估计就能顶得上我这一身行头的价钱。

"我已经回答过你们警方的问题了。"顾帆的态度倒很是礼貌，浑厚的嗓音和他的外形很搭，只是略显沙哑，"还有什么我能帮忙的吗？"

"保护措施很严缜，您不必害怕。"上楼的时候袁适就告诉我，目前对顾帆已经实施了二十四小时三班倒的保护措施，整个东街十六号院都被监控了，"但毕竟您不可能一直这样躲在家里，要想恢复正常的工作和生活，协助我们将韩彬抓捕归案才是最稳妥的办法。"

"我没想躲在家里，是你们警方不许我出门的——当然，是为了保护我。"顾帆话语间的停顿表明他很清楚自己的诱饵身份，"其实不需要麻烦你们这样做，社会上那么多案件在等着处理，太浪费资源了。"

我看到老何在和厨房门口一个当值的民警说话，袁适背着手在看墙上的画——在我看来更像是墨迹的涂鸦，有够抽象。顾帆把重心放在左腿上，右脚不停地轻轻拍地，显然是在催我切入正题。

"可以抽烟吗？"我又扫了一圈，发现屋里没有任何烟具。

顾帆没有露出任何厌烦的表情，只是走到书柜边，从里面取出一个装饰用的彩釉小碗，递给我："请便。"

那个碗实在是精致得让我有些不好意思，烟瘾也就暂时压了下来。"您认识韩彬吗？或者说……"

"这个问题我先前就回答过：没见过他本人，但确实久仰大名。"顾帆很大度地一摊手，"娟娟常提起他，也许她认为坦然面对才是从过去解脱出来的途径——当然，结果似乎不是。"

我不动声色地把称谓换成了"你"："陈娟经常提到韩彬？在你面前？"

"呵，作为男人，是有些难以接受。"

"那你知道韩彬为什么要来报复你们吗？我指的是，你们这些圣雷森基金会医疗援助团的成员……一九九四年，柬埔寨，红色高棉，你应该还记得吧？"

和袁适告诉我的一样，顾帆的回答是："知道。"然后他的表情也和袁适告诉我的一样，可以毫无歧义地解读为：但不想说。

我不动声色地打量着这个穿着像外企老板一样的医生。据袁适说，几天来轮番询问毫无结果，医院领导、老师、同学、校友什么的全找了个遍……但顾帆明显不想对任何人透露任何信息。

"为什么？"我脱口问道。

"嗯？"顾帆偏了下头。

"你不担心被杀，还是不希望韩彬被抓？"我把手上的小碗放到茶几上，掏出烟来，"你提供的信息很可能成为我们抓捕他的重要线索。他已经杀了你们那个医疗团几乎所有成员，我不认为他会停手，除非你和梁枭死。"

顾帆从写字台上端起一个白色的马克杯，放到嘴边，似乎在用嘴唇试探温度："我确实拥有两个博士学位……但还不至于'蠢得像个博士一样'。"

"梁枭找了人来对付韩彬，是吗？"

"老彭曾经在电话里提到过一句，记得不是很清楚。"

"你相信梁枭找的人能摆平这件事？"

"其实无所谓……当然，从客观上来讲，我们在明，对方在暗……何况我也不认为找一个比韩彬更暴力的人，就可以制止他的暴力。"

"韩彬是在为陈娟的死报复，这我总没猜错吧？"

"我曾经回答过：'我想大概是'——毕竟我没问过他本人，不能确定就一定是这个原因。"

"那看来,陈娟不是意外死亡。"

顾帆轻轻咽了口杯子里的东西,没有继续回答我,我能看到他的喉结在上下滚动。

正当我打算换个方式旁敲侧击的时候,他又开口了:"其实,我们全该死在那里……娟娟死了,还有老高和东方。无论谁死,都不能说是意外,那不过是我们每个人最终的归宿。"

袁适不知什么时候来到一旁:"是你杀的陈娟吗?"

顾帆有些尴尬地笑了笑,我从他的嘴角上看到一丝轻蔑——真正的、不加掩饰的轻蔑,对象就是面前发问的人。他显然很不屑于袁适这种突袭式的发问,或问题本身。

不是他杀的。

袁适没理会,有点儿像是在自说自话:"你挂了一墙杭法基①的抽象彩墨双联画,是不是赝品我甄别不出来,不过这组画我倒是认得,上次来的时候就觉得眼熟——《原罪的肆虐与忏悔》,对吧?你在为哪种原罪忏悔?Gluttony?Greed?Sloth?Wrath?Pride?Lust?Envy?……你杀了陈娟,为什么?嫉妒——因为她和韩彬还有联系?傲慢——因为她在专业上超越了你?暴怒——因为你们在意见上有冲突?你们所有的幸存者都参与了谋杀,对不对?告诉你——"

没等我打断袁适喋喋不休的武断臆测,门外一阵杂乱,随后刘强冲了进来:"韩彬!发现韩彬!"

"韩彬刚刚出现在西边的隆福寺步行街,恰巧被巡逻的派出

---

① 杭法基(1945—),安徽当涂人,中国美术家协会会员,国家一级美术师,现为独立、自由艺术家。

所民警发现了。一开始他们不太确定，就跟了一段，结果跟到钱粮胡同的时候反被袭击了。"刘强上车后边招呼我们边继续说道，"那孙子已经疯了！他持械袭警，把两个弟兄全捅了！其中一个还有意识，打开了紧急呼叫频段向指挥中心呼救，说韩彬正沿美术馆东街向南逃逸。白局刚得到消息，已经派人来支援。现在东四派出所正封锁隆福寺到这里的沿线，隆福寺派出所和隆福寺医院的人在赶往现场救治民警的路上……情况紧急，指挥中心要求周围所有警力立刻集中包围美术馆东街到宽街一带！"

"紧急呼叫"是警用步话机上方的一个橘黄色按键，一旦启动，该频段内所有话台都将变成只能接收无法发送的状态，为的是保障主台和启动紧急呼叫双方的信道通畅。这可不能乱按，只有在警务人员突然遭到严重不法侵害的危急情况下才可以启用。而且紧急呼叫一开，指挥中心会同时利用GPS定位该话台的位置，周围所有警力必须无条件前赴支援。

"我们这里有多少人？"袁适问。

"不算你们仨，二十一个。"刘强发动警车，拉响了警笛，"我吩咐留下了一组人，两组绕平安大道去宽街路口设卡，剩下一组在后面那辆车里跟咱们走。"

东城我还算熟："亮果厂胡同那边呢？"

"景山派出所从那个方向迎过来了，东城治安支队在其余主干道上负责封锁。"

袁适显然对这种效率很满意："包围完成了？"

"应该是。"

他又看看我："韩彬这次来拜访顾帆，似乎挑错了时间。"

我没吭声。

车里安静了那么一会儿，袁适绷不住了："OK，我投降！我承认他不该是这么简单的罪犯,你们有什么观点还是说出来的好。"

我瞟了眼老何。"我是法医,不懂刑侦。"他一口回绝,然后冷眼回瞪,看我如何进一步去演绎反复小人。

确实,彬不该这样简单地暴露自己,更不该像智障的生瓜蛋子一样拿刀去捅跟踪他的警察。当然,也许他疯了,反正他确实这样做了,不是吗?

"我没什么观点,只能说我们运气不错。"这里一半是实话,因为我的确没想出眼下这种情况后面还会隐藏什么阴谋诡计。

刘强用车里的话台问道:"那两个弟兄怎么样了?"

话台里传来回答:派出所的人已经到现场了,医院的急救车还没到。

他又问了一遍:"那两个弟兄呢?"

我们的车冲过美术馆东街的红灯,话台里传出一阵电流声,然后所有人都听到了回复:"人还没找到,正在搜索。"

话台里陆续传来各参与围捕单位的报告,不用想,全都是:人还没找到。

由于坐在后面,我必须探着身子竖起耳朵才能从无线电的干扰中把人声解构分离出来。但很快,我便发现自己在着迷地盯着前面,至于是在看什么,我本以为不知道,却旋即反应过来——

是的,所有的事情——彬做过的一切,都是有目的的。

"这车是咱们支队的吗?"我问。

"后面那辆是。"刘强刚从非机动车道上拐回主路,正在用力地摁喇叭,"这是东四派出所借咱们的巡逻车,比咱们支队的老爷桑塔纳可强多了。"

我嘟囔了一句:"要这么说,彬劫走的那辆车也有话台吧?"

袁适触电般地回过头："地安门派出所的那辆警车！那辆车上也有无线电……他烧了那辆车……Damn！他拿走了车上的无线电！刘警官，掉头回去！快联系留守的人，韩彬正去顾帆那里！"

刘强没太搞明白事态，但车速慢了下来："怎么了？"

袁适几乎就要去抢方向盘了："没有人受伤！也没有人发现过韩彬！他偷了警车之后卸了上面的无线电！是他启动了紧急呼叫，把周围的警力都调了过去！"

"快联系留在十六号院的弟兄们，我们可能被涮了。"我边说边不安地用余光扫视老何，"也确认一下到底现场有没有人发现受伤的民警。"

刘强猛打方向盘，我被甩到了老何身上。

"现场没找到人！发现遗失的话台了！"我刚坐好便听到刘强转述来自话台的回复。他把车开得左拐右扭，搞得我不禁担心会不会在抵达十六号院之前就翻车。

"那就赶紧联系留守的人……"

"我一直在联系。"袁适拿着步话机，身体不受控制地随车摇摆，"没人应答。"

从现场来看，彬的行动过程可能是这样的。

首先，他选择了某个可以观察到顾帆住所周围的制高点，并且用了一段时间来确认警方的布控，然后在二十分钟前使用从被烧毁的那辆警车上取得的无线电，制造了假的突发事件。

为了确保能够将十六号院里的大部分警力调离，他先是以遇袭民警的口吻发出紧急呼叫，之后又先后使用两个手机号码拨打了一一〇,剩下的就是静等我们上车离去。

当然,他很可能同时也一直在监听警用频段的通话。

留守十六号院的五名民警,有两个在楼门口的警车里,一个在院门口的保安值班室,一个负责移动巡查,一个在顾帆的房间里。彬必然是绕开正门进入的十六号院,而且,他以刘强的名义请求指挥中心通过处突频段通知留守的人员变更了通信频段。到此为止,他已经成功地把十六号院所有的警力同外界隔绝开了。

这种隔绝是很短暂的,我们一去一回只用了不到十五分钟,不过对彬而言,足够了。

依据院内小卖部提供的信息,彬从那里买了一听易拉罐装的奶茶——他突然出现在警车左侧时,就是用的这罐饮料砸开了车窗,随即发现车门其实没锁。坐在驾驶席的弟兄头上挨了一下,可能是一拳或一肘,当时就晕过去了。彬开车门把打晕的人拽出来,钻进驾驶室,关上门。副驾上试图使用无线电呼救的民警在车里和他比画了几下,没能腾出手呼救,反倒给了彬利用中控开关把车门锁上的机会。最后,当这位民警发现不敌对手,准备开门逃脱的时候,第一下没推开门,而彬从背后用胳膊勒住了他的脖子,上了个"活锁"——用小臂和上臂肌肉压迫颈动脉窦,造成脑供血不足。于是,副驾上的民警在几秒钟内便失去了知觉。

搞定了楼下的岗哨,上楼。

顾帆的住处有两道门,但外面的那道防盗门并没有锁——这倒是挺正常的,算不得什么失误。彬拉开防盗门,敲屋门。屋里的民警过来应门,没等开门就被彬连门带人踹了回去。他后脑的瘀伤应该就是倒地时磕的,昏迷的原因则是左腮下遭到重击。

可以说,彬没有辜负袁适的"期望",一举一动,雷厉风行,精妙至极。

我有些不解：难道说他自鼓楼突围的时候就已经开始设计这一切了吗？从他窃走警车拆下无线电到我们找到顾帆还是有段时间的，他为什么不在警方实施保护性监控前就下手呢？现在全城的警察都在搜捕他，他却又一定要顶风作案？光天化日之下公然正面袭警突入，彬不会不明白这将招致什么后果，他不是成心找死吗？

当然，最令我不解的还是：费了这么大心思，下了这么多功夫，甚至是以向整个首都的公安系统宣战为代价——

结果，他竟然没杀顾帆。

二十分钟前我们眼中整洁的客厅此时已是一片狼藉，茶几、书柜、椅子……连同那套《原罪的肆虐与忏悔》都不在原来的位置了。顾帆坐在刚扶起来的沙发上接受包扎，一场激烈的打斗不但迫使他得重新收拾屋子，还得收拾自己——我看到他额头在流血。

冲袁适调侃"我倒蛮欣赏这屋子现在的装饰风格"时，我不得不承认，对于顾帆，我终究带有某种挥之不去的厌恶。

顾帆样子有些狼狈，但神态依旧从容。他告诉我们，彬踹开门，打晕了警察，然后"正气凛然"地宣告，为陈娟报仇的这一天终于到了。

我挠着下巴："你不会也是什么 USTU 的门徒吧？"

袁适没理会我，问话的声音明显提高了："看来他没得手。"

顾帆摊手向我们示意屋里的场景："我……本能反应吧。"

"然后呢？"我饶有兴趣地问道，"胜负如何？"

顾帆直视着我，自行宽恕了我的无礼："我不是他的对手。"

我不顾周围各色眼神的阻止："啊哈？那……他打赢了你之后就戴上冠军腰带乐颠颠地跑路了？"

袁适终于不耐烦地朝我扭过头。

"不，他今天来就没打算杀我。"顾帆的话把袁适和我的注意力都拢了回去，"他说就这么让我死，太便宜我了。"

"哦？"我瞄了眼老何，他肩膀微微耸动，又似乎在专心处理顾帆头上的伤口。

"那他想干吗？"袁适问得很急切。

顾帆的喉结滚动了两下，眼睛有些泛红："他说，要让我承受二十四小时等死的折磨——明天这个时候，无论有多少警察在场，他都会来要我的命。"

这话说完，我们全愣了。

我的第一反应是难以置信，甚至是莫名其妙。不错，彬肯定来过。制造突发事件、诱离保卫人员、袭击留守民警、破门而入，等等，铁定是他干的。问题是，他大费周章搞得鸡飞狗跳，到了最后关头却又狂妄得混淆了矛盾关系，把简单的私人恩怨变成对国家司法系统的正面挑衅——他疯了？

"他真的……"

"赵警官，他还让我给你带句话。"顾帆先是打断了我的话，随即也打断了我的思维，"他要我告诉你：'还记得那天晚上他说过的话吗？'"

"我要真想杀他，凭你，拦不住的。"

我靠，他真的疯了。

* * *

白局已随指挥车来到十六号院门口，召集大家去开碰头会。出门后我先是问老何："那个伤……"

"不是打击伤，应该是摔倒后磕的，没伤到眉骨。"

我又看看满腹心思的袁适："你不会真相信他说的话吧？"

袁适先是没言语，走到楼下停住了："顾帆的确有可能在故意挑起韩彬和警方的对立，但你们谁能告诉我为什么他没杀顾帆？"

我们仨互相看了看，低头，又抬头互相看了看。

老何先开的口："也许没那么复杂，他只是太恨顾帆了。"

我不同意："那就把他挟持走，找个僻静地方一刀刀剐呗。"

"我们回来得很及时，他挟持人质出逃太不方便……"

"挟持顾帆这种体形的人突围确实有难度。"袁适话锋一转，把手放在嘴边，指了我一下，"但如果只是要让顾帆忍受恐惧的折磨，何不对他说：'我会在今后的某一天来杀你'——一个不确定的时间既可以让我们无从下手，又足以让顾帆担惊受怕一辈子。"

老何对袁适忽左忽右的思路一挑眉毛："说这些有什么用？你们最现实的问题是明天他会不会来。"

我考虑了一下，说："他不会。"

袁适不负众望地又和我唱起对台戏："No，他会来的。"

在我看来，袁适的想法就好像《天龙八部》里段誉的"六脉神剑"，总有时灵时不灵之嫌。作为犯罪剖绘的技术顾问可能无伤大雅，但统率人马侦破案件的前景着实堪忧。

"你就相信他会这么白痴？"

"他的手法越来越戏剧化了。"袁适自动过滤掉我的问话，"这要不是在大陆，他很有希望成为另一个Jesse[①]式的争议性传

[①] 杰西·詹姆斯（Jesse James，1847—1882），美国南北战争时期著名匪帮首领，凶残狡诈，杀人无数，被黑白两道悬赏通缉，后被手下罗伯特·纽顿·福特出卖，遭背后射杀而死。

奇——别误会,我并非影射你是 Coward Bob①。"

"袁大海龟,你不会是有创伤后应激障碍吧?"反正他说的那几个老外的名字我通通不晓得,"还能有比你更白……更传奇的?"

袁适似乎完全没在意我的中伤:"你去南方那段时间,北京方面也做了很多调查工作,几乎连韩彬去哪个报亭买杂志都摸清楚了。但他日常生活中所有的一切都很普通,而且普通得不能再普通,正常得不能再正常。你知道这意味着什么吗?"

可以维持正常生活状态的同时实施极端暴力犯罪——典型的反社会人格。

"韩彬不是躲在山里的杀人狂或是藏在地下室的变态,他有家人、朋友、同事,他有正常的工作和社交,他会去便利店买东西、去法院开庭、去售票处排队、去纳税和缴违章罚单……就是这样一个在社会上处处留下生活记录的人,我们却根本不了解他。我们现在甚至不知道他杀人的动机是什么。所以我们不知道他为什么会杀那么多人——自然,也不知道他为什么会放过其中某个人。"

"除非,"老何插了一句,"知道他为什么会杀人。"

我倒觉得这问题不难:"抛开那三年军旅生涯来看的话,他只杀两种人:他认为有罪的人和可能妨碍他继续作案的人。"

袁适问:"他不是在为陈娟报仇吗?"

"哦,我把张明坤也算进去了——尽管他没亲自动手。"

---

① 罗伯特·纽顿·福特(Robert Newton Ford, 1862—1892),杰西·詹姆斯手下的喽啰,出于悬赏等原因从背后刺杀了杰西,一八九二年六月八日被另一自称要为杰西报仇并惩治背叛者的枪手所杀。该枪手被判有罪后,因七千多名美国人联名上书,政府赦免了他。相比较带有传奇色彩的杰西,罗伯特吃里爬外的行径更为民众所不齿,遂流传下来"懦夫鲍伯"(Coward Bob)的蔑称。

老何问道："那他为什么不杀苏震？"

"因为苏震当初又没光顾过云南片马的……"老何的眼神告诉我没必要继续往下说了。同时袁适又问："王睿呢？帮警察主持正义吗？"

"也许他不忍美人接连香消玉殒，或者小姜的死让他不得不帮我个忙？没准儿是打算借机搅乱线索？谁知道呢。反正杀王睿是他最大的失误。"

"至少他从没杀过好人。"

"但我不认为海淀医院西墙外那三个小子罪当问斩。"

袁适若有所思地嘀咕了一句："那三个被害人是最古怪的部分。"

"我说了，这应当属于妨碍他继续作案的目击者。"

"那晚你和韩彬被伏击，你有看清刺客的容貌吗？"

"问这个干吗？当时光线很暗，而且……"

"我看过笔录，你没能详尽描述那个刺客的外貌——情况我也大致了解，这属于典型的突发状况下目击缺失，很正常。"袁适原地踱了几步，"我想这个你也懂……那好，你知道，我知道，韩彬会不知道？"

我仿佛听到大脑里发出一声轻响。

老何说："可能他当时急于逃离现场，所以……"

"那他何不把那个孩子也一起杀掉？总不能说杀了三个人有助于恢复理智思维吧？"

"那你觉得他为什么会杀那三个人？"

"我想，这恐怕要牵扯到他在南亚地区那几年……赵馨诚，想什么呢？"

我没想回答他，反问道："他在南亚那几年发生的事，你能比我更清楚？"

"我不清楚都发生过什么。"袁适后半句加重了语气,"但我大概能推测出造成了什么后果……而且,你还没告诉我你在想什么。"

我笑笑,身体有些放松:"我在想,先不跟你们去见白头儿了。时间紧迫,我打算去拜会一下崴尔集团的梁总裁。"

袁适望着指挥车的方向沉默了一会儿,说:"好的,等你回来我们再碰吧。"

"哦对,关于明天的事。"我一边招呼楼下当值的民警帮我找辆车,一边说,"我还是坚持认为他不会来。这个意见,你——老何吧,帮我转达下白局。"

老何点头,袁适还是不甘心:"你就这么确定？"

"确定啊,他不是个承载着悲惨过去而且背负着沉重宿命的多重人格连环杀手,没您想象中那么传奇。"

"那就是顾帆在说谎了？难道除了你和韩彬,还有人知道你俩在张明坤自杀那晚的对话？"

"那倒没有。"顾帆这部分转述应该是真实的,不仅是在内容上,连表达方式也很符合彬的一贯风格,"但彬一向想在我们前面,他知道我们会怎么想、怎么做,然后再采取相应的对策。既然我们从现在起就会重点盯防这一带,那他就肯定不会来。"

袁适用洞悉了我思维的愉悦腔调说道:"看来你认为他会去袭击梁枭？"

老何跟着嘀咕:"那是说支队应该去保护梁枭？"

"按咱们赵警官的思路,如果我们去保护梁枭,韩彬就会来杀顾帆了,对吧？他不是总能想在我们前面吗？"

"那两边都做保护性监控不就完了？"老何乐了,"'多上厩人'呗，这可是咱支队的传统打法。"

"不用想就知道老白肯定得这么布置。"我见车来了，转身离去，"记得帮我转告老白啊！"

袁适在后面喊："你到底认为他明天会出现在哪儿？顾帆还是梁枭？"

我关上车门，摇下窗户："废柴！他两边都不会去的。"

3

依据掌握的情况，中美崴尔医疗器械研究集团总公司是中德大厦产权单位的大股东，所以他们不但占据了二十五楼整整一层的面积，还在外面挂起比大厦名称更显眼的霓虹灯灯箱招牌。我坐电梯到二十五楼后先转了两圈，却没找到一个监视器——这种明显违反治安常规的设置无疑证明了梁枭非同一般的身份背景，或是在隐晦地揭示崴尔公司的经营活动恐怕不像其招牌那样正大光明。

在近二百平方米的总裁办公室里，梁枭短小精悍的身材显得尤为突出，不过我怀疑房间里那五名彪形大汉除了保镖的本职工作外，还多少兼做了填充空间的材料。

梁枭的外表很难让人相信他已年近五十：长得白白净净，皮肤保养得犹若童颜，穿着休闲的针织开衫，留着艺术家式的披肩长发，唇上蓄了点儿半短不长的小胡子——老实说这也算是他全身上下最确凿的男性特征。但凡能倒退个十几年，这家伙绝对算得上是个能让泰国星探们眼前一亮的白面小生——当然，前提是他可别站起来。虽说始终窝在皮椅子里，但依我目测，这位跨国集团老总的海拔不会超过马拉多纳。

"赵馨诚警官，"没等我开口，梁枭便给了我一个很有风度的露齿微笑，"请坐。咖啡？茶？"

我上前和他握手："不必客气，我很快就走。"

梁枭坐在老板椅上欠身和我握了一下手："不急，先请坐。Sophy……"他叫住领我进来的秘书："Un cafe, l'espresso italien, merci。①"

看着我坐下后，他两手左右一分，笑着问："有何见教？"

"梁总，看来，您对目前的状况……可能比我们掌握得更多。"我直觉上认定这家伙会比较难缠，胡扯会是比较保险的应对之道，"不过我不是为了韩彬或您那些被害的同事而来。我来找您，是时天——"我注意到梁枭的嘴角动了一下，"时天说你们之前的交易……相信您还是很满意的，不过后来他变得很麻烦。您也知道，干他那行的，人缘很重要。"

我的试探无疑令他有点儿小惊讶，不过梁枭的回答很没新意："抱歉，我不明白您在说什么。"

"我在说的是姚江和阮八，时天和他们的关系都相当密切。"我对自己近日来整理的推测相当有把握，"没想到您找其中一个是为了杀另一个，时天对您这种不具实情的委托很懊恼，希望您能住手。作为我们警方，也认为您这样做违反了国家法律。虽说您是法籍身份，但中国的法律是属人与属地相结合的，要求国际友人入乡随俗，不算过分吧？"

他似在品味着我话里的真假成分，依旧采取了保守策略："这个……我很尊重中国的法律，毕竟这里也曾经是我的故乡。只是，我不太明白您说的这些名字……我并不认识这些人。"

---

①法语，意为"一杯咖啡，意式浓缩，谢谢"。

"我们都知道陈娟的复仇使者现在就在外面游荡,您有安全方面的顾虑,完全可以理解。"我有意扫了眼屋里的那几名保镖,"不过您目前采取的某种极端方式,于官,不合法律;在道上,抱怨也颇多。所以我来这里,是想劝您停手为妙。"

"La haine, c'est la colere des faibles.①"梁枭小声嘟囔了一句,确认我不懂法语后,有些小得意,"我完全不明白您的意思,所以不知道能为政府提供什么帮助。"

"敞开说吧,梁总。"我掏出手机放到桌子上,同时解开制服和里面衬衫的扣子,表明自己没有监听或录音装置在身,"韩彬要杀您,我们会负责保护您并抓捕他归案。希望您能控制好那个杀手。如果他失手被杀,不但韩彬对您的威胁无法解除,还会招致道上的诸多怨恨;如果他得手杀了韩彬,我们就要改去追捕他,同时您也会惹上一身麻烦。外籍身份也好,军火商的后台也罢,您不要忘了,这里是北京——中华人民共和国的首都。你们总统在这里随地吐痰,一样要罚款。"

梁枭本听得脸色越来越难看,却又被我最后一句话逗得笑了出来:"你很风趣,赵警官……"他顿了一下,秘书进来把咖啡放下,离开,"不过你不认为这件事没必要搞得很复杂吗?"

他愿意开口是好事,但我不认为他会向我透露什么真正有价值的信息。

"怎么讲?"

"有个疯子因为某种古怪的情结,一直在连续加害我以前的同事,而且可能会威胁到我的人身安全。我相信你们大陆公安一直在尽力解决这个问题,只不过,我还是不停地接到老友们的讣

---

①法语,意为"仇恨只是弱者的愤怒"。

告。所以，作为自保之需，我不认为采取一些积极措施有什么不妥。当然，我指的积极措施是——"他手眼并用向我展示了下周围的护卫人员，"而如果某个朋友因为我可能遇险，打算实施保护措施或是打击危险来源的行动，却又并不是我能控制的，希望警方能够理解这一点。"

我作势倒吸了口气："您招来一个职业杀手去和另一个杀手级的罪犯在北京城斗鸡，作为国家执法机构，恐怕很难去'理解'这种方式。"

梁枭抿着咖啡，微微朝我摇了下头。

一种似曾相识的警觉促使我本能地猛一回头：身后不远处，屋门半掩，没有人——可印象中刚才那个秘书离开的时候我应该听到了关门声才对。我飞快地扫了眼周围的那几个保镖，隐约感到了一丝轻蔑的嘲讽。

"很简单。"梁枭把左顾右盼的我拉回到谈话中，"有人想找我的麻烦，我会尽量小心地绕开，同时我愿意相信中国政府完全有能力及时抓到那名危险的罪犯。从个人安全的角度考虑的话，我不得不说，如果某个朋友能帮我解决这个麻烦，不只对我或公司，对中国政府，也算是一种有力的协助。那么，Tu fais semblant de ne pas le voir[①]，我想这应该并不难。"

"抱歉，我不是法国人。"

"不好意思，坏习惯……我的意思是：希望我们互不干涉。"

想来跟这只老狐狸继续说下去不会有什么结果，我起身道："韩彬曾数番出入安隆汶，恐怕不只查到了陈娟死亡的真相，还意外地掌握到了军火贩子的医疗派遣团与赤柬姘居的证据。婊子

[①] 法语，意为"可以装看不见"，或"睁一只眼闭一只眼"。

352

要想立牌坊，杀了知情人也许是个好办法，但我奉劝您，没人真正了解韩彬，也没人了解'纳迦'小队成员之间错综复杂的关系。您的手段，不见得明智。再就是我说过的，别忘了，这里是一个法治国家的首都。望您三思。"

"感谢您的劝诫，毕竟世事不能尽如人意，不是吗？"梁枭对我的离开展现出与迎接时同样的热情与礼貌，"没办法，C'est la vie[①]。"

我回家放下行李，和雪晶吃了顿饭，一抹嘴又折回顾帆的住处。在十六号院门口，刘强从值守的警车上迎过来："白局问你为什么一直不接电话。"

"哦，没听见吧。"我的搪塞超没技术含量，一转念：这会儿老白找我，苗头不对。

"等会儿等会儿，兄弟。"刘强把我拦下来，"白局有吩咐，让带你去见他。"

"这都快半夜了，明天吧。"我闪了他一下，继续往里走。

"喂！"刘强一把拽住我，"白局现在就在后门的指挥车里等你呢！而且他说现在不允许任何与韩彬有牵扯的人接触顾帆，尤其是你！"

"搞什么？老刘，你这什么意思？"我停下瞪了他一眼。

刘强识趣地抽回手："兄弟，这是最高指示。有意见你可以直接跟白局当面提嘛，别为难哥哥好不好？"

我还在犹豫是不是立刻翻脸，突然看到袁适正从院里走出

---

①法语，意为"这就是生活"。

来，急忙大呼："袁……袁适！"现在正用得到他，直呼其名大概显得更亲热些。

袁适循声走到我俩面前，有些不明就里。我一拍刘强："我现在有很重要的线索需要找顾帆核实。你看，有现任领导在场，我能搞出什么乱子来？人家好歹是市局下来的专家，你不信我也不能不给人家面子嘛。"

"白局有令在前，谁陪着你都不行！"刘强可能是真怕担责任，他越较真儿，我感觉越不妙，"袁博士，您别误会……"

袁适瞄了我一眼，大概清楚了状况，问道："重要的线索？"

"非常重要。"

"白局长找你半天了，你可以先见完他再来核实，或者，你告诉我要核实什么……"

他这话是没错，可我就是预感不对劲儿："不行，我必须立刻见顾帆！这是唯一可能找到韩彬行踪的办法。只剩十几个小时了，我们越早抓住线索，就越有可能阻止他！"

彬的名字绝对是海洛因，袁适一听着魔似的瘾就上来了，追问道："你确定？"

我把球踢了回去："确定不确定的，反正刘支现在不放我进去，就看你了。"

他还真没含糊："刘队长，咱们和赵馨诚一起去询问下顾帆，如果真能发现关键线索……"

"袁博士，可……"

袁适的口气绝无半分斡旋的余地："你也和我们一起去，大家都在场，不会有什么问题，白局长那里我去解释，就这样！"

半夜三更从床上被拽起来，顾帆的苦笑近乎哭腔："各位警官，要这么折腾的话，不如让韩彬来杀了我好了。"

我可顾不上和他客套，沉声问道："姓顾的，我知道你们九四年在柬埔寨和红色高棉的交易是什么，你们打着医疗团队的幌子，实际上做的是军火买卖。我现在只要你老实告诉我，你们为他们提供了武器，得到的回报是什么？"

顾帆惊骇的苦笑凝在了脸上。

"赤柬没和你们现金结账，陈娟、高建隆和许东方也不是死于疾病或意外！我见过梁枭了，他不只是为了自保才派出的杀手，他是想杀了韩彬。韩彬入柬得到了你们当年交易的证据，也许他只想为陈娟报仇，但你们不会放过他，因为他掌握着很重要的东西，足以毁灭你们所有人的东西！说实话吧，顾帆，他们到底给了你们——或者说，给了你们老板斯蒂文·巴加特什么回报？"

"对不起，我现在不想——"

"陈娟他们的死和你们要杀韩彬一样，都是因为知道了不该知道的秘密，陈娟是被你们灭口的！"

"不，我没有——"

"陈娟被害的时候你在场吗？还是说，是你亲自下的手？她有向你求助吗？你是亲眼看着她死的吗？"我又随口扯了句谎，"现在我们已经通过外交途径找到了陈娟他们三个人的尸骨，尸检结果会令一切真相大白的。你就真打算死扛不撂？"

"你听我说——"

"我只想听你说出实情！红色高棉给了你们什么！"

顾帆的眼中有泪光在闪动，脸色也变得异常灰暗，两手不停摩擦着膝盖。我用近乎耳语的声音追了一句："顾帆，你到底是哪边的？"

他目光聚焦在我脸上，似乎一时间拿捏不准该换成什么表情。过了几秒钟,他咽了口唾沫:"当时……队里的人,除了梁枭,其他人确实都是医疗研究人员。"

答非所问,这转移话题的伎俩也太低级了点儿:"我他妈没问你这个!"

"不,我说的就是,我们确实是去做医疗研究的。"顾帆似乎慢慢变得从容了,"娟娟也是因为在传染病研究上有相当特殊的天赋才被选派进队里的。"

"这么个高才生还被你们自己给废了,为什么?"

"因为她太善良,无法接受我们要做的事。"

"你们要做什么?"

顾帆有些出神,沉默了片刻。他再度开口,已语音如常:"您不是问红色高棉给了什么回报吗?"

"对,你还没……"望着顾帆的眼神,我猛地打了个激灵。

"红色高棉也叫'赤柬',是一九六〇年左右兴起的极左势力,而且是武装势力……"

"是搞过什么S21集中营杀了两万多人的那个吧?"

"吐斯廉只是其中一处,两万也就是个零头不到。"

"对了,九四年中旬,他们确实更换过一批自动武器……你不懂,这在当时都算是顶尖装备。"

"可圣雷森基金会当时没有大笔资金入账,红色高棉买得起这么大的现金单?"

"反正天底下不会有免费的午餐。"

"当时……队里的人,除了梁枭,其他人确实都是医疗研究人员……"

"九九年前后,巴加特被洛克希德·马丁公司招安入股,兼任生化技术开发部的执行总裁。"

"也许因为他是个人道主义战士？哈……"

"其实，我们全该死在那里……"

我的天！难道说，他们得到的回报是……

顾帆和我对视了良久，直到我确认了自己的推测，而他也确认我得到了真正的答案为止。

"畜生……你们都是畜生……"我只觉得头皮发麻，不知道该说什么才好，"你们都该去死！你们他妈……你们全都该去死……"

顾帆死气沉沉地点了点头。

刘强突然拿着步话机插了进来："小赵，白局要跟你说话。"

我回过神，扭头看了眼困惑的袁适，从刘强手里接过话台，又回身对顾帆说道："对了，还有最后一个问题……"

话音未落，我直接抡起步话机砸在顾帆脑袋上，话台带着头发和血碎成了一堆零件。没等其他人有反应，我已经把顾帆从沙发上揪起来，又摔到地上。身后传来一阵惊呼声，我回肘荡开袁适，抬腿把刘强踹出一溜跟头。顾帆刚爬起来，我连续出拳猛击他的两肋和面门，这家伙明显没练过什么拳脚，既不会防又躲不开，像沙袋一样被我一通海扁——直到无数只手把我死死地按在地板上。

伴随着铐子划过手腕的凉意，望着满脸是血半昏迷的顾帆，我有种直抒胸臆的快感，异常满足。

何况，最后一个问题的答案，我也得到了。

爽归爽，代价还是比较惨重的。

也许是因为眼下还顾不上，也许是因为出离愤怒，这次老白连理都没理我。被关在警车里铐了将近一个小时之后,刘强直接来传达的指示。

"我说兄弟,你下手也忒重了,哥哥这把老骨头哪儿经得起你这么捶啊!"他一边抱怨一边把我拉出警车,我注意到袁适跟老何也在,"摘铐子可以,咱先说好别再动手。"

我满口赔着不是,连连点头。刘强打开戒具,回手塞给我:"这个你自己收着,见领导的时候再戴上——他可没让我给你摘了。你小子要卖了我这回咱真翻脸啊……来,证件和手机给我,领导吩咐暂扣。"

如果不去想秋后算账的结果,眼下这已经算皇恩浩荡了。我二话不说掏出证件和手机递了过去,顺手又拍了拍刘强以示歉意。

"支队打算怎么处置我?"

"不知道。"刘强避开了我的目光,"不过领导说你现在暂时停职,而且直到后天早上,你都必须跟小何在一起,不许对外联系,不许出门,不许离开小何的视线——总之就是自己关自己禁闭。等明晚所有的布控围捕行动结束,白局会找你谈话……依我说,只要明天……哦对,现在都快两点了,那就是今天的布控你别再来搅和,到时候跟领导好好检讨检讨,估计也就没什么事了……"

怪不得老何会在这儿,我叹气道:"麻烦大发了。"

刘强冲我一皱眉:"都知道白局宠你,可你不止一次冲自己人动手,也有点儿太胡来了,加上个别人再有意见,你这让领导多下不来台啊!韩彬这案子搞得这么狼狈,你不是给队里添堵呢吗?好了好了,你跟小何老实待一天,也反省反省,想想回头怎么跟白局认错。"他扭头看了一眼:"袁博士刚才替你说了不少好话,你还把人家打了,别忘了道个歉。我得去安排布控,先走一步。"

等刘强走开,我把铐子别进腰里,问袁适:"现在什么状况?"

袁适咬着下嘴唇:"我是不是应该当你说过'对不起'了?"

"啊——对不起,对不起……现在什么状况?"

"这算我听过的最诚挚的道歉。"

"不晓得你打算在'诚挚'上加引号还是'道歉'上加引号,无所谓啦。知道布控方案吗?"

"你不早就未卜先知了?"

"顾帆和梁枭两边都上了吧?"

"确切地说,是十六号院和中德大厦。梁枭和一群保镖已经好几天没离开过办公室了。哦,顺便提一句,你被停职是一定的,就算你没让顾帆一天之内缝两次针,支队一样会把你下架处理。"

"为了布控不出纰漏,所有与韩彬有关系的人都必须回避吗?"

"这算原因之一,再就是,你一离开中德大厦,分局立刻接到了投诉。"

这我可没料到:"不会是顾帆从水晶球里看见了我在痛扁他,提前拨了一一〇吧?"

"No,是梁枭个人通过法国使馆以及崴尔公司通过美国使馆同时向市局投诉你,说你不出示证件、骚扰正常经营活动、以威胁恐吓方式进行询问……不过我想你应该没这么干过,哦对,你要真这么干了也没什么奇怪的。"

"我现在是后悔没这么干。"

"So，停你的职至少是种姿态——当然，你刚才的散打表演也给足了白局长做出必要回应的信心。情况现在越来越复杂，知道国家安全局的人来过了吗？"

"哦？"

袁适的话没接上，顿了顿说："你倒不觉得惊讶。"

"除非你二十四小时前这么跟我说。"我上下摸了摸，没找到烟，琢磨着是不是在警车里翻翻，"看来消息已经散出去了……"

老何一直没参与我们的谈话，这会儿有些不耐烦地说："你们先聊，我去车上等你。"

望着老何的背影，我张开口，又没去叫他。回过头继续问："国安局的人来做什么？"

"什么都没说，就拿走了关于韩彬个人背景的调查资料。你似乎知道些什么。"

"应该说是猜到。"我从警车的仪表盘上找到半包烟，又开始发愁如何点火，"韩彬手里掌握了一些很要命的东西，而有人把消息泄露出去了，所以现在是九月鹰飞，国内外黑白两道的鬣狗估计都闻着味来了。"

"红色高棉的那些绝密文件？"

"只可惜宾森被灭门了，'纳迦'小队离开安隆汶之后，连个报挂失的人都没有。"

"韩彬要那些文件做什么？"

"捐给国际法庭，卖给林旺做政治筹码或者刷墙的时候铺地板……鬼才知道。我不认为他对那东西有什么兴趣，他只是去寻访陈娟的死因，没承想买了包动物饼干，还附赠了一管痔疮灵。"

"安抚消化道两端，倒不是完全没有关联……这算意外的收获。"

"意外的麻烦。"我捅了半天点烟器才发现车子没发动，一看钥匙也不在，只能彻底放弃，"所以他现在既是猎人，又是猎物。你、我、梁枭、他的战友、国安局、全北京的警察，还有其他在京城内外虎视眈眈的各路英雄贼寇，大家都想先找到韩彬。"

"以你对他的了解，你认为他会留着那些文件吗？"

"如果你被火星人日了，你认为对你感兴趣的科学疯子会只在乎你有没有怀上个星际杂种吗？"

袁适低头看着脚尖："你是说，韩彬就等于那批文件？"

我望着夜空沉吟了片刻："哼！他可比那批文件值钱多了。"

袁适又向我详细讲述了一下目前支队的布控安排：朝阳、西城和东城分局都有增援警力参与；市局特警防暴队二十四小时待命；我们分局自然是全局动员，治安和预审的人也在外围轮岗。两个布控地点里三层外三层地围了不下三百人，真的是连鸟都飞不进来。

"好了，反正我现在是戴罪候斩，剩下的就全靠你了，兄弟。"我看着院门口出出入入的车辆和民警，"哼！就这么搞还指望韩彬会来？"

"要你说，他如约现身的可能性有多大？"

"不知道。但我可以告诉你，把他的智商每除以二，应该可以增加一个百分点的出现概率。"

"你不是说找顾帆问话是有重要线索要核实吗？"

"嗯，核实过了。"

袁适歪着嘴："至少这种暴力询问的方式还算别致。"

"得，现在想找老白汇报也没机会，你可得听清楚。"我拦下个民警借了火，总算如愿以偿，"从私人角度讲，我想搞清楚赤束和那个摆摊卖枪的美国佬到底有什么交易——OK，这个我现在已经了解了。"

"这似乎是你唯一核实得到的信息。"

"不，我还……照你说的就是很'别致'地核实了第二个推测——顾帆不会打架。不客气地说，以彬的身手来衡量的话，他几乎可以算是手无缚鸡之力的极品软柿子。明白了吗？"

"我只明白以此类推，你算没成熟的硬柿子。"

"靠，你真是博士吗？"我敲敲脑袋，"你想啊，顾帆被我一顿暴打，不但无暇还手，连基本的防御都做不到。我打赌彬光伸个中指都能秒杀他。咱们赶回去的时候看到屋子里是什么样的？不知道的还以为刚演完关公战秦琼。你认为顾帆有这种水平的搏击能力？"

袁适竭力掩饰恍然大悟的神态："你的意思是，现场是顾帆自己伪造的？他不清楚韩彬的身手……因为韩彬根本就没动过手！要这么说来……"

"没错。"我嘬了口烟，反手握拳伸到他眼前展示伤痕，"你看，这我揍的还是个没能力还手的囊膪，看见了吗？甭管你多大本事，动手可能接触到任何位置：牙齿或纽扣、拉锁……打人手就会有伤。可顾帆的手上别说打人落下的痕迹，连防卫性伤口都没有。光把脑袋敲个口子就想糊弄我，这戏演得也太不专业了。"

"可那时何法医没提到这个……"

"他只擅长在尸体上开Y形口，不是南丁格尔，疏忽了倒也正常。"我不自觉地瞟了眼远处，辨认出老何的车就停在路边，"不过这可蒙不了我。韩彬确实打伤了我们的人，踹开门，见到了顾帆，但并没有动手，更别提杀不杀他了。"

"那他冲进去做什么？"

"我不知道，还得靠猜……装逼点儿叫推测吧：韩彬找顾帆，为的是问出最后一个人的名字。我认为最贴谱的一种可能性就是韩彬一直没查到孟京涛是谁。我是从时天那里听到这个名字的，但时天当时也不知道孟京涛就是梁枭，否则他应该不会搭线让两个'安隆汶的死神'互掐。顾帆可能是最直接，甚至是彬唯一能找到的知情者。"

"等等，时天从你这里得知后，不会告诉韩彬吗？"

"我说给时天的话彬不一定信，他需要核实。"

袁适点头："就是说顾帆出卖梁枭换回了自己一条命，同时为了掩盖他和梁枭的关系以及当年在柬埔寨的经历，伪造现场让我们以为韩彬在二十四小时之后会来杀他。"

"孺子可教。"我长长地吐了口烟，"不过这个逻辑还有说不通的地方。"

袁适垂首想了想，抬起头："即便顾帆供出了孟京涛的真实身份，韩彬一样可以杀了他。"

"没错。而且，我想除了梁枭以外，韩彬应该早已查清其他人的底细。那么如果我是他，第一个要杀的就是睡过自己前女友，最后又直接或间接参与谋害了自己前女友的那个杂种。"

"也许是担心顾帆与陈娟的关系可能会导致自己过早暴露？"

"理论上有这种可能，但至少我不会留他到最后，或像你说过的，仅仅因为狗咬狗这么点儿立功表现就赦免他。"

"Make sense……那看来顾帆没参与谋杀陈娟，所以韩彬从一开始就没想杀他。"

我踩灭烟头，期待他彻底开窍。

"如果是这样的话，那除非……"他还真没让我失望，"Jesus Christ！Cooperation……"

袁适略带犹豫地向我询证，我一努嘴："透露给你一个真实感受——梁枭没两句话就蹦出个单词来的时候,我特想抽丫的。你不想挨打吧?"

"我是说,他们其实……他们可能是在合作。"

"Smart!"我从贫乏的鸟语词汇中择了一个作为奖励,同时抬手打了自己一个小嘴巴,"这是我核实到的第二个线索——最有可能知道韩彬下落的,就是顾帆。想在其他人之前找到韩彬?那就往死里审楼上那个道貌岸然的骗子!"

袁适无疑也是这次跨区布控的主要指挥者之一,这么会儿工夫,他的手机在不停地响。我知道时间不多了,叮嘱他:"我去自关禁闭,你赶紧忙吧,顾帆那边就拜托你了……哈!我做梦都想不到,居然会有能指望你的这一天。"

袁适似乎已完全不在意我言语间的嘲讽,淡淡地说:"顾帆被白局长派专人保护起来了,我不知道还有没有机会在时限前接近他……不过赵馨诚,我一直有个问题想问你。"

"说。"

"依照大陆的法律,韩彬要是被捕了,有可能被判处死刑吧?"

我侧过头:"也许吧。"

"那你这么竭尽全力地追捕他,是想让他去死?"

"竭尽全力抓他的人又不止我一个。"我双手交叉环抱在胸前,"我看你就差使出吃奶的劲儿了。"

袁适没应声,只是看着我:"我们也许互不欣赏,但我不认为你是那种会随意背弃朋友的人——尤其是韩彬。对你而言,他既是老师,又是兄长,几乎像亲人一样。"

我还是没回答他,反问:"那你呢?你为什么拼命想抓他?"

"在匡迪科那两年,我接触过很多特殊的人,犯罪心理学专家以及智商高得夸张的连环杀手。实案支援期间，我出过十一份书面的犯罪心理画像评估，协助调查局抓到了五个谋杀嫌疑人，四个被起诉定罪——其中一个还是全美十大通缉犯。我的评估准确率一直在百分之八十以上。"

"很漂亮的履历。"

"我做那些事不是为了装点门面。"

"嗯，连环杀手喜欢杀人，你只是喜欢追缉罪犯。"我冲他眨眨眼，"连环杀手或屠杀型谋杀犯大多是自以为可以超越人类存在的疯子，单纯地相信他们可以掌控人类的生死，而你若能掌控他们的生死，就证明自己站在了进化论的尽头或食物链的顶端，对吧？"

"我只是想通过每一宗案件挑战自己。"

"从没失败过吗？"

"那倒不是，但无论是我遇过的专家还是罪犯，在犯罪心理画像的领域里，我还没见过能真正超越我的人。"

"直到你遇上彬。"

袁适有些惊慌地低头笑了一下："那天他就坐在我对面，不到两米远的距离，戴着测谎仪，始终在微笑——就是那种很普通、很宽容，甚至是很真诚的微笑……"

我能理解他的感受："却让你觉得自己形同裸体。"

袁适愕然地看着我，点点头："看来我们是难友。"

我突然对他的坦白有些感动："你认为抓到他，就能重新超越失败的自我？"

"不能吧，我只是不想回避。"

"那就加油吧！袁大博士，这次算我看好你！"

"那是因为你别无选择。"袁适斜眼看着老何的车，"你还没回答我的问题。"

"我吗?我是想当面问他一些事。"

"问他什么?"

"问他为什么要杀人,也许还会问他为什么一直瞒着我……唔,可能还有其他要问的,到时候就知道了——前提是我得能见到他。"

"然后呢?"

"什么然后?"

"如果你赶在所有人之前找到他,问完问题,然后呢?"

"不好说,看他怎么回答了。也许我会亲手宰了他,或者帮他逃亡,没准儿打不过他反被他杀了……要是实在想不出来该怎么办,就把他铐回支队,让老白去打他屁股。"

"你只想见他。"袁适莞尔一笑,饱含同情,"其实我有种很熟悉的感觉,你越来越像韩彬了。"

"吓着我了!"我拍着胸口,"看到你在眼前裸奔我会做噩梦的。"

"你的梦想不就是成为他吗?"

我不想越扯越远:"咱俩有互相揣摩口唇或肛门期心理状态的时间,不如各自去做些有用的事。能撬开顾帆的嘴是最好的,如果不能,就想办法再查查那份名单,是不是遗漏了某个人或某个人其实没死。另外联系下广西警方,让他们盯一下黄锋,但不要试图去使用强制措施控制他——别看残废,那家伙也是个杀人如家常便饭的狠角色——盯死他就好。彬现在四面楚歌,如果感到势单,可能会寻求援手。"

"我会去想办法。"袁适把响个不停的手机调成振动,放回兜里,"也许韩彬只是在争取时间逃走。形势这么严峻,他不会完全没察觉到。"

"那他可以留下三天之后或者三个月之后再来杀顾帆的信息，时间宽裕一些不更好？但他只在二十四小时内把警力引诱到两个地区，必定还存在某个我们不知道的目标。"我朝他伸出手，"前面有些话都是玩笑，你别计较。说真的，拜托了！"

袁适也伸出手，却是拉住了我的手腕，然后从怀里掏出笔，在我手上写了一串数字："这是市局临时派发给我的保密线路，就是移动电话的号码。你那边要是有什么进展，可以用何法医家里的电话随时打给我。"

我幽幽地叹了口气："老实说，这是我自年少时起就一直期待的场景，却万万没想到对方会是个男人……"

这次他也忍不住反击："不好意思，给女人留电话号码是我的社交习惯……你说的线索，我会尽力去追查，但我们必须随时保障沟通。一个多小时前指挥中心就已经宣布实施通信封锁了，除了个别重要组织人员拥有加密的移动电话之外，行动专用的加密通信频段大概到中午才会开通。联络我只能打这个号码。"

"我说怎么门口人来人往跟赶集似的，原来韩彬利用了一次警用频段，就把咱们打回了通信基本靠吼的石器时代。"我乐着乐着咂摸出不对，"等等，你是说……无线电静默？"

"这是必要的防范措施，至少应当顾及韩彬可能具备侵入警方通信网络的能力。"

这才是彬的目的——孤立，画地为牢的孤立。

"怎么了？你是担心……"

"布控行动对外是保密的吧？"

"当然，白局长对这次……"

"把所有人都圈到了孤岛上。"

"什么孤……"袁适显然从我的脸上读出了什么,"你是说,两个布控地点,已经在通信上被孤立了?"

"至少十六号院和中德大厦两边的几百号人,对外围的联系与反馈不会那么有效率。"

袁适的表情开始失控:"这才是韩彬突袭这里的真正目的。那……那他打算……"

"不知道,问顾帆吧。"我抬腕看了眼手表,"或者再等不到十六个小时……反正这两个孤岛之外,他可以在整个四九城里肆意畅游。"

老何的住所是位于赵登禹路的一套小四合院,是他那著名抗日将领爷爷留下的祖产。工作这么多年,法医队不是没分房子,他却坚持不搬,除了骨子里对先人的缅怀,恐怕就是无法割舍这片北京城为数不多能闹中取静的平房区带来的安逸了。

我俩都很疲惫,一路无话。老何的爱人箐箐不但没睡,还为我们准备了夜宵,招呼我们吃上东西,她又去收拾出一间北屋供我休息。在第一千次感叹老何娶妻如此、夫复何求之余,我隐约臆想到:这也许就是许多年前,彬所憧憬的未来吧。

还有不少事情要问、要查、要处理,不过不急。连日奔波,我囫囵觉都没睡上一个,后脑根子的神经直跳。彬要有什么举措,应该是在十几个小时后。抓紧时间充足电,准备迎接大决战是正理。所以两碗馄饨下肚,我接过何夫人递来的牙刷,跑去厨房捣鼓了几下嘴,连晚安都没道就钻进北屋去了。

脱去外套,裹上被子,炉火带来的温暖又让我有些"思淫欲"的小冲动,正踌躇是否该借睡前的工夫整理下思绪,困倦的大棒毫无征兆地对我挥了记本垒打——跟眼下的局面差不多,彬得分,我出局。

被推醒的时候,老何先是递给我一杯热茶,我条件反射地灌了几口,眯着眼睛注意到窗外有阳光照进来,迷迷糊糊问:"几点了?"

"再不起就得改吃晚饭了。"老何把一个冰凉的无绳电话塞进被窝里,搞得我一激灵,"你和袁适的'基情热线'都打到我家了,快抚慰下人家躁动的心吧。"

我立时就醒了,拿起电话:"最好能有个吵了我春梦的好理由。"

电话那边的声音听起来很紧张:"你希望我告诉你顾帆死了还是梁枭死了?"

"我希望他俩都挂了,彬就可以一心外逃避世隐居,我也可以睡觉的时候有老婆陪,而你可以对着连环杀手图鉴打飞机……到底出什么情况了?"

"布控的两边都没动静,有不确切的消息说国家安全局也参与了。"

"看来你没审顾帆。"

"已经不可能了,现在跟顾帆在一起的根本不是公安的人。"

"国安局的人?"

"楼下停了两辆民用牌照的别克,楼上楼下围着七八个人。"

"嗯,国安局。水够深……行了,没新鲜的就跪安吧。"

"还有,黄锋失踪了。"

"什么!"我从床上坐了起来,"核实了?"

"刚核实,黄锋已经失踪。从时间上推测,没准你都是最后一个见到他的人。"

我举着电话,半晌没说话。

"喂?"

"我在听。"

"你认为他也来北京了?"

"不知道。能不能查一下这两天机场和火车站的监视器录像?"

"现在哪儿有这么大的资源?何况他也可以利用其他交通工具……这根本不现实。我们只能假设他已经在这里了,并且可能会成为韩彬的强援,虽说我不太明白以他的身体条件能做什么,但我愿意相信你的判断。"

"如果他也来了,会很棘手。"

"不会因为他是残奥会冠军吧?"

"不,因为他太简单。"

"一个杀人不会有任何顾忌的单细胞Frankenstein?"

"不管他了。"脑子里千头万绪,不知道该选哪条路走,又似乎觉得路路不通。我问他:"那个名单呢?"

"还在核实,至少目前得到的回复中没有新的发现。"

"还有多长时间?"

"如果韩彬只是开玩笑耍我们玩儿,那就有一万年。如果他确实打算实施什么行动,还剩不到三个小时。"

我从枕边摸出手表,惊觉已是下午三点:"六点?"

"五点五十左右,是昨天他闯入十六号院的大致时间。"

"也好,出事总比等死强。你能运用自己天才分析能力的时间不多了,抓紧吧。"

"现在不是做犯罪心理画像的时候,我们需要切实可行的方向!"袁适的务实吓了我一跳,"我都不知道该去哪个现场守着,这里还是中德大厦?"

我看看手,跳下床,拉开写字台的抽屉找了支笔:"把你的号再给我一遍,我洗手不小心洗掉了。"

一声不耐烦的叹息之后,他还是念出号码,并且又向我确认了一遍。

"老实说,我发现,其实你有种很特殊的天赋。"我把记好的纸条塞进兜里,"大概足以用来解释你那百分之八十以上的准确率。"

"什么?"

"没什么。"其实我是盼着他能胡分析一通,最后阴差阳错地成为正确答案,不过眼下时间还是很紧迫的,"保证电话开着,我一会儿打给你。先这样吧,我收线了。"

洗漱后来到东屋的客厅,老何已经在吃饭了。桌上花花绿绿摆着好几样菜,闻起来非常有食欲,但我并不想吃。"嫂子呢?"

"小姨子家里出了点儿事,她去幼儿园帮接一下孩子。赶紧吃吧,都凉了。"老何头也不抬用筷子指了下盛好的饭。

我毕恭毕敬地坐下,把碗推到一边,动作很轻,但相信足以引起老何的注意。他还是没抬头,自顾自地进餐。

"我说……"

"食不言寝不语。要说什么吃完饭再说。"

"这是彬说过的吧。"

"孔圣人说的,多念念书吧。"

"你是打算被我唠叨一顿饭还是等我说完再吃?"

老何没搭理我,又拨拉了两口之后,还是放下了碗筷。他抬头的时候,我看到了满脸的疲惫——印象中,他被捆在尸检台边上四十多个小时下来都不曾这样疲惫过。

"没休息好？"

"嗯。"

"怎么了？"

"你说呢？"

"你漏了。"

"嗯。"

"不是漏查，是漏报。"

老何未置可否地笑了一声。

"顾帆身上没有防卫性伤口不是什么惊天大发现，至少还不能帮我们直接指明彬的所在。你漏报，充其量就是拖拖时间。"

"爱怎么说怎么说吧。"他拿起筷子，表示谈话已经结束了。

"至少到现在你都没否认。"

"去检举我吧。"

我有些生气："你把我当什么人了？"

"你以为自己是什么人？"

"我没跟任何人说过！"

"打算放长线钓大鱼吗？"

"不。"老何的态度令我难过不已，"我只是不想再失去你这个朋友。"

他把嘴里的那口东西慢慢咀嚼了很久，终于还是抬起头，问："一定要把他置于死地？"

我不知该摇头还是点头："继续这样下去，他迟早会被某一拨儿人找到。我只希望能在所有人之前先见到他。"

"我不知道他在哪儿。"

"我相信你。"

"那你想问什么？"

"你的另一个老相识。"我探身向前,两肘支在桌子上,"陈娟。"

"彬的女人,我不熟。你该去查访她的家属和同学。"

"一女得道,鸡犬升天——她举家都移民国外了,查个毛啊。至于那些同学,时隔这么多年,现在都忙着离婚搞破鞋或者托人送孩子上个重点学校什么的。我不认为他们还有什么询问价值。"

"她本身只是个原因,算不上什么线索。"

"但我想知道彬是不是真的为了她在杀人。"

老何垂目思考了一下:"事到如今,有区别吗?"

"也许吧……"我掏出烟,看到老何指了指炉子边的火柴,"你、小杨、彤哥、时天、黄锋、顾帆……没准儿还有我老婆和工作室的那群孩子,哦对,甚至包括那个叫马莉的修女,甭管是什么立场身份,几乎所有人都在直接或间接地排斥我,帮助彬。最不可理喻的是,你们并非不相信他在到处杀人,却宁愿选择用'他这样做一定事出有因'或是'他杀的那些人一定有该死的理由'当借口来纵容事态发展下去。老何,这么多年的兄弟,你来告诉我,什么理由可以允许一个人扮演上帝去随意处置生命?"

"必须承认,他没杀过无辜者。"

"什么算无辜者?"我竭力克制住拍案的冲动,"从一个小学生口袋里劫两块钱就该去死?"

老何沉默了,毕竟这是纯粹的滥杀行径。

我把烟放下,做了个深呼吸以缓解血压,继续说道:"一直以来,我都以为彬是单纯地为陈娟报仇,只不过为了实现这个目的或防止暴露身份,不得不铲除一些障碍……但真是这样吗?那三个小伙子就不说了,除非陈娟小时候也被逼吹过'喇叭',否则张明坤与彬的复仇行动完全无关——别跟我提那条'圣河'有什么破纪念意义！不错，王睿是该死，但绝对轮不到他下手。他可以巧妙地引导警方把注意力转移到这个嫌犯身上，你我都知道他最擅长这个。就算不巧撞上了，以他的身手，制服王睿扭送到支队轻而易举，事后也不难解释，还有可能受个表彰得个锦旗什么的，何必搞得像屠宰场一样？"

老何抬手遮住嘴，缓缓地出了口气："那你认为呢？"

"彬是我们最好的朋友，也是我们整个社交圈子的核心人物，我不想做最恶意的揣度……但恐怕有可能，我们都颠倒了主次。"

他只是为杀而杀。

"没道理，我和他相处那么多年……他没道理这样做。"

"不错，自身条件优越，家庭和睦，经济宽裕，社交广泛……他不符合犯罪剖绘的任何一种特征类型。"我点着烟，"但别忘了那三年浪迹南亚的日子，他被一个军事集团出卖，回过头又出卖身边的战友。战场是个人命如草芥的世界，我们都没有过这种经历，谁知道彬会因此发生什么变化？你敢说你还了解他？谁敢说？"

"我不知道……"老何颓靡地搓了把脸，"我确实不知道他的下落。"

"我说过我相信你。但至少，告诉我他和陈娟之间是怎么回事。"

听起来，彬和陈娟的交往经历相当普通，除了早恋之外——不过，这也算不得什么新鲜事，连上八卦小报的水准都不够。

陈娟是彬下面两届的校友，具体怎么搞到一起的不明。那时陈娟似乎还不到十四岁，称少女都勉强，几乎还是个孩子。彬那时是出了名的花心大萝卜，一天到晚拈花惹草，不着四六地到处鬼混。除了明显异于常人的优秀成绩以外，陈娟是个很温柔的女孩，对彬的不羁一直容忍再三。但就在彬即将转性从良的节骨眼儿上——大抵是陈娟上大一前后，这个多年来"夫唱妇随"的女孩突然举家移民加拿大，同时向彬提出分手。

"陈娟看似单纯，其实是个很有心机的人。"老何的评价也许并不客观，"彬也好，我们这些周围的同学、朋友也罢，谁都没看出来这一点。她知道自己想要的是什么，她也知道该如何去得到。最残酷的是，为了争取到自己想要的东西，她可以不惜代价，包括不惜伤害任何人。"

两人分手的当天，彬在宿舍里服药自杀。亏了老何心细，发觉到彬竟然没来操场踢球。"他从不逃体育课。"再后来，彬洗胃出院，随即休学回家调养。

"我记得很清楚，他醒来后对父母说的第一句话是'对不起'，而对我说的第一句话是'谢谢，我太不理智了'。"

"他后悔不该自杀？"

"我看他是后悔没找个偏僻的地方了结自己。"

没过几年，波澜再起，彬突然接到了陈娟从柬埔寨打来的电话。

"那天我见到他很阴郁，就问他怎么了，他语无伦次，大概是说陈娟有危险……我问他出了什么事，他没说。隔了个周末，我再打电话就找不到他了，去他家问，才知道他失踪了。家里人以为他离家出走，急得团团转。所有人都不知道他去哪儿了，但我知道一定和陈娟有关。"

一失踪，就是三年。

"彬为了陈娟可以……不恨她吗？"

"我从没听他说过陈娟一句坏话。我不喜欢她，只因为她伤害了彬。平心而论，也许她并不是什么坏人，至少她当初一直对彬很好……再说了，毕竟恋爱自由，每个人都有选择自己生活的权利。"

是的，但前提是不该伤害别人。

眼下，我不打算随意为他们的交往经历下定义："感情的事，难免受伤害。你要知道……"

"我只知道陈娟伤害了一个她不该伤害的人，而这个人在几年之后为了她，伤害了很多很多人。"

"蝴蝶效应。"

"要我说。"老何冷冷地注视着我，"是因果报应。"

我想了想，问他："你是觉得，归根结底，陈娟改变了他？"

"不，她改变了一切。"

4

时间在叙谈中不知不觉流逝。对于老何源自友情的隐瞒，我倒没什么特别的愤懑。知道得越多，我越发现，对彬的了解真的很贫瘠。他身边的很多人，无论朋友还是敌人，似乎都多或少握着一块或几块拼图，我周旋在其中苦苦寻觅，彬的人生却依旧犹如雾里看花，不得全景。

老何问我："你想抓他，还是找他？"

我曾一度骗自己上述二者是一个概念。当然，找到他靠实力，抓到他还要靠运气——唔，颠倒过来说也可以。对我而言，彬是某种意义含混的命运坐标。袁适想抓他归案以证明自己，我却连为什么找他都搞不清。

从谈话伊始我就明白得不到什么实质性的信息，否则老何应当不会干坐在这里，糟糕的是，我也不晓得在等待什么。彬有所行动无疑会带来新的线索，可我又隐约希望他能赶紧溜之大吉。

六点刚过，无绳电话响起——那一刻，我竟然丝毫没有紧张或兴奋的冲动，失望得近乎平静。

果然是袁适："他下手了。"

半小时前，彬大摇大摆地再度造访海淀医院，在四楼东侧的监视器前掐晕了值守民警，然后走到"庞欣"的榻边，将相当于三百毫克剂量的吗啡推进生理盐水吊瓶。相信在他沿原路走出医院正门的时候，被袁适视为亚洲女性连环杀手的标志性人物，已因呼吸衰竭而沦为历史。

再无任何掩饰与顾忌，赤裸裸的杀戮。

袁适迷茫到了痛苦的境地："他到底想做什么？那个'黑寡妇'和他之间……"

不知道，完全没有头绪。

正因为布控牵制了大量的警力，加之通信封锁，以致案发后拖延了很久才得到消息。最先赶到的一一〇民警固定现场后，立刻通知了分局指挥中心，指挥中心却尴尬地发现辖区内既无人可供调派，又联系不上两个布控现场的大队人马，封锁和区域性搜捕自然就泡汤了。等从市局专案指挥中心绕了个大圈，再把话递到十六号院指挥车里的白局，"庞欣"的尸体已经僵了。

"白局长担心这又是一次声东击西，所以两个地点的警力都没撤，只临时让各派出所的值班警长带人去现场，我也正在路上。"袁适停了一下，似乎在等我有什么回应，"如果你能想到什么，随时打给我。"

"你去做什么？"

"他在病房的墙上画了点儿东西。"

"什么？"

"通信不方便。我也不清楚是什么,似乎是某种图案。"

扯淡!这么无聊的噱头,明显是圈套。"别去。"

"什么?"

"无论他画的是什么,最直接的目的就是让我们看。你去,他就达到目的了。"

"我马上就到了……等看完他画的是什么再和你联……"电话里传出一阵噪声,我"喂"了几声,才发现通话已经断了。

我放下电话,向若有所思的老何宣布:"他又杀了一个人。"

"他杀的是……"

"是谁都无所谓,他已经停不下来了。"我点上烟,看着火苗吞噬着纸卷里的烟草,"我敢打赌,公安部正在发A级通缉令。"

"你想抓他,还是找他?"

"这是你第一百遍问我了。"

"因为你从没回答我。"

"我不知道……天啊!当然是抓他!你以为老百姓纳税养活咱们是干啥使的?坐在四合院里喝茶聊大天的吗?"我对自己的焦躁感到很吃惊,"你别误会,我不是那个意思……"

天已经黑下来了,屋里没开灯。老何镜片后的瞳孔在晚暮的笼罩下泛着明亮的灰色。

"你真的只是想抓他?"

"等我见到他就知道了。"

他手撑桌子站起身,走到门边打开灯。我还没来得及习惯突如其来的明亮,本能地闭了下眼,只听得他说:"给你看样东西。"

老何拿来的是本相册,他翻了一会儿,将其中一页展示在我面前——一共是六张照片。我最先注意到的是左上角一张学生的团体照，因为其中一个身高明显异于他人的女孩吸引了我。

心中一惊，我抬起头问："马莉？"

"哦，她和陈娟是同学。世界真小，是吧？"老何指着右下，"不过我让你看的是这张……"

那是彬和依晨还有老何的合影，背景似乎是成都的"武侯祠"。那时的老何还很苗条，彬则比现在的肤色更深一些，至于依晨嘛……依晨的样子怎么……

就在我迷惑的时候，老何在侧故作遗憾地解释道："你和袁适本都不该漏了这条线索的。"

盯着照片发呆的那一阵子，云南片马、张明坤家楼下、咖啡屋、柬埔寨、十六号院……恍惚中，我仿佛在各个场景中飞速穿梭。所有的人，所有的事件，所有的碎片，终于得到了圆满的解释。

合上相册，我站起身："要不要我做做样子，把你打晕之类的……你好说是我强行离开的。"

"不必了，留着力气吧。"老何如释重负地坐下来，"就算你能找到他，彬也不是那么好对付的。"

我点点头，拿起车钥匙往外走："多谢帮忙。不过我也好奇，你想我抓到他，还是找到他？"

"看你本事了。"老何打开相册，目不转睛地凝望着一页页回忆的剪影，"我只是不想他再杀人。"

驱车跑出一段我才发现身上没电话，这可麻烦了，这年头连要饭的都有手机，公用电话反倒不好找。我在新街口商场外停下，冲进去买了部手机和一个神州行的号码，插上去又发现电池没电，急得脑门子直冒汗。女服务员在一旁礼貌细心地向我解释新的锂电池应该重复充几次、充多少小时以激活蓄电记忆功能……我斜了她一眼："你脖子上挂的那个看上去不错……"

我边向外跑，边举着个粉色的山寨电话拨了袁适的号码，结果却传来"您拨叫的用户暂时无法接通"。

医院病房屏蔽手机信号，这个计无不中的变态！

有困难找民警，直接拨打一一〇吧。

报上姓名、身份和警号之后，没等我继续说，接警员让我稍候。过了半分钟，话筒里一个男的叫我名字，我先是愣了一下，随即反应过来是刘强。

"不是让小何盯着你面壁思过吗？你怎么跑出来了？这手机号又是哪儿来的？"

"呃……你怎么在指挥中心？"

"白局让我来这里负责协调联络。我刚问你哪。"

"刘哥，现在没工夫解释。你听我说——"

"你该听我说才对。看在兄弟一场，你现在乖乖回去继续关禁闭，这事我不跟老白提就是了。别搅和啦！还嫌今晚不够热闹是不是？添乱！赶紧回去，就这！"

我正打算用凶猛的气势和高昂的嗓音夺回谈话主动权，电话已经挂断了。一一〇怎么这么接警，我他娘要向督察投诉啊！

开过健翔桥，我决定投诉暂缓，又拨了袁适的电话。

这次电话通了："你还在海淀医院？"

"您——赵馨诚？我刚下楼。你知道韩彬在墙上画了什么？他画的是——"

"他画的是蒙娜丽莎和德川家康唱二人转。先别管那些！我知道他要做什么了。你能不能想办法找到增援？"

"他要做什么？"

"他的目标是北院——在两处布控地点和一处谋杀现场牵制了所有的警力之后，再借着通信不便的时机，打算突袭预审处看守所，他要去救韩依晨！"

"等等，你是说他疯子样跑遍半个城市就是为了救那个领养来的妹妹？哦对，也可以说是他的……"

"那是陈娟的女儿！"我有些分神，错过了主路的出口，忙靠边停车向回倒，"韩依晨，其实就是'韩亦陈'……这也是为什么顾帆会选择和彬站在同一立场对抗我们。"

"那孩子是他和陈娟的女儿？"

"这我不好说，也许顾帆才是正牌老爸……关键她是陈娟的后代，这就足够了。"

"你确定？"

"见过陈娟的照片吗？"

"案卷里见到过，可我没觉得……"

"你见过十五岁的陈娟吗？"

"和韩依晨长得很像？"

"不知道的以为是孪生姐妹。"

"Wow！显性遗传？"

"从性别到长相，XX 对 XY 的压倒性胜利。"

"喂，遗传学告诉我们，性别是 XY 一方决定的，别去怪女人。"

"那你爹一定是个分不清轻重缓急的跑题冠军。到底能不能找到增援？"

"遗传学还告诉我们，男性的智商全部来自母亲的遗传，跟父亲无关。只有女性的智商来自双亲的中和——譬如韩依晨就很可能中和了韩彬和他天才女友的智力水平……我手里没人，但我可以直接打白局长的临时号码。你在哪儿？"

"我离北院还有不到五分钟。别废话了，赶紧叫人！"我倒出主路，换挡继续前进，"如果他真的来了，这是我们最好的机会！"

袁适念叨了遍"如果"，挂断电话。

我又给北院打了个电话。我的老上级廖处恰好是今天的带班领导，他听完倒是相当重视："值班的人手不多，你小子赶紧来帮忙，我让门口的武警放你进来。"

几分钟后，我驶入北院。门口的武警已经加配了双岗，院里也出现了巡逻的队伍，看来廖处的反应还算快。把车停在篮球场旁边，我先跑去看守所。中央大厅的管教告诉我说，依晨刚被民警提走。我愣了一下，旋即想到大概是廖处打算做特别监押以策万全，随口问了句："谁来提的人？"

管教不耐烦地白了我一眼，从登记夹里翻出提票，眯着眼大声念道："赵……赵什么诚……"

我仿佛被什么东西重击了一下胸口，抢过提票，只见经办人处赫然写着我的名字。

彬已经得手了。

这会儿再跟管教废话也没意义，我丢下提票直奔办公楼，同时打电话给袁适："他已经乔装民警伪造手续把依晨带走了！快派人封锁周围路段！"

袁适显然没料到机会稍纵已逝："布控的队伍赶来至少还需要一刻钟，我试试联络周围的警力，你先就地组织搜捕！"

预审处夜班当值的一般不超过七八个民警，不知道能否组织得起有效的搜捕。我三步并作两步跑到廖处的办公室，推门就进:"廖支……"

领导斜靠在沙发上,姿势很放松——是过于放松了。

身后传出轻轻的关门声。

我定了定神,辨明昏迷的廖处,还有站在办公桌旁已脱去号坎的依晨,同时背后感到巨大的压迫。危机感的抽打令肾上腺格外活跃,我毫不犹豫地身子一矮,扑向依晨。

彬比我更快。

这第一步就没扑起来——他的手已经勾住我的肩膀,左侧支撑腿的膝窝挨了一脚。我正想侧身摆脱然后前滚,一记重击落在了耳根子上。倒地的时候,我失去了疼痛感。

蒙眬中,我听到彬的声音飘了过来:"我说怎么突然就加岗封锁。最不想你来搅局,还真是怕什么来什么。"

我的头仿佛裂开了一样,后脑火烧火燎,嗓子眼儿里直泛酸。在地上爬了两下之后,我摸到沙发,撑起身子靠在上面。彬身着笔挺的警察制服站在窗前向外观望,我一时间几乎没认出来。

依晨朝我走近了两步,迫使我放弃了站起来的打算——她双手握着一支黑色的五四式手枪,以一个标准的三角式据枪法指着我的头。

"南院和北院的枪库都在地下室,我一直觉得这设计好失败。"彬转身走近两步,倚在写字台边,"万一有武装恐怖分子冲进来,只要堵死地下室的楼梯口,整栋楼的警察就只能任人宰割了。"

我还在头晕眼花地试图判断形势:电话打得还算及时,廖处立刻下令加岗并巡查院落。彬救出依晨后发现出不去了,只能先躲进办公楼。结果可能是恰好撞上了去枪库拿武器回来的廖处,于是彬制伏了当值领导……再然后我就进来了。

此时此刻我仍旧愿意单纯地相信，彬是不会对我下杀手的，但依晨就不好说了，所以这把警用制式武器在她手上显得格外有威慑力。我只能祈祷她的右手食指够稳定，或是不晓得击发前要拉套筒，最起码，她的性格别遗传自那个在我看来满腹心机的冷酷母亲。

彬应该不会放任她的手上也沾满血污——这么想想多少有些安心。

我对着枪口舔了下嘴唇："知道吗？你的母亲叫陈娟，为了她，这些年来韩彬杀了很多很多人。"

依晨的嘴角动了一下，没说话，但能看出对我的"爆料"很是不屑。

彬一言不发地走到近前，俯身搜了我一遍，只拿走了手机和车钥匙。透过极近的距离，我借机盯着观察他：除了眼袋上略有憔悴的印记外，刮得乌青的下巴、整洁的头发和漆黑的瞳孔都一如往昔，完全看不出逃亡的落魄。

"要是根据你的年龄推断，最有可能是你父亲的，就是他。"我对依晨说话的样子又像是在对彬耳语，"虽说大家都觉得你们之间完全是另一种亲密关系……"

彬没有看我，拿着手机靠回桌边。依晨的回答却令我无言以对："嗯，我知道。"

嗯，那我也知道，真没辙了。

"这是袁适保密线路的号码吧……"彬摆弄着那个粉色的电话，对了下表，"你通知了他，那么增援大概十分钟内就会到。押送人犯至少需要两名民警，陪我把晨晨送出去。"

我终于得到了讥讽的机会："做梦呢吧？让你闺女一枪打死

我算了。"

彬把电话揣进裤兜,然后保持双手插兜的姿势看了我一会儿:"兄弟一场……"

"这么多年你有拿我当兄弟吗?"

"还能怎么办?开始就告诉你一切?你无法容忍的。"

"当然……当然不能,但我至少可以阻止你!陈娟不过是个把你甩了的女人!好好好,就算你情圣好了,杀多少人能让她活过来?"我撑起身,依晨随即后退了少许,但始终保持在攻击半径之外,"韩彬,你有种别偷袭,一对一咱俩干一场,少他妈指使个孩子拿枪吓唬我!"

彬忧郁地低垂着双眼,轻轻摇头:"馨诚,你这么说,我很失望。"

我突然恢复了平静:"你根本不懂什么叫失望。"

"不是这个意思。我失望是因为我杀人与娟娟无关,不明白你为什么会这样去联系。"他把一只手从兜里抽出来,端详着手掌,"我杀他们,只是因为我想这么做。"

谋杀就是谋杀,剥夺他人生命的行为,不可能因为任何粉饰而变得纯洁、美好或高尚。但此时我宁愿彬只是不屑找借口来美化自己的所作所为,或信口胡诌以维持强硬姿态。

不然的话,这大概就是我一直盼望,却又最不想得到的答案。

"再就是,即便是为了娟娟——"他手掌一翻,我才发现原来他一直在看手里的银色小物件,"她就好比我的家人一样。既是为了家人,就没什么是我做不来的。相信你应该能理解这一点。"

我的视力还没完全恢复,没能一下子看清楚,不自觉地"嗯"了一声。彬抬手把东西扔了过来,两道银光慢镜头般划落在我面前，我的心也随之跌落——勇气的防线，瞬间瓦解得灰飞烟灭。

那是一对玫瑰花形状的铂金耳环。

我颤抖着捡起自己送给妻子的纪念日礼物，大脑一片混沌，连话都说不出来了。

彬的话语中已听不出任何感情："现在还有十三分钟到七点，七点前黄锋接不到我的电话，我保证你女人死无全尸。要是没续弦的打算，你就别再拖时间了，出发吧。"

"你唬我，雪晶根本不在你们手上！"发动警车之后，我扔出一句，然后死盯着倒车镜。

彬坐在后面正给依晨戴手铐，没理会。

"你先让我确认雪晶的安全！"

他抻了抻制服，戴上帽子："开车，或者熄火。"

"不行，你必须先……"

他伸手指了一下，我回过头，才顺着他的手指看到仪表盘上的时钟。"你女人还有八分钟。"

他妈的！要了亲命了！

车到大门口，两名值勤的武警拦下我们，上来盘查。我摇下车窗，把彬事先给我的手续递了出去。一个娃娃脸武警列兵仔细地逐行审阅着文件，另一个肩章上有道杠的站在车的另一侧，检查车内的情况。

我心急如焚，禁不住解释道："情况紧急，廖处让我们尽快转移这名嫌犯，她很可能是另一系列案件的重要证人。"

"娃娃脸"皱起眉头，一副不食人间烟火的认真相："不是你们廖处长让我们封锁大门的吗?"

"对,现在不是情况有变化嘛!"

彬似乎在后面小声嘀咕了一句:"太急了……"

"娃娃脸"探头又扫了遍车里的人,绕过车头跟另外一个武警交谈了几句,走回来对我说:"等一下,我给你们处长打个电话。"

我做无所谓不耐烦状:"行,你麻利儿的!"

差七分七点……只能盼着廖处这会儿别醒过来。

电话显然没人接听,"娃娃脸"又去和"一道杠"商量。我觉得握方向盘的手已经完全失去了知觉,右腿也在不受控制地抖动,心里开始盘算要不要直接撞飞门杆冲出去。

"没联系上你们领导。""娃娃脸"走回车门边,"你们等一下吧,我们上去找一下……"

"兄弟你这不是耽误事吗?"我伸出左手拍着车门,"手续都在啊!"

大概是我的失态触动了他们某根神经,另一个武警低级士官突然端起枪,在车的右侧冲彬喊道:"下车!""娃娃脸"愣了一下,随即也拉了一下我的车门,但没拉开,"你也下车!"

我气急败坏地推开车门,借以活动下麻木的手臂,"你们到底什么意思!"

彬下了车,踱到车头的另一侧,面无表情地斜睨着我。

"娃娃脸"正待与我理论,岗亭里的电话响了,一时间所有人都有些不知所措。两名武警大概是有些忙乱,我则推断事态已经暴露。彬低着头在看什么——直到他抬起左手,我才注意到他手机上闪烁的呼吸灯,继而反应过来:他的手机也在响!

难道时间有误?来不及了吗?

彬意味深长地瞟了我一眼,把还在响的电话放在车的前机盖子上,转身扑向正走去岗亭的武警士官……

"既是为了家人,就没什么是我做不来的。"

我无暇再想,上前一步格开"娃娃脸"手里的七九式步枪,抬肘直接别住了他的喉咙……

"相信你应该能理解这一点。"

"右拐,沿八达岭高速辅路走。"彬摘下依晨的手铐,平静地命令道。我慌乱地猛踩油门,大概也希望能尽快摆脱北院传出的警铃声:"快给那个瞎子打电话!别伤害雪晶!"

彬望向窗外,没有任何反应。

"你他妈快打电话啊!雪晶要有什么事我绝不会放过你!"

他回过头笑了:"之前你也一直不像是会放过我的样子。"

"我求你了大哥!打电话打电话打电话!我保证再也不掺和你的案子,求求你……"

"不用急,我已经发短信告诉他了。"

我刚要松口气,忽然发觉不对:"短信?黄锋不是看不见……"

"停车。"

我条件反射地踩下刹车,挂上空挡,刚要扭头,脖子就挨了一拳,扑面趴倒在方向盘上。晕眩中,车门开了,彬把我拖出来扔在地上。

他接下来的话让我骤然恢复了清醒:"你还真相信一个连短信都看不了的人有能力实施绑架……起来!"随后我听到手枪拉套筒的铿锵声。

扶着车门,我慢慢撑起身:"你根本没绑架雪晶……我早该想到的……"

"走吧。"他摆了下手上的枪。

走进路边的一片小树林后,彬喝住我,把手铐丢过来:"抱着树把自己铐上。"

我疲惫且沮丧,梦游般地照做了。

彬没再说话。我看着他戴上手套,把枪拂拭干净,倒没什么害怕的感觉。他要想杀我,没必要搞这么烦琐——连铐我都没必要。

确实出于好奇,我问:"你怎么会有她的耳环?"

彬没抬头:"找这身制服的时候恰巧撬开了她的更衣柜,得怪你老婆丢三落四。"

——以及上班时间不许佩戴首饰的白痴制度。狗屎运……我琢磨了一下,又问:"你和'庞欣'或'王睿'有什么关系?"

他似乎愣了愣,摇摇头。

"那为什么要杀'庞欣'?"

"我刚才回答过了。"他左手掏出那个粉红色的山寨手机,"看在过往的交情上,别再管我的事。"

"我拒绝,你打算射杀我吗?"

彬很诧异地看着我,透着一丝含混的委屈。

朝公路的方向张望片刻后,他回头把电话举到耳边,语气突然变得惊恐不已:"救命!救命!我在小营附近……救命!赵馨诚!你别想杀人灭口!"

我起初蒙了,继而反应过来他在打一一〇,刚打算扯开嗓子借机开口呼救,彬抬起右手朝天连放数枪。两耳嗡嗡作响中,我见他将电话在树干上砸了个粉碎,手枪往草丛里一扔,转身离去。

不到一小时内接连遭受感官重创，我不得不跪在地上缓了有那么一会儿，心里却早已打定主意。最后看了眼手表确认时间，我在树干上磕开盘面，掰下表针，捅开了手铐。

这些年来，小月河的变化也很大。

雨从后半夜就开始下，经由风的操纵，从各种角度落下。我冻得要死，紧缩着身体，但被彻底浸透的衣服让我面对寒冷已无路可退。

在某个雨夜，彬若驻足在此，一定也感受到了这种无助。

沿着河边信步行走，却无景致可观。除了雨滴打在河面上的反光以外，四下漆黑一片，就像彬的瞳孔一样，什么都看不见。

也许是为了让自己能暖和一点儿，我努力构想着河畔阳光明媚、草长莺飞的烂漫景象。男孩牵着女孩的手，稚嫩的羞涩在生机勃勃的大地上滋生出青春的冲动，吻在嘴唇与额头的承诺，在时间与命运的一手操办下，演变为心中永远的烙印。我张开手臂，滑过护栏上的铁索，抚摩树干上的起伏。泥土与植物的味道无处不在，原始又自然。

"她改变了一切。"

我有些入迷，乃至没有听到汽车发动机的声音。直到不远处传来压低嗓音呼喊"赵馨诚"的声音，我才恋恋不舍地走出去。

袁适这样讲究生活品质的人居然没有打伞，令我有点儿小意外。他看着我，表情显得同样意外——为我狼狈的外表，或之前发生的一切。

上了车，我让他关闭车灯，保持暖风。袁适递给我一袋麦当劳快餐。我确实很饿，取出个汉堡咬了两口，又觉得实在难以下咽，最后总算翻出杯热可可，烫到不能喝，拿来焐手倒正合适。

"我建议你还是回支队去说明情况。"

我盯着杯子里的咖啡色液体："我被通缉了吗？"

"白局长压下来了，暂时的。"我能感觉到袁适始终在观察我，"但全市已经发了内部协查通告，可以对你采取强制措施。"

"彬呢？"

"两小时前，公安部正式发布A级通缉。"

"什么程度的？"

"可以任意射杀。"

"果然……"我抿了口可可，嘴里终于有了味道，"两边布控怎么样了？"

"顾帆被安全局带走了，布控自然也撤了。中德大厦留了一个探组值守。我还是希望你跟我回去。既然是受到要挟，总有机会澄清。"

"哈！对。这个我相信。"我把杯子放在一边，侧过身，"彬也没想真的陷害我什么，他只是需要几天时间——没有我赵馨诚存在的几天。"

"他不逃跑吗？"

"逃跑就没必要拖住我了……有烟吗？"

"我不抽烟。"

"新好男人楷模。他要杀梁枭——如果他滞留在北京还打算杀什么人的话，一定是梁枭。"

"我同意，从医院他留下的那幅图来看……"

"别跟我说什么图了，他只是想让区内其他留守人员去个能屏蔽手机信号的地方，和那个黑寡妇没什么关系……至少他亲口否认有任何联系。"

"对啊，你见到他了。"袁适坐直了一点儿，"问出什么来了?"

"你想问我什么?"

"他为什么要杀人?"

我扭头去看小月河,其实车窗被雾气完全遮住了,什么也看不见。

"他说,是为了给陈娟报仇……我需要你提供些帮助。"

"我为什么要帮你?"

"因为'庞欣'可以和'王睿'合作,彬可以和顾帆合作,他的战友可以和梁枭合作,公安局可以和国安局合作,所以你也可以,或是说不得不跟我合作。"

袁适认真地想了想:"他为什么杀'王睿'?"

"大概是因为'王睿'没打算放他活着离开。"

"那韩依晨又为什么会出现在案发现场?"

"这个我没问,不过可以推测。依晨出现在那里被我们的人抓到,时间正好是我和彬被袭击,并且分局撤下了对他家的保护之后,同时他还把我干爹干妈送去国外,所以最有可能的就是……"

"他把自己女儿送去案发现场让我们带回看守所保护起来?太夸张了吧?"

"是有点儿过分,但这是最合理的解释。"

"然后再去劫狱?疯了!"

"我倒觉得他本来的如意算盘是把依晨送去看守所保护起来,然后利用这段时间去办了梁枭,同时对付自己当年的战友,等羁押时限一到,我们自然得放人。没想到因为'王睿'的事暴露了身份,弄巧成拙,最后只好去冒险补救。要是我没被临时关禁闭,要是老何早些决定帮我,要是他没在更衣柜里找到雪晶的耳环,要是你们这帮增援能他妈动作快点儿……"

"没你跟他临时'合作',他一样出不去。"

"对,但案子可以不破,这身制服可以不穿,老婆我还不想换。你到底能不能帮我?"

"我能帮你什么?"

"我需要些钱。"

袁适掏出个"驴牌"的大皮夹,从里面抽出厚厚一沓钞票,又拿了两张放回去,把剩下的全部塞给我:"不用数了,没指望你还。"

"谢谢。我还需要你帮我在中德大厦附近的酒店开一间房,窗户的朝向必须能监视到大厦正门,酒店登记和各分局都有联网,我不能用自己的证件开房。你有身份证吧?"

"我会安排。"他从手抠里找出张纸写了个号码,"保密号码被收回了,你以后打这个号码和我联系。对房子还有其他要求吗?"

"南北通透,有浴缸和早餐的客房服务,床一定要软,冰箱里的矿泉水最好能免费。"

"我还是报警或把你带回支队吧。"

"我还需要武器。现在彬的小脑比大脑更难对付。"

"Holy shit!你不是让我去给你搞枪吧?拜托,现场他扔下的那把枪你干吗不带走?"

"真该抽你……持枪出逃?现在就不光是内部协查了。我不喜欢枪,匕首或甩棍你有没有?算了,我自己搞吧。"

袁适长出了口气:"还有什么吗?"

"别熄火,把暖风再开大点儿。"我在座位下面摸到调节杆,把椅背拉了下去,和衣而卧,"我好累。"

第八章　狂奔

1

我小心翼翼地伸手去窗台拿烟,怀里的雪晶像猫咪一样发出充满倦意的呜呜声:"又抽烟你……"我忙把手放回她背上,轻轻拍了两下。自从结婚以来,她值班我加班的,好不容易俩人同时回家,还大多是已经累得半死的行尸状态。岂料在目前这种紧张时期,我们反倒再次拥有了蜜月般的悠闲,真是祸兮福兮地搞不明白。

雪晶裹着毯子坐起来,眼睛还没睁开:"你睡一会儿吧。"

窗外,就是中德大厦的正门。除了对这家快捷酒店的设施略有不满之外,袁适确实提供了最好的监视据点。

不过我的监视工作比较漫不经心,至少从雪晶过来之后就小差不断。也许是之前的假绑架事件让她在感动之余兼备了某种浪漫体验,反正在接到电话后,她立场鲜明地站在了我这边。

我突然意识到,人和人的联系就是这样微妙。我认识彬,娶了雪晶,其实他们本可能与我毫无瓜葛。雪晶也许会做老处女或在奶孩子,彬会成为另一个"黄道十二宫"或被押上刑场挨了枪子儿——没有任何分别,反正与我无关,他们的喜怒哀乐乃至生死荣辱,不碍我蛋疼。

"你选择,我选择,他选择,所有人都在选择……嘿嘿,我们在选择命运,殊不知,命运也在选择我们。"

时天说得没错，命运是无数选择交错编织的紧身衣，附在每个人身上，犹如附骨之疽。彬可以选择不杀人，雪晶可以选择不嫁我，我同样可以选择搂着老婆在这里一直住到圣诞节，不去管窗外的是非纷争。

"在想什么？"雪晶一定是看我出神了很久。

"想我其实可以放弃……回支队接受调查然后辞职去干点儿别的，几年之后守在幼儿园门口等着接孩子，咱家的乌龟也就有希望活过半百了。"

她盘腿坐着，上半身摇摇晃晃地扎进我怀里。"这是个好主意啊！"随后她又抬起头盯着我的眼睛，"其实你希望他放弃。"复又钻进我怀里，"问题是他不会，所以你也不会。"再抬头，"不过放弃依然是个好主意！"

"人对命运的选择，源自根深蒂固的性格。"

所以我知道彬不会放弃，就好像雪晶知道我的"放弃"只是挂在口头上的好主意一样。

我大度得很虚伪："你希望我怎么做？"

"我希望你少抽点儿烟而且比咱家乌龟活得长。"雪晶转身靠在我胸口看天花板，"我也希望袁大博士别太草包，省得我老公左右为难。"

"袁适没那么弱智，不是每个留美博士都能有那么惊艳的履历，他还需要时间。"

"唔，你或韩哥带他十年，他应该有希望赶上我的水平。"

"没口德。"我作势弹她脑门，"袁适办案秉承的一直是西方的犯罪剖绘技巧，这种理论基础应该是建立在西方国家的地域、人种、经济、文化，甚至政治特征上的，再加上有联邦调查局专门与之配备的强大技术支持，得几朵小红花不奇怪。"

"哦……然后他见谁都是小李飞刀——就那一招儿？"

"生搬硬套的悲情哥。"我搂住雪晶，"给他点儿时间来适应自己的祖国，期待下这孩子美好的未来吧。"

"不能让别人来做吗？"她语气有些变化，"一定要你来？"

"需要有一个了解彬的人来帮袁适。"我五指张开扣住她的一只手，"除非有人能说服老何。"

"找阿禹吧！他不是你在工作室的开山大弟子吗？"

"那小子比袁适还教条，去了也是炮灰，而且他几乎没接触过彬。"

"瞳呢？"

我心里动了一下。瞳曾经是彬最出色的学生，而且似乎还是依晨出现之前彬唯一的绯闻对象，不过……

"她很多年没露面了，我都不知道怎么联系她。"

"唔……韩哥退出之后好像就没再见过她。其实那会儿我们都以为韩哥会把工作室交给她呢。"

"对喽！如果说她念旧情的话，肯定不会帮我——不帮彬就算好的了。即便她不爽彬，也肯定更不爽我。总之，无论如何她都不可能帮我。"

床头柜上的电话响了，雪晶看都不看把手机拿给我："官人，你的新欢来电了。"

袁适似乎先是长出了口气："我是现在敲门，还是再给你们半小时收拾？"

"我们接下来要做的恐怕需要更多时间。"

"那就不跟你废话了。"我听到了砸门声，"穿上裤子，开门！"

等送走雪晶，袁适才把目光由窗外收回："都第三天了，还是没动静？"

我关好门，问："支队那边有动静吗？"

彬劫牢翌日，市局已认定其正策划出逃，并全面展开封锁与跨省搜捕行动，重兵把守各交通枢纽及出京路段。

"没有……潘警官天天来，你有一直在监视？"

"我什么时候说是在这里负责监视了？"

袁适闭嘴运气："我给你开的是蜜月套房？"

"只是找个就近的地方枕戈待旦。"

"等到哪个'旦'？"

"和彬一样，等到老鼠出洞或是猎人撤套。"

袁适望向窗外一辆老款标致，"这么简陋的圈套，韩彬不会喜欢的，至少该伪装得有诚意一些才好。"

"我倒觉得咱白局这次是煞费苦心，诚意满载。"我也走到窗前，"这是个一眼就能看穿的暗哨，而且是中德大厦前后左右六个出入口唯一的监控组，估摸着车里的人还没出入口的数量多。"

"嗯，韩彬也能看出来，但梁枭现在还活着，就是说韩彬没跳着慢三步进去。他要么是已经放弃杀人，要么就是……"

"每天上午七点多的时候，借着太阳公公灿烂的笑脸，北边总参防化部家属楼四层左数第一个窗口就会有点儿诡异的小反光。"

袁适思忖着扭头看着我，没说话。

"下午三点过后，东南侧的乔新小区十一楼九层西北朝向的那个窗口也会出现相同的闪光点……"

"两个监视据点？"

"我的位置只能看到这么多，不过依老白酷爱人海战术的风格推测，大概类似的监视点不会少于六个。"

"你确定？支队从没说过这里有特别布控。"

"连保密工作都做得这么扎实，还能说没诚意？"我把窗户开了条缝，点上烟，"看来老白是没太在意咱们国际友人的安危，这套儿码的，纯粹是许进不许出嘛。"

袁适的表情显得喜忧参半："我可以期待韩彬无法识破吗？"

"遗憾得很，不能。"我用力嗫了口烟，险些呛到自己，"即便他没我这么帅的观察角度，但某些无视交规胡乱停靠的车辆、突然爱好东张西望的大厦保安、'7-11'便利店凭空冒出来的午夜熟客，还有曹伐同志那隔着两站地都能闻到的口臭……"

"以及目前完好无缺的梁枭都可以证实韩彬没上当？"

"嗯，他在观望。"

"等白局长撤下布控？"

"或者梁总出来遛弯儿。"

"那他的等待就要结束了。"袁适严肃地注视着窗外，"可靠消息：梁枭以及六名随行人员正要返回美国。"

我一挑眉毛："哦？什么时候？"

"明天下午一点四十，美联航空UA5455，直飞洛杉矶。"

"韩彬在庞欣床前的墙上画的就是这个。"袁适从文件夹里抽出两张尺寸超大的照片，比较了一下，递给我其中一张。

我横看竖看，只看见白墙上点了几个黑点儿："你确定这不是一群苍蝇的尸体？"

大概我的态度在他预料之中，袁适低头继续翻文件："我找来了海淀区的地图做参照，两者比对，左上那个点，和宋德传的遇害地点吻合。"

我心不在焉地一手拿照片一手拿地图："啊呵！左下这个

呢?"

"车公庄,'王睿'的住所。"

我把地图拿近了些:"正中间这个是北太平桥?"

"应该就是张明坤的自杀地点。而左中这个点与海淀医院吻合。从彭康到庞欣,他在这里先后杀过五个人。"

"右下这个点是……"

"美术馆一带,顾帆的家。中间偏上的是预审大队的看守所。"

"看守所下面那个呢?"

"健翔桥一带吧,也许还有我们不知道的案件……关键是这个。"他指着右上方的一个相对浓重的黑点,"参宿七。"①

"温哥华?"

"不。"袁适盯着我,似乎期待我的重视,"是中德大厦。"

我成心胡扯:"我还以为是在暗示当年移民加拿大的陈娟呢。"

"除了已知的作案地点外,还有三个不知所谓的点。我一直在查,目前还没发现什么。但他的作案路线——"他把我手上的照片顺时针转了九十度,"是Orion,别告诉我你不懂这是什么意思。"

猎户座。

"就算很像,所以呢?"我竭力挤弄出学生求教的虔诚姿态,肚子里却忙着搜罗冷嘲热讽的枪炮导弹,不料袁适只摇了摇头,无奈,或是遗憾,几近悲伤。

"我仔细考虑过,你说得有道理。韩彬信手点了这么几个点

---

①加拿大温哥华"环境犯罪学调查中心"所开发并使用的"参宿七"是目前世界上最为权威的地理犯罪剖绘软件。

儿,也许只是为了误导我们……画的是什么无所谓,只要能把当时剩余的机动警力引到一个通信讯号不畅的地方就OK了。"他滞重地坐了下来,右手抠着深蓝色衬衫的袖扣,"当我拼出这个图案的时候,自己都在嘲笑自己……我想了很多种可能,还找来国际象棋的经典残局做比对,试图从中解读出有意义的线索。"

他的样子让我很不好受。

"没有意义,没有任何意义。"似乎是为了增加我的负罪感,他继续说,"我不能解释他为什么这样画,也不明白他是否为了完成这个图案刻意选择过谋杀目标或作案地点,我不知道他是不是想告诉我们他是猎人——或者他正被其他猎户追杀。"

"不必太介怀。"我放下照片,无目的地扫视着桌上的其他材料,"我和他相识八年,了解的也没比你多哪儿去。"

"他是我唯一无从解读的罪犯。"

"那又如何?"我想拍拍他,手伸一半又缩了回去,"我们还是有机会抓到他的。"

"梁枭明天就离开,这会是他一直等待的机会吗?"

"他在以少打多,就算没有警车沿途护卫,光靠梁枭自己的保镖,他成功的概率也还是很低。"

"在车底盘或特定位置安放炸弹呢?"

"他可能有这个技术,但不会选择这种方式。"

"为什么?"

"这不符合他杀人的准则。"

"刺客型人格准则?"

我原地踱了几步,最后坐到衰适对面:"知道他案发后,周围的朋友最常对我说的一句评价是什么吗?"

"好像听你提过,是认为他杀人一定事出有因之类的吧。"

"差不多。"

"明白了,安放炸弹存在伤及无辜的可能性,他需要合理化的谋杀。"

"所有人都觉得合理,包括他自己在内。"我又掏出根烟,在拇指上磕打着,"彬不想被归为平庸的嗜杀者。"

"但他只是喜欢杀人,对吧?"袁适把桌上的烟灰缸朝我推了推,"陈娟也好,韩依晨也罢,其实都是借口。"

我机械地磕着烟,感觉手指越来越凉。

"所以他不随意杀无辜者,因为这会让他显得低级,至少如果有一天案发,他不愿和Joseph Vacher或是Peter Sutcliffe[①]归为一类……他肯定不只杀过这么几个人。"

我把烟慢慢地碾碎。烟草在手指间摩擦,吸走了汗水。

"他亲口告诉过你吧?"

撕开过滤嘴上的包装纸,把浅黄色的中心部分放在鼻子边闻了闻,没什么特别的味道,不过我的鼻尖似乎也很凉。"嗯。"

"也好。至少不用担心他会袭击监视据点的警察了。"袁适从我的烟盒里拿了根烟,又塞了回去,"不过这真能骗得了他自己吗……我是说,以他在犯罪研究上的水平,应该很清楚自己是哪类罪犯。"

"这个啊,"我从床头拿起手机,"一会儿有机会你问问他吧。"

袁适沉默了几秒钟:"不会说你知道怎么联系他吧?"

"不知道。"我缓慢、坚定地拨号,没有一点儿迟疑,"但我大概猜到他会怎么进中德大厦了。"

他当即蹿了起来:"怎么进?"

[①]约瑟夫·瓦彻(Joseph Vacher)与皮特·威廉·撒特克里夫(Peter William Sutcliffe),分别为法国与英国历史上的著名连环杀手。

我把电话的免提打开,放到了桌子上,几声等待音之后,没人接。我按下重播键,袁适看到号码,大惊失色:"你疯了!"

这次响了一声电话就通了,对面问道:"喂?"

袁适连大气都不敢出。

"喂?谁啊?说话!"

我舔舔嘴唇,突然不知该从何说起。

"你个小兔崽子!"

我叹了口气:"头儿……"

"姓袁的跟你在一块儿吗?"

袁适看着我,逐渐镇定了下来:"白局长,我在。"他再笨也该反应过来了,能在中德大厦周围布下这么多监视点,梁枭办公室正对面的酒店里都住了什么人会没查?我看破了老白设的局,领导一样掌握着我的行踪——只不过彬大概两样都发现了而已。

"想回家住了?那就跟我去市局把问题交代清楚。"

"我不是韩彬的同谋。"

"你要真是,他还能留你活口?赶紧滚回来!别他妈在中德给我捣乱!"

"我这就回去,不过……请您对大厦实施围捕吧,虽说不晓得是不是还来得及……"

"围捕?你看见韩彬进去了?"

"没,但十有八九,他已经在里面了。"

2

路过标致车的时候,我看到副驾位置上曹伐叼着烟卷,一脸迷惑地盯着我俩。袁适对口臭哥相当不屑,却也同样迷惑于老白的决定:"明明外围人手充足,为什么让我们先去探路?"

"因为梁枭的法国身份和崴尔公司的美国背景嘛,人家两大帝国使领馆同时施压,支队民警就这么不管不顾地往里冲,能捉奸在床还好,要没抓到彬,公安部还不得一怒之下取消海淀分局的建制?"

"啊哈,所以让你先探虚实?"

"我已经被内部协查了,反正是有罪之身,大不了无期变死缓喽。既然掉不了脑袋,我又不在乎,老白肯定也没啥负罪感。皆大欢喜。"

"罪人啊,他可还让我必须和你一起进去哪!"

"唔……好歹你也是市局的来头,估计老白是想万一真触雷的话把上级单位拉来一起殉情。"

"Damn! 我可不想为你殉情。"

"别那么决绝好不好?亲爱的,带家伙儿了吗?"

"外套里有支钢笔,裤裆里有门大炮,够了吗?"

我费解于袁大博士啥时候也开始变得如此粗鄙不堪,而且这时候居然还有心情意淫自己的雄伟。

进了大堂之后,袁适向半睡半醒的保安亮了下证件——其实就算他亮的是火锅店折扣卡我估计保安也不会在意。我们径直走到电梯间。晚间只有一部电梯运行,而且就停在一层。

进了电梯,袁适问我:"你还没告诉我韩彬怎么进来的。"

"最不可能的往往却又是最有可能的,就好比我会跟一个基佬同乘电梯——这孤男寡男的,真的,我好怕。"

袁适每次都得先过滤掉我的嘲讽挖苦甚至人身攻击再作思考,也算不容易,这大概多耽误了他几秒钟:"你是觉得韩彬会和梁枭找来的那名杀手合作?"

"他最擅长同各色人等合作,我甚至相信他有本事同时邀请胡佛跟阿尔·卡彭①一起斗地主。彬总能找到人性的弱点,而且也懂得如何利用这些弱点。"

"但那名杀手是要杀了他……"

"前提是出于私人报复性质,这正是他最大的弱点——他可能跟老白一样,不大在乎梁枭的死活。咱们梁总仗着美法两个后爹牛了半天,到头来不过是鱼钩上的蚯蚓罢了。"

"所以他就一定会出卖梁枭?"

"黄锋话里话外的感觉就是,他们这帮一起给越共当过枪的战士之间似乎存在着某种剪不断理还乱的情谊,还是相当排外的那种……大概是比哥们儿波西米亚一点儿,比断背布尔乔亚一点儿的状态。"

"有点儿乱。"袁适挠着左腮,"你是不是想说,韩彬会找到办法联系那名杀手,然后说服他协助自己进入中德大厦干掉梁枭,最后自己再随他发落?"

"除了最后那部分是生死对决还是破镜重圆不好说,其他的意思差不多。"

电梯到了二十五层,袁适的声音低了下来:"你知不知道这种推测毫无依据?"

"对大厦的监控包括了人员和车辆的进出,但为了保密并免于被再次投诉,支队是不敢查崴尔公司的车的。彬肯定也发现了,这是风险最低、成功率最高的渗透手段,前提是必须有内应。那么他会随即发现,找到内应这条路,其实可行。"

---

①约翰·埃德加·胡佛(John Edgar Hoover, 1895—1972),美国联邦调查局由调查局改制后的第一任局长,任职长达三十七年。阿尔·卡彭(Al Capone, 1899—1947),美国芝加哥黑手党教父。

"而且——"我指了指崴尔公司的玻璃大门。

袁适警觉地望着空荡荡的前台:"居然没人……不是说他有保镖……"

"不,看那里看那里,左下角。"

袁适这才注意到露在前台下面的半只鞋:鞋底朝上,从倾斜的角度来看,可以大胆猜测应该还连着一条腿。他立刻像只受惊的壁虎一样贴墙而立:"这!这……"

我半蹲着扫视楼道两端,掏出手机:"如果那哥们儿不是在给办公桌口交的话,我想咱们应该可以呼叫增援了。"

领导的反应还算快,连集结带封锁五分钟内就完成了。我把手机调成静音,对袁适说:"你去一层接应他们吧,我在这儿盯着。"

袁适没动,不过能看得出来相当紧张或是亢奋:"你是想进去吧?"

我把后腰别的甩棍换到身侧:"嗯。"

"你想试试能不能救下梁枭?"

我歪着脖子瞥他。

袁适也回瞥我:"总不能是去观赏韩彬杀人吧。"

"我不大了解梁枭的为人,即便是他有可能策划并谋害了陈娟,我也没资格评判他。"我的喉咙一阵干涩,声音似乎随之变得有些嘶哑,"何况我跟老何都不喜欢彬杀人……但如果说彬杀谁最能让我接受的话,前三名一定是希特勒、东条英机和这个姓梁的畜生。"

袁适吃力地咽了口唾沫:"这算不算高抬梁枭了?"

"谁都无权不把人当人。"

"那就让他去死好了。你急着进去做什么?"

"我不知道。"

"看来真得陪你殉情了。"他深呼吸了口气,把衬衫的扣子多解开一个,"我和你一起进去。"

我居然想不出什么反对的理由:"你那几招跆拳道,实战里用过吗?"

"我在加州举办的第十七届——"

"哦,算了,走吧。"

从前台到梁枭的办公室门口,我们先后跨过了五具尸体。所有保镖都是被利器刺死的,伤口均在要害,而且技巧精湛,出血不多。

袁适压低声音:"血还没完全凝固,他们被杀不久,韩彬……"

"应该不是彬。"我贴着墙慢慢靠近实木质地的黑色屋门,"几乎都是被近身袭击的,而且没有反抗的痕迹,杀他们的是内应……我也记得那家伙比较偏好用匕首。"

扶着门把手轻轻压了一下,门没锁。我担心地看看袁适,本想再问问他是不是该下楼去和大部队会合,又觉得多余。这节骨眼儿上想让他退场,即便是出于面子考虑,恐怕他也不会缩头的。

"注意门后。"我一推门,闪进了房间。

虽说是在夜晚,借助台灯的散射,梁枭的办公室还是一如既往地豁亮。我眯缝着眼睛端详了片刻,才辨认出瘫坐在办公桌后总裁宝座上的那个人形是梁枭:他的脸已被打得塌了半边,一只眼睛肿得都睁不开,这倒使得另外一只睁开的眼睛显得格外骇人，眼神空洞、茫然。从那道自胸口起向下一直延伸最后消失在桌沿边的、几乎把他剖成两半的伤口来看，是不用再担心他以任何形式投诉什么了。

办公桌后，落地窗前，一左一右站着两个人，相隔不远。左侧的人背对我们，而右侧正对着门口的，是彬。

不知道是因为恐惧还是激动，我觉得体温骤降，心脏狂跳。

彬穿了一件黑色的西装款连帽卫衣，黑色的条绒裤，一只手扶着窗棂，另一手握拳抵在嘴边，整个人显得简约、安静，就像我第一次见到他的样子。在这个说不好算远还是算近的距离里，我读不出他的表情，是淡定，抑或忧伤。

他微微调整了下身体的角度，对左侧那个人说："集结得差不多了，警察随时会冲进来。在这里，还是换个地方？"

看来我的猜测没错。

那人转过身，右手拽着灰色皮夹克的衣襟，看了眼彬，随后似乎刚发现我和袁适也在场，显得有些懊恼。他的样貌相当普通，谈不上有什么特点，勉强也可以称得上英俊。和彬比起来，他更具张力，更外露一些。彬对身边的一切总是当情景剧看，而这个人则是反感世间万物，无时不迸发着愤怒。我注意到他投射出杀气的双眸和彬一样——漆黑无边。

"放弃吧。"我开口道，发现自己的音调竟有些忽上忽下，"梁枭死了，你算遂了心愿。还有你——"我伸手指了一下，借机让自己偷喘口气，"前越南人民军陆军、861特工团的阮八同志，你们已经全部被包围了！"

他俩飞快地对视了一眼，算是默认了我的指认。

我斜眼想示意袁适也说点什么好拖延下时间，却只看到鬓角直流汗的跆拳道大师正目光飘忽地筛糠，眼神无规律地游走在尸体、活人与脚下的地板之间。

阮八嘴动了动,但好像又不打算当着我的面和袁适说什么,只朝彬摆了下手,而后便绕过写字台直冲我走来。我抬起左手做出拦截的动作,右手去抽腰侧的武器,大喝道:"你!站住别动!"

彬似乎在后面说了句:"别杀他们。"阮八那时离我应该还有两米左右的距离。

也许是我眨了下眼,因为随后他已经贴到我身前了。我还没能拔出甩棍,便慌忙向后撤步。袁适大喝一声——不晓得是出招前的仪式还是纯为壮胆,从我左后方杀了出去,双腿连环踢出,显示出良好的柔韧性与协调性……平心而论,煞是潇洒矫健。

不过,他的第一腿就没够着人,第二腿被阮八打了回去。我没看到出拳动作,但袁适的腿踢到半截就相当违反惯性规律地被迫收招。等他抬另一条腿——抬得老高老高,并试图施展一记下劈的时候,阮八滑步贴近,左手架在他已抬过头顶那条腿的大腿后侧,弹间间就把袁适固定成了一座金鸡独立的劈叉雕像。

我惊叹得忘了上去帮忙。打打杀杀这么多年,今儿个算见着什么叫四两拨千斤。当然,如果左手的格架是四两的话,阮八随后俯身打在袁适——部位不大好讲,大概是肛门与"大炮"之间的部分的那记右拳,肯定是千斤之力。袁适短促地叫了一声,直挺挺向后仰倒,却又被阮八翻腕抓腿拽回来,半腾空一肘砸在脸上。

美跆联黑带二段袁适出场不到十秒,被技术性击倒,简称"KO"。

阮八落地后一步绕过袁适的"尸体",出现在我侧面。我忙斜抡右手的甩棍去打他的头,胳膊还没落下,腋窝就中了一拳,随后还是这拳反手又捎了我下巴一下。幸亏我提前就在后撤，否则可能比衰适退场还快。

落地的时候被沙发硌了一下，起来我就看到彬从后面一踹阮八的膝窝，就势踩住他一条腿，双臂锁住了他的脖子，突然又触电般地闪开。阮八回身挥动拳肘，破空的风声异常锐利，我能看到他手上多了把青黑色的匕首。彬连退几步，边闪躲边用截腿偷袭阮八的支撑脚，并趁阮八重心倾斜的一瞬上步别腿，掀翻了他。

我立刻冲过去双膝滑跪在地，一棍子砸在阮八面门上，阮八抬拿刀那只手去护已被打变形的脸，被彬一脚踢中手腕——匕首飞了出去。

第二次挥动甩棍时，意想不到的事情发生了。

彬突然扑了上来，一记弹踢正踹在我脸上。我只觉得眼前一黑，棍子也脱手了，随即被揪着头发拖到一边。彬用膝盖压住我胸口，银色的项坠垂在我脸上，他喘气的声音很粗重："告诉你别再管的！"

我被不知道是哪儿流出的血呛了一下，没答话，伸手去拽他的项链——其实明知道这玩意儿肯定没结实到能当绞索用的程度。彬用虎口推了我喉结一下，不重，因为阮八立刻就把他扑倒了。两人滚在地上一阵缠斗，很快阮八就占据主动，把彬压在下面。

撑起身，手边青光闪烁，我抄起阮八掉落的匕首，做了个藏拳的架势遮住刀光，掩杀上去。

没等我接近，阮八毫无征兆地放弃了彬，闪到我身前一脚蹬在我迎面骨上，我一软单腿跪倒。他搂住我的头就往膝盖上砸，我咬紧牙关心一横，翻手亮出家伙顺势朝他身上撞了过去……

阮八没被扎中，因为彬叼住了我的腕子；我也没挨上那一膝盖，因为磕在了彬后背上。他钻进我俩中间，先是别住阮八的支撑脚一肘把他砸倒，又回身一肘抡了我个满脸开花——这左边的牙是剩不下俩了。浑蛋！你他妈还真对老子下重手啊！我一吃痛就觉得血气上涌，右手向回一拽，而彬松手避开刀刃的同时，我背后也挨了阮八一脚。

迎着他倒过来的方向，我左臂反手一勒他的脖子，把他横压在身前，骈腿骑了上去，扬起匕首——也许停顿过那么一刹那，也许没有——照他的肩头猛戳下去……

再一次，意想不到。

阮八一把攥住落下的刀刃，右手立时皮开肉绽，鲜血四溅，仿佛半空中炸开的礼花。

黄锋说得对，恩怨是非，都是他们自己的事——只有我，才是不受欢迎的搅局者。

我怔了一下。阮八不失时机地用另一只手搭上了我的肩膀，发力一摘一拽。我只觉得右肩一阵剧痛，胳膊软绵绵地耷拉下来。

持械的右臂脱臼，糟糕！

还没等我做出任何肢体上的反应，阮八松开刀锋，扣住我的手腕，自下而上把刀尖朝我的脖子猛推过来……见鬼，居然会被自己握着的匕首攮死，这种告别世界的方式还真是比死都丢人啊！

彬的右手也攥在了我拿刀的手腕上。

由于被我骑在身下，他的姿势很被动，不足以发力改变刀的去向，但至少，他减缓了死神的脚步，争取到一个改变我命运的瞬间——他左手一拳打在阮八已无法设防的右肋上，趁阮八气滞的一刻回推匕首,让刀光没入了自己昔日战友的胸口。

三只手盘根错节地抓在一起,房间里终于安静下来。

阮八跪在我身侧,垂着头,似乎是在看自己胸前遭受的致命一击。他嘴角挂着释然的笑意,喉咙深处发出含混的呲呲声,瞳孔中黑色的光芒逐渐涣散开来。

这时,不知是他还是彬,对我右侧太阳穴挥了一拳,我只觉得身体一下变得轻飘飘的。低下头,彬的面孔仿佛越来越远,越来越模糊,慢慢地、逐渐淹没在混沌中……

我在河边,彬在对岸。

桥下,应该就是樊佳佳曾经躺过的地方。只不过现在河水没有冻结,波澜荡漾,微风拂面。

我大声地喊着彬,他却毫无反应,只低头凝视着水面。

无数尸体穿梭在河道里。

我看到了池姗姗、方婉琳、彭康、宋德传……我看到庞欣晃着一罐蜂蜜朝我微笑,我看到姜澜举着嫌疑人的电话卡如获至宝,我看到阮勋宋满意地捻着手中的五十块钱……爷爷奶奶在藤椅中安详地挽着手,父亲在产房外兴奋地握着拳……没有鲜血,没有伤口,没有疾病,没有痛苦,他们都是那样鲜活,美好动人。

但我确实知道他们死去了。

轮回往生,寂灭无常。

彬把一杯温热的柚子茶递给我,我接过茶杯,转眼又看到,其实他还在对岸,仿佛从来不曾离开过这条河。不知是在什么时候,白色的浓雾笼罩过来,像爱人的手一般温存地抚摸着我。

我再度呼喊彬的名字。

他终于抬头望向我,目光驱散了河上的烟雾,又像下雨似的落到水面上。

雪晶在我的耳边轻喘呢喃:"又抽烟你……"

我左手拿着烟,右手掌心握着银色的打火机,上面刻着"NAGA"和一条正在扭动的蛇——它拼命想冲破金属面板的桎梏,却处处碰壁。我摇头叹气,吸了口烟,无法抑制地剧烈咳嗽起来。

"怎么回事?呛到了吗?"

"他要窒息了!"

"快切开气管!上呼吸机!"

我看到了陈娟。

她从河水中站起来,面朝彬的方向,微笑。

彬露出明快的笑容,向河中走去。

依晨抓着我的衣服,两眼红肿地哀求我:"救救他!救救他!"

雪晶扶着我的肩膀:"还抽!把烟掐了。"

无数拳脚落在我身上,我一面抵挡,一面突围。更多的人挡在我面前。我怒吼,流下了血红色的眼泪。

彬已消失在彼岸。

"他的腿……"

"他要休克了!"

"按住他！去按住他！"

"低压只有四十！"

"切开了，有东西……给我镊子……"

雪晶把我扶起来后，不照镜子我也知道，自己现在裹得跟五芳斋的粽子差不多。她举着病例念给我听：右肩脱臼，右手小指骨折，左侧锁骨骨裂，颅右蝶骨轻微骨裂，左半月板严重损伤，鼻梁骨骨折，左半边掉了四颗牙，其中一颗呛进气管，差点儿要了我的命；除此之外，还有三颗牙齿松动，舌头被自己咬掉一小块，颈韧带损伤，颈椎轻度损伤，大面积皮下软组织损伤三处，各类划伤擦伤等不计其数。当然，最后还要加上导致我昏迷了将近二十四小时的脑震荡——功德圆满。

看来，这次是真需要大修了。

"袁适还活着吗？"

"他有点儿脑震荡吧，听说还有什么腹股沟韧带撕裂……不过没大事，好像已经出院了。"

我注意到没受伤的那条腿脚踝上戴着手铐，苦笑了一下。盯着雪晶看了一会儿，她嘴唇有些干裂，刘海儿油腻腻地贴着脑门儿。我心里一阵抽搐，握紧了她的手。

她把另一只手也盖在我手上，轻叹一声。

"你可能不想问，不过他们没抓到韩哥。你们打电话之后，支队的人没几分钟就冲上去了，里里外外，都没找到。"

"嗯，我知道。"我试图挪动右臂，腋窝一阵剧痛，遂放弃，"他在河里呢。"

* * *

据说老白震怒,原因不消说。增援警力赶到二十五楼现场时,只剩下昏迷不醒正待会见周公的两个蠢蛋和睁一眼儿闭一眼儿去参拜上帝的梁枭。随后大部队陆续赶来,封锁了整个中德大厦,并在半径两公里的范围内设卡。搜楼,查车,整条街区挖地三尺……一无所获。

更夸张的是,彬不是单枪匹马突围的,他还带走了阮八的尸体。

天亮后,一个探组在大厦天台的边缘仔细检查"中德大厦"四个字下面那排更气派的霓虹灯灯箱——"中美崴尔医疗器械研究集团总公司"时,发现背面有血迹和驻留的痕迹。穿过想象的隧道,我似乎能看到那片灯火斑斓背后的阴影中,迎着深秋的晚风,彬孤独地感受着自己怀抱的躯体正在慢慢变冷。

彬曾一度悬在半空躲藏了一阵儿,但他最后如何携战友离开的,依旧是个谜。

我有些庆幸他当时没被发现,否则我相信对他而言,被捕或死亡,从来就不是一道选择题。听说老白知道后,倒是直接传令让负责搜查的民警排队一个个跳下去算了。

彬这样做风险很高,一旦失手,代价也将极其惨重。更何况,一向行事谨慎的他这次被逼无奈,只能依赖运气。如果灯箱的支架不足以支撑两个人的体重,如果某个细心的警员扒着楼沿向下探头,如果阮八的伤口没有处理好导致流血滴落在楼下某个民警的鼻子上……彬明明可以选择独自脱身,至少成功的概率要大许多,他却一定要带上阮八,同时固执地把自己推向了死亡的边缘。

我不禁有些疑惑,彬这种人,当年怎么会出卖自己的战友?

他从来就没有舍弃过身边的任何人,无论那个人是陈娟还是韩依晨,是黄锋还是阮八。

无论是活着的人,还是死去的魂。

两天后,支队派专员来医院给我做笔录,白局亦屈尊亲顾,感动得我直想装死。流水账一样地配合调查之后,我被告知惩戒或处罚决定将在市局开会研究后下达。估计轮不到我吃牢饭,后果什么的也就无所谓了。我叫住老白,想跟他单独聊几句。

领导待闲杂人等离开后,奇迹般地没对我发火,而是点拨我考虑下调到治安处那边的冷门队,或是找个辖区相对轻松的派出所。

我感激地接受了老白的好意:"头儿,我得求您帮个忙。"

老白伸出雪茄般粗壮的手指敲了敲我脚上的戒具:"我看你戴这个挺合适。"

"呃……不是这事儿。"我想装嬉皮笑脸,无奈缺齿漏风嘴不跟劲儿,"您还记得那个石瞻吧?"

"什么玩意儿?"

我知道他记得。"就蔡莹假绑架那案子……哦,是这样,我答应过石瞻一事儿——他现在人在茶淀服刑呢——就是,能不能帮打听下蔡莹和那孩子葬哪儿了,然后通知一下他。按说这事不该劳您大驾,可您看我这一时半会儿的估计也完不了事,再说您跟监狱局上上下下的关系又……"

"你他妈还嫌自己跟罪犯走得不够近是吧!"老白的反应倒没让我感到意外,"想好打算下沉去哪个派出所,没准儿我还能给你说句话。老实待着吧。"

一看老白转身要走,我急了:"领导,我还有件事得向您汇报！"

白局连头都没回。

"是关于韩彬给张明坤打过的那个电话……"

老白停在门口，半侧头瞄着我。彬一个电话逼得张明坤跳楼的事早不是什么秘密，只是案发时双方没有发生直接接触，电话里的内容也无从查证，连控他侮辱罪都没戏。张明坤最终是按自杀处理的。

不过老白还是转了回来，扬下颌示意我说下去。

"彬那晚至少打过两个电话，一个是找人查到了张明坤住处的电话，第二个才召唤老爷子变身小飞侠。"我在床上挪动了一下，范围有限得可怜，"后来我就奇怪他是哪儿查到的电话，因为连案卷里都没有记录啊。"

领导面无表情，只死盯着我看。

"隔天我查了彬的通话记录：他那第一个电话打到了咱们支队的总机，后面具体转到了谁的办公桌上，就不清楚了。"我故意拖了一下，老白还是阴着脸，"巧的是，就在那个时间，支队的网监记录显示有人查询过被害人樊佳佳所有亲属的信息，登录的 ID 是 BYS。您知道那是谁的登录名吗？"

我坐直身子，声音也沉了下来："白寅尚局长。"

老白一动不动地盯了我一会儿，搞得我直担心他眼里会不会射出激光来。

"你小子阴阳怪气想说什么？"

"我想说的是：其实所有人都在做自己认为是正确的事，只要不伤天害理，就无可厚非。石瞻的不情之请，还望您多费心！"

"别以为我不知道你小子想干什么！"

"我只是想做我认为是正确的事。"

白局有些动气地向我靠了一步,我动不了,只好不甘示弱地看着他。

过了半分钟,他无奈地平静下来:"别为难咱们自己的弟兄。"

"我会有分寸的,头儿。"

"你确定自己想清楚了吗?"

"能在您手下做事,是我从警以来最值得炫耀的资本。"我缓缓探出右手,"谢谢您这些年来的关照。"

老白冷硬的脸部线条竟有些松动,他把我的手按回胸口,叹气道:"你好自为之吧。"

"那石瞻……"

"知道了。"他走出病房,再没回过头。

第二周某个上午,袁大健将挂着拐来探望我。我震惊于"那个"部位受伤居然还会让人肢体残废,忙挂上同情加安慰的悲伤嘴脸。

"跟那里没有关系啦!"袁适脸上的瘀肿基本已经消退,只在眼角留下了一道小小的疤痕,"是胯骨有轻微的错位。"

"呵呵,我还真担心你被一拳直接打变了性呢。"

"就你这模样还有心情笑话我?"

"谁让你才来看我的?"

"拜托!那拳可让我尿了一个星期的血!"

"你瞧你瞧,慌他妈什么?以后变一月一次,规律了你就习惯啦……"

闲扯淡到中午雪晶去给我打饭，才开始说正事。

自彬离奇脱逃后，全市一直处于大搜捕的封锁状态。排查工作进行得很细致，连犯罪研究工作室的所有成员都被监控了起来。我俩一致同意彬不会选择在这个当口向外跑，他需要休整，还需要想办法安顿战友的尸身。

当然，彬没再出现过，依晨也一样。

几天前，黄锋又出现在广西四道镇的住所，独自一人。负责监控的民警前去询问，这瞎子继续装聋作哑。

"他会向南方柬越一带逃。"

袁适坐在床边，下巴支在拐杖上，机械地点头。"对！热带雨林、蚂蟥、水果、痢疾、私人武装……多美好的心理安全区。"他想想，继续说道，"他要出了境，就会永远消失。"

"不会。"我瞟了眼门口，从床头的角度能看到把门的民警，只不过自上周老白来过后双岗变了单岗，"他跑到哪儿迟早都得被翻出来。"

袁适一摆手："谁有这本事谁去，我愿意出悬赏。"

"掏钱吧，我去。"

第三周过得比较艰难。

我受伤住院的消息基本算传开了，老何、杨子、彤哥、曹伐、刘强，工作室本已不搭理我的新老成员，支队和分局，甚至市局的同学同事全来了。这里有一部分是来看我的，还有一部分是来打探彬的消息的——而绝大部分是两种目的兼而有之。

后来还出现了某些不认识的年轻民警，有的是一脸崇拜来床前敬神，也有聚在门外把我当标本指指点点。听老何说，我现在在系统内知名度极高。也对哦，因为涉嫌与连环谋杀犯共谋被全市内部协查，私闯跨国企业遭各使领馆投诉，先是在武警面前打良民——那倒霉孩子叫杨延鹏，后来在同事面前打案件受害人——那倒霉大叔叫顾帆，最后干脆伙同罪犯打武警——那倒霉的"娃娃脸"我不认识……哪儿找这么完美的反面典型去啊！

不知道是哪个吃饱了撑的知道点儿内情的王八蛋手欠，把我的斑斑劣迹添油加醋地发网上去了！而且还有两个版本可供选择："史上最强卧底拳打武警，夺枪协犯劫狱赤胆无间"或"劫狱哥本系无良暴力男，屡次违纪与多嫌犯有染"。不过还好，第二天就被"二奶半裸炫富"之类的人民群众更喜闻乐见的高雅时事挤下了首页。

剩下的时间里，我一直在做雪晶的工作。

她大概早猜到了我的想法，没多说什么。雪晶是个极聪明的女人，她知道人和人对同一事物的理解差异往往绝无调和的可能，也就当世间常态看待了。她有个理论：男人做事有一半是为女人，另一半是不可理喻地发神经——套用到我身上。前一半只要不是为了她和我娘以外的其他女人，她不管；至于后一半嘛，我发神经很正常，关键是看能否在我的性格范围内予以适当地制止。

彬这件事情，她知道，无法制止。

有些女人思考是件很可怕的事，她们往往会头脑风暴之后，把最离谱的一种方法拿来实践。好在我知道雪晶不至于砍了我的脚，或者在晚饭里掺上剂量足以让大象长眠不醒的麻醉剂。即便如此，看她一周以来经常沉默思忖的样子，依旧令我恐慌到心虚。

周六的晚上，她终于开口问我："诚，你会死吗？"

"会。"不拿自己的老婆当孩子或白痴,是我为数不多的优点之一——当然,转移话题则是另一个优点,"没人能长生不死。"

"先是莫名其妙被袭击,然后被韩哥打伤,再被全市内部协查,最后被打到住院。"她把头帘拨向耳后,"我知道自己嫁了个勇敢的男人……是的,你不怕领导,不怕歹徒,不怕韩哥,甚至不怕死,我想不出有什么是能真正吓到你的。诚,你什么都不怕,而你所做的,就是让关心你的人一直担惊受怕。"

"老婆,说句心里话。"我伸手轻轻拂过她的鬓角,落在她肩膀上,"进中德大厦的时候,其实我已打定主意:无论围捕行动成功与否,我都不会再参与这件事,因为我以为,彬如果执着地要梁枭死,那么他杀人必定还是复仇的成分更大,也许这些人都死干净了,他就不会再继续杀人,甚至可能躲进哪间小庙里蜕变成完全无害的食草动物,所以今后能不能抓到他,看各人造化,与我无关。我跟老何一样,只要他别再继续杀人,我们就可以接受。那么多警察,不是非得由我来维护法律。"

"但他不会停手吗?"

"嗯,他不会。"

"你怎么能那么确定?"

"因为我终于知道他为什么杀人了。按咱们工作室的说法,就是所谓的'动机'。"我抓住爱人的手,泪腺一阵酸楚,"而我,是最有可能制止他的人。"

"嗜杀还是复仇?他为什么杀人?"

第四周,我身上该拆线的拆线,该下夹板的下夹板,除了嘴还有些漏风以外,基本下地无碍。袁适按约定的时间出现,带来了我需要的东西。有袁海归做后援的最大好处就在于,你不必为钱或时尚品位发愁。我捏着"驴牌"背包里的飞利浦剃须刀看了半晌,考虑是不是可以让他把手机给我换成黑莓的……

"嘿!我问你呢!"

"啊?"

"我问你韩彬为什么要杀人?你了解动机了吗?"袁适早已告别拐杖,但总站不久。他脱下浅蓝色的呢子西装搭在椅背上,坐下后还抻了抻赭色西裤的裤腿,仿佛怕地上有细菌会顺着爬上身,继续摧残他脆弱的腹股沟。

"这话题咱们之前讨论过八千多次了吧?"我把CK牌的内裤掏出来丢到一边,放进雪晶给我拿来的换洗衣裤。

"喂!那是新的!"

"我穿你的太小,而且……你别恶心了行不行?"

防晒霜和雷朋太阳镜也被我无情地抛弃了。

他闷闷不乐地看着我挑挑拣拣:"你找到他最好立刻寻求支援,否则去了也是白挨打。"

"放心吧,我能对付。"

"我拄拐前也这么自信来着。"

我乐了:"咱俩情况不同嘛。你看,彬要真想杀我,我早死多少回了?"

"对对对,我怎么忘了,你俩是'同志'。"

"什么?"

"或者你们其实是同父异母或同母异父的血缘亲兄弟,再或者你和他都是被同一个外星人通过虫洞光速远程受精的星际混血儿……反正他见到你只会把你扁出屎来,但总会给你留口气。"说完他还夸张地挑了挑眉毛——那德行足以让任何人萌生把他扁出屎来的冲动,"对吧,泰森先生?"

我一边拉上背包一边说:"袁适……"

"怎么?"

"他也一样不会杀你的。"

"Yep！因为这不符合他的'合理谋杀逻辑'。"

"所谓的'合理谋杀'只是表现形式,我们一直都没搞明白这背后到底代表了哪种心理动机。"

"等等,先不说这个。"袁适伸出两个手指搭在鼻尖上,"没有合理原因他就不会杀人的话,那谁去抓他都一样啊！他没有合理的原因去杀任何警察吧？事实上他也确实没杀过警察嘛。"

我"嗯"了一声,看了眼门外打瞌睡的民警——今天负责值岗的是个刚从警校毕业的孩子。

袁适小心地跷起二郎腿,没碰到周边的任何东西:"但你坚持非你不可？"

"确切地说,我希望是我。"

他舔了圈嘴唇,想了想又问:"老问题,他的动机？"

"他想死。"

袁适屏息愣了一会儿,浮出水面般地呼了一大口气:"他……一九九〇年陈娟离开他的时候,他确实自杀过,但他后来没有放弃吗？"

"也许短暂放弃过,也许他迫使自己接受了无法和自己爱的女人在一起的事实。"

"但他接受不了自己爱的女人死亡。"

我冷冷地说:"我不认为他能接受。"

"但他那时又不能去死,因为他必须照顾陈娟唯一的后代。"袁适用询证的目光盯着我,"可他还是无法遏制自己想死的冲动,他只能……Christ！他杀人是为了感受死亡？"

我想起雪晶充盈着泪水的眼睛，再去看衰适，觉得无比坚定："彬一直在寻找自己死亡的替代品。"

"什么能替代死亡？"

"另一个死亡。"

"所以他永远不会停止杀人。"他放下跷着的腿，靠在了床边，"除非……你不是要去抓他。"

"嗯。"我勉强挤出一点儿微笑，幻想能掩饰所有一切，"希望我能成全他。"

九点多，夜班护士第一次进来帮我换了点滴液，等她离开后，我把门外站岗的便衣民警叫了进来。我每次去上厕所都得由负责看守的人帮我摘下手铐，并且全程陪同。

"哎，赵哥。"那孩子身着青色的运动夹克、洗得泛白的浅蓝牛仔裤，留着四六分的小平头，脸颊上洋溢着青春的光泽。我不自觉地叹息，仿佛看到了十几年前的自己。

"不好意思，我去一下……"我说着指了下门外洗手间的方向。

"好嘞！"他飞快地替我解开束缚，并且把点滴袋挂到移动支架上，好像生怕哪个动作慢了会被教官训斥一样，"您慢点儿，我帮您推架子……嫂子今天没来啊，是不是值班？"

我掀起被子，坐到了床沿边，一边支棱着耳朵听外面的动静，一边随手拔掉点滴针头，然后畅快地伸了个懒腰——躺了快一个月，再不走人我会死于褥疮溃烂的。

那小警察大概是没看到我拔针头的动作，微微一怔："哟！

您的点滴……我去叫大夫……"

我左手一叼他右腕:"别急兄弟,先坐下。"

"啊?"他没挣扎,但似乎嗅出了危险的味道。

我微微眯起双眼,用关怀的语气重复道:"我说,先坐下。"

他不安地缓缓坐下,被我控制的右手刻意悬空举着,生怕我会九流武侠小说里的"采花神功",随时掐死他的"软麻穴",然后把他变成任人鱼肉的烂泥。

我让双脚着地,套上拖鞋,臀部倚在床边,松开了他。

"兄弟,叫什么名字?"

"金勇刚。"他不敢抬头看我,直愣愣盯着我手背上渗血的针孔,末了还不忘礼貌地追了句,"叫我小金就好了。"

"小金啊……"我从床头柜上拿纸巾把手背上的血迹擦掉,顺带清理了下粘满汗毛的胶布,"知道我是谁吗?"

他刚要开口,想了想,搞明白了我问题的深意,给出同样的回答:"是,知道。"

"那就好。"我左手压住他肩膀,探身从他腰间的皮套里取出手铐,他身体激灵了一下,我用手稳稳地按住他,耳语道,"我不想伤你,兄弟。别乱动。"

我把他铐在床头,伸手:"钥匙,还有手台和手机。"

金勇刚意外地配合,就好像私藏零食被发现的孩子,我说一样,他上缴一样。

我把这三样东西放到他够不着的窗台上,关上门,从橱柜里取出袁适拿来的名牌包,开始整装。金勇刚始终没敢抬头看我,也没敢问什么。我收拾好东西,走回床边,问他:"以前没见过你,来支队多久了?"

他总算偷偷瞄了我几眼,每次目光接触又慌张地缩回去:

"不、不到一个月。"

"这行不好干啊。"我拍拍他，指着墙上的一个红色按钮，"按这个，护士就会来；当然，你也可以拖着床到窗台去拿钥匙——我只希望你一小时之后再做类似的选择，如果可以的话。"

"赵哥，你……"

"我要去抓韩彬。回头队里找你做笔录的时候，告诉他们：如果我有什么发现，会及时汇报的。哦对，还有，让各色上级领导不用考虑怎么处分我了，等完事回来，我也不打算继续穿这身制服了。"我拍拍他示意他抬头，然后朝自己的脖子比画着，"看见了吗？在两侧颈动脉的位置，用指甲轻轻捏出点儿瘀血来，回头就说是我从后面把你勒晕的，省得挨骂。"

他认真地看着我——不是我的手，而是整个人。我看了看袁适提供的卡地亚手表，意识到就算支队不会认真追我，时间也不宽裕，还得赶飞机呢。

向外走的时候，金勇刚突然叫了我一声："赵哥……"

我回身，歪着脑袋看他："嗯？"

"我想……我会如实汇报……我一向、从来不太会说瞎话……当然，我是说一个小时之后……"这孩子的窘态让我几乎有些内疚，"您……您注意安全。见鬼，这、这怎么交代……"

我一时间不知是该客套还是安慰或鼓励他，年轻人特有的热诚与执念灼伤了我。

孩子，这个职业，从来都与安全无关。

3

四道镇给我的感觉总是很不友好。上次来时大雨瓢泼，搞得极其狼狈；而这次，蒙蒙细雨伴随着我再次踏上了那唯一的一条柏油路。雨势虽不大，却夹着霜，最后竟慢慢变成了小雪。

袁适大概发射出人造卫星才把电话打进这么恶劣的荒山僻岭，我举着手机倒是很担心自己的恶贯满盈会招致雷劈。我这次落跑意外地没引起大轰动，估计上下领导一是习以为常，二是懒得搭理，只重发了个内部协查，而且连强制措施都没做授权。当然，这也等于变相宣布不会有什么内部处罚了——我的从警生涯到此结束。

最新消息：韩依晨已离境。

不到二十四小时前，一名模特身材的修女率巡回布道团自广西东兴出关，后经核查关口监控录像，韩依晨就混在其中。至于为什么她越狱后却没在被通缉之列，袁适不解到骂街。

公安部在韩依晨的问题上一直尴尬地摇摆，鉴于无证据和正式指控的超期羁押，顶头领导希望这次所有人能集体失忆，否则牵扯出的行政诉讼和国家赔偿估计又够网络媒体开狂欢派对的。

我也没打算追这条线索，不然早就去云南堵她了。作为陈娟的遗孤，依晨是个童年不幸的孩子，为难她只会让我自己鄙视自己，更别提彬会追到火星把我大头朝下钉死在十字架上。

嗯……我还确信：界河的另一边，肯定有位擅长耸肩的独臂孤狼在打接应。非去触这霉头，难保时天不会统领多国部队杀入广西，把我大卸八块喂狗。

自然，前有耶稣后有捐客，如此重兵护送，彬肯定是不会出现在那里了。我查过边境地图，什么龙邦镇、岳圩镇、下雷镇……随便找个落脚点向南翻山走个几公里，出境比秋游还写意。彬才不会傻呵呵地去冲关卡呢。

*　*　*

我在黄锋自家的小院里再次见到了他本人。他正在拾掇茉莉花的花圃，听到我走进来，连头都没抬："这里很少会下雪，我记得九八年有一次，二〇〇〇年好像也下过，〇二年下过，再就是前年一月份的时候……两三年才有的一场雪能让你赶上，算你命好。"

黄锋家的院落很像"庞欣"的那个尸体花园，目测来看面积小两圈——其实大多数私搭乱建的平房格局都差不多，有个院子种点儿花花草草茄子豆角的也正常，最多是肥料的来源有点儿区别罢了。

我不是瞎子，体验不出黄锋的各色诡异感知都从何而来，但我至少明白最好不要去多纠结。走近苗圃，我闻到了淡淡的茉莉花香，还有泥土蒸腾出的温热气息。黄锋穿着短袖的军绿色帆布衬衫和墨绿色的劳动布长裤，空的裤腿扎了起来，右脚蹬着一只广口的土黄塑料拖鞋，脚趾间沾了些泥土。我在斜后方站定，注意力集中在他把上衣撑得紧绷绷的巨型背阔肌上。

"彬来过吗？"

黄锋微微转过头，角度精确得让我以为他开了天眼，不过他没说什么，嗤笑两声，继续干活。

"那他肯定也料得到我会追来，给我留话了没？"

"你呀你呀，就是不知死。"他终于放下手里的工具，摸到脚边的一个白色茶缸，咕咚咕咚喝了几大口，嘴里呼出白色的哈气，我努力嗅嗅，不是水。

他从衬衫口袋里摸出根烟，放在嘴唇边捋捋直，点着抽了两口。

"少抽点儿吧，这玩意儿会害你早死的。"我说着，自己也有点儿想抽烟的冲动。

"你不是比我还急着寻死吗?"

"我天天照镜子,怎么看自己都是长命百岁的王八脸。"我刻意向前逼了一步,"彬不会杀我。有本事杀我的人要么死了,要么残了,要么跑了……黄锋,你真以为靠你缺胳膊少腿儿的能要我命吗?"

黄锋明显愣了一下,旋即转化为满脸愤怒的杀气,吼道:"你脑壳坏掉了吧,傻缺仔!"

"不信?"我撒手丢下背包,右腿后撤半步,侧过身,冷冷道,"起来试试。"

黄锋一撑身子,敏捷地站了起来,两手扶着拐,重心前倾,我看到拐杖的橡胶头深深扎进了泥土中。

我从后腰抽出甩棍,扔到背包上:"我徒手,别让人说我欺负你。放心,会留你口气儿的。"

"不必了。"黄锋眼眶周围的肌肉抽搐着,下盘在改变重心,"我老婆自己能带孩子。"

我无所谓动手,但还是希望在他弹射过来之前证实一下:"别,你死了谁来看坟啊。"

他前冲之势顿了一下,弓还是拉得很满:"什么?"

"你背井离乡来这里成家,不就是为的这个吗?"我伸手指圈了下花圃——当然,他应该是看不到的,我权且当他能感应到吧,"真是,大家都喜欢在自家院子里埋人玩儿,就不觉得瘆得慌吗?"

黄锋向我指的方向转头,转了一半似乎又想通了,哈哈一笑:"你以为'他'……"

"女字边的那个'她'就对了。"我截住他的话和笑声,"陈娟的墓冢，就在这里。你长期盘踞南方边境，为的就是寻找、运送、安葬并守护陈娟的遗体。"

黄锋的嘴张开一下，又闭上，体势依旧蓄势待发，但脸上的肌肉松弛了一些。洋洋洒洒的雪花一落到他身上，瞬间就失去了颜色与形体，挥发得无影无踪。我甚至相信它们若有机会把握自己的命运，宁愿选择绕道而行。

陈娟失踪的遗体，按说是块无关大局的拼图板，但对彬而言，不亚于耶稣裹尸布之于梵蒂冈。直到我发现所有人都在帮助彬的时候，忽然想到：对一个又瘸又瞎、满心报恩，同时还熟悉南疆地区的人而言，这大概是最适合的工作了。

"不过真没想到你为报答他，居然搭上了自己的后半辈子。冲这个，我敬你是条汉子。"我沉胯伏肩，身上各个关节反馈回程度不同的酸痛感，"现实一点儿吧，阮八和姚江俩人都没超度我，你更没可能。"

如果你放倒我，就能终结我的追缉之旅。或者，让我有机会再次面对彬的时候，不会手软。

反正我是挺想打一架的。

但黄锋没再向前一步。直到他重新坐下，我才看到他隐隐流露出的沮丧与伤感。他挪挪位置，揉着残肢的边缘，话音依旧铿锵有力："你走吧。"

"彬去哪儿了？"

黄锋不怀好意地笑了——他还是不笑的时候显得更正常一些。"你抓不到他的。"

"抓不抓另说，但我要找到他。无论如何，我都要找到他。"

"我不知道他在哪儿。"

我想了想问："是说他知道我会问你，或者用点儿什么伎俩逼问……这个不大可能，你不吃硬。他是怕你太笨，被我套出话来，索性就什么都不告诉你，对吗？"

黄锋拧着眉头，这大概接近他的思维极限："你以为……"

"我还以为他肯定也劝你别和我动手，而且会说是因为怕你伤了我。"

他沉着脸。雪花打在身上的湿冷令人战栗。我冷眼俯视着他，"不错，你觉得自己很仗义，你知恩图报，你一直在帮他，可你只是个傻子，你根本不知道彬在做什么。你不了解他，你更无法理解他为什么这样做，你压根儿就没打算去判断他的行为是否合理。你以为能协助他或对警察守口如瓶就是尽力了，你错了。彬信任你，只因为你是个不去思考的一根筋，你根本不问对错，不问因由，把盲目当作忠诚。所以他与你之间，不是朋友间的互助，而是上级对下级、施恩者与回报者之间的命令与执行关系。"

黄锋愕然的样子很僵硬，棱角鲜明的下巴越发显得固执，"如果你信任一个人，就不该问那么多为什么。"

"'为什么？'你知不知道彬这样问了自己很久？我也问了自己很久……他得不到答案，所以去杀人。可悲的是，杀人并不能给他答案。"

"他一向知道自己在做什么，你不用……"

"是吗？我很怀疑。他自问自答最后只给出了一个很荒谬的逻辑：他想随陈娟去死，但他又不能去死，所以就用别人的死亡来沐浴沉沦。要我说，这是不折不扣的神经病。"

"如果你女人被杀了你会无动于衷吗？"

"我不知道……"我狠狠地甩了下手。

为什么一个为了传宗接代的老头儿可以那样欺凌自己的儿

媳,一个受辱的女人可以杀害自己的骨肉,一个被爱蒙蔽的男人甘愿去做牺牲品,一个不谙世事只为生存的孩子可以撒下弥天大谎,一个为了迎接新生活的丈夫可以抛弃自己的亡妻……失去身份的边缘人群在疯狂地报复社会。满满一院子尸体,却无法阻止一个愤怒司机的街头暴行,谋杀工具和人命能够等价兑换……所有人都在做自己认为是正确的事,与生俱来,我们拥有让一切行为合理化的天赋。

"我不知道,不管是为了报仇还是那个扭曲的逻辑,彬都在杀人。陈娟一条命,需要多少人抵偿?为了复仇,为了寻找死亡的替代品,因为被杀的人罪有应得……随便给出一个自欺欺人的借口,所有谋杀行为就能变得令人同情?他杀人,这个理解,那个支持,连修女为包庇他都可以背叛上帝,你们全被骗了——包括彬自己在内。陈娟死了,杀多少人去陪葬她一样不会复活。她死了,就埋在我们脚下。每天都有无数人死去,而活着的人唯一能做的就是向前看,让生活继续。我相信在他心里,没有人能代替陈娟,同样,死亡也没有替代品。如果他不能向前看,不如去死!"

黄锋沉默了好一阵子,问我:"你是想去杀他?"

"我可以抓他,因为我是警察。我可以帮他,因为我们是朋友。我自然也可以杀了他,因为这正是他一直盼望却没有实现的夙愿。反正无论选择哪条路,我也会有我的理由。"

"我看不出抓他和杀他有什么区别。"

"他如果自首或被捕,恐怕还真没那么容易死。"这个问题我也是刚刚权衡出个眉目,"宾森遗失的秘密文件奇货可居,一旦彬归案,国安局肯定会立刻把整个案子接手。"

黄锋面朝我的方向,嘴角咧开:"哈!其实你根本不知道为什么要找他。"

"我知道。他到底在哪儿？"

"他确实没告诉我。试试去找那个孩子，他不会离那孩子太远的。"

"彬会猜到我这么想，所以他在离境前都不可能和依晨在一起。借刀杀人的伎俩就免了吧，我知道时天在边境的势力，但只要我不针对依晨，他就没理由对我下手。"

黄锋惨然地侧过脸，"那看来，只有我能拦下你了。"

"其实，我并没把握撂倒你。"我缓步走到花圃的屋棚下，身上的潮寒立刻退去了大半，"当然，我相信你也一样没把握。"

黄锋似乎在品味着我话里有没有卖乖或嘲讽的成分，过了会儿，反倒自嘲地笑了："你说对了，我确实没把握。你小子不简单。"

我拽过背包，收起武器，点了两根烟，递给他一根："我还是打算去边境碰碰运气。"

"够死性的。"

"不过我只打算转一圈儿，如果他真的翻山越境，就算了。彬对我而言一样是很重要的人，犯不上那么穷凶极恶地逼他。反正这行我也干烦了，回家要个孩子，找安保公司挂个闲职，没事找你和时天喝喝酒，听听'弑子'行动的秘史……也挺好。"

"呵，有点儿意思。"黄锋突然伸出宽大的手掌握住我的右手小臂，我早已习惯他违反生理常识的定位能力，没躲，依然保持放松。他攥了一把，喃喃道："嗯，是不好说……"

"对了，我还有个不明白的事，请教一下。"

黄锋很给面子地示意我问。

"彬这样的人……我是说，以我八年来对他的了解，他不像是会出卖别人的败类。"我手里玩着烟,"他当年为什么会出卖你们队的那批人?"

他面朝我的方向,很努力地吸着烟琢磨,并且谨慎地把烟灰弹到花圃外,到后来只是一个劲儿地摇头:"没有,他没有出卖过我们……"

"陈年旧事,也确实没必要纠缠。"我不想破坏刚建立起来的睦邻友好关系,况且时间有限,便站起身,"彬真的来过吗?我是说最近。"

"你该出门问问那些盯梢的二五仔有看到过别人吗?"

"那好,我先去寻寻,找不到就回来跟你喝酒。"我背上包,想伸手和他握握,却发现他的超能力感知这次没起作用,也许是我身上已经没有敌意了吧。

"吃了饭再走吧。"黄锋的手抬了抬,似乎不确定我是否有所动作,"老婆今天带我家崽子回来,她手艺不错。"

意外的礼遇,我还真有点儿动心:"哦?夫人回来了。孩子放假?"

"没。头两天东兴那边地头上的好像在和对面的越南人闹矛盾,说是争'五甘'①在芒街的地盘,阵仗越搞越大……反正是不太平,我就让他们先回来再说。"

我心里咯噔一下,猛地想起时天曾经的告诫。

"如果彬不在了,你会照顾陈娟的女儿吗?"我一边匆忙整装一边问。

"有的是人,轮不到我。"黄锋侧耳听我收拾利落,还是问,"真不留下吃饭?"

---

①张文甘(Truong Van Cam,1947—2004),越南黑社会头目,绰号"五甘",被捕后牵扯出大批腐败官员,受到谋杀等多项罪名的指控,于二〇〇四年六月三日被处以死刑。

"下次。"我赶时间,顾不上不好意思。

"嘿!小子!"他叫住我,沉声道,"他没出卖过我们。"

我这会儿实在无心去演绎罗生门,含糊应了一声,忙向外奔,把黄锋的自言自语留在了小院里——

"他从没出卖过我们任何人。"

"你主动挑衅黄锋?而我们现在还能在同一个次元里通话?"袁适的声音听起来相当扭曲,"不用解释,我知道你肯定是为活命牺牲色相来着。"

"他毕竟有残疾,你也太小看我了。"

"T800断了条腿也还是终结者,你又没John Connor帅,需要肛肠治疗吗?"

"我需要增援。肛肠治疗也准备好,等我回去你会需要的。"

"我觉得是时候放弃了,在没有确定线索的情况下,进入我们没有司法管辖权的动乱地区,你纯粹是找死,而且这是无意义的牺牲。"

"彬一定会在那里。"

"还有一个问题,可能无关大局。"他话题一拐,"关于姚江和阮八,按你的理解,姚江——出卖了自己队友的人,就是韩彬。"

这个其实我已另有考量,没吭声。

"从黄锋的话来看,最能打的那个人一定是阮八。而且遭到出卖后回来报复也符合通常逻辑。"电话里有点儿干扰,他停了停,"但你有没有想过这样一种可能:其实韩彬是阮八,而你们在中德大厦合力击杀的那个人才是姚江。韩彬自柬越归来后一直过着相对正常的生活,姚江如果这些年来继续在第一线亡命江湖，很可能改变双方的实力对比。"

"有这种可能。"我对着话筒不自觉想笑，"依据呢？"

"没什么依据，我只是觉得韩彬如果能为一个可能根本不爱自己的女人自杀、杀人、背井离乡……这种心重到偏执的人，不会容忍自己有出卖或背叛的行为；这么说吧，倒置一下，他要能出卖'纳迦'小队的战友，就根本不会嗑药洗胃之后还为了陈娟去南亚。"

我逗他："那人家凭什么非来杀他？"

"这倒不难解释，因为他总以为韩彬有朝一日会报复——当然，也许等腾出手来韩彬会做这种打算，也许不会，但关键是姚江为此得担惊受怕一辈子，要想踏实睡一觉，干脆自己动手斩草除根。"

"嗯……也许吧，不过还可能黄锋他们都没说实话，姚江阮八，阮八姚江，张三出卖李四，其实李四是王二麻子，王二麻子出卖了张三……排列组合多的是。你也说了，这无关大局。"

"呃，对我个人或大局是没影响。不过你最好搞清楚，韩彬如果真是姚江，他今天就能下得去手杀你；如果他是阮八，得罪他超级不明智。你看看得罪过他的人，不是被杀光了，就是被逼疯了。"

"放心吧，不管他和我谁能杀谁，我神经比你的'大炮'粗壮多了，想逼疯我可不容易。"

"如果他真在，他会告诉你不要因为有内疚感就寻找伤害自己的机会。"袁适犹豫了一下，语气有些过分严肃，"无论你追到哪里，你和他之间，永远都存在一根教鞭的距离。"

"俄狄浦斯吗？"

"我没这么说。反正估计你也找不到他。"

"依晨去得不是时候,无论有多少人护送,彬都会亲自到场保障她的安全。"

"也许吧,我可以帮你搞到望远镜和扩音喇叭,你远远地看大声点儿喊就OK了。我说了,到此为止。留在东兴,我会安排你回北京。"

"这是我们最后的机会。"我遮住话筒咳嗽了一下,"至少要他亲口向我承诺不再杀人。"

"你千里迢迢豁出命就为这个?他亲口承诺你又如何?你会相信吗?"

"我会自己判断的……我还需要武器。"

"你都没机会判断。芒街虽然不大,但现在你去了几乎寸步难行。"

"我可以去找依晨。马莉那帮人应该比较扎眼,还是有机会打听到的。"

"你还真信黄锋?找到韩依晨——Great,就算你找到了,韩彬会杀了你。无论他是姚江还是阮八,为了陈娟的女儿他会炸掉半个太阳系。你到底想要什么?你真打算杀了他?"

"如果这是唯一能阻止他继续杀人的方法,我会的。"

"那你跟他还有什么区别?只要有合理的借口,就可以随便处置生命啦?"

我这会儿实在没心情跟他探讨普世价值或不容践踏的执法标准:"算你最后一次帮我,没有增援的话,我需要武器。"

袁适的声音尖厉起来:"如果我拒绝呢?"

"那我一样会去。"

电话里静了好一阵子,他轻轻叹息道:"好吧,但你必须答应我一件事。"

我在想要不要给雪晶打个电话,嘴里却说:"我不确定是不是一定能活着回去。"

"我也不确定,可以说我更倾向于你这是有去无回……答应我:如果他不能承诺不再杀人,就把他抓回来;如果抓不到,就放弃。但无论如何,不要杀他——杀了他,你将彻底变成他。"

这确是我曾经的理想,某种角度来看,也许不是坏事。

不只是他,边防站的孙副队长也劝我止步。

东兴在两小时前已经封关。即便没有袁适替我遮过内部协查通告,仅凭肉眼观测,他们的阻拦亦是情理之中的一片好意。

此时,一河之隔的芒街,已是烽火连天的战场。

据说"街头帮"过境后和张文甘的旧部本来打打闹闹干得势均力敌,翻云覆雨体位变换得高潮不断,未曾想一直垄断滇桂地区皮货生意的大佬周戚年率众与"街头帮"结盟,悍然打破了狗咬狗的均势,而将本是胡同旮旯的群殴械斗升级成为地域间的大规模流血冲突——这是所有人始料不及的。

中越双方的外交机构对此都未明确表态,大概是想由得坏人自生自灭,不要影响两国美好的双边前景。

所以,目前,局面已完全失控。

当我仅怀揣甩棍跨过北仑河的时候,背后是无数边防站同志们惜别的目光——对于一个简直有自杀倾向的准下岗刑警而言,这场面足以让我昂起胸膛、豪情万丈。

界桥上,我见到了袁适那个曾遭我一记抱摔吃了满嘴排泄物的同学,他胳膊上没戴夹板,想来骨折已痊愈。这次见面双方都有点儿小尴尬,他明显对我怀恨在心,但却似乎认定我是行将就木之人，脸上浮现出怜悯的歉意。

我很好奇袁适这种教条主义精英怎么会有从事灰色营生的同学，而且还在几小时内就出现在我面前。不过自彬之后，已没什么能令我惊讶的事了。他拉开一个黑色的旅行包，揭开覆在表面的报纸，露出了三把手枪。

在一把军用五点八毫米口径的九二式、一把大弹夹的格洛克 21 以及一把我不认识的型号里，我选择了格洛克。虽然他向我隆重推荐的是那把 MP446——就是我不认识的那把俄制手枪，但我实在不放心把命押在这么个陌生家伙身上。当然，格洛克我也从没用过，不过对它可以保持实弹上膛的便利保险装置早有耳闻。简而言之，我枪法超烂，在警校那会儿还是脱靶冠军——真是枉费了名师的指点，如果今天真出现不得不开枪的局面，最好能有梁枭东家出产的 M61A1 六管火神炮撑门面，或至少，手里拿的是可以保证随时击发的子弹水管。

他再三叮嘱我加长弹夹是后改装上去的，为了加快装卸速度，用的是金属材质而非塑胶，所以导致枪口一端重量偏轻，射击时务必瞄得略低一点儿——没问题，我想很快就能有机会验证一下了。

我检查了备用弹夹，问他："那边什么情况？"

他回头看了看，对我摇头，一脸费解："你真的……"盯着我看了一阵子，又改口道："别随便开枪，容易引起连锁反应。"

我把枪别进腰里："知道。"

他还是摇头，仿佛不相信我真的要去赴死。最后，他递给我一把军用匕首，尺寸足以用来切西瓜或类似大小的人体部位："如果要开枪，千万别犹豫。"

这次我没应声——那要看瞄的是谁。

* * *

"计划得再缜密,运气不好也白搭。"

没错,彬计划好了一切,他的运气也一直都很好,但自他踏上这个曾经出卖过他和他伙伴的国度,幸运女神终于抛弃了他——梁枭和陈娟也好,阮八和姚江也罢,这些失去祖国庇护的精英们,注定只会成为某个霸权势力的玩偶。目前对彬而言,本来缜密设置的出逃路线,却因为芒街突发的暴乱而彻底作废。此时的芒街,已经成了一个巨大风暴的中心——他的逃亡计划不可能再顺利实施。

豪情万丈的时光很短暂,我很快就发现自己也失策了。

在东兴关口的时候,我还以为发生在这里的只是关乎一年几十亿人民币灰色利益的帮派争斗;身处事发地点后,我才明白,对控制权的争夺只是一个引子,民族思想的冲突、地域文化的差异、贫富分化的鸿沟、历史遗留的恩怨……也许不需要任何原因,人类互相伤害的本能自然会推动一切。集贸市场的方向冒着火光,街上到处散落着胶制拖鞋、草帽、零散的自行车与摩托车残骸。我入境后一路狂奔,沿途斗殴的人群不下十数,参与的人数上百,居然没见到半个军警的影子!据说当初"五甘"落网的时候牵扯近百名政府的公职人员,由此足见越南帮派的实力。时天说得对,没有"后台"支持的中国黑势力,在这里恐难争得一席之地。

一路上,我好几次被不知道是从哪里飞来的东西打中;在集贸市场的门口,我放倒了两个正在殴打一具尸体的越南人——他们似乎打算把目标转向我。从外寨街经过的时候,路边小铺里冲出一个半裸的女人胡乱抡着手里的铁镐,打算不经消毒麻醉就给我做开颅手术,我听不懂她嘴里说的是什么,只好逃之夭夭。我还勒晕了一个试图用拖鞋把自己的脸抽烂的同胞,从鱼市的水池里帮一个女人捞出她孩子的尸体……渐渐我发现这已不是单纯的中越黑恶势力的火并,似乎没人在意打的是谁、杀的是谁,整条街道弥漫着一种歇斯底里的疯狂。

我想回去,真的,我很害怕。

我曾经想象过作为刑侦人员,也许会有为国捐躯的那一天。但那得是面对十恶不赦的残暴罪犯,经过顽强激烈的不懈奋战,躺在战友或爱人的怀抱中……至少,是死在自己的国家,生我养我的土地上。我不想在这里,被某个不知名、不知国籍的人因为某个他自己都不知道的原因,将我变成异国他乡肮脏排水沟里的一具无名尸体。

这次连那个叫阿关的倒霉翻译官都不在,我只能凭记忆去摸"夜来香"。少了摩托车代步,却多了人民战争的汪洋大海。我利用破落民居间的甬道穿街越巷,尽可能向芒街的西南侧靠拢。闪转腾挪了半小时后,我对目前四处游荡的各色人群有了大概的区分:一种是平民老百姓,大多关门躲在家里或已被某一方暴徒袭击;一种是入侵势力,一眼能看出是中国人,喊句"兄弟,自己人"就可以蒙混过去;还有一种是当地帮派分子,见中国人就刀枪拳脚地招呼,但不伤本地居民;最后一种是趁火打劫的地头无赖,这类杂碎从十几岁到三四十岁不等,往往三五成群无处不在,奸淫掳掠无恶不作,却又欺软怕硬,俨然南亚版本的新纳粹信徒。

我是在挂篮街被盯上的。隔着一排平房已经能看到"夜来香"二层的红木围栏,街角一个杧果摊后面突然蹦出七八个越南人,其中手拿廉价片刀的一个平头矬子冲我喊了句越语,我自然是装没听见,故作镇定地自走自路,但很快,身后不规律的跑步声便迫使我不得不脚底抹油。还好,就奔跑而言,皮鞋对拖鞋的优势明显。我拐出挂篮街,追兵还未出现,茶古滩东侧垒着几十个近一人高的工业废料桶,我心中一动,钻了进去。

时天能在"夜来香"是最理想的状态,同时是我唯一明确的方向,但万一他不在呢?甚至是,如果里面只有马莉带着一群孩子……我不敢奢望那些贪杯如命的越南老兵会仗义援手,更不相信传教布道能感化这群浑蛋。

既然没把握,最好别引狼入室,反正有武器在手,为稳妥起见,我打算借这个由塑料桶搭建的小迷宫先放倒他们。

没想到这哥儿几个简直就是没长大脑,追出来以后扫了眼光秃秃的茶古滩,看都不看我这边,径直闯入对面一栋灰砖砌的民宅。进去八个,出来六个。我努力不去想那俩人没出来的原因,强迫自己紧盯离我不到二十米的这群冤家。他们几个在酒吧门口商量了一阵儿,举着廉价开山刀的像疯子一样大喊大叫,很快就把其他人传染成了"嗷嗷嗷嗷"的印第安战士。鼓舞士气后,他们进了"夜来香"。

这可不是我想要的发展。

大脑没来由地空白了一会儿,我猛然醒悟,咒骂自己怎会如此胆怯,忙跑向酒吧正门。这时那间灰色的民宅里出现了小骚乱,伴随着若有若无的哭喊声,一个浑蛋心满意足地走出来,边提着裤子边嘲笑另一个垂头丧气的——两人的表情在见到我的瞬间立刻又统一成不知所措的惊惧。

我不想浪费时间,掏出了枪。

那俩畜生迅速配合我的动作,举起双手——其中一个只举了一只手,另一只手还提着裤子。

场面变得有些不大好处理,射杀他们应该还不至于,但要就这样放他们走，难保不会招来后患。我把食指从扳机护弓里抽出来，轻轻敲打着塑胶枪身……时间在流逝，我变得越发急躁。

应该开枪，不能犹豫。

左右为难之际，屋里冲出一个身材矮小的中年越南妇女，她穿着一件灰白色的肥大衬衫，下身的帆布长裙在右腿侧裂了个口子。我立刻举起手枪，手指搭上扳机，既是防止她可能把我当成暴徒，也是不希望那俩孙子继续做出伤害她的行为。

但她压根儿没朝我这边多看一眼，一声不吭地撞向提裤子的那个，这家伙本就是举手投降的无防备状态，被直接从后撞翻在地——然后我才看到刀，那个女人从他背上爬起身，吃力地拔出没至刀柄的武器，眼睛却已望向尸体的同伙。

剩下的那个完全蒙了，在我的枪和她的刀之间往复体味恐惧，双腿本能地向后挪动。我大概预见到了一个可以接受的结果，便收起枪，推门进了"夜来香"——

几乎和廉价开山刀撞了个满怀。

我举起背包搪了一下，右滑步闪到他侧面，摆拳兜在后脑上，同时踹了膝盖窝一脚，揪着他头发朝实木大门猛砸。第一下砸上我就听到了刀撒手落地的声音，第二下砸在门框上，我感觉对方的身体突然一沉，失去了支撑力。

扭头我便看到面目全非的退伍军人之家：桌、椅、酒瓶和唱片遍地散落，吧台上面躺着半张凳子，四下都是人，有的躺着，有的趴着，有的睁着眼，有的闭着，有的似曾相识，有的完全陌生。

曾经给我拿过"333"牌啤酒的那个人背倚着吧台的翻门，一手反握着半截酒瓶，一手捂着大腿根，血像小喷泉似的从指缝间滋出来，脚下的地板是一片肮脏的黑色。

和"333"对峙的是一个手持菜刀的家伙,我的豪快登场无疑分散了他的大部分注意力。此刻他已调整角度,把正方向对着我。

整个屋里只剩下这两个站着的人。

我抽出甩棍,大步走向他,左侧眼角不自觉地抖动起来。

当他发觉后退没我逼近的速度快时,想掉头跑已来不及了,只好怪叫一声挥刀搏命。他砍我也抢,这不是光拼快慢的问题,一寸长一寸强,我还没进他的攻击范围,甩棍已经落在他脑袋上。他挥刀的手停在半空,举着刀踉跄几步坐在地上,双目失神。我上前踢掉他早就拿不住的菜刀,又戳了他喉结一棍,把人彻底放平。

与此同时,"333"仿佛突然被抽去了骨架,瘫倒在吧台前。

我忙捡回背包跑到他身边,翻出迷你急救箱,徒劳地试着封住喷血的动脉,温热黏稠的液体覆流过手背,我觉得两手空空,什么也抓不住。

他搭在我的手腕上,提醒我抬头——我看到一张苦涩的笑脸。他沮丧地摇着头,嘴里念叨着我听不懂的语言。

我反握住他的手:"时天呢?时——天——撕钱!对,撕钱!撕钱!"

他两眼半开半合,打瞌睡般点着头:"撕钱……撕钱……乔比曼达……"

"什么?你说什么?"

他肩膀一歪,身体缓慢地向左侧滑落,我托住他,大声喊道:"你说什么?是我!看着我!是我,你给我拿的'333'……是我,看着我!看着……"

有那么一刻,我以为他已经走了,但他突然猛地睁开眼,抓住我的衣领，用熟悉的生硬汉语一字一顿地对我说："孩——子——"

"孩子？孩子！对，孩子，孩子在哪儿？"

他的瞳仁向吧台转了转。顺着他给出的方向，我看到吧台里有一个不起眼的小门，上面挂着皮质的帘子。我的手上感觉似乎轻了一些，再低头看，他离开了，一下子又变得很重。

我放下他，检视了一遍房间，确认没有哪个人或尸体是时天，便走进吧台后面的小门里，穿过一间狭长的厨房后，从后门离开了"夜来香"。

然后我就看到了曾经活泼靓丽的修女，以及搂着她尸体哭泣的韩依晨——这本是我最担心出现的一种邂逅。

马莉穿着一身黑白相间的教会外衣，但神职人员的身份显然已无法在这片土地上赢得最起码的尊重。她衣服上白色的部分全被染红，黑色的部分则呈现一片污秽的蓝紫。依晨哭叫着，努力拖拽她，地上的血迹蜿蜒数米。一个比依晨大不了几岁的女孩手中挥舞着半根还在燃烧的木棍，疯狂地试图驱赶四名嘻嘻哈哈的本地流氓——别指望我能对赤膊、文身、针孔、砍刀和猥亵表情的组合有其他定义。他们时拢时散，仿佛在玩火中取栗的游戏。

周围还有很多具尸体，其中一个我在片马教会见过，剩下的，大多是六七岁到十几岁的孩子。

我张大了嘴，却发不出任何声音——我惊骇极了。我痛恨在酒吧门外的犹豫，我痛恨这一小时内经历的暴力与杀戮，我痛恨彬和陈娟，我痛恨制造所有这一切的人，我痛恨我自己，更痛恨我将要做的事……

"我们在选择命运，殊不知，命运也在选择我们。"

不错，这是我的选择。我痛恨它，但它是我的选择。

"人对命运的选择,源自根深蒂固的性格。"

我要做的,是我认为正确的事情。

"人之所行在自己眼中均看为正,唯有耶和华衡量人心。"

看这些谋杀者,他们甚至无意让自己的兽行合理化。

"有人说,这个世界早已病入膏肓。"

不,这个世界从来不曾变过,病的是我们,是人,是人心。

"人心都坏掉了。"

贪婪、愤怒、虚伪……我们全都病入膏肓,伤害同类和我们可以伤害的一切,只为满足私欲。

"背对他,你是猎物;转身面对,你是对手。"

没错,他们已经给了我一个充分的理由,可以转身的理由。

"你会跑吗?"

我会吗?

左眼又在抖。我绕过依晨和马莉,猫腰冲上前,把那个体重轻若鸿毛的女孩拨到身后,右手一棍抡了出去。中间那厮明显还没适应眼前的角色调换,甩棍结结实实地砸在天灵盖上,他连点儿动静都没来得及出,像断电一样原地散了架。左侧白光闪烁,我不假思索地架上去,火星迸溅,磕飞一把砍刀。与此同时,我觉得好像被犀牛顶在了腰上,巨大的冲击力让我的胃痉挛起来,右肩挨了一刀,失去重心的身体还未及后倾,右胯又挨了一脚,我斜着就出去了。

倒在地上,五脏六腑一阵翻腾,竟然没感到疼。我撑起身把甩棍朝举刀过来的一个家伙的裆部插了过去,力量之大,连棍子的第一节都缩进去了,那孙子一声闷哼就跟只死虾一样蜷身滚翻在地。左边有人在踢,我捋腰拔出匕首,反手插在他大腿外侧,腥热的血溅满了我半边脸。

最后一个站着的家伙回身要跑，被我三步并作两步撵上一棍扫倒，背后跟着一刀直透心窝。

爬起来，我才发现自己浑身是血，至于是谁的血，我不知道，也不在乎。

第一次杀人，却没有任何特别的感觉。

依晨和那个女孩怔怔地看着我，我回望着依晨，知道她认出我了，但我宁愿没被认出来。她们都只是孩子，她们不该去面对这些，她们不该被迫接受人类最丑陋的嘴脸。

一阵脚步声，面前又多了十几个人。他们个个手持刀棍，冲这边戳戳点点、大呼小叫，好像同一个人渣制造厂的流水线残次品，同样肮脏，同样残暴，同样狰狞。

来吧，给我同样的理由，给我杀光你们的理由。

我走到那个捂着裆满地打滚的孙子旁边，柔声问依晨："彬呢？"

依晨抽泣着，闭上眼睛对我摇头。

"放下她，去找彬。"我又冲另一个女孩摆了下头，"我会带马莉回去。"

脚下的禽兽还在悲鸣，不远处的狼群正在靠近。

我掖起匕首，双手正握甩棍，下垂到地上那家伙的脑后，朝拥来的暴徒摆了个高尔夫挥杆的预备动作。

我可以吗？

他们继续逼近，踩踏着孩子们的尸体。

他妈的！有何不可？

我狠命地抡了下去。

* * *

伸手拔枪的时候,有人对我沉声喊了句"别开枪",紧接着,三道人影从我身后两侧冲了过去。这是三个明显久经沙场的猛男,都是短粗身段,棕黑扎实的臂膀裸露在背心外,手持同样的军刺,个个下死手。不到半分钟,对方倒下六个,其余的四散奔逃。

并非毫无代价,这边也倒下一人——其中一个留着黑色短卷发的,脖子上横贯了一把刀,侧卧在人堆里,再没站起来。

回过身,我见到时天眉头紧锁地搂着依晨,浅粉色的衬衫和米色的卡其裤一尘不染,配上苍白的国字脸,在这片第三次世界大战的主战场上,扎眼程度尤胜从前。一名体形堪比UFC擂台冠军的壮汉站在他身侧,铜铃大小的眼睛像探照灯一样不停扫视着周围。

时天抿嘴望着刚阵亡的手下,问我:"你怎么在这儿?"

"你该庆幸我在这儿。"我抹了把脸,才注意到他和身边的护卫腰上都别着枪,"彬呢?"

他用某种外语叫回剩下的两人,把依晨和另一个女孩交给他们。"你自己出得去吗?我得送她们走。"

我低头和依晨望向同一处:"她呢?"

时天扫了眼马莉的尸身,有些烦恼。

"UFC冠军"用外语——能听出同样不是越语——急促地对时天说了两句。时天点头,其他人扛起两个女孩,急匆匆向西南侧的一条小巷撤退。

时天冲盯着马莉发呆的我摆头:"你要不打算背上她,就跟我走。"

没时间做任何思想斗争,逝者已去,保命要紧。

穿过巷子就是雄王路,时天告诉我那是通往接应车辆的捷径。芒街的现状出乎所有人的意料,导致他未能按时出现在接应地点,代价则是满地死伤的无辜。我问他彬到底在哪儿,他似乎觉得我不可理喻,但还是耸肩表示对此一无所知。

我奇怪他们刚才为什么宁可承受伤亡也不开枪,时天脸上掠过一丝悔意:"这条街上有无数把枪,可你听到过枪声吗?"

我想想,确实没有。

"不许开枪可以算是两方势力默认的斗殴规则,至少可以有效地控制伤亡。毙了阮勋宋这种毒虫是一回事,数百人对射就是另一回事了。而且一旦响枪,本地的军警不可能再袖手旁观。"

"但我们都不属于任何一方。"

时天边走边掏出手机:"那就更得守规矩。你试试开一枪,和捅马蜂窝没两样——而且你也很快会被打成马蜂窝。"他举起拨通的电话用越语简短说了几句,同时观察周围,似乎是在描述目前所处的位置。

我心里悬乎乎地没着落,脚下又不受控制。"时天,帮我个忙。"

"说。"

"如果我……我要是、要是有什么意外,帮我给我爱人带个话,行吗?你神通广大,肯定能找到她……我是说,当面转达。"

"哈哈!就你那个乳尖臀圆的老婆?没问题,正好……"他淫笑着望向我,旋即笑容又像退潮般迅速消失了,"要我带什么话?"

我收紧嘴唇:"替我告诉她,'对不起'……"

他的眼神像月光下的海水:"只有道歉吗?"

我咬着牙,竭力吞咽自己的软弱,努力放弃一切矜持,或遏制所有回忆:"还有、还有……我……随便吧,大概就这个意思。"

时天站住了。

他不顾其他随行人员的催促，把刚揣回去的电话又掏出来："赵馨诚，听我一句劝，你要是没胆子现在打电话亲口对她说后半句，不如回去。我们都是了无牵挂的人，但你不是。这条路，你走不来的。"

我没理会。如果现在打电话给雪晶，我一定会丧失继续前行的勇气。和很多事一样，想得太多，就什么都不敢做了。

不过这是我第一次宁愿牺牲自己铁骨铮铮的硬汉形象。有些一直被忽略的东西，爱或死亡，今天都离我很近，近到令我不敢触碰，不愿提及，却又无法回避。

大概人就是这样，最无助的时刻，思念的往往是最牵挂的人。和大多数同行一样，我从来就不是一个好丈夫。如果有机会重新选择做一个好警察，或成为一个好老公，我不知道自己会更倾向于哪种人生。我更不确定雪晶若有机会再次选择，还会不会嫁我。我不能推卸责任说今天这种状况是我无法避免的，但她说得对，结婚这些年，我一直在让她担惊受怕。

归乡的诱惑仿佛万有引力，令我心烦意乱无法集中精神。其实我很希望雪晶此时能在我身边，却又庆幸她可以不必和我一起承担危险。是的，某种意义上，我终于理解了彬的感受：我可以死，但我无法承受所爱之人被伤害。

因为，雪晶，我爱你。

随后，我们进入了那条狭窄的捷径。

捷径通常代表着效率与便利，但往往也隐藏着阴谋与陷阱。

跑到中段，两拨暴徒像是掐着表一样同时出现在两侧路口，前后夹击，把我们一行七人堵死在这条仅容擦肩而过的窄巷之中。

我后脑的神经线一紧，对时天喊了句"你们冲"，转身刀棍并举，逼退后面的来敌。逃亡的方向立刻响起砍杀的叱喝声，金属与骨骼摩擦撕咬，女孩子们在抽泣。

面前的人越挤越多，最终拱得靠前的二位收不住脚，只能双双举刀扑来。我伸出甩棍顶在左边那人的锁骨窝，他的刀也豁开了我的小臂。我俯身滑步把匕首插进右边一人的胸口，刃尖进去一半卡在肋骨上，拔不动了。甩棍脱手，我胡乱朝左边那人蹬了两脚。他失去了平衡，捂着被棍子戳中的位置倒地，被我一脚踩在颈动脉上，直接抽了。露着半截匕首的哥们儿虽然还没死透，但已失去抵抗能力。我右手攥紧刀柄，左手下面一兜他裆——小臂上刀口崩裂疼得我叫了出来——把这孙子整个人架起来当盾牌推了过去。

也许我打小喝的是冥河水，吃的是大力丸，也许是挤得像沙丁鱼罐头般的那帮乌合之众分工不明，反正这招还真抵挡了几秒钟。但很快我便意识到，这是个无法用常理揣度的世界，一把青黑色的刀从我面前的尸体上穿了过来，直接扎进我的左肋，我一口气提不上来，忙丢下人盾急撤两步。

同一把刀很快又向我劈来，我本能地错身躲避，重伤的左手捏住来人的腋窝，右手拔出格洛克21顶在他胸口……

我盯着他，却没有看清他的样子，我甚至相信这辈子都不会记得他的模样。不知他是否看清了我，但我想他没看到枪。我们四目对视，血红的视网膜覆盖着没有来由却又毫不妥协的恨意，颜色逐渐变深，他看到了死亡。我扣下扳机。

扣到一半时撞针锁打开带来轻微的震动感，提醒我还有反悔的余地。我继续扣下去，撞针触击子弹底火，有东西像过山车般沿膛线划过，面前的躯体猛地抽动了一下，抛壳窗飘出火药蒸腾的气息。

我抬高枪口，又补了一枪。枪口上扬把子弹吐进了那人的锁骨里，飞溅的骨渣像弹片一样扎进我手背。他半边身子向后飞出去。我松开左手，捋着胳膊从他手上夺下刀。

然后，我向前迈了一步，对着后面相同颜色的两眼之间，再度扣动扳机，一次、两次、三次……人群没有后退。我左手持刀反手划开一个人的肩膀，斜着把几发子弹送进他的腹腔。继续向前，飞来的东西拉开我的颧骨。我向右侧俯身，把刀插进某人的肋下，枪口越过他肩头，方才注意到枪声其实很响，弹壳崩到已经失去生命的脸颊上。

过关斩将，所向披靡。

我想住手，却停不下来。不杀人，难道只能等着被杀？

原始规则下，我们只是一群最低级的野兽。摆脱一切束缚，我会比他们更强大。给我一个合适的理由，我甚至能够超越彬。

直到扳机的滞阻让我察觉到子弹已经用尽，对面的敌人依旧前赴后继。我退下弹夹，细长的金属模具砸在脚面上。正要掏出备用弹夹，一把银色的匕首冒了出来。我忙用枪去拨，刀刃偏离既定方向，扎进我左侧肩窝。我能感觉到心脏挣扎了一下，膝盖发软，跪倒在地。与此同时，一只手抓着我的后脖领往回拖了一把，我随之仰倒……

黑色的闪电从上方划过——我终于，终于见到了他。

即便是在意识有些游离的状态下，依旧不难辨认出那个如鬼魅般穿梭的身影，冰锥一样凌厉。彬和他的战友都有一个共同点，那就是快，快得仿佛脱离了人类对世间的一切认知。

枪口发烫,指尖冰凉。我控制不住地笑了。这就是一九九七年十一月二十二日,时天在安隆汶迷雾中看到的情景——

死神狂奔。

尾声

暴风过境的屠戮把所有疯狂暂时打回原形,剩下的在裹足发抖。彬拉开了一段数米的安全距离,路上铺满尸体。他有些蹒跚地走过来,架起我半侧身后撤。时天他们杀出了血路,已从窄巷脱离。

退至路口,他扶我靠在墙边,剧烈地咳嗽起来。我才注意到他的黑色衬衫外附着一层黏稠的液体,右胸侧靠近腋窝的位置,一个明显的伤口在急速流血,浸湿了右边的裤腿。他低着头,气息短促,小腿在抖。

所有的痛感自上而下麻木了,我站直身子,无措地抓着他。

彬侧脸冲巷子里的残兵眯着眼一瞥,肉蛆般缓慢蠕动的人流慌忙踩下刹车。

他继而转向我说:"你还是来了……"

我望着雄王路,时天他们不见踪影,取而代之的是黑压压的人群——把我们围得水泄不通的、愤怒的无政府主义军团。越过仇恨的人墙,虽然面朝着祖国的方向,但从这里并不能看到两国的边疆。太阳下山了,天空却没有完全暗下来,我似乎还能凭借着不知是从哪里来的光亮,眺望着无限远的地方。

在那里,有家人、朋友和同事,海碗居的炸酱面,早市环抱的城门楼,喧闹街边的"指纹"咖啡屋,雨夜中的小月河……在那里，珍藏着彬永生眷恋的回忆。

换上备用弹夹，我试图用左臂去架他："走，跟我回去。"

彬推开我，抬起头，说话上气不接下气，分不清是在嘲笑什么："馨诚，我们……我们再也回不去了。"

我看着他，第一次读懂了这个记忆囚徒瞳孔中的镜像：那是一种徘徊在人性与兽性之间的、无可替代的悲伤。

"一个男人最幸福的事情，就是无论一个女人爱不爱你，你都可以义无反顾地去爱她……"

但最不幸的是，无论你如何义无反顾地去爱她，都无法强求她爱你——感情，本就是无解的迷局。

情深不寿，爱重成仇。

没错，彬，你在追寻死亡。八年间我认识的你，早在陈娟离开时，灵魂就已脱窍而去。剩下的，仅仅是直立行走的殉葬之躯。

我抓紧机会故作轻松地笑了笑："到头来你还是蒙了我一道。你不是姚江。你杀人，你救人，但你的的确确，没有出卖过任何人。"

他回报以微笑："有什么分别……"

我说出心中所念："你还会再杀人吗？"

彬又一次咳嗽，咳出很多血。他抽了下鼻子，盯着我手中的武器，抖动的左侧眼角像抹了层凡士林，反问："你是来杀我的吗？"

我觉得眉宇间在痉挛，便握紧枪，四下观望，仿佛能够找到答案。

他伸手扶住我肩膀，好像打算对我耳语，但随即闪过我，奔向海啸般的人群。

我左手兜了一把，没抓住他。这是最后的机会，我立刻把子弹顶上膛，倚墙单臂据枪，瞄准他——或是他面对的人群。

"彬！"

他回首看了一眼，转过身，似笑非笑地望着我，表情活像在同一个世界看到了另一个自己。

我想起界桥边的提示，把枪口略微放低，食指在扳机上加力，直到撞针锁打开……

弹夹里一共有多少发子弹？

彬缓缓抬起双臂，两肘贴在腰际，像一只因为先天残疾而放弃飞翔的雏鸟，仿佛在迎接我为他带来的结局，或是已准备好随时湮没在身后拥来的刀光与人潮里。

"我们再也回不去了。"

与你同行，还是送你离去。

我眯着左眼，确认目标，把扳机扣到底。

（全文完）

放 逐

胡一彪环视着客厅的陈设：单色布艺沙发、藤条编织的圆形茶几、刨花板材质的开放式储物柜、羊皮纸防尘罩的落地灯以及黄麻平织地毯。以往来三年多的了解，这正是夏雨瞳会选择的家居风格，浅色系，尽可能避免尖锐的棱角，不见玻璃，少见金属，皮制品更是拒之门外——和设想的差不多。这一切让他感到很自在。

第一次见到夏雨瞳时，面对这个清秀单薄的女人，多年来卧底生涯积蓄的愤懑、暴戾，以及无时无刻不在啃食他的孤独感，终于找到了宣泄的出口。什么市局指派的心理督导员，不过是个自命不凡的豌豆公主。他很有信心给这妞造成一次精神重创，然后吹着口哨踹门而出，继续享受自己的带薪长假。

结果倒也不能说事与愿违，因为夏雨瞳改变了他的愿望，借由伤害别人来抚慰自己的愿望。

"你的伤，恢复了？"夏雨瞳从厨房出来，递过来一杯刚冲好的红茶。下午的光照像无影灯一般，包裹着那副纤细的身形，同时又把她白得近乎透明的肤色映衬得有些发暗。

"想死不容易啊。"胡一彪伸出只有三根半手指的左手，接过马克杯。冰镇可乐一直是他的最爱，不过每逢见面，他会乐于接受这种温暖的手感。

在外勤卧底这些年，周身上下唯一可以和文身数量媲美的，大概就是伤疤了，残疾的左手不算在内。这次是几个月前在西城支队执行任务，末了被卷入一场枪战，右腿外侧和腰部右后侧各挨了一枪。拜自幼以来的好胃口所赐，两颗子弹只是卷走了若干脂肪，和皮外伤无异。胡一彪认定这属于胖有胖福，甚至对体重因此下降了近五公斤窃喜不已，至于自己庞大的身幅是不是增加了被弹面积，他才不会去想。

"我刚才在楼下碰上赵馨诚，他说你怎么从法证中心辞职了？"

"既然你俩聊过，还需要问我？"遇到不愿回答的问题，夏雨瞳总会把话岔开，"再说，你的心理督导结束两年多了，我还在不在中心工作也没什么妨碍。"

自是没有妨碍。胡一彪总会不定期地约她见面，有时是因为工作，更多的时候则不是，夏雨瞳对此也不反感。他俩的经历、生活、性格毫无共同点，连对饮料的偏好都不对位，就更别提交往中彼此频现的那份嫌弃了，这对超不般配的组合维持了千日有余，堪称人类社交行为的奇迹。

他没有放弃追问："是因为秦驰吗？"

那是在上一个任务中他们共同关注的对象，西城刑侦的副支队长，公安系统的传奇人物。任务很成功，但秦驰的结果不太好。他想知道，夏雨瞳是不是因此受了打击。

她微笑着侧过头去取糖罐，肩头散落长发里掺杂的银丝似乎多了几根。"我以为他的事对你影响会大一些。"

"不至于，习惯了。"胡一彪往红茶里放了两块方糖，接过递来的搅棒，"干这行就这样，人来人往。"

夏雨瞳在他对面坐下来。"这次来找我，不会又是犯了杀戒吧。"

作为胡一彪执行任务的最大特色，抓捕过程中导致嫌犯死亡的概率高得惊人。一方面，这让他成了督察听证的常客；另一方面，局里主管领导的心血管疾病越来越严重了。夏雨瞳的强制性心理督导是每次事后评估的最后一个步骤,这是他最喜欢的环节。

"没,据说'金牌杀手'后继有人,我有望甩掉这个匪号。"

"丰台队的那个吧。"

"那小子叫周巡,手比我黑。"

纯属扯淡,周巡出"事故"多是因为过于强悍的体格和身手,说白了,是没收住。但胡一彪不是,他是有意为之,每一次都是。

夏雨瞳垂下目光。"有耳闻,他两次拒绝心理督导,宁可停职。"

胡一彪也别开眼神。"和赵馨诚是同期。他们那届生瓜蛋子,一个比一个青。"

总是这样,当他口不对心,而她勘破却不点破的时候,彼此对视会觉得尴尬。胡一彪半辈子都在谎言中图存,但在夏雨瞳面前,哪怕只是有所隐瞒,都会让他情不自禁地脸红。好在大多数情况下,夏雨瞳会体贴地不去看他,虽说这依旧让他感到惶恐。

"那就是说,你决定离开公安了。"她这么想不奇怪,这本是调胡一彪去西城出任务前,两人探讨过的议题。现在任务结束,选择又回到桌面上。

"是。"连续撒谎不明智,他忙点头,"我找了王局之后,他还多给出一个选项。"

"警校还是培训基地?"

"培训基地,他们知道我受不了新进的孩子。"其实他受不了任何人,"基地那边待遇好,而且每年就那么几次课,随便支两着儿就混过去了。"

夏雨瞳显得很是宽慰。"是个不错的归宿,局里给你发了张良心饭票。"

"'归宿'这词儿不适合我。"胡一彪有些气闷,"我回绝了。去那儿也干不了啥,无非是教外勤和特警的少爷们怎么保命。"

"这不挺好?别教他们怎么废嫌疑人的命就行。"

"我就不明白,一旦嫌疑人暴力抗法,人家刀枪并举,咱总不能抻脖子等着挨家伙吧。"

"这事咱们聊过很多次,你知道我的立场。"

最后一次接受督导的时候,夏雨瞳曾对他说:总这样做,你会越来越像个罪犯。

一如既往地,胡一彪不认同这个观点:"死的都不是好人,他们杀的却是好人。"

夏雨瞳思忖了片刻说:"大多数人都知悉法律的存在,但为什么还会有人犯罪呢?"

胡一彪向后靠了靠,在沙发背上摊开双臂。"总有失心疯的二货,我又不研究这个。"

"在某个特定时刻或情形下,人会认为,他们的某种情感、需求、方法或哪怕是运气,可以凌驾于法律之上。"

他讨厌这种弯弯绕的逻辑,即便是出自夏雨瞳之口。

夏雨瞳却不打算放过他:"我相信,你的击杀记录中肯定存在不得已而为之的情形。"

胡一彪绷着脸:"后半句呢?"

"还用我说?"

"每次事故都有督察调查、取证、问讯、听证、评估……我靠,这都不能还我清白,还让不让人活了?"

话说得理直气壮,因为数次调查结果都证实,胡一彪确实是在遭遇"致命攻击"级别的暴力抗法行为下,实施了相应的第六级"致命武力"控制措施,导致嫌疑人被击杀。

"包括姜淮?"

胡一彪蒙住了,他没料到夏雨瞳有此一问,大概也是生怕有此一问。

姜淮是一名极度危险且残忍的暴力犯罪人,涉嫌多起故意杀人案。在西城执行任务的尾声,这家伙击毙了一名同伙灭口,同时还杀害了在场的一位市局督察。追捕过程中,西城支队在铁科院住宅区包围了他。当他逃至五号楼南侧夹道时,与迎面而来的两名支队刑警发生近距离搏斗。在黑势力组织充当杀手的姜淮身手了得,两名刑警先后被击倒,他正打算捡起掉落的手枪继续行凶,胡一彪及时赶到,一枪终结了后续的所有司法程序。

上述事发经过不但有两名参与抓捕的刑警在场,而且多名五号楼内的居民作为目击证人,提供了相同的陈述。过程无可置疑,结果又大快人心。把几份笔录一对,连听证程序都免了。除了市局没有确认胡一彪的立功表现外,一切都很完美。

而此时,他似乎明白市局冷淡的反应从何而来了。

"看来王绛那老小子又找过你了。"胡一彪语气讪然,却不敢挂上冷笑的表情来烘托气势。

夏雨瞳语调轻松:"王局给我看了调查笔录。你到场后先是举枪喝止嫌疑人姜淮,在他有继续捡起凶器企图的情况下,你依处置程序鸣枪示警,却由于顶在膛上的那颗子弹底火受潮失效,导致击发失败。嫌疑人见状立刻去捡案枪,而你先他一步手动退膛抛出哑弹,击毙了嫌疑人。"

"不错。有问题吗?"

"没有。我看了之后也对王局说'没有问题'。"

胡一彪又向后靠了靠,才发现自己不知何时已经移到了沙发外沿,只剩半个屁股在垫子上了。

夏雨瞳接下来的话彻底固定了他的坐姿:"但不值得鼓励。"

原来如此。胡一彪伸手去拿马克杯,茶已经凉了。

"王绛料到我会来找你的,对吧?"

"是。"

"亏你刚才还一副什么都不知道的样子。"

"王局只告诉我对你有新的安置,具体内容确实没说。"

"他想要怎么样?"

"他希望你接受。"

"如果我还是拒绝呢?"

"那,我劝你接受。"

胡一彪有些挂不住了,他收紧嘴角,鼻翼向两侧外撑,后脑因血压骤升而微感发麻,眼白和眼黑的分界处开始变得浑浊。他从来都不想在夏雨瞳面前露出凶狠的表情,但此时他控制不了,愤怒,或是恐惧。

夏雨瞳仿佛想笑,调侃的语气与叙述内容截然相反:"当天行动伊始,你从枪库领的是一支九毫米的九二式手枪,进入铁科院住宅区的包围网时,又和一名探员换了支'五四'。怎么,总不会是嫌'九二'的阻止力太强吧?"

"姜淮是老辣的杀手,九二式的扳机行程过长,真要遇上,我不想死在那零点几秒上。"继续理论是不明智的,但他不想就这么放弃。

"击锤打开的情况下,九二式的扳机行程很短,可以保证首发联动。"

"我不可能让配枪随时击锤大开,'五四'更稳妥。"

"又怕开枪慢又怕误击发,你还真是纠结。"

"公安这行本就纠结。习惯了。"不知从何时开始,他总把这三个字挂在嘴边,似乎干得时间越久,说得越频繁。

"底火失效大致有四种可能,在枪库的内环境中,受潮是最不可能发生的一种,却又是最容易人为实现的一种。"

"'九二'和'五四'的子弹都是伯丹式底火,我要想在这上面动手脚没必要非换枪不可。"

"我没说那颗哑弹是你搞的呀,但你似乎很确定换枪是必要的呢。"

绝望感开始向胡一彪涌来。"我说了,是因为扳机行程——"

"是因为九二式手枪拥有可以实现首发双动的拉杆分离式结构,如果第一发失效,可以立刻处置并击发第二枪。'五四'遇到哑弹,则必须手动退膛。"夏雨瞳从茶几上拿起水壶,往马克杯里续水的时候,肩头滑落的几根白发格外显眼。

放下水壶,她把马克杯和结论一同推向胡一彪:"换了五四式,等于拥有了手动退膛所带来的'弹性时间'。这个'弹性时间'也许足以引诱姜淮铤而走险,去捡案枪。"

低头沉默了好一阵子,胡一彪逐渐平复了心情。他不在意往后会怎样,只是不希望推自己的那只手属于她。随即他意识到,夏雨瞳不会这么做的,天性是桎梏她的底线。

果然,她的语调低沉下来:"你有没有想过,直到他捡起枪瞄准你,甚至扣动扳机,你可能还没能退出那颗哑弹?"

胡一彪两手握住杯子,缓缓叹息:"人,得各安天命。"

"彬也这么说过。"出神了片刻后,她恢复了一贯的从容神态,"如果说作为命案无数的暴力犯罪人,被击毙是姜淮的天命。那么好,胡嵩,你最好心情愉悦地接受属于自己的那条路。"

胡一彪没抬头,反复体味着这番规劝——出自一个他最信任的人,一个为数不多知道他本名的人,在被主流公安体系不断边缘化的生涯中,多少还能给予他一点点身份认同感的人。

"去培训基地当教官吗……"

"随便是去做什么,服从局里的安排就好。"等他抬起头,夏雨瞳才盯着他的眼睛继续说,"你是凶器,就必须永远接受监管。这是你的'天命'。"

胡一彪也在回望她,这个刚过三十岁却不介意自己有白头发的女人,刑侦与法证领域的隐世天才,会从藤编茶几上递来一杯温热的茶,把谏议与关心铺陈开,同时不厌其烦地填补他那份孤独。

"算我自投罗网,你赢了。"他做出告饶的手势,"我认命。"

夏雨瞳不喜欢勉强别人,这令她看上去有些不安。话题结束得很突兀,两人默契地闲扯了一阵儿来缓和气氛。丰台的关宏峰因为弟弟被通缉愤而辞职,周巡居然越过两个级别直接做了支队长。西城那边还没有新的指派,不过路铭嘉是个不错的苗子,胡一彪看好他。海淀法医队这次评主任何靖诚又没上去,那家伙还真是个逍遥派。你为啥还不找个男朋友嫁了,你不也没讨老婆吗?要么干脆咱俩凑合凑合吧,好呀,哈哈哈,哈哈。

再次倒满马克杯前,夏雨瞳为他换了茶叶。胡一彪用左手的三根半手指敲打着肚皮,问道:"说正经的,为什么辞职?"

必须正经,这是他俩类似"真心话大冒险"的互动模式,只是没有大冒险的选项而已。每当她戳了胡一彪的底,胡一彪就拥有一次询问特权,这其中没什么逻辑可言,与沟通平等也无关,最大的功效可能是寻求心理平衡。

夏雨瞳低头挽着脱落的开衫袖口,胡一彪知道她不喜欢撒谎,拖延时间是为了调整说出实情的心态。他开始有些后悔。

正当他打算开个玩笑岔开话题的时候，夏雨瞳给出了回答："彬建议我辞职。"

胡一彪顿觉恼火，他咽下即将脱口而出的街骂，但愠怒的表情已经挂在脸上了。

"确切地说，他是建议我不要继续在公安系统的外围机构任职。"这样的解释说不好是为了安慰谁，"恰好我也想换个环境，总面对你们这些愤怒直男很辛苦的。"

胡一彪还是没接茬儿，既然答案是"彬建议"，那"恰好"就不过是颗宽心丸。韩彬是做律师的，有个在海淀分局做法律顾问的教授老子，和赵馨诚论着哥们儿，据说还是夏雨瞳的老师。他见过一次这家伙，中等个头，穿着简单，言辞恳切，态度谦逊，不招人讨厌。但多年的浴血经历，让胡一彪从他身上嗅到了某种气味，某种反常的、反逻辑的、反社会的气味。这个韩彬的行动坐卧言谈举止看不出任何伪装痕迹，但最高明的伪装难道不就是不会被看破的伪装吗？总之，胡一彪不喜欢他，更反感夏雨瞳对他言听计从的姿态。

"你这么听他的话，干脆跟他过好了。"胡一彪的调侃有点儿泛酸，倒不是关乎什么男女私情，虽说他也怀疑过。不是倾慕，也不是敬畏，却仿佛是夏雨瞳命运的操控者，这种无法辨识因由的苦恼让他格外不爽。

夏雨瞳乐得陪他打镲："我这不是抛不下你嘛。"

就坡下驴吧，继续扯闲篇儿。这次话题跑得更偏，从家居风格一路聊到汉尼拔和西庇阿的扎马之战，直到夏雨瞳从茶几隔层拿出一把水滴刀头的工具削了个苹果。胡一彪没接水果，而是从她手上拿过这把中脊走偏、双面开刃的小猎刀，仔细端详了一番。虽然不是鹿角材质的刀柄贴片，也没有招牌式的镜面打磨和侧卧裸女标,胡一彪还是在刀身上找到了铭刻得很不规整的"DELAWARE MAID"字样。他随即意识到,这大概是方圆百十平方米内最昂贵的奢侈品。

把刀放回茶几上,他大口啃着苹果:"吃了这个,我得回去写家谱上。"

夏雨瞳笑着把苹果皮扫进纸篓里。"没准儿是阳江货呢。"

"阳江仿 Loveless 的刀匠不是没有,仿也是仿有光屁股妞儿的经典款,或者干脆不打标。没人仿他五十年代在特拉华州的试水货,行家不玩赝品,怯瓢又瞧不上这外观,两头儿不讨好。"

"我还不知道你在刀具和古董上也有心得。"

"这还用得着心得?"胡一彪把苹果换到右手,左手在裤子上擦了擦,再次拿起刀,用中指和无名指托着刀身感受了一下配重,随后低头又仔细看了遍铭文,从边缘的塌陷痕迹确认这排黑色大写英文字母是热处理前手工刻上去的,而非数控铣床的高仿杰作,"绝对是尖儿货里的尖儿货。这,怎么也得五万美元起拍吧?"

意料之外的关联,让夏雨瞳的笑容变得有些不自然:"我也不清楚价格,是他以为我喜欢这个刀型,送给我的。"

啊,又是"他",无所不在、无所不能的那个"他"。

"那个叫韩彬的,打算做什么?"

虽说预感到将要回归未尽的对局中,但夏雨瞳对切入角度略感诧异,这似乎超出了她对胡一彪智商的判断。"为什么这么讲?"

"他是不是打算做什么事儿,违法的事儿。"胡一彪又绷起脸,语气笃定,"那小子怕犯了事儿之后,落你手上,所以叫你远离公安口儿。"

夏雨瞳眼中掠过一丝黯然,她笑的样子很放松。"不知道,我没想过。"

"是'没想过',还是'不去想'?"

夏雨瞳坐在椅子上的身姿似乎矮下去一点儿。是的,她不可能不去想,更不可能想不到,但又能如何呢?就好像那些在她办公室进出过的人,个个都是来自打击犯罪第一线的精英,他们尽心竭力、罔顾安危地昼夜搏杀,依旧无力阻止人们伤害同类的欲望。

"我不关心这种事,你也不该多想。"

"天底下犯事儿的多了,我才懒得去琢磨一个讼棍。"胡一彪把苹果核丢进纸篓,搓着手向前探了探身子,"他要犯法自然有管他的人,你想换地儿改行儿我也说不着。"

随即,他收紧嘴角,眼白和眼黑的分界处再次变得浑浊,"但如果他要做的事伤到了你,这一次,我不会再费心去换把'五四'了。"

屡屡在行动中击杀人犯的胡一彪会说出这种话,也许并不奇怪,但夏雨瞳还是会觉得感激。毕竟在现实世界中,真正肯为你豁出性命的人一生难觅。在胡一彪公式般的特定逻辑里,同袍的生死就像一个开关,一旦启动,他会狡黠且残暴地突破任何阻碍,无论是规则上的,还是道德上的——只为亲手实现他要的结果。

可以把这看作某种预告的话,就是简单粗粝、未经剪辑和特效渲染的版本。它直指因果,危险,决绝,却弥足珍贵。

夏雨瞳凝望着他,仿佛看到了硬币的另一面。也许在本质上,胡一彪和韩彬是同一种人。他们看似豁达,实则执着,习惯戴上面具来掩饰自己的孤独与残忍,为了守护珍视的羁绊,随时准备向整个世界亮出獠牙。

末了,她站起身,两手揣在开衫的口袋里,绕过沙发,站在窗前。从这里能看到楼下邻接的花鸟鱼虫市场,很多人以为是老官园市场搬迁至此,其实二者没什么联系,只是新注册的牌照叫这个名字罢了。虽然很喜欢小动物,但开业来她只去逛过一次。每天回到家,她都会把整个世界关在门外。只可惜这种离群索居的生活,还是换不来半生安泰。

"他不会做这种事的,你放心。"夏雨瞳知道,在韩彬视人命如蝼蚁的价值体系中,她算是为数寥寥还被当作"人"看待的。如今,也许正是这一豁免资格,让双方都有些为难。

胡一彪的嗓音像装了消声器的枪声般沉闷:"无所谓,有机会你还是可以把我的话转告他。"

夏雨瞳苦笑,声音低得像是在叹息:"你不是说,人得各安天命吗?"

"你还说我是'凶器'呢。"胡一彪哼了一声,"要么被监管,要么被流放,只要是凶器,都落不了什么好下场。"

"答应我。"

胡一彪转过身,才发现夏雨瞳倚在窗边,正面对着自己。一袭米色的遮光帘垂在她身侧,外面的天空略有阴霾,却也能看得到那轮冬日斜阳。

"无论发生什么事,我们都顺其自然,各安天命,好不好?"

不祥的预感袭来,胡一彪踌躇地反问道:"我要是不答应呢?"

夏雨瞳无奈地摇摇头,仿佛在面对一个倔强的孩子:"那至少,到时候别忘了换一把'五四'。"

"老提这个干吗?跟你说,天地良心,我那次换枪和击毙姜淮真没有任何关系。"

"嗯,我知道。"夏雨瞳把鬓边的头发拢到耳后,平静地对他说,"我相信,你会需要那零点几秒的时间。"

后记

去年年底，一位家人离开了。他在世时很想看到我写完第二本小说，我那会儿正忙着换个生计，写东西尤其不专注，推翻了一稿又一稿，终归是没能做到。说起这事，谈不上抱歉，也谈不上后悔，心里总还是留了个窟窿。

更早些时候，从工作的地方辞了职。偶尔会回去看原来的领导与同事，后来去得越来越少，关系自然越来越淡了。我知道自己腾出工夫总还会去拜望大家，但我再也不会回归那个曾经从事了十一年的行业。

辞职后喜欢上射箭，苦练不辍一年，却不见水平有任何提高。后来箭馆搬家，我就坡下驴，干脆地放弃了，全然不顾新址离我住所更近的事实。

一只狗宝宝两年前阴差阳错地落户在咖啡屋，是边境牧羊犬的串儿。伙计们一开始给他起了个很洋气的名字叫"Espresso"，结果念起来太拗口，改叫"小意"，引申出"小意思"，大名就变成了"意思"。现在大了许多，有一点点小滑头，但总体上是个敦厚纯良的家伙。

这个夏天，我也有了自己的爱犬。它很淘气，我有时会忍不住揎它两下，然后想起做过的功课里一再强调要"正面加强"，杜绝"暴力惩罚"，于是再和它道歉。几个月下来，它长得好快，而且越来越淘气，不过我已经适应了，绝不会再打它。

又一年快过去了，在新的行业里还不好说能不能站住脚。剩下的，就是争取早日把第二本小说写完吧。

尽管这弥补不了任何事。

说来蹊跷，同一样东西，没有它，会出个窟窿；有了它，却填不上那个窟窿。

这也正常，经历生活，哪个人不是千疮百孔呢？

"生活总还是有趣的"在某种情境下并不成立，有太多人活得艰辛、窘迫，甚至没有苦中作乐的余暇。所谓"这就是生活"，大概是每个人都会辜负一些人，会看到一些希望，会有幸福，会有悲伤，会得偿所愿，也会留下窟窿。喜怒哀乐间，继续向前走，走向彼此共同的终点。

以此为记，致意我的家人、朋友、同事和读者们，致意你们构筑了我的生活，致意你们面对生活的那份坚强。

二〇一六年十一月二十二日　北京

图书在版编目（CIP）数据

刀锋上的救赎 / 指纹著. -- 3 版. -- 北京：新星出版社, 2025.4. -- ISBN 978-7-5133-6015-9

Ⅰ.I247.5

中国国家版本馆 CIP 数据核字第 2025AF9672 号

午夜文库
谢刚 主持

刀锋上的救赎

指纹 著

| 责任编辑 | 郭澄澄 | 责任校对 | 刘 义 |
| 责任印制 | 李珊珊 | 装帧设计 | 冷暖儿 |

出 版 人　马汝军
出版发行　新星出版社
　　　　　（北京市西城区车公庄大街丙 3 号楼 8001　100044）
网　　址　www.newstarpress.com
法律顾问　北京市岳成律师事务所
印　　刷　北京汇瑞嘉合文化发展有限公司
开　　本　910mm×1230mm　1/32
印　　张　15.125
字　　数　250 千字
版　　次　2025 年 4 月第 3 版　　2025 年 4 月第 1 次印刷
书　　号　ISBN 978-7-5133-6015-9
定　　价　69.00 元

版权专有，侵权必究。如有印装错误，请与出版社联系。
总机：010-88310888　传真：010-65270449　销售中心：010-88310811